新春

"时光之轮"前传

The Wheel of Time

NEW SPRING

罗伯特·乔丹 著

王密 译

中国出版集团

東方出版中心

图书在版编目（CIP）数据

新春 /（美）乔丹（Jordan，R.）著；王密译. —上海：东方出版中心，2015.7（2021.10重印）

（时光之轮. 前传）

ISBN 978-7-5473-0805-9

Ⅰ. ①新… Ⅱ. ①乔…②王 Ⅲ. ①长篇小说－美国－现代

Ⅳ. ①I712.45

中国版本图书馆CIP数据核字（2015）第116793号

责任编辑　胡曦露（937710259@qq.com）
技术编辑　徐儒静
封面设计　布谷工作室　高　蕾
版式设计　一步设计
地图绘制　苗　伸

新春

作　　者　罗伯特·乔丹（Robert Jordan）
译　　者　王　密

出版发行　东方出版中心
地　　址　上海市仙霞路345号
邮政编码　200336
电　　话　021-62417400
印 刷 者　山东韵杰文化科技有限公司

开　　本　710mm×1020mm 1/16
印　　张　16
字　　数　273千字
版　　次　2015年7月第1版
印　　次　2021年10月第4次印刷
定　　价　28.00元

各界赞誉

甫一出版即登上纽约时报畅销排行榜冠军。《时光之轮》系列不仅在销售成绩上获得肯定，作者罗伯特·乔丹恢弘的笔触更让全球二千万读者为之疯狂。

《时光之轮》被誉为“正统奇幻”及“剑与魔法”的最佳典范，该系列每一部都是一段独特的冒险，又相互交织成宏大的故事情节，作者通过巧妙的构思，将带你进入一个完全不同的史诗世界。

“《时光之轮》……在英语世界，极少有其他的奇幻传说能与它相提并论，能超越它的就更是微乎其微了。”

——芝加哥太阳报

“宏大的、令人敬畏的、丰富多彩的故事情节，让人不由得想起托尔金的作品。”

——出版人周刊

“罗伯特·乔丹开始统治由托尔金一手开创的世界。”

——纽约时报

“《时光之轮》系列是唯一一部我致以崇高敬意的作品，与之相比，几乎每一部我读过的其他奇幻作品都黯然失色……这个系列有可能会成为有史以来最伟大的奇幻著作，时间将会说明一切。”

——Abby Goldsmith（评论家）

“罗伯特·乔丹写下了关于光明和黑暗的鲜明形象，有时又有孩子气的惊奇，这里面虽然有着淡淡的托尔金风味，但他也创造了鲜明的自我写作风格。”

——Pittsburgh Press

“《时光之轮》兼具文字的优美和情节的丰富，其中包含着格林兄弟的天真与魅力；赫胥黎的《勇敢新世界》的社会道德精神。这一切，再加上有血有肉的人物、隐秘晦涩的譬喻、趣味性的调剂、生动优美的自然风景，还有那种关于永恒的迷人感觉。作者借助一种语言创造了一个文学世界和这个世界可能具有的一切真实性。”

——布鲁斯特·米尔顿·罗伯森，默特尔海滩太阳报

“全方位感觉的史实。”

——星期日时报

“一场幻梦般的景象。”

——SFX（英国著名大型幻想综合网站）

“那些读奇幻的人可以欣喜若狂了，这是真正的艺术！”

——John Lee（奇幻作家）

the Wheel of Time
死海
艾戴沙
班达艾班
达刚河
阿拉多曼
亚库姆河
卡达
托门首
派瑞斯沃
(黑森林)
阿摩斯平原
法美镇
爱瑞斯洋
安达纳河
塔拉朋
坦其克
艾摩拉
阴影海岸
劲风岬
索马金
细岛

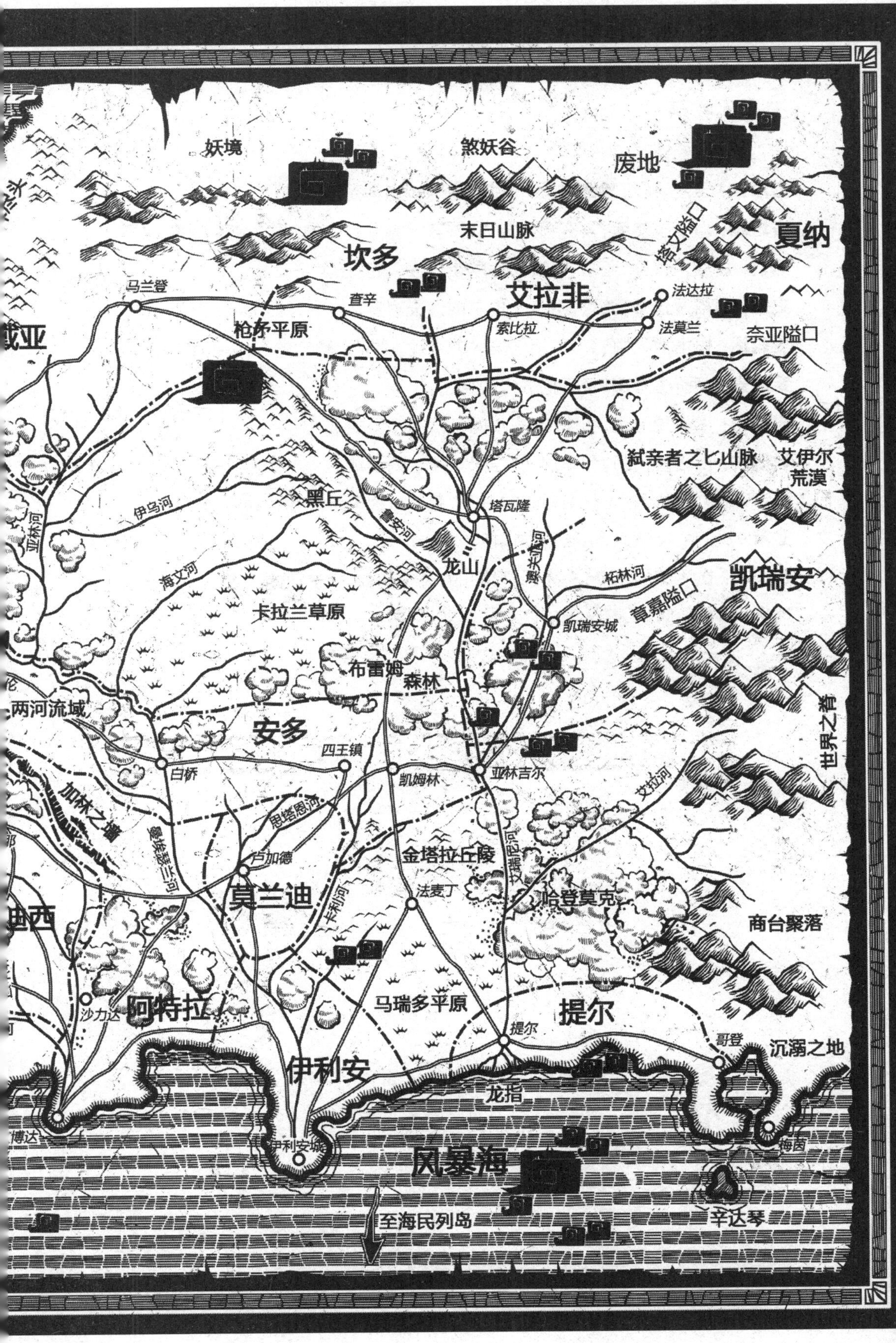
妖境
煞妖谷
废地
末日山脉
塔文隘口
夏纳
坎多
马兰登
查辛
艾拉非
法达拉
索比拉
法莫兰
奈亚隘口
弑亲者之匕山脉
艾伊尔
荒漠
黑丘
塔瓦隆
伊乌河
亚林河
龙山
柘林河
凯瑞安
海文河
卡拉兰草原
凯瑞安城
布雷姆
森林
两河流域
安多
世界之脊
四王镇
白桥
凯姆林
亚林吉尔
艾拉河
金塔拉丘陵
莫兰迪
法麦丁
哈登莫克
商台聚落
阿特拉
沙力达
马瑞多平原
提尔
伊利安
哥登
沉溺之地
龙指
伊利安城
风暴海
辛达琴
至海民列岛

主要人物表

塔摩拉：玉座，两仪师之首，秘密派人追踪转生真龙。

吉塔拉：白塔撰史者，具有预言能力，预言了真龙转生的消息后即死去。

沐瑞：白塔两仪师，蓝宗，凯瑞安达欧崔家族，与史汪是好友。

史汪：白塔两仪师，蓝宗，出身于提尔的渔夫家庭。

爱莉达：白塔两仪师，红宗，担任安多的咨政，拥有不稳定的预知能力。

茉瑞安：初阶生师尊，善于挖掘人的秘密。

麦瑞勒：白塔见习生，和沐瑞、史汪同年赢得了巨蛇戒。

雪瑞安：白塔两仪师，和沐瑞、史汪同年通过的试炼。

岚：马吉尔国的国王，整个国家被毁灭，后成为约缚于沐瑞的护法战士。

艾黛：岚的初恋情人，正准备尝试恢复马吉尔国。

布卡马：岚手下的将领，在岚还是幼儿的时候拯救、保护他的五人之一。

瑞恩：岚的追随者，陪伴岚前往查辛，疑似黑宗。

目录

时光之轮前传：新春

大事记

时间之初

创世主创世：

同一瞬间，暗帝撒丹被封印在煞妖谷，他是所有邪恶的源泉。他许诺谁若帮助他获得自由，他将给予曾服侍他的人难以想象的力量和财富，以及永生。

此时，在这个世界上，还有极少数能够操控至上力的人，他们可以利用至上力施行常人仅能够想象的巨大能力和奇迹，这些人被称作两仪师。他们成立了自己的组织，分为男性两仪师和女性两仪师。

两仪师中有些人因为追求永生和力量，成为暗帝撒丹的崇拜者，试图将暗帝从牢狱中拯救出来，他们和暗帝的其他追随者被称为暗黑之友。

传说纪元时期（起始时间不详，结束于世界崩毁之后）

大约三千年甚至更久以前，暗影战争爆发：

这是暗黑之友为拯救暗帝撒丹而发动的，又称作至上力之战。暗黑之友中最强大的十三个叫做背弃者。

同时，暗帝创造出兽魔人——一种人类跟野兽混血的扭曲种族，它们和暗黑之友一起进攻人类。

就在暗黑之友几乎快要成功时，男性两仪师路斯·瑟林·特拉蒙带领一百位男性两仪师（百盟团，传说纪元中力量最强大的战士），到煞妖谷重新封印了暗帝和那些背弃者，并制造了七片心灵之石，放置在暗帝囚禁之处的七处焦点上，一旦毁坏了这些心灵之石，暗帝就能被重新释放。

暗影战争结束之后，疯狂之年代开始：

在暗影战争中，当暗帝被路斯·瑟林·特拉蒙等男性两仪师封印时，他也发出了还击，用邪恶污染了真源男性的那一半，使得所有从真源获取力量的男性引导者都变得疯狂。

被称为"真龙"的两仪师路斯·瑟林就找出了他所有的亲属，一个不留地全部杀死了，因此他得到了“弑亲者”的称呼。他最后毁灭了自己，但根据真龙预言，真龙将会在人类最危急的时刻转生，以拯救人类，不过转生真龙将会再度造成世界的崩毁。这段时间就被称为疯狂之年代，其确实长度无人知晓，但据信几乎延续了将近一百年，直至最后一名男性两仪师死亡。

疯狂之年代结束时，世界崩毁：

在疯狂之年代中，男性两仪师因为陷入疯狂而开始了毁灭世界的举动，这个世界的许多疆域因此而不宜人居，幸存者如同风中的沙砾一般四散飘零。这段大毁灭的经过被以“世界崩毁”之名记载于故事、历史和传说中。

世界崩毁之后，传说纪元结束。

灭后纪元时期（元年不详，大约是世界崩毁之后数百年，结束于兽魔人战争之后）

灭纪 300 年左右，十国联盟形成：

这是在世界崩毁、国家再度形成后所组成的联盟，他们的目的是摧毁暗帝。

灭纪 335—336 年，出现伪龙罗林·灭暗者。

灭纪 1000—1300 年左右，兽魔人战争期间：

这是持续了超过 300 年的一连串战争，在这段时间里，兽魔人的军队在全世界到处肆虐，他们的领袖是魔达奥，也是暗帝创造的生物。最后，大多数兽魔人都被消灭或者赶回妖境中。

在这漫长的战争中，有许多国家被彻底破坏，甚至还有些国家的疆域完全变得不宜人居。十国联盟也在兽魔人战争中被破坏，曼埃瑟兰就是在这场战争中灭亡的。

这段时间的历史都毁于战火，剩下的只有断简残篇。

灭纪 1300—1308 年，出现伪龙尤瑞安·石弓。

自由纪元时期（始自兽魔人大战之后，至百年战争结束）

自由纪 351 年，出现伪龙达维安。

自由纪 939—943 年，第二次龙之战争：

这是一场对抗伪龙桂尔·亚玛拉桑的战争。在这场战争中，一位名叫亚图的年轻国王有着非常突出的表现，即后来的亚图·鹰翼。

自由纪 943—994 年，亚图·鹰翼统治时期：

这名传奇君王的帝国包括了世界之脊西方的全部疆域，甚至远达艾伊尔荒漠以外的一些区域。他还于自由纪 992 年派出大军横渡爱瑞斯洋，期冀完成世界与民族的统一。但在他过世之后，这些远征军的联系就全都断绝了，而因为他的过世造成的权力虚悬，则直接引起了随后的百年战争。

自由纪 994—1117 年，百年战争：

这一连串战争的起源都是由于亚图·鹰翼的去世所造成的权力结构转移和变动所致。它们造成了巨大的破坏，爱瑞斯洋和艾伊尔荒漠之间的土地大都荒废，从暴风海到妖境之间的人群几乎全都被牵扯进去，历史纪录几乎全部被毁灭。亚图·鹰翼的帝国也在战争中分崩离析，之后，近代各国才陆续建立。

百年战争期间，圣光之子组织建立：

其目的是对抗日益猖獗的暗黑之友，它在随后的战争期间演化成一个完全的军事组织，痛恨两仪师，并且将所有支持或是与两仪师友好的人们视作暗黑之友。

新纪元时期(百年战争后直至目前)

新纪 976—978 年，艾伊尔战争：

新纪 972 年，安多王女提格兰的兄弟路克消失于妖境之后，提格兰随即也跟着失踪，这一意外引发了安多的继承之争，从而间接导致了艾伊尔战争。凯瑞安的国王雷芒死于这场战争中。

根据预言，真龙就转生在这次战争即将结束之时……

第1章

铁钩岭

寒风呼啸的夜晚，风吹过冰雪覆盖的土地。在过去的三天里，人们在这片土地上争斗厮杀。空气十分清冷，岚胸甲的冰冷足以渗过外套。没有风吹过的时候，他呼出的水汽会在面前变成雾。天空中的黑暗正开始退去，遍布夜空如钻石粒般的亿万星辰正在渐渐黯淡下来。一弯月牙低悬在天边，黯淡的月光依稀照出营地守卫的身影。营地驻扎在橡树和羽叶树遍生的林地间，他们没有点燃营火。火光会把他们出卖给艾伊尔人。早在这场战争之前，为了履行对朋友的责任，他曾在夏纳边境上和艾伊尔人作战。在白天，对付艾伊尔人已经很难了，在晚上和他们作战就如同抛硬币赌命。有时候，他们甚至不用火光也能发现你。

岚戴着铁手套的手按着入鞘的剑，裹紧斗篷，在齐膝的雪中继续巡视岗哨。那是一把古老的剑，在暗影战争期间由至上力铸成，那个时代在世界崩毁之前，暗帝能够触碰世界。除了两仪师知道的一些历史之外，留下的只有传说了。然而这把剑本身就是无可否认的证据。它不会折断，永远不需要磨砺。千百年来剑柄已经被更换过无数次，但是剑刃却没有一点瑕疵。在过去，它曾是马吉尔国王的佩剑。

他又经过一个岗哨，值守的士兵是个身材矮粗的家伙，裹着一件黑色的长斗篷，戴着手套。他正靠在一棵大橡树上，头歪在胸前。岚拍了拍哨兵的肩膀，那人猛然抬起头，差点把手中的角制马弓丢了。他斗篷的兜帽滑落下来，露出一顶锥形钢制头盔，他马上把兜帽拉起来。在黯淡的月光下，岚看不清护面里的那张脸，但是他认识这个人。岚自己的头盔没有护面，按照逝去的马吉尔的样式，额前顶着一轮钢制的新月。

“我没睡着，大人。”那人急忙说道，“只是稍微休息一会。”他是个棕色皮肤的多曼人，听起来有点窘迫。他理应感到窘迫。这不是他第一次参加战斗，更不是第一次面对战争。

“艾伊尔人可以用割开喉咙或者刺穿心脏的方式把你弄醒，巴斯拉姆。”岚淡然地说道。只要能保持语调坚定自信，平静的语气会比高声呵斥更能让人用心听从。“也许身后没有树的诱惑会对你有好处。”岚忍住没有继续说下去，即使艾伊尔人没有杀掉他，在一个地方站立太久也会导致冻伤。巴斯拉姆知道这点，阿拉多曼的冬天几乎和边境诸国一样寒冷。

多曼人喃喃地道歉，手碰头盔向岚敬礼，然后走到离树干三步远的地方。现在他站得直直的，双眼凝视着黑暗，并时不时挪挪脚，以防脚趾生出冻疮。传言说，河边有两仪师提供治疗，她们可以治好伤口，驱散疾病，让病人康复如初。但是除了这种医术之外，通常只有截肢才能让已经生出黑疮的病人保住性命。不过，除非绝对必要，最好不要和两仪师扯上关系，否则若干年后，你会发觉自己已经落入了某个两仪师的控制之中。两仪师考虑得很长远，而且很少顾及旁人。这是岚想要避开她们的原因之一。

巴斯拉姆恢复了警觉，但能够持续多久？岚希望能弄清楚，但是再给这多曼人下更多命令已经没有意义了。疲倦已经渗入他麾下所有士兵的骨髓之中，就像名号响亮的大联盟中的所有士兵一样。看来人人都近乎筋疲力竭了。不管战场有没有降雪，战斗都会消耗大量体力，让人精疲力尽。即使偶尔有机会休息一会儿，肌肉也会因为长时间紧绷而痉挛，过去的几天中他们很少有机会好好休息。营里驻扎着三百多人，超过四分之一的人只要命令一来就要站岗——在对抗艾伊尔人的时候，岚希望岗哨越多越好。他还没有走出两百步，又弄醒了三个哨兵。其中一人什么也没靠，站着就睡着了。杰姆的头是抬着的，眼睛是睁开的。一些士兵懂得这种伎俩，尤其是杰姆这样的老兵。岚打断了胡子灰白的老兵的争辩——他说他站得直挺挺不可能睡着。岚向杰姆保证，如果老兵再睡着，他的战友们都会知道。

一时间，杰姆惊讶得把嘴张得老大，他重重地咽了口唾沫，“不会再犯了，大人。我要是再睡着，就让光明烧了我!”他听上去无比真诚。有些人也许会担心战友们会把危害大家安全的人揍个屁滚尿流。但从杰姆的同伴来看，他可能更害怕被抓到时的羞辱。

岚走开了，他发现自己咯咯笑了起来。他平时很少笑，为这么一件事发笑也挺傻的。但是笑一笑总比为无力改变的事操心要好，比如疲倦的卫兵在岗位上打瞌睡，比如伤亡。

他突然停住了脚步，高声说道：“布卡马，你鬼鬼祟祟在干什么？打早上起你就一直跟在我后面。”他身后传来一声惊讶的咕哝。毫无疑问，布卡马以为自己已经足够安静了，确实很少有人能察觉他的靴子踩在雪上的细微的咯吱声，但是他本该清楚岚是能听到的。毕竟他也是岚的老师之一，他给岚上的第一堂课就是时刻注意四周的情况，即使是在睡觉的时候也要保持警惕。对男孩来说，这不是一项容易掌握的技能，但只有死人才会放松警惕。在边境国之外的妖境，放松警惕很快就会招致死亡。

“我在替你注意后面的情况。”布卡马粗声说道，大步赶上岚，“不管你有多小心，戴黑纱的艾伊尔暗黑之友还是可以摸到你背后，割了你的喉咙。你把我教给你的东西全忘了吗?”布卡马是个粗犷的人，他肩膀宽阔，比大多数人都要高大，几乎和岚一样高。他戴着马吉尔式的头盔，头盔上没有顶冠，虽然他完全有资格戴上。他更关心自己的责任而非权利，这是值得称道的品质，但是岚还是希望他不要完全忽视自己的权利。

马吉尔覆亡之时，20 个人被委以重任：护送尚在襁褓中的亚岚・人龙逃向安全之地。只有五人在逃亡中存活，他们将襁褓中的岚抚养长大，训练他作战的技巧。如今，布卡马是五人中仅存于世的一个。按照传统的风俗，他将头发修剪至齐肩，他的头发已经灰白，但背脊仍然挺直，臂膀坚实，蓝色的眼睛明亮锐利。马吉尔传统已经深深地融入了布卡马的血液之中。他用一条皮绳编成的窄带束住头发，绑在额前，几十年的岁月在他的额前留下了一道永久的勒痕。几乎没人还会佩戴海多力了，岚是个例外。他会戴着它直到死亡来临。岚向北望去，向他遥远的故乡望去。把那样一个地方当作故乡，别人都会感到非常奇怪。但是自从来到南方之后，他总是能感到它的召唤。

“没忘光，我还能听到你的动静。”岚答道。天色尚暗，他看不清布卡马那张饱经风霜的脸，但他知道布卡马正怒目而视。在岚的记忆中，这位亦师亦友的同伴即使在赞许他的时候，脸上也从未有过其他表情。布卡马仿佛是由钢铁铸成，意志坚若磐石，灵魂时刻承受着责任的重担。“你还是认为艾伊尔人效忠暗帝?”

布卡马做了个辟邪的手势，就好像岚直呼了暗帝之名撒丹一样。他们都曾见过灾厄降临到大声说出那个名字的人头上，布卡马更是相信只要想到它就会引来暗帝的注意。暗帝和所有的弃光魔使都被封印在煞妖谷，岚在心中默诵祷文，愿我们在创世主的手中受到光明的庇佑。岚并不相信想到暗帝之名就会招致灾祸，但面对暗影时，未雨绸缪总比事后遗憾要好。

“如果他们不是暗黑之友，我们干吗还要留在这儿?”布卡马酸酸地说道，岚略有点惊讶。布卡玛经常抱怨，但是只会对琐事或对将来发发牢骚。他从不抱怨当下。

“我已承诺要留守此地，直到战争结束。”岚温和地回答。布卡马抹了抹鼻子，他的嘟哝声好像有点窘迫。承诺必须如同以光明的名义立下的誓言一样得到履行，否则就是一句空话，这正是他曾教给岚的另一个忠告。

当艾伊尔人突然从那座名为“世界之脊”的高山后面涌出时，他们的确像一群暗黑之友。他们烧掉了宏伟的城市凯瑞安，在它的国境内肆虐。在那之后的两年中，他们侵扰提尔和安多，一直杀入塔瓦隆城外的这个战场。自从亚图·鹰翼的帝国分裂成现今的这些国家之后，艾伊尔人还从未离开过那片被称为“艾伊尔荒漠”的不毛之地。在帝国分裂之前，他们可能也曾入侵过，没人敢肯定。也许只有塔瓦隆的两仪师除外，但白塔的女人们如往常一样守口如瓶，只有在她们愿意的时候才会透露一星半点。而在塔瓦隆之外，许多人声称他们发现了历史运转的模式。从世界崩毁到兽魔人战争相隔了一千年，至少大多数历史学家都是这么认为的。这些战争摧毁了当时存在的国家，暗帝虽然已经被封印，没有人能否认是他在背后操纵着战争，也没人能否认他操纵过暗影战争，一手制造了世界崩毁和传奇时代的终结。兽魔人战争过去了一千年，亚图·鹰翼建立起一个帝国，他死后，帝国也在百年战争中毁灭了。有的历史学家声称他们发现这场战争中也有暗帝的影响。而现在离鹰翼的帝国覆亡也有将近一千年了，于是艾伊尔人来烧杀毁灭了。这肯定有一种规律。暗帝一定在操纵这些战争。倘若岚从未相信这种理论，他永远也不会来到南方。现在岚已经不信了，但是他已许下了承诺。

岚扭动着靴子里的脚趾。无论是否习惯寒冷，在雪中站立过久会让寒气渗入双脚。“走吧。”他说，“我敢说还得叫醒一打人，也许两打。”然后还得再转一圈才能把其他人也叫醒。

然而没等他们迈出一步，便听到一阵踏在雪上的马蹄声，他们警觉地停下了。岚把手移到剑柄上，下意识地松了松剑鞘里的剑，他听到钢铁摩擦皮革的微弱声响，布卡马也照做了。他们不担心会遭到攻击，因为除非绝对必要，艾伊尔人从不肯骑马。在这个时候独自骑行的人只可能是信使，不过这些天，信使很少带来好消息，晚上尤其不会。

骑手和马匹的身影渐渐从夜幕中显露出来，跟着一个徒步的瘦弱身影：从他带着的马弓来看应该是个哨兵。那匹马的脖颈曲线有着提尔纯种马的特征，骑手显然也是提尔人。他身上的玫瑰气味顺风飘来，这气味源自他那油亮的山羊胡。此外，他的头盔顶上有一道高耸的脊，其阴影遮住了他的窄脸，其他国家的人都不会戴这种头盔。头盔上插着的一根白色短羽表明他是个军官。不管他的军衔有多低，让军官来充当信使也很不太正常。那人蜷缩在高马鞍上，紧紧地裹着一件黑色斗篷，像是在发抖。提尔远在南方，它的海岸永远不会落下一片雪花。岚不是很相信这些描述，不管书上怎么说，他总要亲眼见到才会信服。

"大人，就是他。"哨兵用粗哑的声音说道。他是个头发斑白的沙戴亚人，名叫拉金。一年前艾伊尔人的箭刺穿了他的喉咙，给他留下了粗哑的嗓音和一道参差不齐的伤疤。醉酒后他常会向人炫耀这道伤疤，他认为自己能活下来真是幸运。的确如此，但不幸的是，他相信既然这次侥幸生还，下次一定也可以逃过死劫。他经常冒险，即使是在没喝醉的时候也喜欢吹嘘自己的运气。这种行为非常愚蠢，嘲弄命运没有任何意义。

"人龙大人?"骑手在岚和布卡马面前勒住马，在马鞍上犹疑不决地打量着他们。令他犹疑的显然是他们未经装饰的盔甲，还有朴素羊毛织成的、略有磨损的外套和斗篷。衣服上做点刺绣固然不错，但是有些南方人却把自己打扮得像挂毯一样华丽。提尔人的斗篷下面应该还穿着镀金胸甲和以族色条纹装饰的绸缎外套。他的高筒靴在月光下闪闪发亮，显然是镶了螺旋形的银饰。不管怎样，提尔人还是一口气说下去了，"光明烧掉我的灵魂，我敢肯定您离我们最近，但是我都快要以为永远也找不到您了。艾玛瑞斯大人正带领六百士兵追赶大概五六百个艾伊尔人。"他轻轻地摇了摇头，"奇怪的是，他们在往东跑，正在逃离河岸。不管怎么说，雪虽会阻碍我们行进，但也会让他们减速，艾玛瑞斯大人认为，如果你们在那座叫铁钩岭的山丘上阻击，他就可以从后面像铁锤敲打铁砧一样彻底击溃他们。大人认为他们没法在清晨之前逃到那里。"

岚抿紧了嘴，这些南方人的礼貌观念真是奇特。他在说话之前没有下马，没有报上姓名，一般而言，客人该做的第一件事就是自报家门。因此岚也不能报上他自己的名字，否则就显得自己好夸耀。而且这话说得好像他们不知道向东前进就会远离爱瑞尼河，虽然这一句只是不慎失言，但其他的话都很粗鲁。布卡马没有动，但是岚还是按住了他持剑的手，他的老朋友有时候很容易动怒。

铁钩岭与营地的距离超过一里格，而且夜色已然开始淡去，岚还是点了点头。“告诉艾玛瑞斯大人，我会在第一道曙光出现的时候到达，”他告诉那骑手。他不熟悉艾玛瑞斯这个名字。但是联军数目如此之众，有将近二十万士兵，来自十几个国家，还要加上塔瓦隆的白塔卫兵，甚至还包括属于圣光之子的一支队伍，他最多只能记住少数几个人的名字。“布卡马，把他们叫醒。”

布卡马大声地哼了一声，挥手示意拉金跟上，大步向营地走去，边走边大喊道：“起来备马！要出发了！都起来备马！”

“尽快赶到，”没有自报家门的提尔人说，语气里有一丝命令的味道，“要是艾玛瑞斯大人向艾伊尔人冲锋的时候狙击没有到位，他会很失望的。”他似乎在暗示岚会为这个艾玛瑞斯的失望而后悔。岚在脑中唤出一簇火焰的影像，将所有的情绪都投入其中，不光是愤怒，还有其他所有的情绪，直到他仿佛是飘浮在虚无之中。经过多年的练习，他只需一次心跳的时间就可以达到“唯一”。在这种状态下，自己的肉体仿佛变得遥远了，但是却能和脚下的大地合为一体，和夜晚合为一体，和他的剑合为一体——不过他不准备拔剑砍倒这个毫无礼貌的傻瓜。“我说过我会按时到达，”他不动声色地应道，“我说到做到。”现在他根本不想知道那人的姓名了。

提尔人在马鞍上草草地鞠了一躬，然后掉转马头，一踢马腹匆匆离开了。

岚继续让“唯一”包裹着他的思绪，以确保自己的情绪能够完全平静下来。在愤怒中加入战斗是极其不明智的。愤怒会使人变得眼界狭窄，做出愚蠢的决定。那家伙是怎么活到今天的？要是在边境国，他一天之内就能挑起十几次决斗。岚等到自己完全平静下来，几乎和“唯一”一样冷静之后，才转身回营。现在提尔人那张阴影之下的脸不再使他愤怒了，很好。

他走到林中营地的中央，在外人眼里，那里像个被踢翻的蚂蚁窝。而对于懂行的人来说，一切都是井井有条的，没人说闲话，也没人乱跑。帐篷不需要拆，因为在战斗中驮畜会成为累赘。一些人已经上马，穿好了胸甲，戴好了头盔，他们手中的长枪上镶着超过一尺长的钢头。其他人大多在绑马鞍，或在把镶皮革的马弓和装满的箭囊绑到马鞍后面。动作慢的人在艾伊尔战争的第一年中就已经死了，他们大多来自沙戴亚或者坎多，还有一些多曼人。有些马吉尔人也来南方了，但是岚并不统领他们，即使是在这里。布卡马和岚并肩作战，但是他无须听从岚的命令。

岚遇到布卡马的时候，他正手持长枪，牵着他那匹名叫日矛的沙色阉马，身后跟着还没长胡子的青年卡乃金。卡乃金正小心地牵着岚的马“猫舞者”。这匹红棕牡马还没有完全驯好，但是卡乃金在照料它的时候已经足够小心。没训练好的战马也是一件可畏的武器。当然，这个坎多青年也不像他那张青涩的面孔一样单纯，他是个称职的、经验丰富的士兵，使弓的技术尤其好，他也是个快乐的战士，战斗时常常会大笑。他现在也在微笑，因为另一场战斗又快要开始了。猫舞者甩了甩脑袋，它也不耐烦了。

不管卡乃金的经验如何丰富，岚在接过缰绳之前还是仔细检查了一遍马鞍。没有绑紧的马鞍可能像刺来的矛一样让你迅速丧命。

“我已经把今天的作战计划告诉他们了，”布卡马嘟囔着，卡乃金已经去牵他自己的马了，“但敌人是艾伊尔人，铁锤如果没有及时赶到，铁砧就会被捅成筛子。”他从来不会在士兵面前抱怨，只会对岚发牢骚。

“而如果在铁锤发动攻击的时候铁砧没有到位，铁锤也会被扎成刺猬。”岚翻身上马。现在天空已经灰白了，不过天色仍然很暗，只有稀疏的几颗星星仍在闪耀。“我们必须拼命赶路，才能在第一道曙光出现之前赶到铁钩岭。”他提高了声调，“上马！”

于是他们催马狂奔，骑了足有半里，然后减慢速度，下马牵着马快步前进，然后再次上马急行。传奇人物可以骑马疾驰十里甚至二十里，但现实中，即使没有积雪，狂奔四五里路就会让半数马匹折断腿，另一半也会在到达铁钩岭后筋疲力尽。黎明将至，四下一片寂静，只能听见马蹄和靴子踩在雪壳上的吱嘎声、马鞍皮革摩擦的声音，偶尔还有一两个踢到雪里石头的士兵的嘟哝和咒骂。没人把喘气的工夫浪费在交谈或者抱怨上。他们经历过很多次这样的行军了，士兵和马匹踏着从容的节奏在大地上飞奔。

塔瓦隆附近的土地基本上都是延绵起伏的平原，点缀着稀疏的树林和灌木丛，大部分树林不算茂密，但是都笼罩在阴影里。不管树林稀疏还是茂密，岚都要仔细观察一遍才让他的人继续前进，而且确保行进时队形整齐。艾伊尔人善于利用各种地形隐藏行踪，大多数人都会认为那些藏身之处连一只狗都躲不了，他们还非常善于从埋伏中突然发起进攻。不过他目前还没看到任何移动的东西，视野范围内的活人只有他所率领的这支队伍，除了他们自己的动静之外，他只能听见猫头鹰的叫声。

当那叫做铁钩岭的低矮山丘出现在他们的视野之中的时候，东方灰蒙蒙的天空已经变得更加明亮了。山丘长不到一里，光秃秃的顶峰略高过周围地面 40 尺，但是任何高地势都有利于防御。这座山由北端向南端延伸，呈弧形，到达山顶后这一景色即可尽收眼底，岚让他手下的人在两侧列成一排。天色明显越来越亮，他向西望去，隐约可以分辨出白塔苍白的巨大轮廓，它矗立在塔瓦隆中央，三里格以外的地方。

白塔是世人所知的最高建筑，然而它仍笼罩在一个巨大的阴影里，那座大山在河的另一侧，孤零零地耸立在城外的平原上。即使光线并不充足，这一景象也能尽收眼底。在最黑暗的午夜，你可以看见那座大山挡住了星光。和世界之脊相比，龙山仍然非常巨大，而在这片平原上，它简直硕大无朋，高到直冲云霄，压过云层之下所有的山峰。它那折断的顶峰总是冒出缕缕烟雾。它是希望和绝望的象征，是预言中的山峰。布卡马朝它望了一眼，又做了个辟邪的手势。没人会希望那预言应验，但是，当然，它终究会在某一天应验的。

在铁钩岭之下，略有起伏的土地向西延绵一里多，那里有一片较大的树林，约有半里格宽。林间的积雪被踩踏成了三条纵横交错的小路，大量马匹或步兵曾经从这里通过。不走近一点看，就没法分辨出那些脚印究竟属于谁，艾伊尔人还是所谓的联盟军。只能判断出他们是在两天前的晚上，降雪已经停止的时候经过的。

目前还没有艾伊尔人出现的迹象，但是如果他们还没有改变方向——通常不太可能——他们随时可能从树林中出现。没等岚下命令，士兵们就放低长枪，枪尖压在积雪中，在需要的时候他们可以轻易地举起来。他们取下马弓，从箭囊里抽出箭搭在弓上，但没有把弓拉开。只有新手才以为能够长时间地拉开弓。岚没有带弓，他的职责是指挥战斗，而非攻击某个特定的目标。弓是对付艾伊尔人的好武器，然而许多南方人却对它不屑一顾。艾玛瑞斯和他的提尔兵会举着长枪和剑径直冲向艾伊尔人。有的时候那是唯一可行的战术，但除非事不得已，无谓的牺牲是愚蠢的。和艾伊尔人近身搏斗，伤亡就和桃子的毒素一样无可避免。

他并不担心艾伊尔人看到他们后会撤退。和某些人的想象不同，艾伊尔人不是野蛮的战士，胜局无望的时候也会撤离战场。但是六百名艾伊尔人会认为双方数目对比非常合适，尽管对方有地势高的优势，但他们只需要对付不到四百人。他们会穿过箭雨发动冲击。如果弓手射术良好，一张马弓可以杀死三百步外的敌人，击伤四百步外的敌人。艾伊尔人必须在密集的箭雨中冲过相当长的一段距离。不过，他们也带着兽角和筋做的弓，它和马弓一样有杀伤力。

最坏的情况是艾伊尔人守在对面，双方互射弓箭，不管艾玛瑞斯多快赶到，双方都有杀伤；最好的情况则是艾伊尔人决定要冲过来，在奔跑中他们没法精确地射中目标。至少如果艾玛瑞斯没有迟到的话这会是最有利的情况。接下来艾伊尔人可能会试图攻击侧翼，如果他们知道后面有人追击的话，那就真是捅了马蜂窝了。不管怎样，当艾玛瑞斯在他们后面发起攻击的时候，岚会集中他的兵力冲下山丘。

总之，这就是锤子和铁砧的计划。一部分兵力阻击艾伊尔人，然后一部分从另一边进攻，两边同时收拢。这是个简单而有效的战术，大部分有效的战术都是简单的，就算是凯瑞安的猪头们也能学会。很多阿特拉人和莫兰迪人都失败了，因为他们拒绝吸取教训。

灰白的天空已经变得明亮起来，太阳很快就会从他们身后的地平线升起，映出山顶上他们的身影。一阵风吹过，吹起了岚的斗篷，但是他又一次唤起了“唯一”，屏蔽了寒冷的感觉。他可以听见布卡马和他周围的人喘气的声音。马匹在队列中不耐烦地踢着积雪。一只鹰从平原上方飞过，沿着树林的边缘寻找猎物。

突然那只鹰扭头飞走了，一队艾伊尔人出现了，他们20个人肩并肩，快步走出树林，积雪似乎没怎么减慢他们的速度，他们抬高膝走路，和在没有障碍的情况下走得一样快。岚从鞍袋中抽出他的望远镜，它非常好用，是凯瑞安制品。当他把黄铜制的镜筒举到眼前时，一里之外的艾伊尔人仿佛立刻变近了。他们身材高大，大多数和岚一样高，有的甚至更高一些。他们穿着棕灰色的外套和裤子，在雪地里很显眼。每个艾伊尔人都在头上绑了一块头巾，戴着蒙面至眼的黑色面纱。有些可能是女人——有的艾伊尔女人会和男人并肩作战——但大部分是男人。他们一手持一支短矛，另一手握着一块牛皮小圆盾和另外几只矛，弓挂在背后。他们手握这些矛的时候战力惊人，使弓的时候也一样。

除非瞎了眼，艾伊尔人不可能忽略这些等待着他们的骑兵，但是他们没有停下脚步，仍然继续前进。他们的队伍如一条粗胖的蛇，从树林滑向铁钩岭。西边很远的地方依稀传来号角声，声音这么小，吹号的人一定还在河边，甚至可能还没过河。艾伊尔人仍在继续前进。号角吹响了第三声，停了停，然后又是第四声，第五声……一些艾伊尔人回头望去。究竟是号角声引起了他们的注意，还是他们已经察觉了艾玛瑞斯的追击？艾伊尔人继续从树林中走出来。某人恐怕完全搞错了敌军数目，不然就是已有更多的艾伊尔人加入了第一支队伍。现在走出树林的已有超过一千人，树林里还有更多。可能有一千五百人，或者更多。岚把望远镜塞回皮套里。

“拥抱死亡。”布卡马低声道，语气冷似寒铁，岚听到队伍中的边境国人回应着同样的话。他在脑中默念了一遍，应该足够了。死亡终究会降临在每一个人的头上，而且当然，也很少会在他所希望的时间和地点来临。有些躺在自家的床上离开人世，但是从孩提时代起，岚就知道那不是他的命运。

他镇定地望了望左右的人。沙戴亚人和坎多人自然表现沉稳，而他很高兴地看到，多曼人没有一个表现了丝毫焦躁。没有人观察身后的逃跑路线。并非是岚对他们期望不高，毕竟他已经与他们一同奋战了两年，但是他更信任边境国人。边境国人知道有时候必须选择最艰难的路，这种品格刻在他们的骨髓之中。

最后一批艾伊尔人走出了树林，他们有超过两千人。预定的计划已经全无意义了，但他们已经没有退路了。两千艾伊尔人足以击垮他的队伍，然后还可以再对付艾玛瑞斯，除非他们能像暗帝一样幸运。如果艾玛瑞斯进攻的时候铁砧已经没有了，提尔军就会遭到屠杀。但如果他能够坚持到艾玛瑞斯到达，那么也许锤子和铁砧都有机会撤退。而且，他已经许下承诺。当然，他并没有准备在这里无谓地丢掉性命，也不准备让他的人无谓地牺牲掉。如果艾伊尔人走到两百步以内的时候，艾玛瑞斯还没有及时赶到，他会带领队伍冲下山丘，尝试绕过艾伊尔人和提尔人会合。他从剑鞘里抽出他的剑，持剑的手垂在身侧。现在它只是一把剑，没有什么引人注目的特点。以后它也不过只是一把剑，但是它承载着他的过去，还有将来。西边的号角声几乎已经连成一片。

突然，一个走在队伍前面的艾伊尔人把他的矛高高举过头顶。当他把矛放下之后，整支队伍都停下了。他们离山丘相隔超过五百步远，远在弓箭的射程之外。以光明的名义，这是怎么回事？在停下的同时，队伍后半部分的人转身面向来路。难道仅仅是因为他们过于谨慎吗？最好还是假定他们发现了艾玛瑞斯的队伍。

岚又取出望远镜，左手端着它，仔细观察艾伊尔人。队伍前列的人手搭凉棚，正在观察山上的骑兵。这毫无意义。逆着日出的阳光，他们至多可以看到黑色的身影，也许还有头盔上的顶冠。至多如此。艾伊尔人似乎正在互相交谈。其中一个领头的人突然把持矛的手举过头顶，其他人跟着照做。岚放下了他的望远镜。现在所有艾伊尔人都面朝前方，每个人都把矛举过头顶。他从来没有见过这种场面。矛又整齐划一地落下了，艾伊尔人齐声喊出了一个词，呼喊声在两支队伍之间回荡，压过了远方的号角声。

“Aan’allein！”

岚和布卡马交换着好奇的眼神。那个词是古代语，是兽魔人战争数千年之前的传奇时代的语言。岚所能想到的最好的翻译是“孤身奋战之人”。它究竟是什么意思？为什么艾伊尔人要喊出这么一个词？

“他们移动了。”布卡马嘟哝着。的确，艾伊尔人又开始前进了。

然而他们却没有朝着铁钩岭走来，而是向北方走去，戴着黑纱的艾伊尔人队伍很快恢复了行进速度。然后，当队伍前列远离了山丘之后，他们又一次转而向东前进。一件怪事又接着一件怪事。这不是攻击侧翼的战术，他们不可能只从一侧发动进攻。

“也许他们要撤回艾伊尔荒漠了，”卡乃金喊道。他听上去有点失望。其他人大声地嘲笑他的看法。人们普遍认为艾伊尔人在被杀光之前是不会离开的。

“我们追吗?”布卡马轻声问道。

岚考虑了一会，摇了摇头。“我们去找艾玛瑞斯大人，和他好好谈谈这个锤子和铁砧的计划。”他说。他也想知道那些号角声到底是怎么回事。这一天在诡异的气氛中来临，他有种感觉：在这一天结束之前，还会有更多怪事发生。

第 2 章

心愿已了

炉火在玉座起居室的壁炉里跃动，沐瑞仍然冷得发抖，不得不咬紧牙关以防牙齿打战。不过这样她也就不会打哈欠了，就算她昨晚半夜未眠，打哈欠仍然是不应有的举止。墙上挂着色彩鲜艳的冬用挂毯，其图案描绘了花园春景。屋里的温度冷极了，她觉得挂毯上应该覆着冰霜，雕有波浪花纹的房檐下也该悬着冰柱才对。火炉在房间的另一边，它散发的热量并不能温暖整个房间。而且她身后几扇拱形大窗的玻璃窗扉——窗外是俯瞰玉座私人花园的阳台——和窗框契合得并不十分紧密，冷风能从边沿的缝隙中漏进来。每当屋外寒风咆哮的时候，都会有一股阴风穿过羊毛裙服吹拂着她的后背。冷风也会骚扰她的密友史汪。不过，史汪虽是提尔人，但她就算冻死也不会容许自己表现出一丝软弱。沐瑞在凯瑞安的太阳宫里度过了大部分少女时光，那里的冬天也是一样寒冷，但那时她从未被迫站在漏风的窗缝前。寒气从大理石地砖里渗出，溢过伊立安绣花地毯和她的拖鞋。她左手上戴着金质的巨蛇戒，噬尾之蟒象征着时间的永恒和延续，也是导引初学者和白塔的连结的标志。现在这戒指也冷得像冰。当玉座告诉见习生在一边站好，不要打扰她的时候，见习生就必须站在玉座指定的那个地方，并且努力不要让玉座注意到她在颤抖。如果说还有什么比寒冷更糟的，那就是寒风也无法吹散的浓重刺鼻的烟味。这烟味不是来自烟囱，而是来自塔瓦隆附近正在燃烧的村庄。

她集中精力抵御寒冷，尽力忽略烟气带来的不适，还有外面的厮杀。窗外的天空已经是清晨的灰白，过不了多久，战斗又要开始了，也许已经开始了。她想知道现在的战况，她有权过问，因为引发了这场战争的人就是她的大伯。她当然不会对艾伊尔人怀有一丝宽恕之心，他们几乎毁灭了凯瑞安城，还有整个国家，但是她清楚引发战争的罪魁祸首是谁。不过自从艾伊尔人攻打到附近之后，见习生也和初阶生一样被严禁走出白塔的围墙，围墙之外的世界对她们来说仿佛不复存在。

白塔守备司令亚兹·马里德定期送来战况报告，但是只有正式的两仪师才有权阅读这些报告。若你问她们关于战况的问题，只会被告诫"先管好你自己的学业"，仿佛这场自亚图·鹰翼时代以来的最大规模的战争，这场几乎就在她的鼻子底下发生的战争，仅仅只是一件令人分心的琐事！

沐瑞知道现在她还不可能参与到这些事务中来——根本不可能——但是她就是想知道，哪怕能知道现况如何也好。这愿望不太合逻辑，但是直到现在，她还从未考虑过在取得披肩之后加入白宗。

房间的另一端，两个穿着蓝丝袍的女人面对面地坐在一张小写字台的两边，她们所坐的位置同样远离火炉，但似乎完全没有受到烟气和寒冷的困扰。当然了，她们是两仪师，岁月无法在她们的面容留下痕迹，但她们见过的残垣断壁比任何将军都多，这点烟雾不会引起她们的注意。就算面前有一千个燃烧的村庄，她们也能保持从容。作为两仪师，必须学会在必要时控制情绪，压抑内心的情感。塔摩拉和吉塔拉没有流露疲倦。见习生之所以整夜守在这里，因为她们随时会需要人跑腿。两仪师不会像常人一样受冷热影响，她们总是显得不在乎冷热。沐瑞曾试图解开其中的奥秘，每个见习生迟早都会试过。无论她们是如何做到的，都与至上力无关，否则沐瑞就可以看到编织，至少也可以感觉得到。

塔摩拉不仅仅是两仪师，她是艾梅林玉座，两仪师之首。她被立为玉座之前属于蓝宗，但是现在她肩上围巾的颜色包括全部七个宗派的代表色，表明玉座既不属于任何宗派，又属于所有宗派。纵观白塔的历史，有的玉座恪守这条法则，有的则不尽然。塔摩拉的裙服上也饰有着七色线条，不过这种穿着并无必要。七宗派没有一个能在玉座面前占有优势，也没有一个会受到不公的待遇。而在白塔之外，一旦塔摩拉·奥斯普恩雅开口，国王和女王们都要聆听，无论是那些任命过两仪师作为顾问的，还是憎恨白塔的，这就是玉座的权力。君主们可能不会采纳她的建议或者遵循她的教导，但是他们会礼貌地听取她的意见，即使是提尔大君和圣光之子的总司令也不敢无视她的话。她的长发中夹杂着几缕灰色的发丝，戴着一只镶珠宝的银发网，一张方脸总是十分严肃。她可以从容地对付各方君主，但从不滥用自己的权力，无论是在白塔内还是在白塔外，都不会随意动用权威。塔摩拉处事公平且公正——二者通常不是一码事——而且待人十分和善，沐瑞十分仰慕她。而另一个女人，塔摩拉的撰史者吉塔拉·莫若苏，则是完全不同的另一类人。她可能是白塔里第二有权势的女人，至少也能和守护者们平起平坐。吉塔拉通常也处事公正，但是她的为人绝对无法用“平易近人”这个词来形容。她衣着之浮华几乎可以赶得上绿宗或者黄宗。她身材很高，体态近乎妖娆，常戴着一串粗重的火焰石项链和一对鸽蛋大小的红宝石耳环。除了巨蛇戒之外，还戴有三只镶珠宝的戒指。她裙服的蓝色比塔摩拉的更深，且是由绸缎所织。她肩上披的撰史者长巾（蓝色的，因为她也是从蓝宗升到这个位置的）几乎和披肩一样宽。沐瑞曾听说吉塔拉仍自认为属于蓝宗，若此言非虚，委实令人震惊。虽然这属于她的个人自由，但人们还是常常私下议论她长巾的宽度问题。

和所有的两仪师一样，在驭使至上力多年之后，吉塔拉的容颜永远不会受到岁月的侵蚀。乍一看去，你可能会认为她只有 25 岁，或许还要更年轻些。再一看，你又会认为她是一位 45 岁或者 50 岁的妇女，虽然不算很漂亮，但面相很年轻。再仔细看一次，你就会明白先前完全看走了眼。了解两仪师的人知道，光滑的、岁月无痕的面孔是她们的标志之一。但大多数人并不了解她们，他们会被她的发色所迷惑。她的头发里插着几把象牙梳，发丝如雪一般洁白。传言道，她已经有三百多岁了，以两仪师的标准来看也是非常的老了。谈论一位姐妹的年龄是非常粗鲁的，即使两仪师也会因此而受罚，初阶生和见习生则会立刻被送到初阶生师尊那里接受鞭笞。但是只想想这个问题便不算什么。吉塔拉还有其他不同寻常的地方，她有时可以作出预言，那是一种道出未来之事的天赋。

预言是非常罕见的天赋，吉塔拉只是偶尔才会作一次预言。但有传言说（见习生的房间里总有很多流言蜚语），在先前的几个月，吉塔拉做过不止一次预言。有些人宣称正是由于她的预言，军队才会在艾伊尔人到来之前就驻扎在城外。当然，见习生中没有人能够肯定，也许两仪师多少会知道一点吧。虽然吉塔拉的预言能力众所周知，但除了塔摩拉之外一般没人知道这些预言的内容。期望在吉塔拉面前听到她做出的预言是不切实际的，但沐瑞仍抱有一丝幻想。然而她和史汪在这里顶替特麦尔和布伦达斯服侍玉座已经有四个小时了，吉塔拉却仍只是坐在那里写信。

她突然意识到吉塔拉花了将近四个小时在这封信上，这时间未免太长了点，而且她连半页纸都还没有写满。她只是坐在那里，笔头悬在米色的信纸上方。仿佛察觉到了沐瑞的想法一般，吉塔拉看了看手中的笔，不满地嘟哝了一句，然后用笔尖蘸了蘸红釉瓷碗中的酒精，以除去上面的干墨迹。显然她已经洗过很多次笔尖了，瓷碗里的液体已经和银边玻璃墨瓶里的墨水一样黑了。塔摩拉面前放着一只烫金皮夹，里面装满了纸张，她似乎正在全神贯注地钻研这些书页里的内容，但是沐瑞从没见过她翻动过任何一页。两位两仪师的神情非常镇定，但是她们的内心里显然并不平静。这让沐瑞也感到不安，她紧张地咬了下嘴唇，又忍下一个哈欠，心里仍然充满疑惑。

今天一定发生了什么特别的事情，才令她们如此忧虑。昨天沐瑞还在走廊里遇到过塔摩拉，那时她看上去就像是全世界最自信的女人。困扰她们的也许是塔外已经持续了三日之久的惨烈厮杀吧。如果吉塔拉的确预见了这场战斗，并做过预言的话，那会是关于什么的呢？猜是猜不出来的，只有细心的推理才能解开秘密。也许她预言了艾伊尔人会渡过河流攻入城内？不可能，三千年以来，一个又一个曾经繁盛的国家相继衰落，连鹰翼的帝国也在纷飞的战火中陨落，但是没有一支军队能攻入塔瓦隆的城墙之内，它的城门从未被攻破过，而且在这三千年中甚少有军队曾试图攻打塔瓦隆。那么，也许这场战斗会引发另一种形式的灾难？又或者它是避免灾难的关键所在？除了塔摩拉和吉塔拉，两仪师现在都在白塔外面——虽然有的可能在入夜之后回塔了。传言说，伤员实在太多了，以至于几乎没有治疗天赋的两仪师也必须参与救治。然而没有一个两仪师会坦率地点明她们的任务。两仪师不能说谎，但她们的话总是模棱两可，经常会造成错误的印象。两仪师不可以使用至上力作为武器，除非她或她的护法遇到了危险。在兽魔人战争期间，两仪师曾与暗影生物和暗黑之友的军队交战，不过从那以后她们再也没有参与战斗。但是也许吉塔拉的预言是两仪师必须插手才能避免灾难？那又为什么要等到第三天呢？难道这个预言竟会是如此详细，连日期都指明了吗？如果两仪师更早就投入了战斗，那么……

沐瑞从余光中瞥见史汪在冲她微笑，笑容让她那精明强干的容貌更漂亮了，明亮的蓝眼睛闪闪发光。她比沐瑞高出近一手，几乎和沐瑞一样白皙，沐瑞以前曾因为周围所有的女人都比她高而困扰，后来她就习惯了，但她还是对身高很敏感。史汪穿着正式的见习生裙装，一举一动都透着沐瑞永远无法企及的自信。她身着雪白的高领裙服，褶边和袖口上饰有七彩条纹，和玉座长巾上的图案类似。沐瑞无法理解白宗的姐妹如何能够忍受永远只能穿白色，看上去就像在服丧一样。对于她来说，作为初阶生最令人痛苦的就是一天到晚都只能穿平淡无奇的白衣。不过话说回来，练习控制情绪可能更难一些。无法控制情绪时不时还会给她带来麻烦，不过第一年过后就好多了。

“我们会搞清楚的。”史汪说，她匆匆地瞥了一眼塔摩拉和吉塔拉。她们没有任何反应。吉塔拉的笔尖仍然悬在信纸的上方，墨水已经快要干了。

沐瑞不禁也微笑了起来，史汪有一种魅力，可以让她愁眉顿展、破涕为笑。这一笑让她忍不住打了个哈欠，她赶紧扭头看了看玉座和撰史者有没有注意到她。还好，她们仍在沉思中。她转头又看见史汪用手捂住了嘴，正双目圆睁地瞪着她，她这表情差点让沐瑞笑出声来。

最初沐瑞自己也感到奇怪，史汪竟能成为她的密友。在初阶生和见习生中，最亲密的朋友要么非常相似，要么完全不是同一类人。在某种程度上，她和史汪也有相似之处，她们的父母都已经故去。母亲在她们很小的时候就死了，父亲则在她们离家之后没过多久也离开了人世。她们都属于天生就拥有导引能力的那类人，这是比较罕见的。无论是否曾经试图学习导引，她们迟早都会开始导引至上力。不是所有女人都有机会学习导引的。

但除此以外，她们在来到塔瓦隆之前的生活没有多少共同之处，而这不仅仅因为史汪出身寒微而她出身高贵。在凯瑞安，两仪师是受人尊敬的，沐瑞在动身前往白塔之前，太阳宫特地举办了一场盛大的舞会为她送行；而在提尔，导引是被禁止的，两仪师是不受欢迎的。在某位两仪师发现史汪可以导引的当天，她就被捆绑着扔上了一艘航往塔瓦隆的船。她们之间的差异何其之多，但大多都无关紧要。不过值得一提的是，史汪在来白塔之前就能够很好地控制自己的情绪，她很擅长破解谜团，而沐瑞却并不精于此道。史汪向来无法忍受马匹，而沐瑞则很喜欢骑马。史汪学习新东西的速度常常令沐瑞震惊。噢，不是指学习导引。她们的名字在同一天登入初阶生名册，在导引学习上携手共进，甚至在同一天通过了见习生的测试。但是，沐瑞受过贵族式的教育，学过从历史到古代语的所有课程，她可以毫无困难地阅读和使用古代语，因而被免去了这一部分课程的修学。而作为提尔渔夫的女儿，史汪刚到白塔的时候基本认不了几个字，也不会做哪怕是最简单的算术。但是从那时起她就像沙子吸水一样努力地汲取知识。现在她已经能向初阶生讲授古代语了，至少可以代上最初的几堂课。

史汪·桑辰被树立成为所有初阶生的模范和榜样，哦，她们两人都是榜样。除了她们以外，还有一个女人用三年时间就完成了初阶生的训练。她就是爱莉达，一个令人嫌恶的女人，作为见习生她也只用了三年就被晋升为两仪师，这是一项傲人的成绩。不过她们有机会与她比肩。沐瑞非常清楚自己有弱点，但是她认为史汪会成为一名完美的两仪师。

她不禁暗自念起一句话：耐心是呆子的美德。这时窗扉被风吹得嘎嘎作响，又一阵冷风袭来。她身上穿的单衣完全抵挡不了寒风，她不禁叫出了声。

塔摩拉转过头向窗户这边望过来，然而引起她注意的并非沐瑞。远方突然传来的号角声，数十只号角齐声吹响，不，有数百只。如果在白塔这里都能够听到的话，肯定得有几百只。一定发生了非常紧迫的情况。玉座猛地合上了她面前的皮夹。“沐瑞，去查查有没有从战场上送来的消息。”她语气平稳，但语调里有种不易察觉的紧张，“史汪，沏些茶。快点，孩子。”

沐瑞眨了眨眼。*玉座在担心什么事情？*但是她现在只能照做。“如吾母所愿。”她和史汪齐声答道，丝毫不敢迟疑，一同行了大屈膝礼，然后转身向壁炉旁边的前厅走去。门旁的桌子上放着一只镂金的银壶，下面垫着草编的垫子，旁边还有一只茶叶罐、一坛蜂蜜、一小罐牛奶和一只大水罐，这些器皿都是银质的。桌上还有一只托盘，上面放着几只精致的海族瓷杯。沐瑞感到了一阵轻微的刺痛，她知道史汪已经向真源敞开，拥抱了阴极力——至上力的女性一半。一般情况下，借助导引来完成杂务是不被允许的，但是玉座说了要尽快。史汪已经备好了一道微弱的火之能流以便烧水，塔摩拉和吉塔拉都没有阻止她。

玉座起居室的前厅并不大，只有少数客人会在这里等候玉座接见。通常，她会在白塔的正厅或是隔壁的书房里接见来宾，很少在私人房间里会客。前厅里略有暖意，因为它就在起居室壁炉的后面。屋里只有一张雕工朴素的大椅，虽然它很沉，但是瘦弱的艾琳·瓦瑞尔还是设法把它搬到了镀金的座灯旁边，这位值班初阶生想要在更亮一点的地方读书。此刻她正专注地读着一本木制封面的书，没有留意起居室的门，也没有听到沐瑞踩在流苏地毯上的脚步声。

沐瑞走到她的身后，从她肩头上瞥去，本来她早就应该感觉到沐瑞的存在。她来白塔那年已有 18 岁，而后又在这里度过了七年，早就不是小孩子了。但是不管年龄多大的初阶生都会被当作孩子对待，而且见习生也总是被两仪师唤作“孩子”。沐瑞在刚进房间的时候就感觉到了这个“孩子”的导引天赋。现在离得这么近，艾琳肯定也可以感觉到她。一个有天赋的女人没法悄悄靠近任何可以导引的女人，除非后者因为某些事情而分了心。

从艾琳肩后一瞥，沐瑞立刻就认出了那本书——《火焰之心》，一本爱情故事集。白塔拥有全世界最大的图书馆，收藏有几乎所有曾经付印的图书。但是这一本不适合给初阶生阅读。见习生则在阅读书目上有更多的自由，到了这个阶段，她们已经意识到自己仍未曾老去的时候，就会眼看着丈夫衰老死去，而儿女和孙辈们，甚至重孙辈们也将步之后尘。而初阶生是不应该考虑男友和爱情这类事情的，也不该接触男人。如果一个初阶生试图和情人私奔的话，那她的初阶生生涯就全毁掉了，如果她怀了孕的话，甚至会更糟。初阶生训练中的种种艰苦都是有意为之，与其让你成为两仪师，然后又在惨痛的失败面前崩溃，不如在初阶生阶段就逼迫你放弃退出。两仪师会面临更多的艰难，有孩子的女人几乎是不可能面对这些考验的。

“你应该去找本更适合你读的书，艾琳。”沐瑞语气淡然地说，“而且不要忘了你的职责。”

还没等沐瑞说完，艾琳就惊叫一声，猛地站了起来，那本书翻了几个跟头砸到地上。这女孩来自安多，身材并不算高，但是沐瑞仍然要抬起头才能直视她的双眼。艾琳发觉来人是沐瑞，稍稍松了一口气，但还是没有掉以轻心。在初阶生眼里，见习生的权威仅次于两仪师。艾琳提起朴素的白裙，匆匆屈膝行礼。“如果有人进来的话我肯定能看到的，沐瑞，茉瑞安两仪师说我可以看书。”她稍稍歪过头，一手捋着头上扎着的白色发带。初阶生的衣着从头到脚都是白色的，就连脚上皮拖鞋也是白色的。“为什么这本书不适合我读呢，沐瑞？”她比沐瑞要大三岁，但巨蛇戒和缎带裙服在初阶生眼里都是学识的象征。然而不幸的是，某些话题总是会让沐瑞感到尴尬。如何表现得体便是其中之一。她捡起掉在地上的书，递给伊琳。“如果你还书的时候被图书馆发现书弄坏了，她们会非常恼火的。”如果一个两仪师不想正面回答问题，她就会这么回应。沐瑞感到十分满意。在获得披肩之前，见习生常常会模仿两仪师的言谈举止。但只有在初阶生面前摆这种架势才是安全的。偶尔有人会试图对仆人们装装样子，但是那只会招来耻笑。仆人们很清楚，在两仪师眼里，见习生的地位比真正的两仪师可是低了不止一点，只比初阶生稍稍高一点而已。

正如沐瑞所希望的那样，艾琳急忙翻开手里的书检查损坏的情况。于是沐瑞立即接着问了下去，以免她再次提出那个尴尬的问题，“孩子，有来自前线的新消息吗？”

艾琳惊得双眼圆睁，“你明明知道如果有消息送到的话我肯定会立刻送进屋里的，沐瑞，你明明知道的！”

沐瑞的确是知道的，塔摩拉也是知道的。但是，撰史者和守护者们也许可以指出玉座命令中的荒谬之处——至少沐瑞是这么认为的——见习生却只能照吩咐行事。不过初阶生同样没有资格指出一个见习生的问题中的愚蠢之处。“艾琳，这是你应该有的态度吗？”

“我错了，沐瑞。”艾琳悔悟地说，连忙又行了一个礼，“我到这里值班之后一直没有消息送来。”她又歪过头，问：“吉塔拉两仪师有做过预言吗？”

“回去看你的书吧，孩子。”这句话刚一出口，沐瑞立刻意识到自己说错了话，这指示和她之前说过的话矛盾了，不过现已经来不及改口了。她立刻转身离开，希望艾琳没有注意到她突然泛红的脸颊。她快步离开前厅，竭力维持着庄重的姿态。不管怎么说，初阶生师尊准许她在这里看书了。图书馆也准许她借走这本书了，除非她是从见习生那里转借的。但是沐瑞还是不想在别人面前说蠢话。

沐瑞回到起居室，关上正门。茶壶嘴里冒出缕缕水汽，水罐里的水也烧开了。史汪身上的微光也已经消失了。在至上力的作用下，水很快就能烧开，其诀窍是要防止蒸汽溢出来。史汪已经在两只绿杯里倒满了水，正在往其中的一杯里面兑蜂蜜。另一杯则要加牛奶。

史汪把加好了蜂蜜的那一杯递给沐瑞。“吉塔拉的。”她轻声道，然后又用更小的声音嫌恶地说：“她喜欢像糖浆一样甜的味道，她要我不要吝惜，多多地放！”瓷杯在沐瑞手里稍稍有点烫，等她走到房间另一头，把杯子送到吉塔拉的写字桌旁之后，温度就刚刚好。吉塔拉不耐烦地用手指敲着桌面。摆在炉台上面的黑木挂钟敲响了晨起的钟声。远方的号角声仍未停息，沐瑞觉得号音听上去异常狂乱，不过可能这只是她自己的想象吧。

塔摩拉站在窗前，凝视着窗外正在逐渐变亮的天空。她怔怔地望着窗外，直到史汪向她行了屈膝礼，递上茶杯后，才转过身来。看到沐瑞，她没有去接茶杯，而是问道：“有什么消息，沐瑞？你该知道不可拖延的吧？”她心里一定紧张极了，否则不会说出这种话的。她肯定知道不管有什么消息沐瑞都会立即禀报的。

此时沐瑞手里还拿着吉塔拉的茶杯，还没等她回话，撰史者猛然站了起来，重重地撞到了写字桌，碰翻了墨水瓶，洒了一桌子墨水。她颤抖着，双手僵硬地垂在身体两侧。她向沐瑞身后望去，双眼圆睁，目光里充满了恐惧——纯然的恐惧。

“他又一次重生了！”吉塔拉喊道，“我感觉到他的存在了！真龙在龙山山坡上第一次的呼吸！他来了！他来了！光明救救我们吧！救救这世界吧！他躺在雪地里，哭声震天！他的光芒像太阳一样耀眼！”

喊完最后一个字，她虚弱地叹了口气，然后倒在了沐瑞的怀里。沐瑞丢掉茶杯，想要扶住她，但是吉塔拉比她高多了，结果她们两人都摔倒在了地毯上。沐瑞拼命用膝盖顶住撰史者，才没有被她压在下面。塔摩拉立刻冲过来跪在她身旁，丝毫不顾墨水正从写字桌上汩汩淌下。她周身散发出阴极力的光芒，一道汇合了魂之力、火之力和风之力的编织立刻编成。她双手扶着吉塔拉的头，将编织送入不省人事的撰史者体内。然而那编织并非用于治疗，而是用来探查生命迹象的。沐瑞希望撰史者体内至少还留有一丝生命的迹象，一丝玉座可以重新点燃的火花。但看到吉塔拉直愣愣的无神的双眼，她明白了玉座为什么没有先尝试施救。至上力可以医好任何疾病，治愈一切伤痛，除了死亡。撰史者所写的东西已经被满桌流淌的墨水浸透了——真是奇怪啊，在这种时候，她竟还会去留意这么微不足道的细节。

"不要走啊，吉塔拉，"塔摩拉柔声说，话里透出深入骨髓的疲倦，"不要是现在，现在正是我最需要你的时候。"

过了一会儿，她缓缓抬起头，盯上了沐瑞，沐瑞低下头避开她的目光，传言道塔摩拉瞪视可以吓退磐石，沐瑞现在信了。玉座又扭头向史汪那边看过去，史汪还站在窗边，双手捂嘴，她刚才端着的茶杯躺在脚边的地毯上。玉座如炬的目光让她也猛地打了个颤。

沐瑞看了看她之前拿过的茶杯，还好它没碎，她想，海族制作的瓷皿非常昂贵——唉，当你真的不愿意想到某些事情的时候，你的思绪就会跟你玩捉迷藏……

"你们两人都够聪明，"塔摩拉终于说道，"而且都不聋，真可惜啊。你们都听到吉塔拉刚才的预言了。"这话听起来像是询问，于是她们都点头称是。塔摩拉叹了口气，这似乎不是她希望得到的回答。

玉座从沐瑞怀里抱走了吉塔拉的遗体，小心地把她安放在地毯上，抚平了她的头发。过了一会儿，她抽下了吉塔拉肩上宽大的蓝色长巾，仔细叠好，然后用它盖住了撰史者的脸。

"吾母，若您准许的话，"史汪用沙哑的嗓音说道，"我可以让艾琳去找撰史者的佣人来处理她的后事。"

"不行！"塔摩拉喊道，她如炬的目光扫视着二人，"我不准你们把这件事告诉任何人，无论如何都不许说。必要时可以说谎，就算是对两仪师说谎也可以。吉塔拉去世之前没有说过一个字，听明白了吗？"

沐瑞急忙点头，她瞥到史汪也在拼命点头。她们还不是两仪师，可以说谎，虽然她们总是在模仿两仪师的言行，但偶尔还是说过假话。然而她们还从未被命令说谎，尤其是对两仪师说谎，而且还是玉座亲自下的令。

"很好，"塔摩拉疲惫地说，"叫——值班那初阶生叫艾琳？——叫艾琳进来。我会告诉她到哪里去找吉塔拉的佣人。"显然她们还要确保艾琳没有偷听到门里发生的一切。"她来了以后，你们就可以走了。记住！一个字都不许说！

不能跟任何人说！”听她如此反复强调感觉有点怪，玉座的命令本来就是要当作誓言一样遵守的，无须强调。

我希望能听到预言，最后一次屈膝行礼的时候沐瑞想，*于是就听到了世界末日的预言*。现在她想，要是自己能在许愿之前三思该多好啊。

第3章

练　习

玉座房间外宽阔的走廊和她的居室一样冷，而且都处在风口。挂在白色大理石墙壁上的织锦有时会被强风吹得舞动起来。在鲜艳的织锦之间，镏金座灯中的火苗不停闪烁，几乎要被风吹熄了。初阶生和大多数的见习生现在应该还在吃早饭，走廊里空空荡荡，只剩下史汪和沐瑞两个人。她们踩在有走廊一半宽的蓝色地毯上，以稍稍阻隔一些冰冷的地砖中渗出的寒意。七种颜色的地砖不断交替，聚齐了每个宗派的代表色。沐瑞此刻仍处在震惊之中，她一言不发，几乎没有留意到仍未停息的微弱号角声。

她们经过一个拐角，转入一条铺着白色地砖和绿色地毯的走廊。她们右侧的走廊同样挂着织锦，摆着座灯。它螺旋上升，通往各宗派专属的区域。走廊能够看到的部分铺着蓝色和黄色的地砖，地毯则是灰棕红相间。在各宗派专属的区域内，其宗派的代表色会占有主体地位，其他颜色基本看不到。但是在公共区域里，七个宗派的颜色则会均衡分布。她的脑海里泛起了漫无边际的想法，有的宗派明明就是比其他的大，为什么地位却平等呢？难道它们曾经人数均等？那怎么可能？新擢升的两仪师可是能够自由选择宗派的。然而每个宗派却占有同等大小的区域。胡思乱想总要好过……

“你想吃点早饭吗?”史汪问道。

沐瑞有点诧异,早饭?“我怕是一口也吃不下,史汪。”

史汪耸了耸肩。“我也吃不下,不过如果你打算去吃的话我会陪你去。”

“我想回房间睡一会儿,如果我还能睡得着的话。两个小时以后我还要给初阶生上课。”而且如果两仪师们不快点回来的话,今天恐怕还要上更多的课。初阶生的课程不能因为一两场战斗这样的小事而耽误了,也不能因为……她不愿去想那件事。如果两仪师没能赶回来的话,她自己也会错过几节课程。见习生主要依靠自学,不过她正在接受梅琳两仪师的私人辅导,还有拉瑞尔两仪师的。

“睡觉是浪费时间,我们可没有多少时间了。”史汪坚决地说。“我们要练习,为试炼做准备。剩下的时间可能有一个月,也可能就在明天早上。”

“可是我们也不知道试炼是不是马上就要来了,茉瑞安只是说她认为我们的试炼快要到了。”

史汪大声地哼了一声。来自码头的她还是初阶生的时候,言谈举止十分粗俗。现在两仪师们已经教会了她如何把嘴巴放干净,但她们还是没能抹平她的棱角。这也无妨,粗犷是史汪的一部分。“如果茉瑞安说试炼快了,试炼就一定在一个月之内。你明白的,沐瑞。我们必须要练习。”

沐瑞叹了口气,她并非真的认为自己能睡得着,现在肯定睡不着。但她也不认为自己还能够集中注意力。练习是需要集中精力的。

“哦,好吧,史汪。”

在两人之中,渔夫之女史汪往往是领头的那个人,而贵族小姐沐瑞则甘愿跟随。除了她们的相识,这是两人的关系中最令人惊异之处。当然,世俗的社会地位在白塔里没有任何意义。历史上有两位玉座是乞丐之女,还有出身于商人家庭、出身于农民家庭、出身于匠人家庭,而出自王室血脉的却只有一位。此外,早在沐瑞离家之前,她就已经学会了如何评估一个人的潜力。在太阳宫里长大的人常常在学会走路之前就开始学习阅人之术了。史汪是个天生的领袖,让人觉得跟随她的领导简直就像是一种本能。

“我敢打赌,你获得披肩后只要一百年就能进入议会,在那之后过不了五十年你就会当上玉座了。”沐瑞说道。这不是她第一次说这种话了,史汪的反应和以往也没有什么不同。

“别诅咒我了,”史汪皱着眉说,“我还想去看看世界呢,没准我还能看到其他两仪师们从没去过的地方。以前在提尔,我曾看到过满载沙塔香料和象牙的船只,那时我就在想有没有船员敢把船开到贸易港口之外的地方。我就有这个胆量。”她脸上坚定的表情堪比塔摩拉。“有一回我父亲乘着他的船沿河而下，一直航向风暴之海。当时我直愣愣地看着南方，都顾不上拖网，我想不出等待在地平线之后的会是什么。不过总有一天我将能亲眼目睹。还有那爱瑞斯洋，谁知道大洋西边会有些什么？未知的土地，异国的风俗，可能还有像塔瓦隆一样伟大的城市、比世界之脊还要高的山脉，想想吧沐瑞，想想看！”

沐瑞强忍着没有露出笑容。史汪总是如此热衷于她想象中的奇遇，但却从来不肯承认自己渴望冒险。她会向每个跟她提到这个词的人指出，冒险只存在于故事或者书中，现实生活中没有所谓冒险。不过毫无疑问的是，当获得披肩之后，史汪会像离弦的箭一样奔向远方。在那之后她们大概每隔十年才能见一两次面，没准还会更少些。这个想法令她感到心头一阵剧痛，但是她并不怀疑它终会成为现实。这根本不需要预言。不，不要去想那件事。

她们转过又一个拐角，顺着狭窄的白色大理石台阶向下走去。史汪满脸的怒气逐渐消退了，她开始时不时地瞥瞥沐瑞。这块区域的地砖是鲜绿色的，地毯则是深黄，朴素的白色墙壁没有任何装饰，座灯也没有镏金。白塔这一部分是供仆人而非两仪师使用的。

“刚才你想岔开话题，没错吧。”史汪突然说道。

“什么话题？”沐瑞问道，她有点想笑。“去练习还是去吃早餐？”

“你知道我说的是什么，沐瑞。你怎么看？”

沐瑞的笑容消失了，不用问也知道史汪说的是什么：正是她一直想要忘掉的那件事。他转生了。沐瑞隐约还能听到吉塔拉的呼喊在她脑海里回荡。真龙的第一声呼吸……这令她不寒而栗。

世界等待着真龙预言的实现已有三千年。预言为世人所惧怕，但人人都知道它是拯救世界的唯一希望。现在一个男孩很快就要出生——照吉塔拉所言，应该很快很快了——预言将由他之手成为现实。他将会诞生在龙山的山坡上，在传说中前世的他死去的地方转生。三千多年以前，暗帝几乎挣脱了牢笼，它触摸到了人类的世界，带来了暗影战争。而终结了暗影战争的却是世界的崩毁。一切都被摧毁了，世界的样貌彻底变了，人类尽数沦为苟延残喘的难民。又过了好多个世纪，人们才终于不用艰难地求生，开始重建国家和城市。那个婴孩的诞生预示着暗帝将再一次挣脱封印，他将会在最终之战中与暗帝交战。他的肩上担负着世界的命运。预言说他是唯一的希望，但却没有明言他一定会赢。

比他失败的前景更可怕的是，他能够导引阳极力——至上力的阳性一半。这个事实使沐瑞发抖，令她毛骨悚然。阳极力为暗帝所污染，但时不时仍会出现试图导引的男人，有一些果真凭自学掌握了导引，在没人指导的情况下挺了过来，确实相当不易。在自学导引女人中也只有四分之一能够保住性命。他们之中的一些人掀起了战争，这些人一般被称作伪龙，他们自称真龙转生。其他人则试图混迹于常人之中，但除非被捕获并送到塔瓦隆驯御——永久切断与至上力的联系——所有这些人都逃脱不了发疯的命运。疯狂可能会潜伏很多年，也可能只消数月，但它终究会来临。历史记录里充满了这些恐怖的疯子，这些可以汲取那推动时光之轮转动的至上之力的疯子。而且预言还说，真龙将再一次带来世界崩毁。真龙的胜利真的比暗帝的胜利要好么？是的，没错，的确如此。即便世界已然崩毁，幸存的人们最终仍能够重建家园。而暗帝的胜利只会让整个世界化为坟场。无论如何，预言不会为一个见习生的愿望而改变，众国度所有人民的祈祷也无法将之改变。

“我想玉座已经说过，我们不可以谈论这件事。”沐瑞说。

史汪摇了摇头，“她说我们不能和别人说，但是既然我们已经知道了，私下讨论肯定没有问题……”这时，一个胸前绘有塔瓦隆之火、身材肥硕的女佣突然出现在她们面前的拐角处，史汪立刻闭上了嘴。

胖女佣从她们身边经过时，伸着长鼻子狐疑地打量着她们。也许她们看上去有点可疑。男佣人们对见习生甚至是初阶生的所作所为一概视而不见，这大概是因为他们不想在职责之外与两仪师有过多的牵涉。而另一方面，女佣则像两仪师一样紧盯着她们。

“只要我们小心谨慎。”当穿制服的女人已经走远了之后，史汪悄声说道。然而无论她多么确信私下谈论那件事是没有问题的，在她们回到白塔西翼的见习生区之前，她都没有想要继续讨论的意思。

那里有一片环形走廊，石质的栏杆围绕着一个三层深的天井，天井之下有一个小花园。在这个时节，花园里仅有一小片从积雪里伸出来的常青灌木。一个严重违规的见习生有可能会被罚去铲掉这里的雪——两仪师们坚信体力劳动可以培养人的品质。不过近来还不曾有人闯出如此大祸。沐瑞手扶栏杆，目光越过头顶上的六层走廊，向那属于冬季清晨的明亮天空望去。她呼出的气在面前结成水雾，号声在这里比在走廊里更清晰，空气中的异味也更浓重了。

这个天井里的房间足以供超过一百个见习生居住，在另一个同样的天井里还有一百多个。若不是因为吉塔拉的预言，她现在大概不会想起人数的问题。不过这个问题她早就思考过了，而且印象极为深刻。这里的房间足以容纳二百多个见习生，但是第二个天井很久以前就被关闭了，甚至没有一个在世的两仪师记得那是在什么时候。而这一个天井里也只有六十个房间有人居住。初阶生区也有两个天井，其房间可供近四百初阶生居住，但是其中一间也早已弃置不用。另一间则只住了不到一百人。她读过的记录显示，初阶生和见习生曾需要两人合住一间卧室。从前，半数被登记在初阶生名册里的女孩都能接受赢取巨蛇戒的试炼，现在只有不到二十个初阶生能得到这样的机会。白塔是为了供三千两仪师居住而建造的，而现在住在这座塔里却只有423个，还有大概两倍多的女人分散在众国之间。这些数目同样让人无法不铭刻在心。没有一个两仪师会公开谈论它，而且若有两仪师在场沐瑞也不敢提起。但是，白塔的确正在衰落。白塔正在衰落，而末日之战临近了。

“你担心的太多了。”史汪温和地说。“我父亲曾说：‘可以改变的事就放手去干，但是要学会适应你无法改变的事。’否则你就要整天胃痛啦。这句是我说的，不是我父亲说的。”她又哼了一声，夸张地打了个冷战，双臂环抱起身体，“可以进去了吗？我冷死了。我的房间比较近，来吧。”

沐瑞点了点头，白塔也教导她们要适应无法改变的事。但有些事情实在太重要，即使注定失败也必须一试。她还是个孩子的时候就学到了这一课。

见习生的房间除了细微之处略有不同外，基本上都是一模一样的：墙板是朴素的黑木，正对着门的一侧稍宽一些。屋内的陈设并不精致，远远超过了两仪师忍受的极限。地板上铺着一张产自塔拉朋的方形小地毯，蓝色和绿色的条纹已经有点褪色。屋内一角有一个带镜子的洗脸架，脸盆里有一只缺口的水罐。如果东西没完全坏掉的话，见习生只能将就着用。而如果坏了的话，她们还必须为此给出合理的解释。这里有些家具就像是来自某个贫苦的农家，比如那张堆着三本皮面图书的小桌，还有那两把梯式靠背椅。不过史汪那张凌乱的睡床却很宽大，已经达到小康农家的标准了。除此以外，余下的家具就只有一个衣柜了，这里的家具没有一件经过雕饰或者带有任何装饰。虽然这种房间不及沐瑞在太阳宫里的套间中的任何一间房的一半大，但当她从小而简陋的初阶生房间搬过来时，还是觉得自己住进了宫殿。而现在，房内的灰色石壁炉便是这房间最值得称道的优点。如今，只要能烤火，任何拥有火炉的房间都如同宫殿一般舒适。

装木柴的箱子快要空了——两仪师有仆人给送木柴，而见习生则必须自己把柴搬上楼。史汪匆匆往壁炉里塞了三块木柴，然后不满地嘟哝了一声，她发现昨晚没能把木炭存下来。显然，因为急着赶去玉座的房间，她没有用灰把烧剩的木炭盖严，结果它们都烧没了。史汪一时间眉头紧锁，接着她全身散发出阴极力的微光，沐瑞又感觉到一阵轻微的刺痛。如果距离够近，任何可以导引的女人都可以感觉到另一个正在导引的女人，但是这种刺痛感却是不多见的。

经常在一起练习的女人们有时会有这种体验，这种敏感应该会随着时间逐渐消失，但她和史汪则不然，有时沐瑞觉得那正是她们的友谊亲密无间的标志。史汪身上的光芒消失了，炉里的几小块木柴猛烈地燃烧了起来。

沐瑞什么也没说，但史汪却瞪了她一眼，就好像她刚刚发表了一番长篇大论一样。“我太冷了，等不及啦，沐瑞。”她戒备地说道，“而且你肯定记得阿卡琳两周以前给我们讲过的课。‘你们必须牢记规定的每一个字，’她转述道，‘并且恪守规定，除非你确信某一条规定何时可以不必遵守。’这分明就是说我们偶尔也可以违反规定。”

阿卡琳是一个瘦削的褐宗，她在课上总是能迅速揪出走神的人。她不久之前给她们上过的课是关于如何做一名两仪师的，并不涉及给见习生的建议，但是沐瑞没有说什么。没人能够劝服史汪不要违反规定。当然，她从来不会打破最严厉的戒律——从未试图逃跑，对两仪师不敬，等等，也没偷过东西——但是她自从来到白塔起就很喜欢恶作剧。嗯，沐瑞其实也好不到哪里去。多数见习生都差不多，至少偶尔会开个小玩笑，有些初阶生也是如此。在为时甚短的假日里，玩笑可以释放沉重的学业带来的压力。除了要保持自己的房间整洁，见习生不需要做日常杂务，除非她们惹了麻烦。但是她们需要在学业上加倍努力，努力程度远超初阶生的想象。她们必须要找些法子缓解压力，否则就会像撞上石头的蛋一样彻底崩溃。

当然，她们从没有开过恶意的玩笑，除了有一次，她们在某个可恶的见习生的内衣里撒了痒橡粉。爱莉达让她们初阶生生涯的第一年成为一场噩梦，她给她们定下了无人能及的目标，而且还非要逼迫她们达标。到了第二年，她当上两仪师之后，更是变本加厉，直到她离开白塔之后事情才有所好转。史汪和沐瑞玩过的大部分恶作剧都没那么恶毒，虽然再小的恶作剧也免不了立刻招来惩罚，尤其在被戏弄的对象就是两仪师的情况下。去年的一个夏夜，她们在水景花园的喷泉里放了一群肥胖的青鳟。那是她们的得意之作，不仅因为实施难度，也因为她们逃过了追查。有些两仪师怀疑到了她们，但幸运的是，没人能够拿出证据。更幸运的是，两仪师不会问见习生这种问题。往喷泉里扔鱼不一定会被送到初阶生师尊那里，但是未经允许遛到塔外买那些鱼，而且还是在晚上，就必然逃不掉了。沐瑞希望史汪谈论起打破规矩不是因为她又想出了某个恶作剧的点子。她实在太累了，她们一定会被抓到的。

“你先来，还是我先来？”沐瑞问道，也许谈起练习的事情就可以让史汪忘掉那些会惹麻烦的主意。

“你更需要练习。今天上午主要是你练习，下午和晚上你也要重点练。”

沐瑞一脸苦恼，但史汪所言非虚。要通过两仪师的试炼，需要在极端的压力之下按照精确的顺序完美地完成一百种不同的编织，并且在整个过程中不能表现出一丝慌乱。她们并不清楚具体会有哪些障碍，但知道有人会试图让她们分心，扰乱她们的阵脚。在练习中，她们会试图分散彼此的注意力。史汪非常擅长在命悬一线的时候挑战她的耐心，惹她发脾气。虽然已经学习了六年导引，在盛怒之下她仍然无法把持住至上力。她必须要镇定到一定程度才能导引。史汪则很少会慌乱，她总能牢牢地控制住自己的脾气。

沐瑞拥抱了真源，让阴极力流入她的体内。她汲取的分量并没有达到极限，但是用来练习足够了。导引是很累人的，而且汲取的至上力越多就越令人疲惫。即使只让微量的至上力流入体内，她都会觉得身体里盈满了欢娱与生命的力量，并沉醉于狂喜之中，然而这狂喜又好似一种折磨。当第一次体验到阴极力时，她马上意识到自己还想要汲取更多，但强压下了这股冲动。当至上力充满体内时，所有的感官都变得更清晰、更敏锐了。她觉得自己几乎能够听到史汪的心脏在怦怦跳动。她能感觉到拂过面前、穿过指缝的气流。密友裙服上的彩色条纹在她眼中也变得更加鲜艳了，连毛料都显得更白了。她可以辨认出墙板上极其细微的裂缝。这一切都令她狂喜不已。她感到……这才是真正活着的感觉。她内心的一部分渴望永远沉浸在阴极力之中，但那是绝对禁止的。这种渴望会让你不停地汲取更多的至上力，最终超过你能力的极限。即使侥幸未死，你的导引能力也会在巨量的至上力之中燃烧殆尽。永远失去那种狂喜……是比死亡还要可怕的命运。

史汪搬了把椅子坐下，她周身开始散发出微光。史汪在房间内设下了防止窃听的结界，罩住了地板、天花板还有四面墙壁。她将结界固定住，这样就不用一直维持着它。同时维持两道编织比操控一道困难，三道则更是难上加难。四道虽然并非完全不可能，但是其难度已经无法用语言形容。史汪用手势示意沐瑞转身。

看到结界，沐瑞皱了皱眉，然后转过身。如果她能看到史汪为她准备的编织，要排除干扰就太容易了。但为什么要设下防止窃听的结界？即使她高声尖叫，也没有人能听见，就算把耳朵贴到门上也听不见。史汪不会打算弄得她尖叫起来吧？不会的。这只是让她感到不安的手段，故意让她胡思乱想。她感到史汪正在操控能流，先是土之力和风之力，然后是火之力、水之力和魂之力，接着又是土之力和魂之力，不断变化。因为看不到，她没法判断史汪是正在编织至上力，还是仅仅想让她分心。她深吸一口气，集中精神保持镇定。

用于试炼的编织大多极端复杂，而且除此以外别无他用。奇怪的是，它们不需要任何手势就可以施展，而对相当一部分编织而言，肢体动作都是不可或缺的。虽然手势并不能算作编织的步骤之一，但如果少了这些动作，编织就无法完成。一般认为，这些动作可以导引你的思维。手势的缺失似乎意味着，至少在试炼的某些过程中，试炼者可能无法自由活动双手。真是个令人不安的想法。另一个古怪之处在于，这些复杂到不可思议的编织全没有任何实际的效果，而且即使没有正确施展，也不会造成任何破坏——至少不会造成大破坏。而对于大多数编织来说，这种风险都是无法忽视的。仅仅是一点小错也能让最简单的编织变成一场灾难。以前曾有人在试炼中不幸遇难，但她们显然并非死于类似的事故。当然，搞砸了第一种编织还是会弄出一声震耳欲聋的巨响。

她引出一股非常纤细的风之能流，将其编织成形。这是一道非常简单的编织，但无论编织有多简单，你都不能强迫阴极力服从自己的意志。至上力如同一条波涛汹涌的大河，如果你试图阻拦它，就会像爱瑞尼河上的一根细枝一样被波浪卷走。你只能导引那浩瀚无边的力量，劝服它流往你心中的目的地。不管怎么说，既然没有规定编织的规模，那就是越小越省力越好。这样噪声也会比较小，要是让史汪得手的话……

“沐瑞，你认为红宗有可能会对他放手不管吗？”

还没等编织爆出一声鼓点般的钝响，沐瑞就惊得一颤。若是遇到一个可以导引的男人，所有两仪师都有责任逮捕他，但红宗的主要职责就是追捕这类人。史汪所说的“他”就是指那个男孩，怪不得她要设下结界。之前她突然提到打破规定大概也是指这件事。虽然史汪坚称塔摩拉不介意她们谈论那男孩，但似乎她也不敢这么肯定。沐瑞回头望去。

“别停。”史汪镇定地说。她没有停止导引，但只是漫无目的地操弄着能流，“连这一个都搞砸了，看来你的确需要练练。还有，红宗会放过他吗？你怎么看？”

这一回，沐瑞织出了一片硬币大小的亮蓝碟片，碟片落到她手中。这道编织没有限定形状，又是一件怪事。不过织成碟形或球形是最简单的。这片风之力的编织如钢铁般坚硬，手感略微冰冷。沐瑞释放了编织，“硬币”消失了，只剩下一点残余的至上力。这点痕迹很快也会淡去。

下一道编织正是属于复杂而无用的那类，需要用到所有五种力才能织成，但是沐瑞一边答话一边就织成了它。不管怎么说，一边谈话一边导引她还是能做到的。先是风之力和火之力，再加上土之力，然后是魂之力，接着又是风之力，她不停地编织。不知为何，半成型的编织不能长时间维持，若是久了它就会解体得不成样子。又是魂之力，然后又是土之力和火之力。“她们至少要花二十年时间才能发现他已经转生，没准更久呢。”在罕见的情况下，有些有天赋的女孩在十二三岁的时候就开始导引了，但是同样有天赋的男孩至少要到十八九岁才会开始接触至上力，除非他们提前尝试学习它。而有些男人的天赋直到三十岁才开始显露出来。又是风之力，再加上魂之力和水之力，所有能流都精确归位。“而且他是真龙转生啊，即使是红宗也得承认在他打赢最终之战以前是不能驯驭他的啊。”他将会运用至上力竭力拯救世界，而回报则是被切断与真源的联结，真是可悲的命运。预言从不以慈悲著称，更不会因祈祷而改变。土之力，然后是火之力，然后是风之力。这件编织现在看上去就像是天底下缠得最紧的一个死结。

“是吗？我可是听说有的红宗在追捕这些可怜的人的时候甚至不在乎他们的死活。”

沐瑞也听说过这件事，但那只是传言。那可是违反白塔律法的罪过。两仪师会为此而受到鞭笞，还会被罚往偏远的农场思过一段时间。本来这种行为足以构成谋杀，但一想到让那些男人放任自流会造成多么大的破坏，她几乎能够理解这良苦用心。再加一些魂和土。似乎隐形的手指滑向她的腋窝。史汪非常清楚她是很怕痒的，不过她下手应该更狠一点。沐瑞几乎一动不动。“就和刚才某人说过的一样：要学会适应你无法改变的事。”她挖苦道，“时光之轮按照它自己的意志运行，各宗派随她们自己的意志行事。”再来一些风和火，然后是水、土和魂。然后同时加上五种力。光明啊，多么可怕的一团乱麻！而且它还没织完！

“我想说的是……”史汪还没说完，门就啷的一声开了，一阵寒风席卷而来，扫净了炉火带来的温暖。在阴极力的加持之下，沐瑞更敏锐的知觉让她觉得自己一瞬间被冻成了雪人。

走进来的人是来自阿特拉的见习生麦瑞勒·贝林格礼，她和她们在同一年赢取了巨蛇戒。橄榄色皮肤，容貌美艳，她几乎和史汪一样高。她喜好交际、处事圆滑、幽默感过剩，发作时脾气比沐瑞还坏。她们还是初阶生时就吵过架。两人都挨了鞭子，结果却成了好朋友。

当然啦，她并不是像史汪那样亲密的朋友，但仍是一位好友。所以沐瑞才没有冲这位不敲门而入的见习生大吼大叫。当然，因为结界的缘故，即使她撞门她们也听不见。但那不要紧，不是最关键的问题！

“你们觉得最终之战离我们还有多远？”麦瑞勒一边关门一边问。当看到沐瑞面前半成形的编织和环绕房间的结界时，她微笑起来。“在为试炼做准备啊，我明白了。你把她弄得尖叫了吗，史汪？如果你不介意的话，我也可以帮忙。

我知道有种办法，可以叫她像被网捉到的猪仔一样尖叫起来。”

沐瑞连忙释放了编织，以防它解体。她和史汪交换了一个困惑的眼神。麦瑞勒是怎么知道的？

“我没有……像你说的那样尖叫。”她一本正经地回答，打算拖延时间。见习生常常相互作弄，而且麦瑞勒对恶作剧的喜爱绝不亚于她或者史汪。有一次，在炎热的盛夏，当时即使是晒不到太阳的地方也热得像火炉一样，结果她用冰块搞了个把戏。但是她绝不会像猪仔一样尖叫！

“麦瑞勒，你刚才说什么？”史汪警觉地问道。

“什么？当然是艾伊尔人啦。还能是什么？”

沐瑞和史汪沮丧地对视。有很多两仪师都认为真龙预言的许多章节都暗指艾伊尔人。当然，也有很多认为那些部分和艾伊尔人无关。在战争刚刚打响的时候，双方曾激烈地争论过这个问题，争论激烈到几乎与泼妇骂街无异，虽然她们都是两仪师。但是，沐瑞现在已经知道了这么多，那场争论早就忘到脑后了，史汪显然也是如此。她们必须时刻警醒才能保守秘密。

“你们两人有秘密瞒着我，是不是啊？”麦瑞勒道。“我真没见过有谁能比你们两人还喜欢隐瞒。好吧，别以为我会问，我是坚决不会问的！”但从表情看来，她都快被好奇心折磨死了。

“我们无权透露。”史汪答道。沐瑞扬起眉毛，然后立即控制住自己的表情。史汪想干什么？她想要弄权谋的游戏吗？沐瑞曾教过她贵族游戏是如何运作的。在凯瑞安，就连仆人和农民都知道如何借助计策获取优势，提防别人干涉自己的秘密和计划。凯瑞安的贵族和平民一样离不开权谋游戏，凯瑞安人比任何地方的人都擅长要手腕。而世界上没有一个国家的人不玩这种“游戏”，但是，史汪还是缺乏这方面的天赋。她总是喜欢直来直去。“但是你可以帮我对付沐瑞。”史汪接着说。这让沐瑞感到更加惊异，她们以前从不让其他人参与练习。“我能用的手段她全都知道得很清楚。”

麦瑞勒大笑起来，兴奋地搓着双手。她拉来第二把椅子坐下，周身开始散发出至上力的光芒。

沐瑞面带不快地转过身，开始编织第二种编织。然而史汪却说：“从头开始，沐瑞。你很清楚，必须要把顺序记得牢牢的，不管有什么样的干扰都不会失误。”

沐瑞轻叹一声，重新织出了一个小圆碟，然后练习继续进行。

史汪的话也有一定的道理。沐瑞对她所有的伎俩都了如指掌。史汪喜欢在她焦头烂额的时候挠她痒痒，突然戳捅尴尬部位，让她面红耳赤，或是用噪声轰炸她的耳朵。她还会跟沐瑞讲她所能想象到的最恶心的事情，虽然两仪师们已经教她改掉了满口脏话的习惯，但她在这方面的想象力仍然活跃生动。不过，知道这些花招并不足以使沐瑞保持完全镇定。史汪让她重来了两次。而麦瑞勒更难对付，她特别喜欢玩冰。造冰很简单，运用水之力和火之力就可以把水汽凝结成冰。但是沐瑞很想知道麦瑞勒是怎么在她裙下私处造出冰的。麦瑞勒还会灵巧地运用能流拧她抽她，让她觉得好像挨了鞭子。有时她的臀部受到重击，就像被皮带抽到一样。这些拧和抽当然不是幻觉，它们会留下实实在在的伤痕。麦瑞勒还运用风之绳拽住她，把她拉离地面——她确定那是风之力；史汪从没玩过这种把戏——然后慢慢地转得她脑袋朝下。她的裙子落了下来，遮住了头脸。她伸手拨开面前的裙子，心脏狂跳不止。不是因为她在乎仪态，而是因为编织必须继续进行。你不必盯着一个编织也能够维持它，但是若看不到它就不能继续编织。而如果这个至上力打造的死结解体了的话，她就会给它震得生疼，就像拖着脚滑过一张地毯，然后又踩在铁片上，而且全身都是比这痛苦三倍的感觉。最后这一步终于完成了，但是在此期间她四次被麦瑞勒打乱阵脚！

怒气开始在她胸中聚集，但令她生气的不是麦瑞勒，而是她自己。所有见习生都相信：在真正的试炼中，两仪师下手远比练习伙伴严厉得多。如果你的练习伙伴真的够朋友的话，她们就应该使尽所有能想到的最恶劣的招数，只要不造成实际伤害。这样才算尽职尽责。光明啊，如果麦瑞勒和史汪都能让她在这么短的时间内就连续失败六次，她还怎么能指望通过真正的试炼？但是她的决心依然十分坚定，她一定要通过，一次通过。她一定会通过！

她正又一次编织第二道编织的时候，门又开了。她释放了能流，不情愿地放开阴极力。没人会心甘情愿地放开阴极力。她的生命似乎跟着至上力一同被抽走了，整个世界都变得了无生气。但是在她去给初阶生上课之前已经来不及再试一次了。见习生不能奢望有时钟，这种产品实在太过昂贵，大多数人无论如何都买不起。而整点敲响的大钟有时又会听不到，于是敏锐的时间感就成为见习生的必要技能。见习生不能比初阶生更晚赶到课堂。

推门进来的女子并非沐瑞的朋友。塔娜·费尔比史汪还高，是个阿特拉人——阿特拉是个毗邻安多的国家。她的头发是淡黄色的，而她和麦瑞勒的差别可不只这么一点。见习生不可以表现出傲慢，但只消和塔娜的冰冷蓝眼一对视，你就知道她绝非谦逊之人。此外，她毫无幽默感，从没有人见过她开玩笑。塔娜早于史汪和沐瑞一年拿到巨蛇戒，之前她已经作了九年初阶生，那时她就没有几个朋友，现在也是如此。对此她似乎毫不在意。她和麦勒瑞可真是截然不同。

“我早该料到你们两个又凑在一块了，”她的语调冰冷，从她身上永远找不到暖意。“我搞不懂你们干吗不住进同一个房间算了。你现在也加入史汪一伙了吗，麦勒瑞？”这全是就事论事，然而麦瑞勒眼里迸出怒火。史汪身上的光晕已经消失了，但是麦瑞勒没有放开至上力。沐瑞暗中希望她不会鲁莽地犯下错误。

“走开，塔娜。”史汪一边说一边不耐烦地挥挥手，“我们正忙着呢，记得把门关上。”塔娜却没有动。

“我得赶去给初阶生上课了。”沐瑞对史汪说，她故意无视了塔娜。“她们刚学了制造火球，如果我不去看着的话，肯定有人想要偷偷尝试了。”初阶生被禁止在没有两仪师或见习生监视的情况下导引，甚至不允许独自接触真源，但是大部分人只要有机会肯定会偷偷导引。初学导引的女孩根本不能理解其中潜在的危险，而经验更丰富的那些人也总自以为知道怎么避开危险。

“初阶生今天放假。”塔娜说，“所以也没课可上了。”她丝毫不在乎被人蔑视或者无视，没有什么事情可以影响她的情绪。毫无疑问，塔娜一定能够顺利通过试炼，只要给她一次机会就足够了。“现在见习生要到圆讲厅里集合，玉座要给我们讲话。还有一件事应该让你们知道。吉塔拉·莫若苏几小时以前死了。”

麦瑞勒身边的光芒淡去了。“原来这就是你们瞒着我的秘密啊！”她喊道。她眼中的怒火比方才更盛。

“我告诉过你，我们无权泄密。”史汪答道。这是最标准的两仪师风格的回答。不管麦瑞勒有多么不情愿，她也只能点头称是。而她的确是很不情愿，眼中的怒火仍未消退。沐瑞心想她和史汪很快又要被冰吓一跳了。

塔娜仍然扶着门打量着史汪和沐瑞。这女人和两仪师一样不怕冷吗？“没错，你们两人当时应该在场。究竟发生了什么事？我们只听说她死了。”

“我正在给她上茶的时候，她一口气没喘上来，倒在我怀里了。”沐瑞答道。她的应答比史汪更“两仪师”。没有一句假话，但完全避开了最重要的事实。

令沐瑞惊讶的是，塔娜脸上竟浮现出悲伤的神情。她很快就恢复了平静，但她的确曾有一瞬间不能自已。以往塔娜从不动情，她的脸仿佛是由石头雕成的。

“吉塔拉是一位伟大的两仪师。”她喃喃道，“人们会非常怀念她的。”

“玉座要给我们讲什么？”沐瑞问道。吉塔拉的去世显然已经通报了，按照惯例，她的葬礼将在明天举行，所以没必要再通知葬礼的时间。塔摩拉总该不会是要把撰史者的预言讲给见习生听吧？

“我不知道。”塔娜回答，她又恢复了原先的冷静。“但我不应该再待在这里聊天了。通知要求立即放下早餐去听讲。如果我们现在跑着去的话，应该还来得及在玉座驾临之前赶到。”

见习生被要求注重仪态，为获取披肩的那一天做准备。除非接到命令，奔跑当然也是不允许的。但是她们不能不跑，塔娜比她们三人跑得都要快。她们把裙子提到膝盖，完全无视走廊里穿制服的佣人们惊异的目光。两仪师都不敢让玉座等候，见习生更是想都不敢想。

圆形讲厅微拱的天花板上绘有蓝天白云图案，其下有一圈漩涡形装饰。这个大厅很少使用。沐瑞一行人赶到时，其他见习生都已经到齐了，然而厅内鲜亮的木质长椅却只坐满了四分之一不到。见习生们叽叽喳喳地议论玉座究竟准备讲什么，这闹哄哄的声音反而衬托出她们的人数与大厅的容量相比有多么微不足道。沐瑞努力想要摆脱关于白塔衰落的念头。也许，两仪师们应该考虑……不，她绝不会愿意生儿育女的。

还好，大厅前部的讲台上仍然空无一人。沐瑞和史汪在人群后面找了两个位子。塔娜就在她们后面，但明显无意继续和她们谈话。冷漠是这个女人的外壳。麦瑞勒还在为她们没有告诉她吉塔拉的事情而生闷气，独自坐到另一排去坐着了。厅里近半数人都在讲话，人人都想盖过别人的声音。沐瑞几乎没法听清她们究竟在说些什么，她能听到的全都是胡言乱语。说什么她们马上都要被送去受试炼？艾勒琳一定是昏了头才会说出这种胡话，不过当然啦，她就是那种爱激动的人嘛。布伦达斯更让人哭笑不得，她竟宣称她们都要被送回家，因为吉塔拉死前预言了白塔的末日，没准也是世界末日！最后这一句倒是不假。到今天中午至少会传开一打有关吉塔拉预言的流言，没准已经有一打了呢——在见习生之间，流言比温室里的玫瑰长得快——而沐瑞一个都不想听到。为了保守秘密，她将要像陀螺一样围绕着真相与人周旋，至少别在接下来的几天之内就把事情说出去了。她希望她能够守住秘密。

“她们究竟是真的知道一些情况……”史汪对她旁边的见习生说。那人是个黝黑苗条的女人，长发直垂到腰，手上纹着黑色刺青。“还是只是在瞎猜啊？”

萨麦尔冷静地盯着她看了一会儿，然后答道：“我想应该是瞎猜吧。”

萨麦尔总是不慌不忙，她行事冷静而且深思熟虑。在被擢升为两仪师之后，她很可能会选择褐宗，或者白宗。

她是白塔中的异类，一个亚桑米亚尔，海民的一员。出身海民的两仪师总共只有四位，全属于褐宗。她们之中有两人已经和吉塔拉一样老了。除非天生就能导引或是自学到了一些技巧，否则海民女孩绝不会来白塔。海民们会派一些人把这些女孩送来，然后迅速离去。海民不愿意长期远离大海，而塔瓦隆离最近的海岸有四百里格之远。

然而萨麦尔似乎想要忘记她的出身，至少她从不会谈起海民，除非被两仪师质问。沐瑞还听说她勤奋刻苦，自从来到白塔的第一天起，她就致力于赢取佩戴披肩的资格。然而她并不是非常有天分，她学得并不慢，只是还不够快。她做了八年的见习生，之前已经做了十年的初阶生。沐瑞曾见到她一次又一次地摸索一道编织，最后把它练得如此完美，以至于让人怀疑之前她怎么可能频频失败。不过毕竟人人都有自己前进的步调，而白塔从不会逼人太紧。

坐在前排的一个见习生转过身来，是艾斯琳·努恩，她激动得快要从座位上跳起来了。“我敢说一定是有预言了，吉塔拉在死前作了预言。你们两人今天早上值班是吧？她死的时候你们就在跟前，她究竟说什么啦？”

史汪一下僵住了，沐瑞张嘴正准备说谎，然而塔娜给她们解了围。

“沐瑞说吉塔拉没做预言，艾斯琳。等玉座来了我们就知道她要讲什么了。”她的语气冷淡依然，但并不尖刻。然而艾斯琳还是生气地涨红了脸。

她是白塔中的另一种罕见人物，她是一个图亚桑——匠民。匠民生活在画着艳俗图案的大篷车里，在乡野之间流荡。和海民一样，他们也不愿意收留自学导引的野人。如果一队匠民发现他们的一个女孩有导引天赋，就会调转车头，以马匹能够承受的最快速度前往塔瓦隆。维林两仪师——一个比沐瑞还矮的圆胖褐宗——曾说匠民女孩从来不会尝试自学导引。既然维林是这么说的，真实情况大概也八九不离十。然而艾斯琳的努力程度和萨麦尔不相上下，而且她的天分更好。她只花了五年就戴上了巨蛇戒，沐瑞和史汪也是在同一年升为见习生。沐瑞认为只要再过一年她就能接受试炼了，或许更短。

讲台后的一扇门开了，塔摩拉信步走了出来。她仍穿着前一晚穿过的蓝色裙服，围着代表玉座的长巾。沐瑞第一个看到她进来，立刻站了起来。不一会儿所有人都站起来了，厅内鸦雀无声。很少有人见到过玉座独自一人，当她出现在走廊里时，总是有至少两三个两仪师陪身边。有时仅仅是在向她请求意见的普通两仪师，有时则是与她讨论白塔议会事务的宗派守护者。沐瑞觉得她看起来很疲惫。哦，当然，她的背挺得很直，脸上的坚定神情让石墙也为之让路。然而她目光中透露出的疲倦却与缺少睡眠完全无关。

“为了庆祝塔瓦隆的城防得到了坚守，”玉座说道，在场的每个人都听得清清楚楚，“我决定，白塔将会给塔瓦隆每一个在战事期间怀孕的母亲一百金币的奖赏。这个决定现在已经在城里公布了。”

人人都知道玉座讲话的时候绝不可以作声，然而这番话还是引起了几声低语。说话的人就包括史汪，实际上，她是哼了一声。她从来没见过超过十个金币堆在一块，更不要说一百个了。一百个金币可以买一个很大的农场，或者不计其数的渔船。

塔摩拉忽略了下面的失礼行为，继续讲道："你们中有些人应该清楚，一支军队总是会带有随员，有时可能会比士兵还多。他们之中有一些是部队需要的手艺人，包括盔甲师傅、造箭师、铁匠、蹄铁匠还有修车匠，但是更多的是士兵的妻子们，还有其他女人。因为正是这支军队守住了塔瓦隆，所以我还决定这些随军女子也有资格得到奖赏。"

沐瑞意识到自己正在咬下嘴唇，立即强迫自己保持镇定，她真想改掉这个坏毛病。让人看到你正在苦苦思索绝不是什么好主意。至少，她们现在知道塔摩拉准备做什么了，她一定认为那个男孩马上就要出生了。但是光明啊，为什么让所有见习生都知道？

"城外的危险暂时还没有解除，"塔摩拉道，"虽然我今天早上得到的报告说艾伊尔人可能已经开始撤退了。不过在现在的形势下已经可以开始登记母亲的姓名了，至少可以在城墙附近的军营里做一些工作。为了公平起见，我们必须在军队离开之前尽快开始登记名册。如果艾伊尔人真的撤退了，一部分军队也会撤离塔瓦隆。其中一大部分会试图追击艾伊尔人，他们的随员很快就会动身与他们汇合，其他士兵则会被遣返回家。目前还没有一个两仪师回到白塔，所以我准备让你们来完成登记姓名的任务。此外，肯定会有一些女人在被登记到之前就已经离开了，所以你们还要查出那些生下孩子后不知所踪的女人的姓名。你们要记下一切有助于找到她们的信息，比如孩子的父亲是谁，来自哪个城镇或者是哪个村庄，是哪国人，所有这些都要记录下来。为了确保你们不会遇到危险，你们每人都将会有四名白塔守卫护送。"

沐瑞竭力保持安静，差点没被噎住。人群中发出一阵阵惊叹声。见习生被允许离开白塔已经是极罕见了，至于在没有两仪师的陪伴下外出，更是闻所未闻！

塔摩拉宽容地微微一笑，等着人们镇定下来。她显然很清楚她刚才所说的话会惊得她们无法自持。另外，她还听到了一些沐瑞没能听到的窃窃私语。人群恢复了平静之后，玉座继续说道："我听到某人说她可以用至上力保护自己。阿兰娜，看来有人就要疼得坐不住了，因为她马上就要去向初阶生师尊承认错误。"

听了这番话，几个没有安静下来的见习生乐得咯咯笑，有一两人竟笑出了声。阿兰娜本是个非常害羞的女人，但她很努力地试图表现出一副暴躁的外表。她会跟每个愿意听她讲话的人说她将会加入绿宗——战斗宗派，并且会收一群护法。只有绿宗会收多个护法。当然她们中也每人会收12个。阿兰娜就是这么一个人，总是那么夸张。

塔摩拉拍了拍手，各种笑声立刻就停止了。她的宽容也是有限度的。“你们必须要非常小心，要听从护送你们的士兵的安排。”这次没人笑了，玉座的语气十分坚定。她从不会允许君主在她面前胡来，更不要说见习生了。“艾伊尔人不是塔瓦隆墙外唯一的危险。有些人可能会把你们当作两仪师。你们可以默许这种误会，但是决不要愚蠢到妄称自己就是两仪师。”听者大气都不敢出一声；妄称自己为两仪师违反了白塔最严格的一条律法，这条律法对从未在白塔修习过的女人同样适用。“但是有些恶棍流氓只会注意到你们是年轻女子，他们会认为你们是可以轻易得手的猎物，但若有人护卫，他们就不会这么想了。所以最好让他们打消这种念头，彻底避免这种问题。而且别忘了军队里还有圣光之子。白袍众可以从着装认出你们是见习生，如果能暗中用箭射杀你们的话，他们就会像杀害了一个两仪师一样高兴。”

大厅里本来已经静得不能再静了，然而这番话使得气氛变得更加凝重。沐瑞觉得她能听见旁人的呼吸声，虽然似乎所有人都已经屏住了呼吸。每当两仪师外出失踪之后，人们总是会先想到白袍众。圣光之子们把两仪师咒为“暗黑之友”，宣称凡人接触至上力是渎神之罪，必须处以极刑，并且他们个个都非常乐意担任刽子手。没人知道她们为什么回来帮助守卫塔瓦隆，至少见习生中没有人知道。

玉座缓慢地巡视着人群，最后终于点了点头，为她的警告起到的效果感到满意。“西马房已经给你们备好了马。鞍囊里装有午饭，你们需要的全部物品也都装在里面了。现在你们马上回房间换鞋更衣，你们今天的任务会很漫长，而且会非常冷。光明庇佑你们平安。”这句礼节用语意味着解散。但是当她们开始朝门口走去时，玉座似乎又想起了什么，她补充道：“当你们记下母亲的姓名时，新生儿的姓名和性别也要一并记录，还有孩子的出生日期以及具体地点。白塔对于此事项的记录必须完整。你们可以走了。”这句话她等到最后才说，仿佛并不重要。这就是两仪师在众目睽睽之下隐藏事实的本事，难怪有人说发明了权谋游戏的人是两仪师。

沐瑞忍不住和史汪交换了一个兴奋的眼神。史汪向来讨厌烦琐的文书事务，但此刻她笑得阳光灿烂。她们将会参与搜寻转生真龙。当然，目标只是他的名字和他母亲的名字，但这已经是一个见习生所能奢望的最大冒险了。

第4章

出　塔

沐瑞的房间和史汪基本上没有什么不同，她也有一个小方桌，上面堆着四本书，两把不带坐垫的靠背椅做工平凡，和史汪房里的一样像是来自农家。她的床还要窄一点，产自伊利安、饰有花卉图案的圆地毯有好几处磨损。洗脸架上的脸盆以前曾被人敲出一个坑，镜子的一角已经有了裂纹。除此以外，她的房间和史汪的一模一样。沐瑞不打算生火，她用平时保存的木炭比史汪要仔细得多，但是这点时间根本来不及驱散屋内的寒气。

她在衣柜最里面翻出了一双厚实的鞋子。看到这双鞋她的眉头就皱起来了，太丑了。鞋是皮革制的，比她脚上穿的拖鞋要厚得多。鞋上粗厚的花边足以用来修补马鞍。但是这双鞋能让她的双脚在雪地里保持干爽，拖鞋可不行。她又拿了一双羊毛袜，在她朴素的睡床边上坐下，套在她原来的袜子外面。她还考虑过要不要换一套衣服。塔里已经很冷了，外面一定更冷。但是已经没时间了，她也不想在这冰冷的房间中更衣。登记姓名的工作肯定能在避寒的地方进行，在有火炉或者火盆的取暖地方。肯定是这样的，如塔摩拉所言，营房里的人多半会把她们当成两仪师来款待。

衣柜旁边挂着一条细窄的熟皮革腰带，腰带配有一个银扣，别着一只朴素的刀鞘，里面插着一把细刃镶银匕首。匕首比她的手掌略长。她自从来到白塔以后就没再佩戴过这把匕首，现在再带着它倒有点不适应了。虽然她没有被允许使用至上力，但这把匕首将会是一件不错的护身武器，必要的时候她可以用它来自卫。

她解下腰间的白皮带放到床上，然后从上面取下腰包别到准备穿的那条上。她考虑了一下。塔摩拉说她们所需要的全部用品都已经准备好了，这当然很好，但是过分依赖别人提供的东西是不明智的，即使那人是玉座。她把她的象牙发梳和象牙柄发刷塞到皮囊里。无论收集姓名的任务有多么紧迫，她还是不认为一个披头散发的见习生有可能不被责骂。然后她又装上了一双适于骑马的蓝黑色皮手套，手背上饰有少许绣花图案，还有一个黑木质的小针线盒，一团结实的线，额外的两双袜子（以防她现在穿的这双弄湿了），几条大小各异的手帕，以及其他一些可能在某些情况下有用的东西，其中包括一把用来削羽毛笔的折叠小刀。两仪师从来不需要容忍此种不便，但她们还不是两仪师。

沐瑞把袋子背到肩上，披好褶边和兜帽饰有七彩条纹的斗篷。她冲出房间时正好撞见梅丹妮和布伦达斯急匆匆地跑向回廊出口，她们的披风在身后飘扬。史汪正在外面不耐烦地等着她，她在斗篷下面也背了个袋子，眼中闪烁着激动的光芒。在这个关头，被耽搁住的人不止她一个。在回廊的另一侧，凯特琳·阿如汀从她的房间里探出头来，声嘶力竭地高喊，要卡琳雅归还她的针线包，然后没等对方回答就缩了回去。

“阿兰娜！皮塔拉！你们谁能借我一双干净袜子？”下面有人喊道。

“我昨天就借了一双给你了，爱德辛娜！”上面的人答道。

天井里乒乒乓乓撞门的声音此起彼伏，人们从房间里冲出来，吼着要找的人的名字：特麦尔、德珊卓、克拉达拉、奥图安，等等等等，不是催那人还这个就是要借那个。如果这个混乱的场面被一位两仪师看到，人人都会给扔到汤锅里煮了。

“你在磨蹭什么啊，沐瑞？”史汪上气不接下气地说。“快点！不然我们都要落在后面了！”然后她大步流星地朝门口走去，就好像她们要是没及时赶到卫兵就会跑掉似的。那当然是不可能的，但沐瑞没有迟疑，难得有一次机会出城，她可不想拖拖拉拉磨蹭时间，特别是这一次。

窗外，太阳还远未爬升到正午时分的高度。越来越厚的阴暗乌云遮盖了天空。今天可能还要下雪，降雪会让她们接下来的任务更加困难。从见习生区域所在的白塔一侧去往西马房的宽阔道路由砾石铺就，穿行于树丛之中。这条路很好走，因为沿途的积雪已经都清干净了。这当然不是为了方便见习生，而是因为两仪师的马多数都在西马房。清洁工每天都要把这条路清扫两到三次。

西马房是一座巨大的三层灰石建筑，比太阳宫的主马房还要大。马房前面铺着石砖的空场被衣冠不整的马夫、上好了鞍的马和白塔守卫挤得满满的。守卫们身着黑色制服，外罩灰钢胸甲和斗篷。斗篷和制服一样是黑色，上面绘有名为“塔瓦隆之火”的白色泪滴状图案。她们通过胸甲罩袍上的七色条纹认出了掌旗官和唯一的军官。这时她们发现布伦达斯、梅丹妮和另外六个披着斗篷罩着兜帽的见习生早已上马，正排成一列直奔日落门而去，一队守卫簇拥在她们周围。看到这么多人都赶在了她和史汪前面，沐瑞不禁感到一阵心焦。难道她们什么都没带吗？要不然怎么能跑得这么快？不过转念一想，她们终究还是不知道这次任务的真正目标。于是她的心情又变得舒畅了。

她从人群中挤了过去，找到了她那匹枣红母马。一个瘦削的马倌正牵着它，满脸阴郁的表情。大概是因为见习生拥有自己的马这件事让她心里十分不平。大多数见习生都没有马——她们一般都买不起也养不起，而且离开白塔的机会也很少。沐瑞是为了庆祝自己获得巨蛇戒而买下了飞矢。这次炫耀差点让她被送到茉瑞安的书房里受鞭笞，至少她自己是这么想的。不过即便如此，她也不后悔买下这匹马。它并不高大，沐瑞如果坐在高头大马看上去就像一个小姑娘，她可一点也不喜欢被人当成小姑娘。然而飞矢的耐力却能胜过比它更高大的马，在后者累倒之后仍能继续飞奔。好马要跑得快，更需要精力充沛。飞矢则是二者兼备它还可以跳过别的马根本不敢尝试的障碍。发现这一点之后不久，她就被送到初阶生师尊的书房里去了。两仪师们可不喜欢看到让见习生摔断脖子的冒险行为，非常不喜欢。

马倌正准备把缰绳递给沐瑞，她却没有理会，而是先把背包拴到了鞍桥上，然后解开了系着鞍袋袋口的绳子。一侧袋中装着一个布包裹，里面有半条黑面包，一些裹在油纸里的杏干，还有一大块浅黄色的奶酪。她一个人吃不下这么多，不过胃口比她大的人多的是。另一侧的鞍袋鼓鼓囊囊，里面装着一只光亮的木垫板，外带一厚沓优质白纸和两支做工精细的钢头蘸水笔。

看来削笔小刀是用不上了，沐瑞后悔地想到。她努力维持着一副平静的外表，不能让马倌看到她窘迫的样子。至少她总归是准备齐全了。

垫板上还插着一只厚玻璃墨水瓶，瓶口封得很严实。但沐瑞还是仔细地检查了一遍，以确定瓶塞确实封好了。马倌脸上流露出毫不掩饰的笑意。好吧，尽管让那女人窃笑好了，管她是捂嘴偷笑还是张嘴大笑，决不能让墨水漏出来把袋子弄得一团糟，这档子麻烦事一定要避免。不过有时沐瑞会想，真可惜仆人们不会像初阶生一样对见习生毕恭毕敬。

最后她终于接过缰绳，马倌鞠了个几乎看不见的躬，然后弯下腰来，合拢双手准备让她踩着上马。又一个嘲讽的举动，但沐瑞毫不理会。她戴好保暖的马术手套，然后潇洒地翻身上马。就让那女人笑去吧！当她刚刚学会走路的时候就已经开始骑小马驹了，当然，是在有人陪护的情况下。十岁时，她就拥有了第一匹属于自己的马。不巧的是，见习生的裙服并没有做成分叉以方便骑马。她不得不把裙子往下扯，徒劳地试图盖住她的腿，这多少有点破坏了她优雅的骑马形象。好吧，的确她也应该注意一下形象。她发现有几个守卫正盯着她几乎露到膝盖的小腿看，看得满脸通红。她努力不去理会那些男人，动身去找史汪。

她曾经想给史汪也买一匹马以示庆贺，但被史汪劝住了。现在她想当初真不应该听史汪的。要不然后者至少还有机会练练骑术。史汪吃力地爬到她的坐骑——一匹矮壮的灰骟马背上。她的动作是如此之笨拙，连她胯下那只驯良的动物都扭过头来震惊地瞅了瞅她。当她试图把另一只脚插到马镫里时差点从马上掉了下来。好不容易坐稳，她紧紧地攥着缰绳，黑灰色手套的指关节处绷得鼓胀胀。她的脸上阴云密布，仿佛正准备面对一场希望渺茫的任务。对她来说，骑马的确是一件艰难的任务。史汪可以骑马，但她怎么也骑不好。不过，同样有人盯上了史汪半裸的腿，她就可以表现出一副毫不留意的样子。当然，就算她注意到了也不会脸红。对她来说，在船上干活的时候提起裙子把腿露到膝盖以上是常有的事！

当她们都骑上了马以后，一名瘦削的年轻少尉分派出八名守卫护送她们离开。这名军官的头盔上带有白色羽饰，透过他的面甲可以看到他俊俏的脸。不过和所有守卫一样，他知道决不可以冲着见习生微笑，实际上他看都没看她们一眼就转身走了。沐瑞并不想看他笑，也没打算回敬他一个微笑，她早就不是天真的初阶生了，但她还是希望能多看他两眼。

领头护送她们的守卫可一点也不俊。他是个头发灰白的高个子掌旗官，脸上总是带着怒容。他以阴沉沙哑的嗓音和生硬的态度向她们作了自我介绍，说自己叫史泰勒。他让手下的兵围着她们站成一圈，然后就调转马头，骑着他那匹瘦弱的花斑阉马冲着日落门去了，没有再说一个字。守卫们紧跟其后，于是史汪和沐瑞发现她们不得不被这伙人赶着往前走。他们这是在赶羊吗？沐瑞好不容易压下怒火，真是个练习控制情绪的好机会。而史汪似乎根本没打算控制脾气。

“我们要去西岸，”她冲着史泰勒的背后大声吼道，那人毫不理会。她猛地一踢胯下灰马的肥肚子，追上史泰勒，差点没给从鞍上滑下来。“你听到了吗？我们要去西岸！”

掌旗官长叹一声，终于转过头面对史汪。“我接到的命令是把你们送到西岸……”他顿了顿，好像是在考虑该怎么称呼她。守卫很少有机会和见习生交谈。他似乎想不出任何合适的称呼，因为当他再次开口时，语气已经转为严厉，也没有使用任何敬语。“如果谁把自己弄伤了，肯定逃不过我的眼睛。我不希望看到这种事情发生，所以你们都要待在中间，听明白了吗？好，现在快点退回去，不然我们就一直等在这里，直到你们听话为止。”

史汪咬牙切齿地退回沐瑞身边。

沐瑞先张望了一下，在确认了士兵听不到她们说话之后，对史汪耳语道：“你不能指望凭我们两人就能找到那个孩子，史汪。”不错，她也希望能找到，但现实和走唱人的故事是两码事。“他现在甚至可能还没出生。”

“我们的机会不比其他任何人少，”史汪低语道，“甚至更多，因为我们知道要找的是什么。”她仍在瞪着那名掌旗官。“在我约缚第一名护法之前，一定要确认他绝对服从我的命令。”

“你在考虑约缚这个史泰勒?”沐瑞装出一副天真的语气，史汪回视她的目光又惊又惧，差点让她笑出声来。不过史汪差点又从马上摔下去，在这个节骨眼上嘲笑她太不够意思了。

日落门因高高嵌在门板上的一轮镀金落日图案而得名，穿过这道铁箍门，沐瑞马上发现他们正穿过石砖铺地的街道，转而向西南方的艾林达门而去。这个城市的周边遍布着众多水闸，小船可以从中穿过。河船则可以在北港或南港停靠，但是把守大桥的城门只有六道。艾林达门是西边三道城门中最靠南的一道，不是离龙山最近的，这不是个好兆头。沐瑞不认为她们能说服史泰勒掉头。她苦涩地想，*学会适应你不能改变的事*。史汪一定气得快咬断钉子了。

然而，史汪却平静地从后面观察史泰勒。她不再横眉怒目地瞪着他了，只是静静地打量着他，以一种审视谜题的态度观察。她热爱谜题，尤其喜欢复杂的，复杂到看似无解的那一种。然而史汪总能把它们一一解开，不管是文字谜还是数字谜。史汪总能发掘出常人注意不到的规律。她是如此专注地观察这个掌旗官，以至于骑马的姿势也放松了些，虽然还不是很熟练，至少不再是一副摇摇欲坠的样子了。

也许她能想办法说服掌旗官掉头吧，于是沐瑞便不再考虑这些事情，转而尽情享受在大街上奔驰的乐趣。毕竟，即使是见习生也不一定每天都有机会被允许离开白塔周围。而塔瓦隆是现今全世界范围内最庞大、最宏伟的城市，城市所在的岛将近十里长，除了公园和私人园林之外，城区占据了这个岛每一寸的土地。

他们经过一条宽阔的街道，沿途的积雪已经清理掉了。街上人头攒动，多数人步行，不时也有轿子和肩舆从人群中穿过。在人群这么密集的时候，步行比骑马要快。只有最骄傲而固执的人才会选择骑马。比如一个提尔女贵族，她脖子僵硬地箍在蕾丝裙服的高领之中，身边围着一圈仆人和保镖；一群眼神精明的坎多商人，他们所戴的银项链垂在胸前；几个衣着鲜艳、留着卷曲小胡子的穆兰迪少爷，看上去像是刚从战场上临阵脱逃。不过她得承认，他们之所以要骑马，也可能是因为还有很长的路要走。她再次徒劳地试图盖住双腿，一个穿着毛线外套、歪眉斜眼的沙戴亚人，像是个商人或匠人，正色迷迷地盯着它们看，毫不在意自己丑态毕露。光明啊，男人真的从来不懂也不在乎女人什么时候需要别人关注，什么时候不希望被人看到。不过幸好，史泰勒和他手下的兵只要往这里一站，前面的人就会自觉地让开路，在八名全副武装的白塔守卫面前，没有人想要挡道。这里恐怕没人知道饰有条纹的裙服是白塔初学者的标志。除非有不得不办的急事，所有来塔瓦隆的人都对白塔敬而远之。

人群来自世界各地。俗话说："条条大路通塔瓦隆。"这里有来自遥远西方的塔拉朋人，他们所戴的面纱遮住了眼睛以下的半张脸，却薄得足以让人看到浓密的小胡子。他们与一群饱经风霜的水手并肩同行。这些水手在爱瑞尼河上的渡船上干活，即使在这样冷的天气里也光着脚走路。一个身披重铠的边境国人骑着马从他们身边经过，他是个夏纳人，表情坚毅，鞍上挂着一只带有顶冠的头盔，头发剃得只剩一簇顶髻。他肯定是去往白塔送信的信使，一时间沐瑞有种想要拦住他的冲动。但是他肯定不会泄露情报，而且她还必须摆脱史泰勒手下的"看护"。光明啊，她真是受够了处处被人隐瞒的滋味！

这里还有衣着深黑的卡里安人，他们白皙的肤色和矮小的身材在人群中很显眼。还有阿特拉人，男人们穿着华丽刺绣的外套，女人穿着低胸裙服，她们紧紧捂着大红、大绿、大黄色的斗篷，以抵御风寒；提尔人则身着饰有宽条纹的外套，或者有蕾丝装饰的裙服。衣着朴素的安多人大步流星地从人群中穿过，仿佛目的地已经了然于胸，决意马上赶到。安多人不管做什么一定会全力以赴，他们是倔强骄傲而缺乏想象力的民族；六个古铜肤色的多曼女人正在和卖肉派的推车小贩讨价还价。她们穿的斗篷做工非常精致，无疑是商人——在阿拉多曼以外的多曼女人一般都是商人。在她们旁边的，是一个身着红袖外衣的艾拉非人，他直垂到后背的黑发编成两条黑辫，上面系着银铃。他正在和一个表情淡漠的伊利安人争论，不停地向那人指指点点。这个肥硕的伊利安人似乎更满足于紧紧裹在他那绘有鲜艳条纹的斗篷里。沐瑞甚至还瞥见一个肤色如炭般漆黑的家伙，大概是个海民，不过有些提尔人也这么黑。那人从他们身边挤过的时候，双手插在他那破旧大衣的口袋里，她没法确定他的手上有没有刺青。

街上是如此的拥挤，仅仅是路人的闲谈也能汇集成一场喧嚣的大合唱，还有没上油的马车车轴吱嘎作响的声音，马掌踏在石砖上的声音，以及铁箍车轮和地面摩擦的声音。车夫们冲着人群大声吼叫，叫他们让路，后者不情愿地给马车让出一条道。小贩叫卖着推车或者托盘里的缎带、针线、烤豆和其他各种各样的货物。男女杂耍艺人冒着严寒在街头巷角表演节目，吹着笛子或竖琴，面前摆着收集硬币用的帽子。店主们站在店门口大声吹嘘他们的货品如何比别家优秀。清扫街道的人拖着扫帚和铲子，一边把街上的马粪和其他垃圾扫进推车，一边喊着："怕弄脏鞋就让开！不想弄脏鞋子就别挡道！"这一切竟如此正常。似乎没人注意到弥漫在空气中的浓厚呛人的烟味。城外的战事完全不足以影响塔瓦隆城内的生活。一场全面战争也许无法撼动这座城市。然而在卡里安城里你也能找到来自世界各地的人，虽然没有这里那么多那么全。造就了塔瓦隆独一无二气质的不是城里的人，而是这座城市自身。

白塔矗立在城市的中心，这座白如象牙的巨塔高近一百拃，直冲云霄，相距数里仍然清晰可见。任何前往塔瓦隆的人第一个看到的一定是这座塔，当他们看到它时，城市本身都还没有进入视野之内。塔瓦隆是两仪师权力的中心，仅仅这一条就足以让它鹤立鸡群。然而这座城市的惊人之处尚不止如此，城里众塔林立，它们可不是简陋的尖塔，而是带有旋线和槽纹装饰的华丽建筑。有些塔靠得很近，足以用天桥连接起来，这些天桥往往高达一两百尺，甚至更高。连卡里安的通天塔都无法与它们比肩。每一座广场的中央都有喷泉、纪念碑或者巨大的雕像，有的雕像仅基座以上的部分就有五十步高。实际上，城里很多普通建筑就比大多数城市的纪念碑还要华美。富裕的商人和放贷人享有华丽的居所，在他们那些有拱顶、尖塔和列柱回廊环绕的华屋周围，遍布着商店、旅馆、酒店、马房、公寓和普通市民的住宅。这些平常的建筑也带有与宫殿无二的浮雕和花纹装饰，有些真可能被误当作宫殿。这些建筑几乎全是出自巨森灵之手，只为美感而建造。还有更多的奇景装点着这座城市，每条街上都能看到巨森灵石匠无心插柳的巧思。一座三层高的金色大理石银行形如展翅欲飞的鸟，坎多商人公会大厅状似一只在海浪中奔驰的骏马，或者化为骏马的海浪。一座叫做蓝猫的大型旅店形如其名，酷似一只蜷曲安睡的蓝色大猫。城内最大的鱼市大鱼市场，被塑造成一群绿色、红色、蓝色或各种色彩混合的大鱼。有些城市喜欢吹嘘他们的巨森灵建筑，但在这一点上没有哪座城市能比得上塔瓦隆。

一栋巨森灵建筑的周围搭着脚手架，它大部分的轮廓都隐没其中，沐瑞只能看到绿白相间的弯曲的砖墙。巨森灵石匠在脚手架上来来去去。其中一些正在用一台立在街上的木质大吊车吊起一大块白色石料。巨森灵的作品有时也需要修理,而人类石匠无力模仿他们的工艺。一个巨森灵正站在一架搭在地面和第一层平台之间的梯子旁边,他穿的黑色长外套下摆直垂到鞋面,胳膊底下夹着一卷纸,显然是施工计划。即使在匆匆一瞥之下也很难把他看成人类,因为他的身高实在无法让人忽视,沐瑞骑在马上也只能平视他的一双大眼。更不必说那双从头发里探出来的穗状长耳,几乎占据了整张脸的巨鼻,还有一张开就把脸分成两半的大嘴。他的眉毛像胡子一样垂到脸颊。她坐在马上向他深鞠一躬,他也以同等敬重的方式回礼,轻触垂到胸前的一缕胡须,但他的耳朵在抽搐。他转身爬上梯子,沐瑞恍惚看到他嘴角露出了一抹微笑。任何来到塔瓦隆的巨森灵都认得见习生的着装。

沐瑞的脸红了,她用眼角瞅了瞅史汪,留意她有没有注意到这一幕。然而史汪却仍在观察史泰勒。她甚至都没有注意到巨森灵。有时她也会像这样完全沉浸在谜题中,但是连巨森灵都不能引起她的注意吗?

他们骑了将近一个小时才到达艾林达门,这道门很宽,即使五六辆马车并排通行也不显得拥挤,两侧的高塔筑有雉堞。塔瓦隆的白色高墙被修筑在河中的众多高塔所环绕,但没有一座如桥头塔般高耸而坚固。镶嵌青铜的城门敞开,但是在门塔中执勤的守卫随时可以命令下面关闭城门。路的两侧还有二十多个执戟的卫兵,正在时刻注意人数稀少的通行者。沐瑞、史汪和他们的护卫像磁铁一样引来了他们的关注,或者说如此显眼的是她们的彩纹裙服。没有人质问为什么见习生可以离开城市,这说明刚才已经有一队寻访者从这道门经过了。城门口完全不似大街般熙熙攘攘,几乎无人通行。所有想在塔瓦隆的城墙之内寻求庇护的难民早就已经进城了。而城内虽然一片歌舞升平,却还没有人认为形势已经安定到可以动身离开。路旁一侧,一个肩膀宽阔的守卫向史泰勒点了点头,后者只略点了点头以示回礼,而没有停下脚步。

在马蹄踏上桥头的那一刻,沐瑞发觉自己屏住了呼吸。这六座桥本身就是奇景,它们是在至上力的辅助之下建成的,长达一里的石砌镂刻桥面横跨河面直取对岸,其下没有任何支撑结构。桥下的最高点足以供最大的河船通行。但令她不能自已的不是大桥本身,而是她已经身处城墙之外这个事实。两仪师会严厉地警告每一个初阶生,踏足桥上就意味着逃跑,而逃跑是一个初阶生除了谋杀之外所能犯下的最严重的罪行。这条禁令同样约束着见习生,只不过她们不再需要告诫。现在她已经出城了,就像两仪师一样自由。她又瞥了一眼周围的护卫,好吧,几乎一样自由。

当他们走到离河面有五十多步的桥中央时,史泰勒突然勒住了缰绳。难道他停下来是想看远方龙山拔地而起的景色，看那断峰喷出缕缕烟气？他脑子有毛病吗？方才的狂喜让沐瑞暂时忘记了严寒，现在扫过亚林德·爱瑞尼河的阵阵强风吹打着她的斗篷，很快就让她意识到这里究竟有多冷。烧焦木炭的恶臭在风中显得格外强烈。她突然意识到号声已经停歇了。不知为何，这异常的安静却更像是个恶兆。

她又看到桥墩下面有一群骑手，大约有九到十人，正在观察城墙。突然号角为何停歇显得不再重要了。那些骑手的胸甲闪亮如银，个个都披着雪白长斗篷，下摆直垂到胯下坐骑的马臀。拥抱真源让她感觉到了生命的活力和喜悦，但此刻更重要的是增进视觉。和她怀疑的一样，这些人斗篷的左胸处都绣有一轮光芒万丈的金色太阳。他们竟胆敢封锁塔瓦隆的桥？没错，虽然此时通行的人只有她、史汪和一小队护卫，但无论所涉人数多寡，律法同样适用。实际上，正是他们这一行人的身份才使得这次冒犯显得如此之严重，几乎无法容忍。

“掌旗官史泰勒。”她大声道，“决不能让白袍子以为他们可以肆意恐吓白塔的修习者和塔瓦隆的卫士。我们只管前进就是。”这个迟钝的人还在继续观察白袍众，几乎没怎么理她。也许她该给他个小提示，比如用一小股风之力敲敲他的脑袋……

“沐瑞！”史汪以尖刻的语调低声向她耳语道。

沐瑞惊异地望向她的密友，后者正冲她怒目而视。史汪是怎么知道的？她还没有开始编织呢！不管怎样，史汪是对的。她刚才正要做的事情是被严令禁止的。她感到一阵惭愧，马上放开了阴极力。狂喜的消退带来阵阵失落感，她一边发抖一边裹紧斗篷，虽然那没法让她更暖和。

最后白袍子们终于调转马头向村庄进发。艾林达是一个相当大的村子，接近一座小镇的规模。村内砖房都有两三层，积雪之下的蓝色瓦片屋顶依稀可见。村子有自己的旅馆、商店和市场。洁白的积雪让村子显得既洁净又安详。白袍众从他们的视野里消失了，过了好久了才又出现在两栋楼之间一条向北的街上。看到他们之后，史泰勒才继续策马前进。当他们骑过桥上的最后一段路程时，他戴着铁手套的手一直放在剑柄上，不时转头四下张望，探查着前方的情况。当你发现了一伙白袍众，就表示附近肯定还有另一拨。沐瑞突然对史泰勒和他手下的在场感到十分感激。一把小匕首用来对付白袍众的箭矢没有多大用处。看来，她自己准备的东西都用不上了。

当他们到达村子附近时，史汪又一次策马追上掌旗官。她仍然沉浸在自己的思绪中，骑得虽不能说优雅，但至少还算稳稳当当。“掌旗官史泰勒。”她彬彬有礼的语气中透出沉稳镇定和强烈的自信，仿佛正在下达命令。史泰勒扭头看过来，惊奇地眨了眨眼。“你当然知道我们为什么来这里。”她没有等他点头回应就继续说了下去，“离城市最远的营地里的女人很有可能在听说奖赏之前就会离开。要是在昨天，到那些营地去可能不太安全，但是玉座得到的报告表明艾伊尔人已经开始撤退了。”光明啊，她这话听起来几乎要让人以为玉座定期和她分享情报！“玉座已经明确表示她不希望看到任何一个女人在得到她应有的奖赏之前离去。所以掌旗官，我强烈建议我们谨从玉座的意愿，先从最远的营地开始进行登记。”别人可能看不出她手势的含义，但沐瑞一眼就看出它直指龙山。

“此为玉座尊意。”

沐瑞屏住了呼吸，史汪能说服他吗？

“我也听说爱瑞尼河这边已经没有艾伊尔人了。”史泰勒用赞同的语气回应道。但马上他就浇灭了她们的希望。“但我接到的命令是带你们去离河最近的营地，没有商量余地。而且上面还说只要你们打算讨价还价，就马上送你们回白塔。你们没意见了吧？我看最好是没有。”

史汪勒马等沐瑞赶上，退回飞矢旁边。她盯着掌旗官的后背，眼里没有怒意，只有寒冰。她周身突然散发出阴极力的光芒。

“史汪，不要。”沐瑞悄声说道。

史汪冲她皱眉，“我只是想看得远一点，没准前面还藏着白袍众呢。”

沐瑞挑起一侧眉毛。史汪脸红了，她身上的光芒褪去了。她本不该这么惊讶的，六年以来她们两人形影不离，沐瑞从一个眼神就可以看出史汪想要挑事。像史汪这么聪明的人也有糊涂的时候。

“我不明白你怎么能忍受这种事。”史汪嘟哝道，她踩着马镫直起身子，差点从鞍上翻下去，沐瑞不得不用一只手扶住她。“要是营地离这里更远的话，我可能需要两仪师治疗。”

“我这里有药膏。”沐瑞说，她有点得意地拍拍挂在马鞍一侧的袋子。削笔刀和匕首可能没用，但是至少她想到了带药膏。

“没用，除非你还带了车厢。”史汪抱怨道，沐瑞则只是微笑。

艾林达村里死气沉沉，人烟稀少。这个村子在兽魔人战争时期至少被烧毁了三次，在第二次伪龙战争末期再一次遭遇灭顶之灾。而在亚图·鹰翼的军队围攻塔瓦隆的二十年间又经历了两次被毁，看来村民们相信在这场战争中同样的厄运会再度降临。冰雪覆盖的街上散落着椅子、桌子、孩子的玩具、大锅还有各种杂物。逃难进城的村民带走了他们能拿得动的东西，其他的都丢在这里了。此外，这里每扇窗户都紧紧关着，每扇门都牢牢锁着，期望日后重归家园的人们把留下的财产锁在屋里。然而这里恶臭的焦煳味比在桥上时更浓烈，只能听见旅店招牌在风中吱嘎作响的声音，和马蹄踏在积雪中的地面上的声音。这个村子不再显得宁静安详，它笼罩着死亡的气息。

当他们离开这个村子之后，沐瑞顿时觉得轻松了许多，虽然她知道他们正背着龙山向南前进。乡下田间一如以往的宁静，烧焦的气味也变淡了。史汪却显然没有感到放松。她时不时地回头看看龙山那黑色的顶峰，而且经常需要沐瑞帮她扶稳马鞍，不然她肯定会摔下去，气得咬牙切齿。她们经常讨论今后会加入哪个宗派，沐瑞早就选定了蓝宗，但是她觉得绿宗一样适合史汪。

他们到达的第一个营地距离艾林达有两里，营火散布在遍地的马车和货车之间，遍地都是大大小小、新旧不一的帐篷，其间还散落着用树枝搭成的破棚子。三座煅炉旁传来叮叮当当锤子敲打的声音，小孩子们大叫着跑过，在饱经践踏的脏雪里玩耍，似乎完全没有注意到这里刚刚打完一场仗，也没有想到他们的父亲可能已经死了。也许他们真的没有留意这些事情，这是他们的幸运。马桩基本上是空的，除了铁匠之外几乎看不到一个男人。但是有一长队女人——超过五十人！她们正排在一个帆布大帐篷前面。一个见习生坐在桌子旁边，身后站着四名白塔守卫。这么说史泰勒走得还不算太慢。沐瑞拥抱了一下真源，她察觉到史汪也在做同样的事情。这当然只是为了看清那人是谁。远处那位见习生的脸埋在一丛塔拉朋式的辫子之下。莎妮是见习生中最美的女子，也许只有艾丽德比她更漂亮。但莎妮似乎根本就没有意识到自己有多美，而艾丽德却很清楚自己的优势所在。令人难以置信的是，作为店主的女儿，莎妮根本不懂如何圆滑处事。她来塔瓦隆之后，她母亲一定非常欣慰，因为这位母亲不必再忍受她女儿的毒舌了。

“我希望她这回可别惹祸上身。”史汪轻声说道，仿佛她知道沐瑞正在想什么。不过她们都很了解莎妮的为人。她算是个朋友，但有时真的很恼人。不过值得原谅的是，她对自己的尖酸刻薄和动人美貌同样一无所知。

走了一百多步以后，史汪身上的光芒消失了，沐瑞见状也释放了真源。毕竟她们可能会被两仪师看到。

下一个营地在南边不到一里的地方，比之前的更大更乱，而且更加吵闹。这里没有人在登记姓名。六个煅炉正在打铁，到处吵嚷打闹的小孩要多出一倍以上。这里也没几个男人，马匹也很少。但奇怪的是，营地里散布着很多紧闭的大车厢。走近之后，沐瑞听到了莫兰迪的口音，不禁畏缩了一下。莫兰迪人非常好斗，常为外邦人无法理解的荣誉观而争斗，他们非常喜欢决斗。但是当史泰勒用足以吓倒公牛的嗓音吼出他们的来意时，没有人敢向他挑衅。不一会儿，两个披着破旧斗篷的年轻人就为沐瑞和史汪搬来了一张桌子和两张凳子。他们把桌子放到了空地上，不过另外两个年轻人在桌子的两侧架起了两只三角火盆，这条件看上去还算可以吧。

第5章

人　心

当沐瑞在凳子上坐定，面前桌上摆好垫板之后，她就一点也不觉得舒服了。火盆散发出的热气在露天环境中迅速挥发，完全不能驱散寒意。淡薄的灰色烟气拂过她的面颊，熏得她眼睛疼，有时还会呛得咳出声。在来路上她的双脚就已经冻得冰冷，厚实的鞋子和袜子都不顶事。现在脚踩在在积雪上，很快就冻得失去知觉。将近一百个女人团团围着她们——要是再加上婴儿就远不止这个数了。她们都在大喊大叫，试图赶在别人前面报上姓名。她们大多只穿着朴素的厚毛衣，不过也有几个人穿着丝衣，或是绣有花纹且剪裁得当、只有体面人或者贵族才能负担得起的服装。然而这些体面人也和其他人吵得一样凶。贵族竟会和平民一起大吵大嚷！可见莫兰迪人根本不懂得如何举止得体。

史泰勒挟着头盔，正冲着人群大吼大叫，要她们闭上嘴巴排成一列。他的脸都憋紫了，但根本没有人理他。两个卫兵想要把女人们推回去，掌旗官以一个严厉的手势制止了他们。幸好如此，这种局面下骚乱可是一触即发。沐瑞起身想要维持秩序，但不知道该如何是好。她自己的庄园里可从来没出现过这种场面，她的管家们八成也没遇到过，要知道通常人们在管家面前可要比在领主面前无礼得多。然而，史汪的动作更快，她已经爬上了凳子。她眉头紧锁，双手紧紧地攥着斗篷的边缘，像在克制自己不要冲人群挥舞拳头。

阴极力的光芒从她的身上散发出来，她开始编织起风和火。这道简单的编织只消耗了极少量的至上力，但当她开口时，声音犹如雷鸣般洪亮。“肃静！”一道简洁的命令，震耳欲聋但并无怒意。然而女人们都在震惊之下畏缩了，一大群人立刻就鸦雀无声，连铁砧那边的敲打声都停止了。整个营地一片寂静，沐瑞都可以听见拴在桩上的马儿跺脚的声音。史泰勒给了史汪一个赞许的目光——据沐瑞所知，掌旗官都欣赏大嗓门——接着又瞪了桌边的女人们一眼。不过许多婴儿开始大声啼哭起来。史汪接着讲下去，她没有再借助编织的力量，但声音洪亮而坚定。“如果你们不马上排好队，并且遵守秩序，就别想拿到一分钱。白塔不会优待一群不听话的小孩。请你们拿出成年女人的仪态，不然就有的后悔了。”她点了下头以示郑重，然后低头瞪着人群，看她们是否照她说的做。她们果然照做了。

史汪从凳子上下来，女人们忙不迭地在桌子前面排成两列，除了几次推搡之外，沐瑞没有看到更多冲突。自然，越是排在前面的女人穿得越好，还有佣人替她们抱小孩，但是她们之中同样有人推推搡搡、怒目相视。她们大概是商人，虽然沐瑞不知道这里能有什么商机。有一次她曾见到两个穿着体面庄重的莫兰迪商人当街扭打起来，在臭水沟里扭成一团，打得鼻青脸肿。除了一点小冲突之外，人人都十分安静，带着孩子的女人都在想方设法哄孩子不要哭，一群裹着斗篷的十一二岁的女孩聚了过来，朝着沐瑞和史汪指指点点，兴奋地窃窃私语。沐瑞觉得她们好像在说“两仪师”。她们旁边还有个十来岁的女孩——大概就是沐瑞去塔瓦隆的那个年龄——正拼命掩饰自己极度渴望的目光。许多女孩都梦想成为两仪师，但很少有人能够鼓起勇气朝梦想踏出第一步。沐瑞将斗篷甩到一边，拧开墨水瓶，抽出一支笔。她没有脱掉手套，薄薄的皮手套没有多少防寒能力，但总比没有好。

“夫人，你的姓名？”她问道。面前这个肥胖的女人面带微笑，穿着丝质高领绿马装，虽然不是最优质的，但毕竟是丝质的。她内衬皮毛的蓝色斗篷也绣有红金色花纹，每个指头上都戴着戒指。虽然她并不一定是贵族，但恭维一句也没什么不好。“还有你孩子的姓名？”

“我乃麦瑞·多·阿兰·阿康林夫人，莫兰迪第一位女王凯特琳·多·卡塔兰·阿科瑞勒的直系后裔。”胖女人仍在微笑，但她的语气冷漠而高傲，带有抑扬顿挫的莫兰迪口音。若你对莫兰迪人一无所知，这种腔调可能会使你误以为他们是平和的民族。她把另一个矮胖的女人拽到前面，那女人穿着黑毛衣，围着厚围巾。她怀中抱着的婴儿正在咯咯笑。婴儿紧紧地裹在襁褓里，只露出了脸。“这是我的儿子塞德林，他一周前才出生。我丈夫随军出征，我拒绝留在后方。我要把这笔赏金裱起来，这样塞德林就会永远记得他曾领受过白塔的荣誉。”

沐瑞忍住了没向她挑明塞德林将不得不和成百上千个新生儿共享那份荣誉——其他营地里肯定也会有一群群等着领赏的女人。光明啊，她根本没料到营房里也有这么多产妇！她不动声色地看了看那个婴儿。她早就不是无知少女了，她见过母马产驹，甚至还给牲口接生过。如果你不知道务农是怎么回事，就没法判断佣人做得好不好，不是吗？但是对婴儿她可没什么经验。对她来说，十天大的婴儿和一两个月大的婴儿看起来没什么区别。史泰勒和他的手下在桌旁监视着人群，以杜绝任何骚乱的苗头。他们可解答不了这个问题，而且沐瑞也不好意思开口问。要是阿康林夫人说了谎，就让真正的两仪师去解决吧。沐瑞朝旁边瞅了一眼，史汪面前的女人抱着个更大的婴儿，但她正在记录。

沐瑞拿钢笔蘸了蘸墨水，突然看到又一个抱着婴儿的女人走了过来，她把婴儿裹在斗篷里，正在给他喂奶。然而那女人却对长长的队伍视而不见。“那个女人为什么不来排队？是不是因为她孩子的出生时间过早了？”阿康林夫人的笑容消失了，她睁大了双眼，语气则变得更加冷淡，“我没空操心营里的每个小崽子。”她傲慢地指了指桌上的纸，沐瑞看到她手上戴的戒指镶着一颗硕大但明显有瑕疵的火焰石。“快把我的名字记下来，我要回帐篷里取暖。”

“我会记下你的名字和其他必要的信息，但你要先告诉我那女人的情况。”沐瑞答道，试图模仿刚才史汪命令人群的语气。

但似乎没什么用，麦瑞·阿康林的眉头皱成一团，恼怒地嘟着嘴，看起来像要大发雷霆了，甚至准备动手打人了。但还没等她发作，旁边的圆脸女佣急忙开口了，她一边说一边笨拙地行了好几个屈膝礼。

“卡若米的女儿和塞德林大人是同一天出生的，请原谅我插嘴，夫人，请您原谅，两仪师。卡若米的心上人抛下她跑了，他想成为护法。她对后来娶她的那个人远没有那么痴情。”她重重地摇了摇头。

“卡若米不想要白塔的任何东西，她什么都不想要。”

“无论如何，她会收到赏金。”沐瑞斩钉截铁地说。毕竟，塔摩拉的要求是记下每一个新生儿的姓名。她怀疑卡若米的恋人有没有实现他的梦想。很少有人技高至此，护法不仅要会使用武器，他本身就是一件武器，而达到这一点只算是刚入门道。“她的全名是什么？还有她孩子的名字？”

“两仪师，她的全名是卡若米·茉莉。她女儿的名字是伊莉娅。”奇迹啊奇迹，阿康林夫人竟满足于让女佣人代她作答。她也不再是一脸怒气，而是满怀戒心地打量着沐瑞。看来语气坚决还是有所助益，当然，更重要的是让人们都以为她是两仪师。

“她住在哪个镇上，或者哪个村里？”沐瑞一边写一边问道。“还有，您女儿出生的具体地点？”她听见史汪这么问。史汪摘下了她的手套，以防它们被墨水弄脏。那双手套是沐瑞送她的命名日礼物。站在她面前的女人显得很不耐烦，她身着丝衣，相貌还挺标致，可惜鼻子长歪了。她身材也很高，比史汪还要高出将近几厘米。“在西边一里以外的谷仓？真不是个适合生继承人的地方，更别提到处都在打仗。您真不该在快临盆的时候骑马外出。好了，您知道在这十六天里有哪个产妇是在别的地方生孩子的吗？您知道她们的姓名吗？不要跟我顶嘴，夫人。回答我的问题。”那位夫人照做了，没敢有一句抱怨。话说回来，史汪当时的态度也容不得任何怨言和异议。她没有抬高声音，也没有严词厉色，但就是能牢牢地掌控住局面。她是怎么做到的呢？

没过多久，沐瑞就忘掉了那些冒险寻找转生真龙的幻想，也不再为出城而感到激动。她一遍又一遍地问着相同的问题，记下回答，小心翼翼地把写满字的纸放到一边晾干，取一张新纸继续记录。很快她就感到枯燥乏味，只有趁着在桌旁的火盆上烤手的机会才好稍稍喘口气。她的手指冻得生疼，能暖暖手真是太舒服了，但这也没能让她心情好起来。唯一让人惊奇的是队列中的女人竟有相当一部分不是莫兰迪人，看来出征打仗的士兵很有机会能娶到外国妻子。没过多久，铁砧那边又开始敲敲打打了，几个修理大篷车的人也开始干活了，他们正在给它安上一个新轮子。叮叮当当的声音吵得她头痛，这一天真是太糟糕了。

她尽力克制自己，不对面前的这些女人流露不满，虽然有几个人实在让她火大。要是不加以制止的话，有些女贵族可以背出上溯亚图·鹰翼，甚至更久远的完整家谱，而另一些衣着朴素的女人则想要隐瞒孩子父亲的姓名和自己的出生地，她们会狐疑地瞅着她，仿佛这几个问题是诈取她们赏金的伎俩。还好只要被瞪一眼她们就会乖乖回答。即使是莫兰迪人也不敢在被认为是两仪师的女人面前过于嚣张。她们是两仪师的说法很快就传开了，这让女人们稍微服帖了一些，不过队伍的行进速度还是慢得要命。

她的目光不时飘向从旁边经过的挺着肚子的孕妇。她们中的一些会停下来朝这边瞟一眼，像是在考虑什么时候能轮到自己排队。真龙转生的母亲也有可能就在她们中间，只不过她得有理由跑到龙山生产。在吉塔拉预言的那一天，仅有的两个出生的孩子都是女孩，而且她们和其他婴儿一样是在营地周边一里之内出生。那个男婴会被另一个对此一无所知的见习生找到，她自己可能在几年之后都打听不到一点情况。光明啊，这太不不公平了！她知道秘密，但却无可奈何。

快到中午，沐瑞抬头发现一名穿着黑毛衣的瘦削年轻女人站在她面前，怀中抱着一个裹着毯子的婴儿。

“苏莎·万，两仪师。”女人怯生生地说，“那是我的名字，这是我的儿子西瑞尔。”她补充道，抚摸着男婴的脑袋。

虽然沐瑞没有照顾孩子的经验，但她还是分得清六七个月大的婴儿和新生婴儿。她正要开口告诉那女人别想要她时，史汪轻轻碰了一下她的胳膊。她什么都没说，还在询问她面前的女人，但这个举动足以提醒沐瑞多看了面前的女人一眼。苏莎·万不只是瘦，而是皮包骨，她的眼袋发黑，迷离的目光中充满绝望的神色。她的衣服和斗篷磨损得厉害，打着厚厚的补丁。打补丁的地方缝得很整齐，但比没打补丁的地方还多。

“父亲的名字是?”沐瑞问，她还是拿不定主意。现在看来这婴儿还是太大了点，这没错，除非……

“贾克，两仪师，贾克·万。他……”泪水盈满了女人深陷的眼眶，“贾克在战斗开始之前就死了。他在雪地里滑倒了，头撞上了石头。真是太不公平了，他走了那么远的路，最后却在雪地里摔死了。”婴儿开始咳嗽，发出一阵呼哧呼哧的声音，苏莎紧张地低头看了看他。

沐瑞不太确定究竟是孩子的咳嗽，还是女人的眼泪，抑或是死去的丈夫驱使她郑重地记下了女人的姓名。一百枚金币，付给一位无助的母亲和她的孩子，白塔还是出得起这个价的。孩子看上去还挺胖，但是苏莎明显正在挨饿。与此同时，麦瑞·阿康林却准备把她的赏金裱起来。她费了一番力气才克制住询问贾克·万为谁效力。不管是谁都不应该让事情发展到这样的地步！贵族血统所担负的义务绝不亚于享受的权利，她所受的教育告诉她前者远重于后者。不仅如此，那女人的朋友都跑哪去了？莫兰迪人啊！

“光明庇佑您，两仪师。”苏莎试图忍住眼泪，结果又一次泪水盈眶。她没有抽泣，泪珠滑过她的脸颊落下。“光明永远照耀您。”

“好，好，”沐瑞温和地回应道，“你们这个营里有读师吗?”不对，莫兰迪人对懂得草药和治疗的女人有另一种称呼，是什么来着？在她和史汪升为见习生的第一年，两仪师维林在课上给她们讲过。“或者乡贤？智妇?”看到苏莎点头后，她从腰带上解下钱包，取出一枚银币放到女人空出的手里。“带你的孩子去找她。”

这让苏莎又一次泪流满面，不停地向她道谢，甚至试图亲吻她的手，她好不容易才推托掉了。光明啊，苏莎又不是她的臣民，这可不太得体。

“她有资格拿赏金了以后——”苏莎走了以后，史汪悄声说道，“乡贤会同意她赊账的。”她仍在盯着她笔下工整的字迹，不过沐瑞能察觉出她神情中的不以为然。史汪非常在乎自己所拥有的一点点财产。

沐瑞叹了口气——送就送了呗——然后立刻发现队伍中掀起了一阵低声骚动。“两仪师”接受了苏莎·万的孩子的消息像野火燎原一般传播开了，她很快就看到更多的女人匆忙地排到了队尾，有一个甚至牵着一个已经能自己走路的孩子。

“我的丹尼，最近真的是很虚弱啊，两仪师。”沐瑞面前的圆脸女人说道，她脸上挂着满怀希望的微笑，苍白的双眼里闪过一丝渴望。她怀中抱着的婴孩发出一阵欢快的嘟哝。“我真的好想能有钱找乡贤给他看看啊。”女人灰色的毛裙看起来几乎全新。

沐瑞一时火上心头，而且没费心思去克制脾气。“我可以治好他。”她冷淡地答道，“当然了，他年龄太小了，可能撑不过去，很有可能。”这个年龄的婴儿肯定扛不过至上力的治疗，此外这也是为数不多的禁止见习生使用的编织，除非有两仪师监督。治疗的编织出错，受害的可不止有导引者。那女人对这些当然一概不知，然而当沐瑞伸出一只戴着手套的手时，她缩了回去，紧紧护住婴儿，充满惊恐的双眼都快要蹦出眼眶了。

“不，两仪师。谢谢您，但是不用了，我——我会去凑钱的，会的。”

沐瑞的气消了——她的火气从来不会持续很长时间——她觉得有点惭愧，但这点愧疚感也很快就消失了。白塔有广施恩泽的财力，但两仪师决不容忍任何人愚弄。白塔的威信很大程度上来自两仪师洞察秋毫的名望。队伍里又掀起一阵窃窃私语，那个拉着孩子的妇女以比来时还要快的速度溜走了，至少她不必再对付这一位了。像这样一个自以为能够如此轻易地愚弄白塔的女人，免不了狠狠地斥责几句。

“干得漂亮，”史汪一边奋笔疾书一边低声说，“非常漂亮。”

“丹尼，”沐瑞一边写一边说道，“那你的名字是?”她的微笑是因为史汪的称赞，然而丹尼的母亲似乎以为自己已经被原谅了，回答的语气放松了许多。对此沐瑞也感到宽慰。许多人惧怕白塔，有时这恐惧也并非无缘无故——必要的话白塔不吝于展示严厉——但恐惧并不是一件顺手的工具，也可能会成为一把双刃剑。早在来白塔之前她就很清楚这一点了。

太阳升到中天后，史汪和沐瑞从鞍袋里取来食物。这点事没必要让史泰勒的手下去做。这伙人现在正蹲在拴着他们坐骑的马桩旁边，已经开始享用肉干和大饼的一餐。看起来除非遭到攻击，没有一个会愿意挪窝。但当她们从马匹旁边走开时，史泰勒向她们点了点头，动作很轻微，但她觉得其中仍有赞许之意。男人真是好奇怪啊……

还有超过一半的女人还没有登记姓名，沐瑞以为至少会有一点牢骚。但是剩下的人只是四散开来去找吃的东西，没有一句抱怨。一个有提尔口音的黝黑妇女送来一只破旧的锡茶壶放在桌上，还有一对有缺口的绿釉茶杯，壶里面盛满了又热又浓的茶。一个细瘦的灰发女人送来两只冒着热气的木杯，杯中散发出香料热酒的气味。她皮革般的面孔似乎永远都笑不起来。

放下杯子的时候她说道："苏莎·万太自傲了，除了一点点食物之外不愿接受任何施舍，除非是为了她的孩子。"她的声音比一般女人要低沉，"您做了件善事，而且做得非常巧妙。"她点了点头，转身踏过雪地大步走开了。她的背挺得很直，像阅兵仪式中的侍卫。以这种态度对待两仪师真的很不寻常。

"她知道我们真正的身份，"史汪轻声道，她用两只手捧起木杯来暖手。沐瑞也照做了，虽然她还戴着手套。可怜的史汪，手指一定冻坏了吧。

"她不会说出去的，"过了一会儿，沐瑞回应道，史汪点了点头。被戳穿真相并不会造成什么大麻烦，只要史泰勒和他的手下还在这里就不会。但是最好能避免这种尴尬。她又想到，所有在场的贵族妇女都对两仪师的外表一无所知，一个平民居然能够认得出来。或者，她认识见习生的裙服，又或者两样都知道。"我想她年轻时候一定来过白塔。"一个不能学习导引的女人会被遣走，但是她可以见到两仪师和见习生。

史汪瞟了她一眼，仿佛她所说的是再明显不过的事实。有时被史汪抢先解开谜题真的很令她恼怒。

她们吃着面包、水果和乳酪，其间很少交谈。初阶生要在用餐时间保持安静，见习生则被要求保持仪态。所以她们已经习惯了静静地吃饭。她们几乎没碰红酒——见习生在用餐的时候只喝掺水的酒，喝醉酒对她们来说可是大麻烦——然而沐瑞却惊奇地发现自己吃完了原以为分量过多的食物，或许寒冷的室外环境有助于促进食欲吧。

沐瑞把裹食物用的布折好。当她还在幻想着多吃几个杏干时，突然听到史汪嘟哝道："哦，不。"

她抬起头，心一下提到了嗓子眼。

两个两仪师骑着马进入营区，慢条斯理地绕过帐篷和大篷车向她们骑过来。在现在这种形势下，身着丝衣、无人陪伴地在乡间小路上行进的女人只可能是两仪师。这两个女人身后只有一人随行，是个黝黑的男人，他身上披的斗篷会随着周围环境变幻色彩，使得他和他胯下黑阉马的一部分很难被察觉。他眼观八方，如同猎豹一般；相比之下，白塔守卫就像一群昏昏欲睡的哈巴狗。护法的斗篷出现总会弄得人心惶惶。营区里的人群开始小声嘀咕起来。人们吃惊地指指点点，铁匠们又一次放下了锤子。

并不是每一位两仪师的突然出现都能让沐瑞感到肠胃里一阵翻滚。她认出了斗篷兜帽之下的脸孔。梅琳·阿甘娜有着银灰的头发和突出的下颚，她是白塔里最受尊敬的女人，从没有人说过她的不是。若是只有她一人，沐瑞绝不会起疑心。然而另一人却正是爱莉达。光明啊，她到这里来干什么？爱莉达三年前就去安多就任女王咨政。她偶尔会回白塔向玉座汇报安多的政事，但史汪和沐瑞总能很快地打听到她要回来的消息——对她们来说是坏消息。

两仪师靠近时，她们马上行了礼，史汪立即抢着说道："我们有出塔的许可。"若是在斥责过她们之后却发现自己搞错了，即使是梅琳也会不高兴。爱莉达更是会大发雷霆，她非常讨厌自己表现得很愚蠢。"玉座命令我们——"

"我们知道这件事，"梅琳温和地打断了她，"消息传得很快，我怀疑斯里森的猫到现在大概也听说了。"从她的语气中听不出她究竟是不是赞同塔摩拉的决定。梅琳光滑的面孔从来不会流露任何情绪，湛蓝的双眼平静如水。她用一只戴着黑手套的手小心翼翼地整了整骑装下摆，雪白的布料泛起一阵蓝光。她是少数有护法的白宗之一。大多数白宗整日浸淫于理性和哲学之中，都不认为有此必要。沐瑞希望她能下马。梅琳的花斑阉马很高大，而她本人的身高则不输于大多数男人——至少比大多数凯瑞安男人高。抬头望着骑在马上的她让沐瑞感到脖颈酸痛。

"看到我，你们很惊讶？"爱莉达说道，她在马背上俯视着她们，那是一匹足踝强健的枣红色母马。她的锦缎裙服的颜色既非暗红也非淡红，而是明亮的大红色，仿佛是在公开宣示她的派别。她镶黑边的皮毛斗篷也是一样的主色调。几乎和匠民的大篷车一样鲜艳。爱莉达正在微笑，但这点笑容远不足以掩盖她神情中的严厉。如果不是总板着一张脸的话，她几乎可以称得上美貌动人。她这个人永远是那么严肃。"我刚好赶在艾伊尔人之前到达塔瓦隆，在那之后又一直很忙。不过别担心，我会来找你们的。"

沐瑞本以为她的心已经沉到谷底了，看来她是错了。她差点没忍住一声绝望的哀叹。

梅琳叹了口气，"你花了太多心思在这些姑娘们身上了，爱莉达。如果她们开始以你的宠儿自居的话，迟早会变得目中无人的。也许她们已经开始自满了。"

沐瑞和史汪交换了一个震惊的眼神。宠儿？她们俩之于爱莉达，也许可以比作山羊之于狮子，但宠儿也太离谱了吧。

自从爱莉达戴上披肩起，沐瑞从未见过她对除玉座和宗派守护者之外的任何人表现出敬意。这次她却低下了头，喃喃说道："您所言甚是，梅琳。但是她们有可能在今年接受试炼。我希望她们能尽快接受试炼，我还希望她们能够顺利通过试炼。我决不能接受比这更差的表现。"即使是这样一席话也缺乏她往日的严厉。通常爱莉达就像一头牛一样倔，她会恐吓任何胆敢挡了她道的人。

白宗两仪师微微耸肩，仿佛这件事不值得再深入讨论。"你们这些孩子还有什么需要吗？好，我得说你们中有些人真是不知道好好准备。你们还有多少姓名要记？"

"大概还有五十个，梅琳两仪师。"史汪答道，"也许更多一点。"

梅琳望了望天。太阳已经开始缓缓西沉，黑色的积云正在向南漂移，露出晴朗的天空。"这样的话，你们就得快点登记了。你们知道必须要在天黑之前回到白塔。"

"所有的营地都和这里一样吗？"沐瑞问道，"我本来以为打仗的男人都会把心思投入到作战上，而不是……"她顿了顿，脸红了。

"……像银梭鱼一样能生。"史汪的声音小到几乎听不见。沐瑞几乎没听清，然而这句话让她的脸更红了。刚才她怎么会想到这种问题呢？

"凯瑞安人哪。"梅琳吸了口气，她听上去似乎像是……被逗乐了！但是接着她还是用严肃的腔调继续说道："当一个男人认为他随时可能战死，他会想要留下一件身后之物。而当一个女人认为她的丈夫随时可能战死，她会非常渴望能让他生命的一部分得以延续。这两种渴望导致大量婴儿在战时降生。丈夫或是妻子的死虽然会给家庭带来艰辛，但人心很少会遵循逻辑。"

这个解释很有道理，但也让沐瑞的脸涨得更红了。有的事情可以公开，可以在大庭广众之下论及，而另一些事情则只能在私下里做，决不可以公开谈论。她拼命想要控制住情绪，开始做起用以平缓情绪的冥想练习。她是两岸之间的河流，她是河流两侧的河岸，她是向着太阳绽放的花蕾……但毫无用处。爱莉达正在用严厉的目光端详着她们，她就像是一个手握锤子和凿子的雕刻家，正在考虑敲掉哪一块石头才能塑造出她想要的形状。

"好的，好的，安卓，"梅琳突然说道，"我们马上就走。"她甚至都没有回头看一眼，但她的护法却点了点头，仿佛她刚才的话是对他的回应一般。他体型精瘦，比他的两仪师还矮。你会误以为他很年轻，直到你注意到他的眼睛。

沐瑞发觉自己目瞪口呆，马上忘了方才的尴尬。她并不是被安卓目不转睛的瞪视吓到了。两仪师和被她约缚的护法可以感应到彼此的情绪和身体状况。如果两人足够靠近的话，还能够清楚地感知到对方的所在之处。如果彼此相距甚远，至少也可以知道方向。这实在太像读心术了。有人说真正的两仪师知道如何读心。不管怎么说，很多事情要等到赢得披肩之后才有机会学到，譬如用来约缚护法的编织。

梅琳直盯着她的双眼，“不，”她柔声说道，“我不能读他的思想。”沐瑞感到头皮一阵发麻，仿佛她的头发都竖起来了。看来确实没有读心术，因为梅琳这么说了，但是……“当你和你的护法共事多年以后，你可以猜出他的心思，他也能摸清你的想法。这靠的是理解力。”爱莉达哼了一声，虽然声音很轻。在所有宗派中只有红宗决不会约缚护法，大多数红宗似乎厌恶所有的男性。

“从逻辑上讲，”梅琳说，她平静的目光落在了另一位两仪师身上，“红宗比绿宗之外的任何一派都更需要护法，甚至有可能比绿宗的需求还要急切。但无论如何，各宗派随各自的意志行事。”她提起饰有流苏的缰绳，“一起走吗，爱莉达？我们必须尽可能多看一些孩子。有些人要是被提醒的话肯定会昏了头留得过久。记住，孩子们，天黑之前。”

沐瑞本以为爱莉达会发火，或者至少目露凶光，方才关于护法的议论几乎可以算是违背了礼仪和隐私的法则。这些法则制约着两仪师日常言行的方方面面，限定了何事可问可说，何事不可言及。它们并非律法，但先于律法，每个见习生都要背诵这些传统法则。然而令人惊讶的是，爱莉达只是调转马头跟着梅琳走了。

两人看着两位两仪师在安卓的尾随下离开了营地，史汪长吁一口气：“我刚才还担心她会留下来监督我们。”

“我也是。”沐瑞说，她都不需要问“她”指的是谁。那确实是爱莉达的行事风格。爱莉达要求她们所做的每件事都要达到她定下的完美标准。“但是她为什么走了？”

史汪没有回答。无论如何，现在也没时间讨论了。在她们吃完午饭后，女人们又回来排队了。而且在梅琳和爱莉达来过之后，她们也不那么确信史汪和沐瑞是两仪师了。现在瞪视和坚定的口吻已经不足以平息争论了。史汪经常不得不大声呵斥，时不时沮丧地捋捋头发。有三次沐瑞只能以宣称停止记录姓名相要挟，才得以把带着年龄明显过大的婴儿的女人赶出队伍。若她们中有人像苏莎一样可怜，也许会令她心软。但是这些女人都衣食无虞，就是不知足。

到了最后，当队里还有十几个女人的时候，史泰勒出现了。他已经戴好了头盔，手里牵着马。其他士兵就站在他身后，其中两人牵着飞矢和史汪的马。

“该走了，”史泰勒以斩钉截铁的口吻说道，“我已经等得够久了，要是再待下去的话，恐怕就来不及在天黑前赶回白塔了。”

“等等，”一个女人抗议道，“她们还没记录我们的名字呢！”其他人也开始愤怒地低语。

“伙计，看看太阳，”史汪说，她听上去很烦，看上去也是。她的头发已经被她自己拽得蓬乱不堪，“还有好长时间呢。”

于是沐瑞真的抬头看了看太阳，太阳已在西沉。对于时间她可没那么肯定。赶回白塔要走六里路，最后还要穿过拥挤的街道，这些街巷在入夜之后仍和白天一样人满为患。但白塔不会接受这种借口。

史泰勒皱起眉，张口欲言，却被一个面孔糙如皮革的妇女打断，正是给她们送酒的那一位。她和六七个头发灰白的女人冲到他面前，围着他直把他往后推。“你不要干扰这些女孩，”瘦小的老妇冲他吼道，“听到了吗？”

更多的女人从四面八方拥过来，史泰勒和他的手下被十倍于他们的女人团团围住。一半的女人都在大吼大叫，挥舞着拳头，其他人则都是满脸怒容，手紧紧按在腰刀刀柄上。铁砧的敲打声又一次停止了，铁匠们就在不远处观望着人群，手里拎着打铁的锤子。年轻人——主要是男孩——开始向这里聚集，个个目露凶光，一脸愤怒。一些人的腰刀已经出鞘在手。光明啊，他们这是要暴动了！

“快记！”史汪喝道，“他们拖不了他多长时间，你的名字？”她冲她面前的女人喊道。

沐瑞照做了。还在等着登记名字的女人似乎完全同意史汪的看法。她们不再试图争执。到了现在，她们已经知道会被问到哪些问题，于是一站到沐瑞面前就开始滔滔不绝地抛出答案。有些人说得实在太快了，她不得不要求她们重复一遍。史泰勒和他的部下在避免惹恼男人和男孩们的前提下，终于成功地突破了女人们的重重包围的时候，沐瑞刚好记完了最后一个名字，正在把墨水吹干。史汪正在飞快地用她那把黑木雕花梳子梳理头发。

面甲之下，掌旗官满脸怒容，但他只是说了句：“现在我们只能自求多福了。”

他带领着一队人骑马小跑着出了营。马蹄之下雪泥飞溅。史汪在鞍上左摇右摆，史泰勒不得不让两名卫兵护在她左右，以防她落马。史汪紧紧抓着鞍桥，横眉怒对二人，但没有把他们遣走。沐瑞意识到史汪从未问她要过药膏，那可正是她所急需的。骑了大约半里，史泰勒放慢了速度。不过仅仅一个半里之后，他又加快了马步。要不是左右两名卫兵护着，史汪怕是早就跌下马了。沐瑞正要抗议，但一瞥史汪脸上坚定的神情——再加上黯淡的落日——便打消了这个念头。如果她点破史汪骑术之糟糕，史汪可能会好几天都不理她；而要是她们因为她而迟到晚归，被送进茉瑞安的书房，史汪永远都不会原谅她的。

史泰勒就以这种时快时慢的步调带领着一群人赶回了城里，沐瑞怀疑，要不是因为街道太挤他们可能会一直这样骑回白塔。在人群中穿行是跑不起来的。当他们骑回西马房的院内时，阳光已成为挂在白塔围墙上的一轮金红色余晖。马夫牵走了飞矢和史汪的坐骑。一个一脸愠色的少尉走了过来，史泰勒将手臂横按在胸前向他敬礼，他在向史泰勒回礼的同时还不忘向史泰勒怒目而视。

“你们是最晚回来的，”他低吼道，似乎是想找个借口把周围的人都狠批一顿。“她们惹麻烦了？”

沐瑞此时正在帮不停抱怨的史汪下马，她屏住了呼吸。

“比小羊羔还乖。”史泰勒答道，沐瑞松了一口气。掌旗官下马转身向他的手下说：“所有人都要在晚饭之前把马刷好，鞍具上好油，否则别想吃饭。说的就是你，马文！”

沐瑞向那位年轻军官问她们该把桌板放哪里。他瞪了她好长一段时间才答道：“就放这儿，会有人收的。”然后大步走开了，斗篷在身后飞扬。

“他为什么这么生气？”沐瑞大声问道。

史泰勒瞥了一眼牵着马向马厩去的卫兵们，然后用小到只能让她们两人听见的声音答道：“他想去打艾伊尔人。”

“我才不管这个傻瓜是不是想充英雄，”史汪尖声说道。她正靠在沐瑞身上，沐瑞怀疑，如果不是她正搂着史汪的腰，史汪可能都站不直了。“我想要洗个热水澡，再回房睡觉，晚饭就不吃了。”

“听起来很棒。”沐瑞说，但不包括晚餐那部分，她觉得她都可以吃下一整只羊了！

史汪勉力试图不靠沐瑞的搀扶行走，但她步履蹒跚，牙关紧咬，明显是在强忍住呻吟。即使这样，她还是不肯让沐瑞替她拿背包。史汪从不会向疼痛屈服，也不会向任何艰难屈服。当她们回到见习生住宿区的回廊时，热水澡的希望破灭了。凯特琳正在那里等着她们。

“总算来了。”她躲在她的条纹斗篷下，缩成了一团，“我还以为等我冻死了你们也回不来。”她有一张尖面孔，留着直垂到腰际的黑色卷发。对初阶生和见习生，她不吝于严词厉色。而在两仪师面前，她会谄媚地满脸堆笑，比绵羊还顺从。“茉瑞安要你到她书房去一趟，沐瑞。”

“她为什么找我们，”史汪问道，“到现在天都还没全黑呢。”

“哦，茉瑞安每回都会把理由说给我听，是吧，史汪？这次她只找沐瑞一个人，不包括你。好啦，话已经传给你们了，我要去吃晚饭，然后去睡了。明天我们都还得去应付这件苦差事，一早就出发。谁会相信我宁愿留在这里学习而不是去郊外骑马呢？”

史汪瞪着凯特琳飘然而去的背影，“总有一天，她会被她那条毒舌害死。你想让我陪你一起去吗，沐瑞？”

沐瑞不能再奢求更多了。她没有做错任何事情，至少这两天没出任何岔子。但是被茉瑞安单独召到书房绝不会有好事。确实，有许多被思乡之情所困的初阶生，或是被学业压得喘不过气的见习生会主动到她的书房找她，她会让她们靠在她肩头痛哭一场。但被她召见就完全不同了。沐瑞对史汪摇了摇头，把斗篷和背包递给史汪。“装药膏的罐子就在里面，对疼痛挺有效的。”史汪眼中一亮。

“我可以陪你去的，我不是那么急着要上药。”

“你都快走不了路了，回去吧。我敢肯定不管茉瑞安想找我干什么，都用不了太长时间的。”光明啊，她希望茉瑞安可别是发现了她自以为天衣无缝的恶作剧啊。不过就算是这样，至少史汪可以逃脱惩罚，否则凭她现在这种状况怕肯定是吃不消的。

初阶生师尊的书房在白塔的另一侧，靠近初阶生住宿区，比玉座的书房低一层，房间所在的走廊铺有红绿相间的地砖和蓝色地毯。站在两条鲜艳挂毯之间的那扇朴素房门前，沐瑞深吸了一口气。她用手理理头发，暗暗希望能有时间用梳子梳一梳。然后，她重重地敲了两下房门。茉瑞安曾跟每个人说过，敲门不要太轻，不要敲得像老鼠打洞一样。

“进来。”门里传出一个声音。

沐瑞又深吸一口气，然后进去了。

茉瑞安小而朴素的书房和玉座的不同，四壁是黑木墙板，家具朴素耐用，基本没有任何装饰。沐瑞怀疑一百年前的见习生都能认出房间里的每一件物品，也许两百年前的人也可以。门后有一张小茶桌，桌角浅浅的刻痕组成了一幅怪异的图案，这张茶桌可能有超过二百年的历史了。一侧墙上挂了张镜子，镜框上的镏金早已斑驳不堪。对面墙边立着一只小柜子，沐瑞尽力不去看它。那里面放着皮鞭和皮带，还有一只拖鞋，从某种程度上来说比前两者更要恐怖。

令沐瑞惊讶的是，茉瑞安竟然站着，而不是坐在她的书桌后面。她很高——沐瑞的头顶只够到她的宽下巴——半数灰白的头发束在颈后，她不老的容颜几乎完全掩盖在慈母般的外表之下。这就是为什么很多受训中的年轻女子都愿意靠在她肩上哭泣,虽然她也曾多次把她们弄得痛哭流涕。她既和蔼又平易近人,而且善解人意,除非你坏了规矩。茉瑞安在挖掘人隐瞒的秘密这方面有着非同寻常的天赋。

“坐吧,孩子。”她严肃地说。

沐瑞心怀戒备地坐在写字台前的小凳上。肯定是件坏消息,但究竟是什么呢?

“我没办法说得更委婉一些了,孩子。雷芒国王昨天遇害了。他的两个兄弟也遇害了。谨记人人都是因缘中的丝线,时光之轮照它自己的意志运行。”

“愿光明照耀他们的灵魂,”沐瑞庄重地答道,“愿他们在创世主的手中得到庇护,直到重生之日来临。”

茉瑞安微微一抬眉毛,无疑是在惊讶沐瑞在听到三位叔辈同时离世之后竟没有痛哭流涕。不过她也并不了解雷芒·达欧崔。他是一个冷漠的人,熊熊燃烧的野心是他身上唯一的热度。沐瑞认为他之所以没有结婚,是因为成为凯瑞安王后的殊荣仍不足以引诱任何女子委身于他。莫瑞辛和奥德坎则更糟,两人胸中都燃烧着超越常人十倍的激情,却以暴虐和残忍的方式发泄出来。他们都鄙夷她父亲,因为他是个学者,而且他第二次婚约的对象也是位女学者,没有给达欧崔家族带来土地和有价值的姻亲关系。她会为他们的灵魂祈祷,但三位叔叔的去世远不及贾克·万的不幸更令她悲伤。

“你受到惊吓了。”茉瑞安喃喃道,“一定是太震惊了吧,不过你迟早会缓过来的,到那时你再来找我吧。明天你不必再出城了,我会把这个情况转告玉座的。”在有关初阶生和见习生的事务上,初阶生师尊拥有最终决定权。茉瑞安在发现塔摩拉没有和她商议就把所有见习生派出城时一定大为光火。

“多谢您的好意。”沐瑞赶紧答道,“但不必了。我手头有事情做可能反倒更好过些。而且还有朋友陪着我呢。如果明天留在这里,我就只能一个人待着了。”

茉瑞安似乎没有被完全说服,她似乎仍旧认为沐瑞的心底还藏着苦痛,需要她去关怀。她又安慰了沐瑞一番,就放沐瑞回房了。沐瑞进屋后发现房里的油灯点着,炉火烧得很旺。毫无疑问这是史汪帮她做的。沐瑞本想再去史汪房里看看她,不过她现在很可能已经睡了。

要再过一个小时,饭堂才会停止供应晚餐,但沐瑞已然没有任何食欲了。她跪在地上,开始为叔叔们的灵魂祈祷,这是赎罪的苦修。她并不打算效仿那些无时无刻不在苦修的两仪师——她们说那是为了补偿——她认为那纯粹是犯傻。但是无论她的血亲生前有多恶劣，都不该在他们去世之后毫无表示，那会是严重的过错。在确信女佣已经开始打扫饭堂之后，她才起身宽衣沐浴。她用一点火之力稍稍热了下水。冷水洗浴也算苦修的一种方式，但凡事总要有限度。

她吹熄了灯，设下一处结界，以防她在睡梦中侵扰到其他人的梦境——这种事可能会发生在任何有导引能力的人身上，她们有时会把周围的人带入自己的梦境之中。然后她爬进毯子。她确实很累了，不一会儿就入眠了。不幸的是，她做起了噩梦。噩梦里既没有她的叔叔们，也没有贾克·万，却有一个躺在覆着积雪的龙山山坡上的婴儿。梦境中，闪电划过阴云密布的天空，婴儿的哭声厉如雷鸣。她又梦到了一个没有面孔的年轻男人，天空中仍旧电闪雷鸣，但这些闪电却是他的杰作。城市在燃烧，诸国都在燃烧。真龙已经转生。她哭泣着从梦中惊醒。

炉火已经燃尽，只剩下发着红光的焦炭。沐瑞没有再往炉里添柴，她用炉铲铲起炉灰盖住焦炭。她没有回床上继续睡觉，而是裹着毯子走出了房间。她不知道自己还能不能再睡着，但她已然下定了决心：她不要一个人睡。

本以为史汪肯定已经睡着了，但当她悄悄溜进了史汪的房间、迅速关上房门的时候，听到史汪轻声叫道："沐瑞？"房内小壁炉里的炉火还没有燃尽，借着火光她可以看到史汪正在把她的毯子拉到一侧。

于是沐瑞没有多说，立即爬上床。"你也做噩梦了吗？"

"没错。"史汪重重地喘了口气，"她们能做什么，沐瑞？就算她们找到了他，又能拿他怎么办呢？"

"她们可以把他带回白塔，"沐瑞答道，努力让自己的声音显得比内心更自信些。"他能在这里得到保护。"她希望如此。并非只有红宗两仪师会无视预言，想要将他驯御或者处决。"他还能在这里受到教育。"真龙必须要学习很多东西，他必须像王族一样精通治国之道，像将领一样精通作战之道，还要像学者一样熟习历史。维林两仪师说过，统治者犯下的绝大多数错误都源于对历史的无知，他们在无知之下重蹈了前人的覆辙。"他还可以在这里接受指导。"这是重中之重，必须要确保他能做出正确的决定。

"白塔里没人能教他导引，沐瑞。"这话没错。男人导引的方式和女人是……不一样的。就如同男人和女人本身一样天差地别，维林曾这样说道。鸟儿不可能教鱼儿如何飞翔。他只能依靠自己学习，而他的性命完全仰仗于此。预言并没有说他会在末日之战前就陷入疯狂，也没有说他不会。预言只说他是末日胜利的唯一希望。但她不能放弃信念，决不能！

“你觉得塔摩拉今晚会做噩梦吗，史汪？”

史汪哼了一声，“两仪师从不做噩梦。”但她们还不是两仪师。在接下来的时间里她们一直都无法入眠，只能躺在床上望着天花板。沐瑞不知道史汪看到了什么——她问不出口。但是龙山雪坡上哭泣的婴儿和无脸男人从天空中召唤闪电的画面不断地在她眼前浮现。即便醒着，这些梦魇仍然萦绕在她的脑海之中，久久不散。

第6章

意 外

临近清晨的时候，史汪的房间外面传来敲门的声音。站在门外的是胆小的初阶生瑟苏科，她身材短粗，还没有沐瑞高。她通知她们：玉座命令所有见习生必须在晨钟敲响三次之前到西马房集合，立即准备出发。瑟苏科手里的提灯映照出了她苍白眼睛中的嫉妒与绝望。这个来自艾拉非的女孩早已知道，她在白塔里的日子已经不长了。她曾公开谈论逃跑，直到被茉瑞安召到书房。虽然这番教导没能让她变聪明，但至少让她懂得了何为谨慎。更令她痛苦的是，她已经永远不可能戴上披肩了，但仍必须留在白塔里，直到两仪师们能够确认她在独力导引时不会伤害到自己或者身边的人。不过即使如此，她大概还留有一丝幻想吧。初阶生逃跑的事件时有所闻，少数对前途失去了信心的见习生甚至也会选择逃跑。但所有逃跑者总会被抓回来。被抓捕的经历绝对会让人痛苦不堪。最好永远别试图逃跑，对任何人来说都是如此。

要是在别的时候，不管自己有多疲惫，沐瑞也会安慰安慰瑟苏科，至少会给她一些告诫。但是今天的第一声晨钟已经敲响了，再过不到半小时又会敲响第二次。她们也许可以抢在第三次之前匆匆吃一点早餐然后赶到西马房，但最快也只能刚好赶上。沐瑞一边打着哈欠一边和史汪拥抱了一下，然后裹着毯子急匆匆地冲入黑漆漆的走廊。瑟苏科开始敲隔壁雪瑞安的门。这孩子应该敲得更响一点，雪瑞安总是睡得像个死人一样。

还有六个提着灯的初阶生正在敲其他见习生的门，她们苍白的身影在夜色中时隐时现。正在敲她房门的是个个头极高的女孩，她的金发披散在背后。当沐瑞遣走她的时候，她沉着脸冲沐瑞行了个礼。莉珊卓会有机会接受试炼，但她必须要先改掉动不动就给人脸色看的毛病。她这个毛病应该是可以矫正的，当白塔注意到学生身上的问题之后，这些问题迟早会得到纠正，不管以何种方式。

她迅速梳洗完毕，换好衣服。她没有花时间去用盐碱清洗牙齿，也没有把头发梳得更整齐一点。但是当她扛着背包冲到长廊里时，窗外的天色已然是一片灰白。史汪已经等在外面了，她衣着整齐，装备齐全，正在和一头红发的雪瑞安急匆匆地赶去吃早饭。

“雪瑞安说艾伊尔人真的在撤退，沐瑞。”史汪兴奋地扯着背包的拉绳，“她说现在他们已经在河东岸好几里格以外了。”

雪瑞安点了点头，然后转身去追其他人。但是沐瑞拽住了她斗篷的下摆。

“你确定吗？”话一出口，沐瑞的脸几乎抽搐了一下。要不是这么疲惫，她一定会把话说得委婉一些。要是把对方激怒了，肯定什么都别想问出来。

还好，虽然鲜红发色和吊梢绿眼让这位纤细的见习生看上去一副暴躁易怒的样子，但她其实是脾气非常好的人。因此她只是叹了口气，焦急地望着通往长廊外面的门。“我最早是听一个守卫说的，他又是听一个夏纳传令兵说的。不过后来塞拉菲、芮玛还有杰娜塔也这么说。两仪师有时也会搞错情况，但如果三位两仪师都说过同样的话，那就应该可以确定了。”傍晚消磨时光的时候，她是个好同伴，但就算是在闲谈，她的语气也会像演说一样正式。“你们两个傻笑什么？”她突然问道。

“我没笑。”史汪答道，她立刻换上一副严肃的表情。她看上去情绪高涨，垫着脚尖，随时准备拔腿就跑。

“有机会能到乡间骑马，难道不值得高兴高兴吗？”沐瑞反问道。没准她们现在可以说服护送人员带她们去离龙山更近一些的营地了。她不知道自己何时察觉到史汪的想法，但她完全同意：她们能够赶在所有人之前找到那个孩子，无论如何，她们是可以做到的。她兴奋得快要手舞足蹈了。

“你们两人有时候真的很怪，”雪瑞安说，“整天骑马弄得我腿酸得都快要走不动路了。好了，你们要是还想站在这儿聊天的话就接着聊吧，我要去吃早饭了。”但当她转身正要离开时，却突然停住脚步，倒抽了一口凉气。

在逐渐淡去的夜色之中，茉瑞安的身影浮现在长廊里，她臂上披着绣有蔓藤花纹的披肩，披肩的蓝色流苏几乎要垂到地板上。她吸引了众多见习生的目光。除非在正式场合，两仪师很少在白塔之内佩戴披肩。初阶生师尊会戴着披肩来到这里，说明有人惹上大麻烦了，或者也有可能是要被召去接受试炼了。一些人满怀希望地停住脚步，另一些则以接近小跑的速度飞快地逃离长廊，显然是被心中的愧意所驱使。她们本该知道，这么做只会引来茉瑞安的注意，她终究会发掘出她们为何事而心虚。在凯瑞安，就算是傻瓜也懂得这个道理。不过此时茉瑞安并没有理会她们，她从容地穿过长廊。和她擦肩而过的见习生在行过屈膝礼后直起身子，一个个失望之情溢于言表。

雪瑞安也没走，茉瑞安在她、史汪和沐瑞面前停住了脚步。沐瑞的心怦怦直跳，在行屈膝礼时竭力想保持平静，但她几乎要喘不上气了。也许史汪说对了。看样子她确实说对了。当茉瑞安说某位见习生的试炼快到了，她定会在当月接受试炼。但她还没有准备好啊！而史汪却双眼放光，一脸急切的表情。雪瑞安则激动地咧开了嘴。光明啊，每个见习生都比沐瑞·达欧崔更有信心。

"要是再不快点的话你就要迟到了，孩子。"蓝宗两仪师厉声对雪瑞安说。真令人惊异，即使是在处罚人的时候茉瑞安也从来不会这么尖刻。她只会用平稳的语调阐明你的过失，然后举起鞭子、皮带，或是用那只可恨的拖鞋施行惩罚。

当红发女人逃走之后，初阶生师尊转而面对史汪和沐瑞，沐瑞觉得她的心脏就快要从胸腔里跳出来了。*别是现在，光明啊，求求你了，别是现在啊。*

"我已经和玉座谈过了，沐瑞，她也认为你一定还没从震惊中缓过来。你今天恐怕不能和其他见习生一起工作了。"茉瑞安的双唇紧抿了一下，很快又恢复了平静，但语调仍然十分尖锐，"我本该让你们全部留下，但是人们在白塔的学生面前会比在文书面前更愿意配合，即使是白塔派出的文书也很难服众。不过如果派两仪师去做这种杂务的话，一定会遭到激烈的反对。至少在这一点上，玉座是正确的。"

光明啊！她和塔摩拉之间一定有过极不愉快的争论，才会让她把这些话都说给见习生听。难怪她脾气这么不好。想到自己不必立即赶去接受试炼，沐瑞稍稍有些宽心，但这仍难抵挡她心中的失望之情。她们本可以在今天就去寻访龙山附近的营地，至少也能去过其中的一个吧！

"拜托，茉瑞安，我——"

两仪师竖起一根手指，这表示她不接受任何争论。而无论平时有多和气，她都不会给出第二次警告。沐瑞立即闭上了嘴。

“没人打算让你留在这里默哀，”茉瑞安接着说，虽然一脸平静，但她整理披肩的动作还是透露出内心的烦躁，“有些女孩的字就像狗扒出来的一样。”没错，她确实很不高兴。若在平时，她从不会在背后议论别人的过错，再小的批评也只会向当事人指出。“玉座让你去抄写字迹过于凌乱的名单。你的字迹很整洁，可能有点过于花哨，但确实很整洁。”

沐瑞竭力想要找些不会被当成反对的反对理由，但她想不出来。怎样才能逃过这一劫？

“那可真是个好主意，沐瑞。”史汪说，沐瑞张口结舌地望着她这位朋友，她是她的朋友啊！但史汪兴高采烈地说了下去。“昨天晚上她几乎没有睡觉，茉瑞安，顶多睡了一个小时。我觉得让她外出骑马可能不太安全。她骑不了一里地就会摔下马的。”史汪竟会说出这样的话！

“很高兴你也赞同我的决定，史汪。”茉瑞安冷淡地答道。如果有人以这种语气和沐瑞说话，她一定会面红耳赤。但史汪有着钢铁般的自制力，她以一个天真的微笑迎上了两仪师无声的质疑。“让她一个人留下也不太合适，你可以留下来帮她。你的笔迹也很整洁。”史汪脸上的笑容凝固了，茉瑞安装作没有看到。“那么来吧，我今天还有很多事情要处理，不能整天领着你们两人到处转悠。”

她领着她们从容地前行，如同一只丰腴的天鹅快速划过河面。她们来到和玉座居室仅隔一条走廊的一个无窗小房间。房内有一只雕工繁复的写字台，后面有两张直背扶手椅。写字台上放着一只托盘，内有一些钢笔、玻璃制的大墨水瓶和吸墨沙瓶，以及一沓上好的白纸。托盘里还有一叠凌乱的纸，上面涂满了字迹。沐瑞把斗篷挂到衣钩上，背包放到桌旁的地板上，然后和史汪一起发愁地望着一大沓乱糟糟的记录。至少这里有壁炉，狭窄的炉膛里已经点上了火。这里比走廊暖和，比外面要暖和很多倍。仅此而已。

“你们吃完早饭以后，”茉瑞安说，“马上到这工作。抄完以后把副本送到玉座书房的前厅里。”

“光明啊，史汪，”当茉瑞安走了以后，沐瑞立刻激动地说道，“你为什么说这是个好主意？”

“这样你——”史汪面有悔意地说，“这样我们就会有机会看到更多名字。如果塔摩拉肯让我们一直做这份工作的话，没准能知道所有的名字。我们将会在第一时间获知他的身份。我怀疑不会有第二个在龙山山坡上出生的男孩。不过我本以为去做这件事的人只是‘你’，而不是‘我们’。”她长叹一口气，然后突然皱起眉，“为什么你需要默哀？什么事情会让你这么震惊？”

在昨晚，吐露心中悲痛似乎没有必要，比之她们刚刚看到的世界未来命运，不过是琐事一桩。但是现在，沐瑞没有犹豫半分就全说了出来。史汪紧紧地拥抱她，给她以抚慰。她们彼此相拥而泣的次数远多于各自去向茉瑞安寻求慰藉的次数。她和史汪的关系比和任何人的关系都亲近，她从未如此爱过其他任何人。

“你知道，我有六个叔叔，他们都是不错的人，”史汪轻声说道，“还有一个还用生命证明了他的高尚。你不知道的是，我还有两个叔叔，我爸从不让他们进家门，其中一个还是他的亲兄弟。我爸甚至都不会提起他们的名字。他们既是抢劫犯，又是恶棍、酒鬼。当啤酒或者白兰地喝得足够多，如果他们偷到足够多的钱，他们会跟任何看不顺眼的人打架。通常他们会一起痛殴某个被盯上的倒霉蛋，他们会用拳头打，用脚踹，用能拿到的一切凶器折磨别人。迟早有一天，他们会打死某个人，然后一起被吊死。没准现在已经上了绞架。要是他们死了，我不会流一滴眼泪。有些人就是不值得去哀悼。”

沐瑞还给她一个拥抱。“你总是这么能言善道，不过我还是会为叔叔们祈祷的。”

“要是那两个恶棍死了，我也会祈祷。我不过是懒得为他们这种人费心，不管是死还是活。来吧，咱们去吃早饭。今天又要辛苦一天了，甚至都没有机会好好练习骑术。”她一定是在开玩笑，但是她那对蓝眼睛里却没有多少笑意。看来，她确实非常讨厌文书工作。没人会喜欢那种活。

食堂主要供居住在白塔最底层的见习生使用，那是一个墙壁地板一片洁白的大房间，里面摆满了抛光的长木桌和朴素的木凳，木凳可供两人同坐，三人也能勉强挤下。其他见习生都在迅速进食，有些人甚至不顾仪态地狼吞虎咽。雪瑞安把粥洒到了裙子上，她飞快地跑出门外，宣称她还有时间换一套。她几乎是在小跑。人人都在赶时间。凯特琳甚至叼着面包卷溜出了房间，一边还在掸着裙子上的面包屑。看来有机会出城似乎不是什么坏事。史汪慢慢地喝着掺有苹果碎块的粥，沐瑞为了陪着她又喝了一杯加蜂蜜的浓茶。不管怎么说，那个男婴的姓名出现在她们接下来要对付的名单里的机会实在是小得可怜。

食堂里很快就只剩她们两人了，一个厨师从厨房里走出来，双手叉腰，瞪着她们。她是个丰腴的女人，穿着一条干净的长围裙。拉莱斯刚到中年，长得还算俊俏，然而她的瞪视能在石地上打出洞。没有哪个见习生敢在她面前摆架子，至少试过一次之后都不敢试第二次了。甚至史汪都在她坚定不移的瞪视之下动摇了，迅速用勺子刮完碗里最后一点苹果粥。在史汪和沐瑞走出门之前，拉莱斯就开始喊其他佣人来打扫桌子。

今天的工作果然非常枯燥，虽比沐瑞想象中的要好一点，还不算太糟。她们先是把自己的名单翻了出来，然后又把字迹还算清晰的名单也分了出来。这样她们工作量就减少了一半。但也只有一半而已。来到白塔求学的人若是不会书写，在初阶生期间就能学到如何写出像样的字，但那些写得一手烂字的人往往要花好多年才能把书法水平提升到可以辨读的程度，有些人甚至一直都学不好。有的两仪师会把任何需要他人审读的文件都交给文书代写。

大多数名单都比她的和史汪的要短，不过虽然她已经听过了梅琳的理论，产妇的数量之多仍然令她震惊。而这还只是河边营地里的数字！沐瑞注意到史汪会把每张名单先看过一遍再归到一边，于是她也照做了。虽然希望不大，但机会很小不等于没有机会。然而她看得越多，就越灰心丧气。

许多记录粗略得让人震惊。“在能看到塔瓦隆城墙的地方出生”？城外方圆数里格都能看到城墙，龙山山坡也在这个范围之内。这个婴儿的父亲是提尔人，母亲是凯瑞安人。虽然她是个女孩，但这样一条记录会出现在名单中实乃不祥之兆。像这样的记录太多了。比如：“在能看到白塔的地方出生”。光明啊，白塔可几乎和龙山一样醒目！至少远在很多里之外就能看到它了！有些记录十分伤感：莎莉娅·波弗瑞产下一个男婴，她丈夫在战斗开始后的第二天阵亡，她便动身返回她在安多的老家。这个名字下面还有一条附注，是麦瑞勒飘逸的字迹：营里的女人们试图劝阻她，但人人都说她已因极度悲伤而几近半疯。光明救救她吧。伤感得让人落泪。但若从实用的价值来看，这一条和那些不准确的记录一样棘手。没有她家乡名字的记录，而安多又是世界之脊和爱瑞斯大洋之间国土面积最大的国家。究竟如何才能找到她？莎莉娅的孩子并没有在艾瑞尼河的龙山一侧出生，日期上也早了六天。但如果转生真龙之母的记录和莎莉娅的一样不清不楚，又怎样才能找得到他？名单里充斥着这样的记录，虽然这通常是他人转述的信息，其他地方可能还有第一手的记录，但也可能没有。回想塔摩拉下达任务那时候，听上去是多么的简单啊。

光明啊，救救我们，沐瑞想。光明啊，救救这世界吧。

她们不停地抄写，时不时会凑到一起辨认一些名副其实的“狗扒体”。中午，她们花了一个小时在食堂里享用面包和扁豆汤，然后回到书房继续工作。接着爱莉达又出现了，她穿着红色高领连衣裙，比昨天那一身还要鲜艳。她先是在写字台周围来回踱步，然后又静静地站在她们身后观察，仿佛是在监督她们的书写。她带有红色流苏的披肩饰有繁复的蔓藤和花朵的图案。或者，更像是荆棘的图案。她没有找到可以批评的地方，便离开了，和来时一样唐突。沐瑞和史汪不约而同地松了一口气。现在她们又不受打扰了。当沐瑞在最后一张誊写稿上撒上细砂，让其落入放在椅子中间的一个木匣里时，晚餐时间已经到了。有许多男婴在昨天——在吉塔拉的预言之后——出生，但没有一个和要找的那个有任何相符之处。

经过一夜的辗转反侧，无须史汪催促，沐瑞就自行回到那个小房间，没有和其他见习生一起急着赶去马房。另一方面，其他人也不像昨天那么急了。若出城后只能坐在长凳上记录一整天的姓名，城外之旅也会失去吸引力。沐瑞准备继续誊抄姓名。毕竟还没人叫她们不再做这件事。而且早上吵醒她们的，是其他人收拾东西的声音，而不是来传达命令的初阶生，她们没有接到要和其他人一同外出的命令。就如同史汪常说的一样，请求原谅一向比求得许可容易。虽然白塔往往吝于向见习生显示宽大。

昨天收集的名单已经在桌上等着她们：乱七八糟的一大沓纸，和她们昨天抄完的那一堆一样高。当她们正在分拣字迹相对清晰的名单时，两个文书走进了房间，惊异地站在她们面前。其中之一是个身材短粗的女人，她的一只黑色的袖筒上绣有塔瓦隆之火，灰发整洁地束在颈后。另一个是个魁梧的年轻人，相比他现在穿着的朴素的灰毛线外套，盔甲似乎更适合他。他棕色的眼睛很漂亮，嘴角的微笑也很迷人。

“我不喜欢在被委派任务后却发现位子已经被人占了。”女人尖刻地说道，她注意到年轻同僚的笑容，便狠狠地瞪了他一眼，语调变得冷若冰霜。“要是你还想保住工作的话就该放聪明点，马坦。我们走。”马坦的笑容消失了，取而代之的是尴尬和焦虑。他跟着她一同走出房间。

沐瑞焦急地看着史汪，但史汪连停都没停一下。“接着抄啊，”她说，“要是我们看上去足够忙的话……”她的声音越来越小。如果这份工作已经被委派给了文书的话，她们就没有多少希望了。但现在也没有别的法子。

她们刚抄了几分钟，塔摩拉本人就走进了房间。她今天穿着一件朴素的蓝色丝衣，看上去简直就是两仪师平静仪态的典范。没人会相信前天她刚刚目睹了好友在自己怀中死去，也没人会相信她正在等待一个可以拯救世界的人的名字。灰发文书紧跟在她身后，一脸洋洋得意的表情。年轻的马坦站在她后面，越过她的肩头冲着沐瑞和史汪微笑。如果他还不能学乖一点的话可就真要失业了。

沐瑞立刻起身，飞快地行了屈膝礼，甚至忘了放下手中的笔。不过她立刻就察觉到了。当看到墨汁在她的白色毛裙上滴出一块硬币大小的污痕时，她嘴角不禁抽动了一下。史汪的动作也很快，但更加从容。她记得在摊开裙服之前先把笔放回托盘里。镇定，沐瑞想，我必须镇定。但冥想技巧一点用也没有。

玉座细细地打量着她们。在玉座的紧盯之下,再迟钝的人也会感到自己的秘密在她的眼前显露无遗。沐瑞只能克制住自己不要不安地颤抖起来。那目光一定能看穿她们所有的计划——如果她们那点小秘密可以被称为计划的话。

“我本来准备给你们一天自由时间,你们可以自己选择读书或者学习。”塔摩拉慢条斯理地说,仍在观察她们。“或者为试炼做好准备。”她补充了一句,一抹微笑浮现在她的嘴角,但那并没能抵消她目光中的尖锐。她顿了好长时间,然后若有所思地轻轻点了点头。“你还在为你叔叔们的去世而困扰吗,孩子?”

“昨晚我做了噩梦,吾母。”此话不假,但噩梦的内容仍然是雪中泣婴,以及无面男子在拯救世界的同时将之破坏得不成样子。她的语调之平稳让她自己也吃了一惊。她从不敢想象自己居然敢给玉座一个两仪师式的答案。

玉座再一次点了点头,“很好,如果你非要找些事情来做的话,可以继续干。要是整天抄写弄得你烦不胜烦的话,把你抄好的记录连同一张便条一并留下,我会找人来替代你。”她转身正要走,又停下了。“墨渍是很难洗掉的,尤其是在白布上的。相信我不必申明不能借助导引除去它,你是很清楚的吧。”她又笑了笑,然后领着灰发的文书走出了房间。“不必这么恼怒,威林夫人。”她平和地说。只有傻瓜才会和文书闹得不愉快。他们的错误会惹出大麻烦,无论是有意的还是无意的。“我相信你还有更比这重要的任务……”她的声音渐渐消失在走廊中。

沐瑞提起裙子观察那污渍,它比硬币略大。通常要去除这种污渍至少要在肥皂水里细细泡上好几个小时,把双手蜇得生疼,还不见得能完全洗净。“她刚刚暗示我可以用至上力清洗裙子。”她惊异地说道。

史汪的眼睛睁得老大,“别乱讲,她说的话我也听到了,她可没那么说。”

“你得学会发掘话语背后的潜在含义,史汪。”解读别人话中的暗示是参与权谋游戏不可或缺的本领。再考虑到塔摩拉的微笑、她的眼神还有她的用词,几乎能抵得上一份书面许可了。

沐瑞操起至上力,将风之力、水之力和土之力的编织精确地布在污渍之上。见习生不能借助导引处理杂物,并不等于不能学习如何去做。当她们被擢拔为两仪师之后,就不受此种限制了。后者外出时常常无法带上侍女。黑色墨渍突然变湿了,然后开始收缩,聚集到毛布的表面。它变得越来越小,直至成为一滴干墨,落入她掬起的掌心中。

“我会把它留作纪念,”她一边说,一边把干墨滴放到桌角。它将提醒她史汪是对的,有时候确实要打破规矩。

“要是刚才有一个两仪师进来了怎么办?”史汪挖苦道。“你怎么跟她解释?

说那是家族游戏的一部分?”

沐瑞的脸红了,她释放了真源。“我会跟她说……我会说……我们非得现在讨论这件事吗？今天的名字一定和昨天一样多,而且我想要在晚餐前弄完。”

史汪大笑不止。沐瑞的脸颊变得比小丑的油彩还要红。

在她们写了一个小时以后,沐瑞终于看到一条值得注意的记录。记录写道:“在能看到龙山的地方出生”,这和“在能看到白塔的地方出生”一样无意义。但是薇拉·曼达尔在河的西岸产下了一个男婴,时间正好是吉塔拉做出预言的那一天。沐瑞仔细地抄下这行字。然后她抬起笔尖,没有去蘸墨,也没有去看艾丽德以龙飞凤舞的字迹书写的下一条记录。她的目光落到那滴干墨上。她现在只是一名见习生,还不是两仪师。不过她马上就要接受试炼了。比利·曼达尔也可能是在河边出生的,他母亲在生下他的时候仍然可以看到龙山。但是艾丽德所记下的一切信息都未能说明她所造访过的这个营地离龙山究竟有多远,或者多近。上一条记录只是写着:“在塔瓦隆城外艾里沙大人的营地里出生”。

名单的下一页只记满了半页,但她还是到桌子的另一头取了一张新纸,郑重地记下了“比利·曼达尔”。对真龙转生来说,这名字太过平凡。但真龙转生为普通的士兵之子的可能性要大于转生为贵族之子。

突然间,她注意到史汪正在一个皮革封面的小本子上写字,那本子小到可以塞进腰包。史汪一边抄一边紧盯着门口。“要做好万全的准备.”她说。

沐瑞点了点头,把她刚抄完的这张只有一个名字的记录送到桌子的另一侧。史汪仔细地把上面的信息抄到她的小本子里。明天,沐瑞准备也带上一个这样的本子。

在这一天里,她们发现了好几个“在能看到龙山的地方”出生的婴儿,甚至还有一些在“龙山附近”出生。其中有不少是在艾瑞尼河东岸出生的。沐瑞明白这并不令人意外。毕竟这座山是数里格内最引人注目的地标。但今天才是第二天,她们就已经记下了九个男婴的名字。光明啊,到最后她们得记下多少名字啊。

这只不过今天的意外之一。上午刚过,杰娜·马拉里走进了房间。她身着优雅的黑色丝裙,灰白的鬓角为她增添了几分威严的神色。她黑色的长发间佩有蓝宝石,脖子上还戴着蓝宝石项链。披肩长长的丝绸流苏直垂到地。杰娜是位属于灰宗的守护者。见习生很少会引起一个守护者的注意,但她却对沐瑞说:“出来和我走走,孩子。”

在走廊里,杰娜先是一言不发,只是静静地踱步,这种局面正合沐瑞之意。

光明啊，一个守护者找她干什么？如果杰娜是要找她办事或是传达消息，她早就会点明。不过无论如何，见习生没有资格去催促一名两仪师，更不用说玉座和守护者了。从墙缝里漏进来的风吹得灯火摇曳不定。杰娜对冷风毫不在意，但沐瑞希望自己能有件斗篷。

“我听说你仍在为你叔叔们的死而困扰。”守护者终于开口了，“可以理解。”

沐瑞含混地回应了一声，希望杰娜会以为那是同意的表示。两仪师式的答案固然不错，但如果可能的话她想要避免直接说谎。她试图放松全身紧绷的肌肉，但她的身高只能够得到对方的肩膀。她究竟想要干什么？

“但是沐瑞，恐怕国家大事容不得儿女情长。孩子，告诉我，现在雷芒和他的兄弟们都死了，你认为达欧崔家族哪位成员最有可能登上王位？”

沐瑞绊了一跤，差点摔倒了，要不是杰娜扶了她一下的话。一位守护者会询问她的政治观点？虽然那是她的故乡，但要知道，守护者们对任何国家政治局面了解之深入，都远甚于该国的统治者本人。杰娜清澈的棕色眼睛耐心地盯着她，等着她的答案。

“我从来没考虑过这个问题，两仪师。”沐瑞真诚地说，“我想，也许王位会落到另一个家族手里，但我不能确定是哪一个。”

“也许。”杰娜喃喃道，眼睛眯了起来，“达欧崔家族一贯名声不好，雷芒的所作所为更是雪上加霜。”

沐瑞不由自主地皱起了眉，然后立刻又恢复了平静，她希望杰娜没有注意到她先前的表情。不错，她家族的上代人，不论男女，个个性情卑劣，只有她父亲是唯一的例外。而她的祖辈们则是一样的坏，甚至更糟。达欧崔族人的恶劣行径玷污了这个姓氏。但听到别人说起这件事还是让她不高兴。

“你的异母兄弟塔林盖尔由于入赘安多王室，已经失去了王位继承人的资格。”杰娜继续说。“非常荒唐的规矩。但他只有当上国王才能废除它，而这条规矩不废除他就不能登上王位。你的姐姐们呢？她们的口碑是不是好一点？你这一辈所继承的那个……家族品质似乎较少一点。”

“她们的口碑很好，但没人认为她们能登上王位。”沐瑞答道，“安薇儿除了骑马和猎鹰之外，不关心任何事。”而且沐瑞从未见过比她的脾气更暴躁的人。有着这样的脾气，恐怕没人能安心让她登上王位。但这些话她只会讲给史汪听。“而众所周知，在因洛妮眼里，没有什么比陪她的孩子玩耍更重要。就算她当上了女王，也会把政事放在第二位。”更有可能的是，她会因为陪孩子而把国家大事抛在脑后。因洛妮是位慈祥的吾母，但另一方面，她实在不怎么聪明，脾气又很倔。对一位君主来说，这是个非常糟的组合。“即使是在达欧崔家族内部，也没人会支持她们之中的任何一个，两仪师。”

杰娜和沐瑞对视了很长时间，沐瑞不安地想起梅琳所谓两仪师不能读心的断言。但除了耐心而坦然回应那凝视，她也没有更好的办法。她希望梅琳可别是找到了能绕过三誓的伎俩。

“我了解了。”杰娜终于说道，“你可以回去工作了，孩子。”

“她想干什么？”一见沐瑞回房，史汪就问。

“我不太确定。”沐瑞犹豫地答道，她拾起钢笔。这是她第一次对史汪说谎。只怕她是太清楚杰娜的意图是什么了。

在她们终于把名单全部誊好，把副本送到玉座宽大的书房前厅，在放到吉塔拉的雕花木桌上之前，又有六位守护者来找沐瑞单独谈过。每一位都来自不同的宗派，她们的问题大同小异。美貌的苏塔玛·拉斯的神色严厉得令沐瑞畏缩，她问了一个最直截了当的问题。

“你有没有想过，”苏塔玛捋着她披肩的红色流苏，心不在焉地问道，“自己登上凯瑞安的王位？”

于是在雪地泣婴和无面男子之外，她的噩梦又增添了新的内容。她戴着两仪师的披肩坐在太阳王座上，在王宫外的大街上，暴民正在砸烂城里的一切。千年以来从未有两仪师当上君主。即使在那以前，少数曾公开承认两仪师身份的女王都没有好下场。但如果，这就是白塔评议会的计划，她又如何能违抗她们的意愿？除非在获得披肩之后立即逃离白塔躲藏起来，直到凯瑞安的王位之争尘埃落定。她一夜未眠，整晚都在祈求试炼快些来临，就算是在明天也还不够快。光明啊，她还没有准备好。但无论如何，她一定要逃离这一切。

第7章

心痒难耐

第二天，她们又找到了不少符合条件的记录，全隐约地提到出生地点可能是龙山。沐瑞意识到她们不可能找到任何标明“在龙山山坡上出生”的记录。真龙预言人尽皆知，以讹传讹者亦甚多，尤其是民间流传的版本。但即使最离奇的版本也会提到龙山。任何母亲都不愿意承认她生下了有导引潜质的男孩，因为那意味着她的骨肉将会在疯狂和恐怖之中自我毁灭。更不用说，会有多少人愿意承认她的孩子可能是真龙转生呢？她不能避而不提龙山，否则身边的人会指出她的缺漏。但“靠近龙山”或“可以看到龙山”之类的说法就不会那么令人不安。她们所寻求的那个姓名必定掩盖在这些真真假假之下。

必须派人去挨个走访这些女人，要细致而谨慎地盘问她们。沐瑞暗暗构思着最精妙的问法，既能挖出真相又不会泄露秘密。对方一旦起疑就不会说真话了，而且被问过之后马上就会逃跑。这就像是把世界的命运押到家族游戏的赌盘上，绝不是一件愉快的任务。但她又如何能忍住不去想这个问题呢？

上午塔摩拉又来过一趟。她突然走进房间，沐瑞几乎没能来得及把小本子塞进腰包，本子上墨迹还未干。她试图以一个屈膝礼掩饰刚才的动作。她自以为掩饰得很好，但当玉座开始打量她的时候，她吓得气也不敢喘。玉座看到本子了吗？一时间求得玉座原谅的希望甚至比求得许可更加渺茫，虽然二者都不能指望。她们唯一的选择是停学并下乡隐居，在某个闭塞的农场整日劳作，与从前的朋友和学业完全断绝关系，更不可以导引。对初阶生和见习生来说，这是仅次于开除的惩罚，使她们在被永远逐出白塔之前最后一次改过自新的机会，后果当然远比把手泡烂在水槽中要严重得多。而且一旦如此，她们将永远失去寻找那个孩子的机会。

“我本以为，一天乏味的工作足以让你们打退堂鼓了。”塔摩拉终于开口了，沐瑞松了一口气。“尤其是你，史汪。”

史汪很少脸红，但这句话让她面红耳赤。人人都知道她讨厌文书工作。抄写东西是最令她惧怕的惩罚。

沐瑞插嘴道：“抄写这些名单能使我宁神静心，吾母。”一旦你开始习惯以这种模棱两可的回答搪塞别人，就会越来越大胆，即使是在玉座面前也一样。

事实上不管有没有在抄名单，噩梦中的画面时不时仍会突然涌入她的脑海：雪地泣婴、无面男子，再加上太阳王座。她真希望能恳求塔摩拉不要把她推上王座，但她清楚恳求也没用。白塔的谋划比因缘的编织还要不近人情。这二者都以常人的命运为丝，织出远为宏伟的画卷。

“好吧，孩子，但可别落下功课。”塔摩拉取出一张叠好的信，以绿蜡封口，沐瑞之前根本没注意到。“把它交给克瑞妮·纳伽什，她现在应该就在自己的房间里。不要让任何人转交。”言外之意好像沐瑞真会那么做似的。

在白塔里来来去去总免不了要爬那一道道螺旋向上的走廊，有的见习生会在私下里偷偷抱怨这点。但就算得爬上半个白塔，沐瑞仍旧喜欢到两仪师楼层跑腿。她可以从两仪师私下里的举止中探究到许多秘密，即使是她们也有放松警惕的时候。虽然那些不慎泄露的信息往往十分微妙，但对于懂得如何观察的人来说已经足够了。

各宗派居住区的规模和布局都比较类似，但细节上却有很大差异。在绿宗区域，每块白色大地砖上都刻有一把全尺寸的剑，这些剑各不相同，单刃的、双刃的、曲刃的、直刃的都有。走廊里的每扇门也都刻了一把剑，剑尖冲上。绿宗守护者的房间以金剑标示，其他人的剑则是镶银或者涂漆。镏金大座灯形似战戟，而挂在座灯之间的织锦描绘的都是战争场面，譬如骑兵冲锋、厮杀还有著名的决定性战役。许多织锦都有些磨损，它们都已在至上力的加持下经历了数个世纪的风雨。自兽魔人战争以来，两仪师从未参加过任何一场战斗。但在末日之战来临之时，战斗宗派将会第一个冲上前线。在那一天到来之前，她们将借麾下护法的剑来主持正义，不过那也是在为最终之战做准备。

绿宗区域的另一个显著特色是男人更多。这些人当然不是泛泛之辈，他们是护法。他们有高有矮，有壮有瘦，体型各异。他们的步态宛若雄狮或猎豹。由于在室内，没人披着变色斗篷，但了解护法的人不用斗篷也能认出他们。除了红宗区域，在任何宗派居住区里都能见到护法。不过，他们多数居住在白塔守卫的宿舍里，甚至住在塔外。而绿宗的护法却常常和他的两仪师住在同一个房间里！

一个绿色眼睛的护法大步走过，像是有任务在身。他从她身边经过时瞥了她一眼，他个子不高，但身材极壮。三个护法正聚在一起安静地交谈，当她走进时，他们陷入了沉默，直到她走开，才又开始谈了起来。其中一个的深色头发编成了艾拉非式的长辫，系着银铃。另一个则留着塔拉朋式的小胡子。最后一个肤色黝黑，可能来自提尔或阿特拉南部。但是，除了优雅的步态以外，这些护法还有一个共同点。她曾和表亲们外出放鹰，她的猎鹰头部有一圈黑色羽翎。在和护法对视时，她总会想起那只猛禽的双眸。那目光并不凶残，但充满了自信——对自身能力的自信，对自己武力的自信。

然而这股凶悍受到了他们自己的意志和两仪师约缚的制约。这里是他们日常生活的场所。一个头发剃成夏纳式顶髻的瘦削男人正靠在墙上，翘起一只穿靴子的脚，正在给一把小提琴调音，并假装没有听到旁边另一位护法的玩笑。后者说这提琴的声音就像困在网子里的一只落水猫发出来的一样。走廊另一边还有两个穿着衬衣的护法正在练习木剑，绑着的板条迅速交击，铿锵作响。

瑞娜·哈夫登正在为两人叫好，她生了张方脸，但不知为何却显得很可爱，正如同她的短粗身材并不会妨害到她动作的敏捷和优雅。她正喊道："打得好，魏林！哦，打得好，艾莱斯！"这两个人身高差不多，一个肤色黝黑，胡子刮得很干净。另一个肤色苍白，留着短胡须。听了这恭维，他们微笑了起来，脚步越来越快。他们的衬衫已经被汗水浸湿，粘在宽阔的肩膀和背上。但他们看起来似乎仍然精力充沛。

一扇房门正敞开着，沐瑞看到房里一个圆脸的护法正用笛子吹着一段庄重的旋律。灰发的洁拉·班德温正在教另一个人跳宫廷舞。虽然比沐瑞还要矮上一手，但这位女子仍气度不凡。另一人一定是位新晋的护法。他是个羞红了脸的男孩，发色浅金，可能还不到二十岁。任何受约缚的人必然已经具备了所有必需的技艺，不过恐怕不包括跳舞。

克瑞妮的房门上有一把红、金、黑三色漆成的剑，门同样敞开着，房里传出欢快的音乐声。沐瑞不知道门上的图案颜色有什么含意，她怀疑若不加入绿宗她永远也不会知道。那不是什么大事，但她就是不喜欢被蒙在鼓里。当她意识到一件事仍不为她所知时，就会一直让她心痒难耐。这不是她第一次注意到那些剑的图案，她在其他宗派的区域里还见到过许多不解之秘。好奇心会日渐消退，可当她下次看到这些门时，它仍会被重新唤起。

克瑞妮的起居室里有一些绘有战争和狩猎场景的织锦，除此以外，基本上被式样老旧的书架填满了。除了一些书之外，书架上堆满了各种收藏品：硕大的狮子头骨、更硕大的熊头骨、上釉的碗、造型奇特的花瓶、镶有宝石和金丝的匕首、普通的木柄匕首还有断了刃的匕首。一把锤头分叉的大铁锤旁放着一只有裂纹的木碗，碗里放着一只硕大的红宝石，成色好到足以用来装饰王冠。一只镀金座钟的指针停在正午时分（或是午夜），前面放着一只粘有黑色污痕的铁手套，沐瑞确定那污渍是干掉的血。这所有的一切都是她在晋升两仪师之后的百余年里收藏的纪念品。

这些藏品中只有很少的一部分是她在当上两仪师之前收集的，仅仅包括波浪形炉台上摆着的一排上了色的小雕塑：一个衣着朴素神态庄重的男子，一位丰腴的微笑着的女子，还有五个孩子，其中三个是女孩。他们是克瑞妮的家人，很久以前就跟着她的侄子和侄女们一起进了坟墓。他们的孩子们，还有孩子的孩子们也都已经去世了。对两仪师来说，这是稀松平常的事情。家人会先你而去，你所熟悉的一切都会先你而去，只有白塔永远矗立。

克瑞妮的两个护法也在她的房间里。大个子卡瑞尔浓密的头发和胡须让人联想到一只金毛狮子，他正坐在火炉前读一本书，穿着靴子的脚搭在黄铜雕花栅栏上，叼着长柄烟斗，吐出缕缕青烟。而斯泰平的溜肩和忧郁、褐色眼睛使他看上去更像文书而不是护法，他正坐在凳子上用一把十二弦琴弹着一首欢快的吉格舞曲，灵活的运指丝毫不下专业乐师。两人都没有停下来看她一眼。

克瑞妮本人则正站在架子前刺绣。看到绿宗做针线活总会让人觉得很不协调，更别说刺绣的内容还是一片花丛。这样一副刺绣如何跟挂在她墙上的那些死亡和战争的画面搭配呢？克瑞妮是个高挑苗条的女人，她看上去是个名副其实的两仪师，岁月无痕的面孔漂亮而坚毅，近乎黑色的双眸神色从容。即使是在室内，她仍然穿着骑装，分叉的裙摆上饰有宝石绿色的条纹。她的黑发里略有几丝白色，剪得比卡瑞尔和斯泰平还短，束成一只粗辫子垂在肩头。显然这种发型在旅途中更容易打理。克瑞妮很少待在白塔里。她把针插在刺绣上，接过信，用拇指揭开绿色封蜡。塔摩拉总是选用收信人宗派的代表色来封信。因为她属于所有宗派，同时又不属于任何一个。

不管塔摩拉写了什么，肯定都很简短。克瑞妮表情未变，但在她读完信之前斯泰平就放下了他的琴，开始穿外套。卡瑞尔也把书放回架子上，把烟灰倒进壁炉里，烟斗塞到外衣的大口袋里。他们的行动仅此而已，但这显然是在等待着什么。虽然眼神依旧忧郁，但斯泰平看上去不再像一名文书了。两位护法都像是正欲出猎的猎豹，只等主人一声令下。

“您需要回信吗，两仪师?”沐瑞问道。

“我会亲自答复，孩子。”克瑞妮答道。她快步向门口走去，丝绸裙摆轻轻舞动。“塔摩拉要我立即去见她。”她跟两位护法说，两人像猎狗一样紧紧跟在她身后。“但她没有说是什么事。”

沐瑞忍不住微笑了一下。两仪师有时会像对待仆人一样完全忽略见习生的存在。有时静静地等在一旁就能听到许多秘密。

她顺着四处漏风的螺旋走廊返回，路上一面想着刚刚获知的一些事实，一面试图忽略寒冷。史汪从后面追上了她，周围看不到两仪师，但是……

“我也送了个信。”史汪解释道，“给艾莎・瑞弗诺斯。她嘟哝着什么非常紧急的事情，像在问话似的。我敢打赌，那和你转给克瑞妮的是同一封信。你觉得什么事情会需要让一个灰宗和一个绿宗一起去做?”

灰宗掌管调解和裁决的事宜，她们的工作更倚重律法而非暴力。而艾莎更是以恪守律法条文而著称，无论条文有多苛刻，她都不会让个人感情牵涉进来。同情抑或鄙夷，一概置之度外。克瑞妮的性格与她类似。并且，这两个人都在很久之前就当上两仪师了——虽然这点可能并不重要。沐瑞可能不像史汪那样擅长解迷，但这个谜题更类似于权谋游戏。

她小心翼翼地向四下张望，还回头看了看。走廊远端，一个女佣正在清扫座灯上的灰，两个穿着制服的男人——一个正站在梯子上——正在摆弄墙上的挂毯。她仍没有看到两仪师，但还是压低了声音:“塔摩拉准备……派人去寻找那个男孩。我完全没有想到。我想错了。史汪，你是正确的。”

“什么错了对了的，你怎么知道她正准备派人寻访?”为什么如此擅长解谜的人会看不出这么明显的事情?

“现在对塔摩拉来说，有什么能比找到那个男孩更重要，史汪?”沐瑞耐心地解释道，“还有什么事情更需要保密，以至于她都不敢在信里提到? 这说明她认为在这件事情上红宗是不能被信任的，在这点你说对了。此外，有多少两仪师会愿意立即承认那个孩子就是预言中的真龙呢? 如果他没有找到，直到长大成人之后才以男性导引者的身份为人所知，她们就更不可能相信他是真龙了。塔摩拉只会派她信得过的人去搜寻他。我之前认为他会被带回白塔，我想错了。这么做只会把他暴露在危险中，红宗和其他信不过的人都会对他构成威胁。塔摩拉一定会把他送到一个隐秘的地方，由那些搜寻者来教导他，她们是她最信任的人。”

史汪一拍脑门。“我的头都要炸开了。”她嘟哝道，“你居然从两封读都没有读过的信中就看出了这么多事情。”

“我知道它们提到了一件事，而没有提到另一件事。这就是把细节组合起来、通过现象看本质的技巧。史汪，这对你来说真没什么难的。”

“哦？上周艾丽德给了我一个九连环。她说她已经玩厌了。但我猜她根本就没解出来。你想试试看吗？”

“谢了，不用。”沐瑞礼貌地答道。她一瞥四周发现没有两仪师，便冲史汪吐了下舌头。

第二天，塔摩拉又让她们送了三次信。第一封送给梅琳·阿甘娜。第二封送给维若拉·古若尼，一个矮小肥胖的褐宗，脸上总是挂着微笑，总是一副忙得不可开交的模样。第三封送给鲁迪丝·丹宁，一个骨瘦如柴的黄宗。她有一张阴沉的马脸，直垂到腰的塔拉朋式辫子上饰有闪亮的珍珠。三人都没有透露信里的任何内容。但三人戴上披肩都已有一百多年了，都以严守律法而著称。沐瑞愈发自信了，史汪也开始相信她了。

对于搜寻那个男孩的任务来说，五个人似乎太少了一点——每天她们都会在小本子上记下更多姓名——但塔摩拉没有再送信，至少没派她们送信。艾拉·纳杰夫取代吉塔拉升任撰史者，也许她会代玉座送出更多的信，也可能会派初阶生去送。有一段时间，沐瑞和史汪曾偷偷观察玉座的书房和套间，轮流躲在拐角后面监视走道。但塔摩拉房前总有人来来去去，她的访客虽不多但是数量稳定。宗派守护者应当被排除，占有评议会议席的她们很少离开塔瓦隆。但其他的来访者都有可能是寻访者，也可能不是。这种情况让沐瑞非常沮丧，未知的秘密刺激得她心痒难耐，但她毫无办法。

很快她们就放弃了偷窥行为。一方面这毫无成效，另一方面若只有一个人抄写的话，誊抄速度就太慢了。而且沐瑞曾在走廊里被正要回房的艾拉抓了个正着。

苍苍白发是艾拉和吉塔拉唯一的相似之处。艾拉的一头直发剪得和克瑞妮一样短。这位新任撰史者身材纤细，古铜色皮肤久经风吹日晒，变得像皮革般粗糙。没有人会称赞她的相貌——她生了一幅窄下巴和尖鼻头。除了巨蛇戒，她没戴任何首饰。她穿的蓝色毛裙虽剪裁得当但极朴素，肩头的深蓝色围巾至多有二指宽。她和吉塔拉完全不同。

“孩子，你在看什么？”她柔声问道。

“只是看看来拜访玉座的人们，两仪师。”沐瑞答道，此话可谓字字属实。

艾拉微笑了。“梦想着自己戴上披肩？也许你应该花更多时间在学习和练习上。”

“我没有落下功课，两仪师。这个工作能让我宁神静心。”此话亦不假。她脑子里满是搜寻那个男孩的事，便没有心思去胡思乱想了。

艾拉微微一皱眉，把一只手贴在沐瑞的脸颊上，像是在检查她的体温。“噩梦仍在困扰你吗？有些褐宗精通草药疗法，她们中肯定有人能给你找些安眠的方子，如果你需要的话。”

“维林两仪师已经给了我一剂药。”那药剂味道极可怕，但确实有助于睡眠。可惜它无法让她忘掉噩梦。“现在噩梦也没那么可怕了。”有的问题真没法回避。

“好的。”艾拉再度露出微笑。但她责备似地在沐瑞面前轻晃手指。“但是孩子，在走廊里做白日梦可不是见习生该有的行为。要是我再看到，就不能视而不见了。你明白吗？”

“明白，两仪师。”她不能再偷窥了。她心里已经痒得快要受不了啦。

第8章

不复平静

沐瑞和史汪还得去上两仪师的私人辅导课。虽然她们并不想逃课，但整日坐在书桌前抄写实在令人异常疲倦，晚餐后她们才能闲下来。其他见习生依旧整日在外记录姓名，很多人对此颇有怨气。若没有两仪师在场，她们也会私下抱怨这份苦差。不过至少还有人愿意给沐瑞和史汪上课。有些两仪师给见习生停了课，说现在她们在代初阶生的课，要等到给初阶生代课的见习生回来之后，才能重新开课。很多两仪师对这种情况都甚是恼火。传言说有人曾向玉座请愿，请求让一切恢复如常。无论是否确有此事，塔摩拉都没有任何表示。对此两仪师们也未置一词，但有时她们眼中流露出的丝丝怒火会令初阶生心惊胆战，令见习生如履薄冰。时值冬日严寒，白塔却好似一锅将要沸腾的开水。

史汪没有和她交流这两天的感受，但沐瑞很快就意识到她们招来了很多两仪师的白眼，而且她很清楚原因何在。与其他见习生不同，她和史汪本可以继续给初阶生授课，还可以把她们自己的上课时间安排得更早一点。有些两仪师在晚上给其他人授课，但一见到她们二人便称没有时间，不给留下一点商量余地。有的两仪师也和常人一样气量狭小，虽然没有哪个见习生敢公开指责她们。沐瑞希望这事能尽快过去，小摩擦有时也能积累成为长期的敌意。可她又能做些什么呢？她可以低声下气地向她们致歉，乞求她们的谅解，然后听天由命。但她不可能放弃抄写名单的工作。

并不是所有两仪师都不愿意给她们上课。克瑞妮会和沐瑞探讨亚图·鹰翼帝国的几桩秘史；梅琳会给她出题，检测她是否熟悉古代作家曼那伽的威廉姆，考她沙戴亚哲学家施瓦娜·卡扬兹何以受到前者影响；艾莎则会严格考察她对夏纳和阿玛迪西亚律法体制区别的熟悉程度。这就是她目前的课程。而在至上力方面，早在数月之前她就已经结业——虽然还没有把能学到的内容都掌握了。她想问她们为什么还留在白塔里，但没那胆量。为什么她们不去寻访名单上的婴儿呢？为什么呢？

然而她心中已经有了一个解释，唯一符合事实的解释，虽然仍不能解释她们那不紧不慢的态度。直接把婴儿从母亲怀里抢走太过无情，也许她们准备过几年再去找他。但即便如此，她们也得先看过那份残缺不全的名单啊。可能她们准备等名单完成之后再动手吧。史汪说维若拉和鲁迪丝也还没走，沐瑞希望还有她不知道的寻访者。

她们怎么就不着急呢！沐瑞自己早就急坏了。传言说数里格以南的地方还在打仗，据说有时战斗会很激烈，但规模并不大。没有哪个联军指挥官愿意把危险的敌人逼得太紧，毕竟对方已经开始撤退了。艾伊尔人开始撤退这事已经得到确认，两仪师已经接到了报告。传言称许多莫兰迪人和阿特拉人已经收拾行囊准备回老家了，阿玛迪西亚人和吉尔丹人也准备跟进。传言还说妖境边界又有麻烦了，边境国人准备立即北上。两仪师们似乎对这些谣言毫不在意。她曾探过她们的口风，但……

“谣言总是十分荒谬，而且现在不是讨论传言的时间，孩子。”梅琳坚决地说道。她手里端着茶杯，神色平静。“现在，请告诉我：施瓦娜曾断言所谓的现实完全是幻觉，那么她是如何从威廉姆那里得到灵感的呢？她本人又有何创见？”

“就算你想讨论传言，也请讨论鹰翼的传言。”克瑞妮尖刻地说道。她教课的时候总是喜欢把玩她收藏的刀，把它们当作教鞭来使。今晚她拿了一把老旧的腰刀，刀柄已经碎裂变形。“光明才知道。对于他，我们所知的至少有一半都是传言。”

艾莎叹了口气，竖起一根短粗的手指。她柔和的棕色眼睛突然间变得锐利异常。她相貌和农妇一样平凡，可是戴着一套昂贵的首饰：硕大的火焰石耳环，镶有绿宝石和红宝石的项链。但手上只戴了巨蛇戒。“如果你老是胡思乱想的话，恐怕很快就要被送去茉瑞安那里了。没错，就是这样。”

不行啊，她们怎么就看不出这事有多紧迫呢！她只能这么干等下去了，并且还要尽量克制内心的焦虑。光明啊，让试炼快些来临吧。一旦她戴上披肩，她定会像离弦的箭一样冲出白塔，立即去寻找那个婴儿。快些来吧，但必须在名单完成之后。哦，这真让人进退两难哪。

见习生中间流言满天飞，不过不再是老一套了，什么谁和谁又吵架了，或者哪个绿宗和护法举止失范了之类的，不是。现在流行的故事都是从守卫和士兵那里听来的、从军营里传出来的，都是些关于战斗和舍生取义的英雄故事，或是某个活着的英雄的事迹。后者通常十分流行，因为故事中的英雄具备了护法的品质，而护法是见习生最喜欢讨论的话题，除了少数决意加入红宗的之外。有传言说军队已经拔营离去，虽然没人知道他们是要向东进军，还是准备打道回府。还有传言说有一小拨人留了下来，以确保符合白塔奖赏标准的女人不会被忽略。这个举措至少减少了她们要找的那位母亲被漏掉的风险，但就算她已经在名单上了，有关她的信息是否足够？想到这些，沐瑞头都大了。

艾丽德·艾柏林从两仪师那里打听到一则传闻，不过她坚称消息千真万确。

“我听到艾德洛娜跟雪米恩说起这件事。”艾丽德微笑着说道。艾丽德照镜子的时候总会望着自己的倒影微笑，而她微笑的样子就好像顾影自怜。天井里一阵晚风袭来，吹动她的金发，拂过她完美的面孔。她的双眼好似一对硕大的蓝宝石，肌肤白嫩如雪。她过于丰满的乳房是沐瑞唯一能找出的外表缺陷。而且她个子很高，几乎和大多数男人一样高。他们会冲她微笑，有时还会用色迷迷的眼神瞅着她看。初阶生仰慕她，而很多脑筋转不过弯的见习生会妒忌她。“艾德洛娜说吉塔拉预言末日之战将在当代两仪师的有生之年开始。我都要等不及啦，你知道，我是准备加入绿宗的。”每个见习生都知道。“我准备带上六个护法上前线。”同样人尽皆知。艾丽德总是在谈论她的愿望。而她总是能如愿以偿，真不公平啊。

“那么，”当艾丽德转身随其他人一起去吃晚餐后，沐瑞轻声说道，“吉塔拉做过类似的预言。至少做过一次。有一次就说明可能还有更多。”

史汪皱起眉头，“我们早就知道末日之战快要来了。”她见凯特琳和莎妮路过，立即闭上了嘴。那两人正有气无力地谈论还要不要去吃晚餐。等到她们走远后，史汪接着说，“就算吉塔拉做过十几个，甚至上百个类似的预言，又能怎么样呢？”

“史汪，你就没有想过为什么塔摩拉能确定那男孩已经出生了呢？要知道，至少还有一个预言也提到他了。所有这些信息综合在一起，才让塔摩拉确信他真的已经出生了。”说到这里沐瑞不禁也皱起眉头，“你知道吉塔拉的预言通常是什么形式吗?”预言者的预言方式往往不同,她们叙述预言的语调也不尽相同。“想想她预言时的语气,那男孩可能当时就出生了。也许正是震惊击垮了她。”

“时光之轮照它自己的意志运行。”史汪闷闷不乐地说,接着她摇了摇头,“光明啊!我们去吃饭吧。你还得练习呢。”

她们已经恢复了练习,虽然只能在晚上练。麦瑞勒也会来帮忙,但有时她吃过晚饭便倒头大睡,有时甚至连晚饭都不吃了。很多见习生都和她一样累。有时天色尚早,长廊便已鸦雀无声。沐瑞的练习进展很慢,刚开始的时候尤其糟糕。在她们开始练习的第一个晚上,当沐瑞正站在绣花小毯上忍受史汪和麦瑞勒的折磨时,爱莉达走进了房间。炉火虽烧得极旺,但也只能稍稍驱散一点寒意,只能说不使人冻僵。

“看来,你们没有以工作为借口放弃练习,真令人欣慰。”红宗两仪师说道。她语调故作惊讶,“工作”一词特别用了重音。她的着装仍是全红,而且还像出席正式场合一样戴着披肩。她走到房间一角,打量着沐瑞,双手叉在胸前。“继续,我在看着。”她们只好从命。

爱莉达的出现似乎刺激到了史汪和麦瑞勒。她们使尽了全力,弄出最猛烈的掴击和扭拧。沐瑞的耳膜遭到轮番轰炸,大腿受到鞭笞,并且总是在她最需要集中注意力的关口受到攻击。她尽力不去看爱莉达,但爱莉达偏偏站在她视线无法回避的位置上。爱莉达的审视令她紧张,但那目光也在刺激着她,驱使她竭尽全力集中精神。她完成了六十一道编织,然后栽在第六十二道上。土之力、风之力、水之力和魂之力纠结而成的一团乱麻轰然解体,弄得她皮肤又湿又黏,直到她驱散了残余的至上力。这次的表现不算好,但也不算糟。很多次她几乎快要完成全部的一百道编织了,但只有两次完全成功,有一次还是咬着牙硬撑过去的。

“真可悲。”爱莉达的语气冷似寒冰,“像这样,你永远也不可能通过。我是希望你通过的,孩子。你必须通过,否则我会把你抽筋扒皮。至于你们两个,算什么朋友。你们就是这么帮她的吗。当我还是见习生的时候,人人都知道什么才叫练习。”她示意史汪和麦瑞勒站到墙角,自己走到桌前。“让你们见识一下该怎么做。孩子,再来。”

沐瑞舔舔嘴唇,然后转过身。麦瑞勒给她一个鼓励的微笑,史汪也信心满满地点了点头,但她能够察觉她们的忧虑。爱莉达想干什么?她开始编织。她刚一接触至上力,一道电光便从她面前划过,让她眼前一阵发黑,眼里直冒金星。尖锐的爆炸声在她耳边轰鸣。无形的鞭子不停地抽打着她,力道极狠。攻击接二连三，在她完成第一道编织之前没有丝毫停顿。在她开始第二道时又立刻恢复。

不仅如此，爱莉达还用她那冷酷的、毫无感情的语调不停念叨，“快一点，孩子，你必须加快速度。编织要一气呵成。再快点，再快点。”

沐瑞竭力维持镇定，在完成十二道编织之后终于崩溃了。不仅让编织散了架，还彻底失去了对阴极力的掌控。她拼命眨眼，试图驱散眼前乱舞的金星。泪水盈满了她的眼眶。她从头到脚都在疼痛，浑身都是擦伤，鞭痕不停地抽痛，一身淋漓大汗蜇得伤口刺痛，双耳耳鸣不止。

“谢谢您，两仪师。”史汪迅速说道。“现在我们知道该怎么做了。”麦瑞勒双手紧紧攥着裙边。她面如死灰，圆睁的双眼中充满了恐惧。

“再来。”爱莉达说。沐瑞鼓起全部勇气才迫使自己再度转过身去。

和上次唯一的不同是，这次她只完成了九道编织。

“再来。”爱莉达说。

第三次，她只完成了六道。第四次只有三道。汗水淌过她的面颊。很快，闪光和轰鸣都无关紧要了，她只能感觉到持续不断的抽打。她的世界里只剩下永不停歇的抽打和持久的疼痛。到了第五次时，第一记抽打便击垮了她。她跪倒在地哭了起来。攻击立即停止了，但她仍缩作一团，止不住地抽泣。哦，光明啊，她从来没有承受过这么多的痛楚，从来没有。

她甚至没有察觉到史汪跪到了她身边，直到史汪柔声说道：“你还能站起来吗，沐瑞？”她抬起头，看到史汪脸上满是关切。她尽力止住了哭泣，让她自己也吃了一惊。她点点头，然后费力地试图站起来。只要她一动，衬衣就会擦到被汗水蜇得生疼的伤口，让她全身火烧火燎一般疼痛。

“她死不了。”爱莉达漠不关心地说道，“一点点疼痛能让你记住教训。必须要快！明天早上我会过来治好她。还有你，史汪。扶她上床，然后就轮到你了。”

史汪面色苍白，但她只能从命……

沐瑞不想看，但史汪刚才也被迫观看全过程，所以她还是强迫自己睁大双眼。这让她再一次想要哭泣。以前她们练习时，不管沐瑞如何干扰，史汪通常能完成全部编织。就算失败，她至少也能完成三分之二以上。而今晚，在爱莉达严酷的折磨之下，她第一次尝试只完成了二十道编织。第二次完成了十七道，第三次完成了十四道。此时她已面无血色，满身大汗，呼吸急促。但她没有掉一滴眼泪。当编织失败后，她立即重新开始，没有一刻停顿。在第四次尝试时，她完成了十二道。第五次，十二道。第六次，还是十二道。然后她顽强地再一次重新开始。

“今晚到此为止。”爱莉达说，语气里没有丝毫怜悯。史汪痛苦地慢慢转过身，她周身的光芒消失了，脸上没有任何表情。爱莉达整了整披肩，从容地继续说道：“像你们这样，就算完成了编织，仍旧会失败。在你们身上根本找不到一丝一毫的镇定。”她严厉的目光扫过史汪和沐瑞。“记住，无论遭受何种打击，你们必须保持镇定，而且动作必须要快。如果动作不够快，你们迟早会紧张，开始陷入惊恐，那么失败就会成为定局。明天晚上，我会再来看看你们会不会有所进步。”

爱莉达离开之后，史汪才转过头面向沐瑞，“哦，光明啊！”她扑通一声跪倒在地，大声哭了起来。她方才一直忍着的泪水如泉水般奔涌而出。

沐瑞试图跳下床，但疼痛令她不得不步履蹒跚。麦瑞勒先是抱住史汪，然后她们三个一起跪倒在地上，相拥而泣。麦瑞勒哭得跟她和史汪一样凶。

最后麦瑞勒终于推开她们俩，一边抽泣一边抹眼泪。“等我一下。”她说——就好像她们还有办法动弹似的——接着便冲出了房间。她很快就回来了，手里捧着一只两拳大小的红釉瓷罐。雪瑞安和艾丽德跟在她后面，她们帮史汪和沐瑞脱去衣物，准备给她们擦上罐里的油膏。

“这太不应该了！”艾丽德大声骂道，她打开罐子准备给她们两人上药。她们身上的鞭痕和瘀伤令她目瞪口呆。雪瑞安和麦瑞勒点头同意。“律法禁止两仪师使用至上力教训学生！”

“哦？”史汪吼道，“你有多少次被两仪师用至上力拧过耳朵，又有多少次被鞭打过屁股？”一阵疼痛令她龇牙咧嘴，“没必要擦得这么重吧！”

“抱歉。”艾丽德懊悔地说，“我会轻一点的。”目中无人是个严重的缺陷，也是艾丽德唯一的重大缺点。这让别人很难对她抱有好感。“你们两人应该汇报这件事，我们应该一起去找茉瑞安。”

“不行。”沐瑞呼吸粗重。擦过药膏的皮肤比鞭痕还要疼，过一会大概会好点吧。会好一点吧。“我觉得爱莉达确实想要帮我们。她说她想让我们通过试炼。”

史汪像看怪人似的看着她，“我不记得她说过这话。我觉得，她是想让我们在试炼上失败！”

“而且，”沐瑞补充道，“有谁听说过——啊！啊！”雪瑞安低声道歉，但油膏还是令她刺痛。“有谁听说过，哪个公开抱怨的见习生最后没有为此付出代价？”

虽然并不情愿，但三人不得不点头同意。

初阶生的怨言会得到温和而坚决的回应，她们会被告知规矩为何如此。见习生则应该熟知规定。她们必须像学习历史和至上力一样学会忍受这些规定。

“也许她会放过你们的。”雪瑞安说，但听上去她自己也不太相信这话。

走之前，麦瑞勒把罐子留了下来。她们服用了维林难闻的药剂才得以安眠。她们一同裹着毯子蜷缩在沐瑞的窄床上。炉台上的药膏罐时刻提醒着她们的痛苦，与鞭痕和瘀青一同困扰着她们的睡眠。

爱莉达果然信守承诺，在破晓之前她回到沐瑞的房间，用至上力治好了她们的伤。她的动作一点也不温柔，连一句话都没问就伸手捧住她们的头，直接把编织送入她们体内。当繁复的魂之力、风之力与水之力的编织侵入沐瑞的体内时，她重重地喘了口气，抽搐了一下。有那么一瞬间她觉得自己好像落入冰水之中，但当编织消散之后，她身上青一块紫一块的瘀伤都消失了。不幸的是，当晚爱莉达又弄出了新一批瘀伤，隔天晚上亦是如此。沐瑞尝试了七次，终于被疼痛和泪水击垮。次日她承受了十次。史汪承受了十次，第二天则有 12 次。而且她能一直能忍着不哭，在爱莉达走之前都没有流一滴眼泪。

雪瑞安、麦瑞勒和艾丽德每天晚上都要来探望她们。在爱莉达走之后，她们回来安慰史汪和沐瑞，帮两人脱衣、上药。艾丽德甚至试图讲笑话给她们听，但没人能笑得出来。沐瑞开始怀疑罐里的药膏够不够用。难道是她错了？难道事情果真和史汪说的一样，爱莉达想要让她们败在试炼上？这让她觉得腹中一阵冰凉，好似吞下了一块冰砖。她开始担心下一次她会乞求爱莉达停手，但爱莉达是不会停止的。她很确定这一点，这让她想要尖叫。

但在爱莉达第三次造访以后，来为她们疗伤的却是茉瑞安。她将她们从史汪的床上叫醒。

“她不会再来困扰你们了。”治完伤后，慈母般的两仪师对她们说道。

“您是怎么发现的呢？”沐瑞问道，她把头缩到衬衣里。服了维林的药，她们晚上睡得像死猪一样，完全没有注意炉火已经彻底熄灭了。虽然天气已经逐渐转暖，但屋内空气依旧很冷。地板同样冰凉。她抓过搭在椅背上的长筒袜。

“我有自己的消息渠道，你们知道这点就够了。”茉瑞安故作神秘地说道。沐瑞怀疑告密的是麦瑞勒，或者雪瑞安，或者艾丽德，甚至三人一起。但茉瑞安是位两仪师，永远不能指望能从她那里得到一个明确的答案。“无论如何，爱莉达算是犯了几乎要被禁闭苦修的刑律。我告诉她，我已向玉座申请对她施以肉刑。我还提醒她对两仪师的惩罚只会比初阶生和见习生更严厉，她只能接受处置。”

“为什么她不会因此而被送去苦修呢？”史汪一边扣背后的纽扣一边问道。

初阶生师尊扬起一边眉毛，这个问题近乎质问。但她似乎认为她们在遭受了爱莉达的打击之后，理应得到一点点宽容。“若她利用阴极力惩罚或是胁迫你们，我会将她绑在三角刑架上施以鞭笞，但她的所作所为没有触犯律法。”茉瑞安眨了眨眼，露出了一个别扭的微笑。“我本不该告诉你们这件事，但我还是要说。她本该因帮助你们在试炼中作弊而被送去苦修。她之所以能逃过这一劫，是因为她的行为是否构成作弊尚有疑问。我想你们应该诚心感谢她的帮助。毕竟当我为这件事找她对质时，让她丢尽了脸面。”

“两仪师，请您相信，我们会感谢她的。”史汪语气淡然地答道。她的意思再明显不过了。茉瑞安叹了口气，摇了摇头，但她没再多说什么。

当沐瑞听到爱莉达不会再来找她们时，她当即大松了一口气。但茉瑞安方才的话让她心里的弦又一次绷紧了。爱莉达几乎是在帮她们作弊？光明啊，如果试炼就和那一样的话……哦，光明啊，她该如何通过试炼哪？但不管试炼上有什么，每个拿到披肩的女人都已经通过了它的考验。她也可以做到的。无论如何，她能做到！她强迫麦瑞勒和史汪尽全力打击她，但是，虽然有时她们也能把她弄哭，她们却拒绝效仿爱莉达。即便如此，她还是遭到了一次又一次的失败。她心中的郁结越积越大。

三天后她们又一次见到爱莉达，是在去吃午饭的路上。这位红宗两仪师静静地站在一盏座灯旁边看着她们，在她们行屈膝礼时仍未置一词，就这么静静地目送她们离开。她的面容平静如水，目光却炽烈似火，几乎能烧穿她们的羊毛裙。

沐瑞心头一紧。显然爱莉达认为她们自己去找了初阶生师尊。正如茉瑞安所言，这让她“丢尽了脸面”。沐瑞能想到许多可以让爱莉达屈服的手段，每一种都能让她颜面丧尽。但问题是，茉瑞安究竟做到了何种程度？显然，她没留一点情面。她曾说过初阶生和见习生都是她肩上的责任。哦，这可不是能随时间化解的小矛盾。爱莉达眼中尽是毫不掩饰的敌意。她们树立了一位毕生的仇敌。

当她把这个想法讲给史汪时，后者悻悻地嘟哝道：“好吧，反正我也没打算和她交朋友。我敢打赌，一旦我们拿到披肩，她又会和我们套近乎了。到时候我会让她付出代价。”

“唉，史汪。”沐瑞笑道，“两仪师可不能相互攻击啊。”但史汪不像是就此罢休。

在吉塔拉做出预言的一周之后，天气突然转暖了。当天，太阳高悬在万里无云的蓝天上，天气寒冷依旧。但在日落之前，大半积雪便已融尽。除却顶峰，龙山上的积雪也已化尽。山脚附近的土地能积蓄热量，那里的积雪总是最先开始融化。她们已经可以缩小搜寻范围了。她们要找的男孩就出生在这十天之内。过了两天，符合标准的婴儿数量急剧减少。一周之后，她们已经连续五天没有在小本子上记录新的姓名。她们也只能希望搜寻可以到此为止。

又过了九天，沐瑞和史汪正要去吃早饭，却见到茉瑞安出现在黯淡晨光之中的长廊里。她戴着披肩。“沐瑞·达欧崔。”她郑重说道，“你已被召唤接受试炼，以赢取两仪师的资格。愿光明庇佑你平安。”

第9章

试炼开始了

茉瑞安没有留给沐瑞多少时间，沐瑞匆匆和史汪拥抱告别，然后就跟着茉瑞安离开了。每走一步，她心头的寒意就增长一分。她还没有准备好啊！在所有的练习中，她只有两次成功完成了所有的编织。而那时她所承受的压力，远远没有爱莉达加在她身上的压力那样可怕。她将会失败，会被逐出白塔。她会失败。这些话在她的脑海里回荡，就像死囚在走上断头台之前听到的鼓声。她会失败。

她跟着茉瑞安，沿着狭窄的阶梯盘旋而下。到达白塔基石之下的时候，她突然想到，就算没有通过试炼，她仍可以继续导引，只要她能保持低调。白塔不喜欢看见那些被驱逐的女人炫耀自己的能力，而只有傻瓜才会忽视白塔的不满。两仪师们说，所有被逐出白塔的女人都会放弃接触阴极力，因为她们害怕自己会在无意中触犯白塔的底线。但是，她无法想象自己会放弃那种狂喜。无论如何，她都不会放弃导引的。接着她又想到，即使她失败了，她仍是沐瑞·达欧崔，她的家族虽不名誉，但仍然举足轻重。虽然她的领地已被艾伊尔人百般蹂躏，需要很多年来休养生息，但它的产出仍旧相当可观。

再一想，一切就都明白了。这条路如此显而易见，以前她在潜意识里肯定已经想过了。她兜里的小本子上记录了上百个姓名。即使没有通过试炼，她仍可以踏上寻找那个男孩的旅途。这当然不是一条坦途，白塔十分厌恶外人插手它的内部事务，而到那时，她就已经是个局外人了。就算贵为一国之君，若是插手了白塔的计划都将会为此而后悔，更何况是一个年轻的失败者？就算她的家族再强大也没有用。但那都无关紧要，车到山前必有路。

“时光之轮照它自己的意志运行。”她喃喃道。茉瑞安严厉地瞪了她一眼。试炼的仪式并不复杂，但是规定必须严格执行。一旦走入地下，她就必须保持安静，除非被人问到。在试炼中，忘了规矩可不是辩解的理由。

真是奇怪，她像渴望生命一样渴望成为两仪师。但她内心的悸动却止息了，因为她知道不管发生了什么，她都可以去寻找真龙，不管发生了什么，她都会踏上寻找真龙的旅途。连她心头的寒意都减轻了几分。不管发生了什么，几天之后，她都将开始追寻真龙。光明庇佑，让她能够以两仪师的身份踏上旅途吧。

茉瑞安带领她穿过一条条走廊，屋顶高悬在上，它们是从岛屿地下的岩石中开凿出来的，和上层的走廊一样宽阔。铁质灯座高挂在雪白的墙壁之上，安放其中的壁灯照亮了她们的来路和去路。但是她们经过的其他走廊却笼罩在黑暗之中，只有孤零零几盏，隔得很远的壁灯。光滑的石质地板没有沾染一点灰尘，这条路已经为她们准备好了。地下的空气又冷又干，除了她们的拖鞋摩擦地面的声音，听不到一点声响。除了上层的储藏室，地下室很少被使用，其内的一切陈设都朴实无华。走廊里一排排黑色木门全紧闭着，更深处的门还有一些是锁着的。保存在这里的所有物品，外人都无从得见。当然，它们本来就不该被外人看到。

她们走到了最深的一层，茉瑞安在一扇双开大门前停住了脚步，这扇门比她们来时所经过的门都要大，和箍铁的要塞城门一样高大，且经过了抛光。茉瑞安导引风之力推开了大门，上了油的铰链没有发出任何声响。沐瑞深吸了一口气，跟着她走进了一间巨大的拱顶圆厅。环形放置的一圈灯台在白色石墙上反射出耀眼的光，刚从黑暗的走廊里进来，她感到十分晃眼。

她眨了眨眼，目光立刻就落在拱顶之下的那个物体上。那是个巨大的椭圆环，顶部和底部都很狭窄，弯曲的边缘比她的手臂略宽。高过一拃，最宽处约有一步。圆环在灯光下闪闪发亮，一会是银色，一会又变成金色，然后又呈现出绿色、紫色或是无数色彩组成的漩涡。它的色彩一直在变，更不可思议的是，它没有任何底座支撑。它是个特法器，一个可以汲取至上力的装置，制造于古老的传奇时代。她将在这个特法器内接受试炼。她一定不会失败，她一定不能失败！

“就位。”茉瑞安郑重地说道。其他两仪师已经来了，每个宗派各一名，她们披着带有流苏的披肩，在沐瑞和茉瑞安周围站成一圈。爱莉达也在其中，沐瑞的心脏紧张地跳动着。“沐瑞・达欧崔，你以无知之身来此，你将会如何离去？”

光明啊，为什么爱莉达会被允许参加这个仪式？她非常想问，但只能按照仪式的规定回答。令她惊讶的是，自己的语调居然十分沉稳：“我将会认识自我。”

“你为何被召唤来此？”茉瑞安朗声道。

“为了接受试炼。”保持镇定是最重要的，虽然她的声音听起来十分平静，内心却并不镇定。她无法将爱莉达赶出脑海。

“你为何要接受试炼？”

“为了获知我是否具备资格。”所有姐妹都会试图让她失败——毕竟这是一场试炼——但是爱莉达一定会无所不用其极。哦，光明啊，她该怎么办？

“什么样的资格？”

“佩戴披肩的资格。”念完这一句，她便开始宽衣解带。按照古老的规矩，她必须赤裸地接受试炼，这象征着她只信任光明的庇护。

解开腰带的时候，她突然想到小本子还放在腰包里。如果它被发现的话……不过事已至此，犹豫就意味着失败。她把腰带和腰包放在脚下，开始解背后的纽扣。

“那么，我将会给你指示。”茉瑞安继续说道，“你将会在地上看到这个标记。”她导引至上力，用手指在空气中画出了一个六角星，由火焰组成的两个互相重叠的三角形闪耀了片刻。

沐瑞发觉她身后的一名两仪师拥抱了阴极力，一道编织轻触着她的脑后。“牢记不可忘却之事。”那人喃喃道。是蓝宗的安娜雅。但是她从没有听过这句话，它是什么意思呢？她以平稳的手指解开背后的一个个纽扣。试炼已经开始了，她必须保持完全的镇定。

“当看到这个标记时，你必须立即向它的方位前进。步伐要平稳，不能急促，亦不可迟疑。到达标记之后，你才能使用至上力。要求完成的编织必须立即开始，在完成编织之前，你不能离开标记。”

“牢记不可忘却之事。”安娜雅喃喃道。

“当编织完成之后，”茉瑞安继续说道，“你将会再次看到标记，它将指引你继续前进。你仍要保持步伐坚定，不可迟疑。”

“牢记不可忘却之事。”

“你将要按照指定的顺序完成一百种编织，在全程中保持完全镇定。”

“牢记不可忘却之事。”安娜雅最后一次喃喃说道。沐瑞感觉编织浸入体内，如同接受治疗一样。

除了茉瑞安之外，所有的姐妹走到特法器前，绕着它围成一个圆环，然后跪在石质地板上，拥抱了阴极力。她们笼罩在至上力的光芒中，开始导引。圆环颜色变幻的速度越来越快，到最后它就像一个转速疾如风车的万花筒。她们驭使着至上力，所织编织之复杂不亚于任何一道用于试炼的编织。每一位两仪师都在全神贯注地编织——不对，不尽然。爱莉达的目光游移不定，当她的目光落在沐瑞身上时，那眼神严苛而恼怒，像一把烧得红热的钻子，能够刺穿她的头骨。

她想要舔舔嘴唇，但是“完全镇定”的要求绝非戏言。无论是否受到光明庇护，在这么多人面前脱衣服仍然不是一件易事。不过大多数姐妹的注意力都集中在特法器上。现在只有茉瑞安在看着她，她在看她有没有迟疑，在寻找她镇定外表中的纰漏。试炼已经开始了，一个小小的疏忽就会导致失败。但是她的镇定只是表面上的镇定，是伪装的平静，至多只能维持在外表上。

她继续脱衣，小心地把每件衣物叠好，在她的腰带和腰包上整齐地摆成一小摞。这样应该就够了。除了茉瑞安，所有的姐妹在她的试炼结束之前都必须全神贯注——至少她认为她们会的——而她相信初阶生师尊不会翻看她的衣物。不过反正现在她什么都做不了。最后，她脱下了巨蛇戒，把它放在其余的衣物上面，这使她感到一阵心痛。自从赢得戒指之后，她连洗澡的时候都带着它。她的心怦怦直跳，如此之响以至于她相信茉瑞安一定可以听到。哦，光明啊，爱莉达。她必须非常警觉。这女人知道怎样才能击垮她。她必须细心观察，时刻准备。

脱完之后，她唯一能做的就是站在那里等待。冰凉的空气使她的皮肤很快就起了鸡皮疙瘩，她想挪动站在石质地板上的光脚，地板可不只是冰凉。完全的镇定。她一动不动地站着，后背挺直，手放在身体两侧，呼吸平稳。完全的镇定。光明助我。她不能仅仅因为爱莉达在场就认输，她不能！但是内心的寒意已经渗入骨髓。她没有表现出一丝恐惧。外表完全镇定。

圆环中间的空气突然变成了一层白色，比她裙子的毛料还要白，比雪和最优质的纸张还要白，但它却没有反射灯台的火光，而是吸收了它们发出的光，让房间变得更昏暗了。然后，高大的圆环开始缓缓地绕着落地点旋转起来，不管是用什么材料制成的，它都没有发出一点和石地板摩擦的声音。

没有人讲话，因为不需要。她知道她必须要做什么。她开始向旋转的圆环走去,步伐坚定,既不慌张也不迟疑。至少在外表上是坚定的。不管爱莉达做什么,她都会通过的。她会的!她穿过了那片白色,然后……

她不明白她是在什么地方,还有她是怎么来到这里的。她站在一条朴素的石质走廊中,走廊里摆着一排灯台。在尽头,唯一的一扇门正打开着,阳光从里面照进来。事实上这扇门是唯一的出口,她身后是一堵光滑的墙。非常奇怪的是,她很确定她以前从没有来过这个地方。而且为什么她现在在这里……还赤身裸体!她知道她必须要表现出完全的镇定,这才使得她没有用手来遮挡她的身体,毕竟任何人随时都有可能从那扇门中走进来。突然她发现走廊中间的一张窄桌上摆着一条裙子。她确信不久之前那里什么都没有,但是她也敢肯定没有东西会突然从空气中冒出来。

她竭力保持镇定,走到桌前。桌上有一整套衣服:绣花的黑天鹅绒拖鞋,最优质的丝绸制成的白色内衣和长筒袜,以及剪裁细致,做工精巧的连衣裙,暗绿色的料子仅比其他衣物稍重几分,裙服正面有两英寸宽的红、绿、白条纹,从颈部一直延伸到膝下。那是她家族的颜色,这件裙子怎么会出现在这里?她不记得上次穿这种式样的裙子是在什么时候,这真奇怪,一两年之前这种风格还正在流行着呢。她的记忆里好像充满了空白。她穿上了连衣裙,然后扭过头,对着一面立镜中的倒影,系上细小的珍珠母纽扣……这镜子是从哪里冒出来的?算了,最好不要去为没法解释的现象操心。这些衣服非常合身,就像是她自己的裁缝为她缝制的一样。穿好了衣服以后,她又找回了一点沐瑞·达欧崔女士的感觉。如果她能把长发盘在头的两侧,梳成精细的卷,就更好了。她什么时候开始披头散发了?不过无所谓,在凯瑞安,只有少数人可以给沐瑞·达欧崔下命令。多数人都听从她差遣。她一定能保持镇定,至少现在没什么问题。

走廊尽头的门通往一个广阔的圆形庭院,庭院四周环绕着带有高耸的砖石拱顶的柱廊。金饰的尖顶和穹顶表明这是一座宫殿,但是见不到一个人,时值春日,晴朗的天空之下一片沉寂——现在应该是春天吧,但也可能是某个气候凉爽的夏日。她竟然记不清现在是一年中的什么时候!然而她却记得自己的身份,沐瑞·达欧崔女士,在太阳宫中长大。记得这些就足够了。她停了一小会找那个六芒星,六芒星由铮亮的黄铜制成,镶嵌在庭院正中的石板之上。然后,她收拢裙服的下摆,踏出了门外。她迈的步子有着皇室成员的威仪,昂首挺胸、从容不迫。

当她迈出第二步时,身上穿的连衣裙消失了,只剩下了内衣。这怎么可能!凭着坚定的意志,她继续迈着庄重的步子,镇定而自信。两步之后,她的内衣也不见了。更令她难过的是，当她离闪耀的铜星还有一半远的时候，丝织的长筒袜和袜带也消失了。这些东西的出现本来也毫无道理可言，但是至少它们能够遮体。步伐要坚定，镇定而自信。

三个男人闲散地从一个拱门中走出来，他们穿着粗织外套，体型臃肿，胡子拉碴，看起来像是那种成天泡在酒馆或者旅店大堂里的酒鬼。这种人当然不会被允许在宫殿里闲逛。在他们注意到她并开始色迷迷地盯着她看之前，她的脸就已经涨得通红。他们竟然向她抛媚眼！怒火涌上她的心头，又被她生生压下。镇定。步伐要坚定，既不慌张也不迟疑。这是她必须做到的，她不记得为什么，只记得这是必须的。

一个男人拨了拨油腻腻的头发，结果让它变得更乱了。另一个抻了抻破破烂烂的衣服，他们一齐闲步向她走来。淫荡的笑容让他们的脸都扭曲了。她不怕他们，但是一想到这些……这些淫棍正在看她的裸体——一丝不挂的裸体！——她就心神不宁。然而在到达六芒星之前她不敢导引。步伐要坚定，完全的镇定。怒火在她的心底翻滚，她尽力将其压下。

她的脚踩到了铜星，这让她想要松一口气，但是她没有这么做。她转过身面对这三个流氓。她拥抱了阴极力，导引风之力编织指定的编织。一堵三步高、由空气构成的坚实的墙在他们的周围闪现出来，她把编织固定住，这是允许的。三个人中，一人撞到墙上，发出钢铁碰撞般的脆响。

一颗六芒星在一扇拱门顶上的砖石上闪烁，那些男人正是从那扇拱门里出来的。她确信之前它不在那里，但显然现在是的。路过空气之墙的时候，她很难保持坚定的步伐，她庆幸自己仍然紧紧把持着至上力。从墙里传出阵阵的诅咒和叫喊中，她听出他们中的一个正在试图爬上另外两个的肩膀，好翻过墙头。她仍然不怕他们，但是被他们看到裸体仍然让她紧张。她的脸颊又一次涨得通红。不加快脚步真的很难。她的脸已经红透了，但是她集中精神保持面容平静。

穿过拱门之后，她转过身，以防那些男人……光明啊，她现在在哪里？为什么她……居然没穿衣服！为什么她紧握着阴极力？她费力而不情愿地放开了阴极力。她知道自己在那个空荡荡的庭院里已经完成了一项必须的任务，一百种编织中的第一种。她只记得这么多，还有，就是她必须继续前进。

还好，在拱门里地板上就有一套衣服。它们是由又粗又厚的毛料制成的，长筒袜有点扎皮肤，但是它们就像为她定做的一样合身。就连厚重的皮革鞋子也非常合脚。这鞋很难看，但是她还是套上了它。

奇怪的是，虽然她身后的庭院似乎属于某座宫殿，但是她正行于其中的无门走廊却是由未经雕饰的砖石筑成，高悬于墙上的铁制托架中的灯照亮了它。这走廊看上去更像是一座要塞的一部分，而非宫殿。当然，走廊里不可能一扇门都没有，那是不可能的。她必须继续前进，那么她一定是要去某个地方。而走廊尽头唯一的出口中的景象，比无门的走廊还要怪异。

在她前面有一个小村落，几座小小的茅屋和破烂的谷仓，看上去像是在一场大旱灾中被人遗弃了。弯曲门板的铰链吱嘎作响，在正午烈日的照耀下，夹带着尘土的风吹过唯一的一条肮脏的街道。

酷热像铁锤一样击中了她，还未走出十步，她已经大汗淋漓。地面碎石遍布，如果她还穿着拖鞋的话可能还会烫到脚，她突然觉得有一双厚皮鞋真是不错。一座石井立在一片覆盖着干土、散落着一片片干枯草丛的空地上，这里以前可能是村里的绿地。井边有一圈业已碎裂的绿砖，以前，村民们应该就是在这里取水的。曾有人用红漆在上面画了一个六芒星，现在它已经剥落褪色。

当踏到六芒星时，她立刻开始导引。先是风之力和火之力，然后是土之力。在她目光所及的远处，是干裂的田地和干枯扭曲的树丛，四处没有任何活物。她怎么会在这里？不管她是为了什么而来到这里的，现在她只想远离这个死寂的地方。突然，她跌入一片黑刺灌木中，足有一寸长的黑刺穿透了毛料，刺戳着她的脸颊和头皮。她没有费心去考虑这是多么不可思议，只想挣脱出来。被戳破的地方火烧火燎地疼，她感觉有一些伤口已经开始流血。镇定，她必须表现出完全的镇定。她的头动弹不得，她挣扎着试图拽开一些纠缠不休的褐色枝条，当尖刺戳入她的血肉时，她差点惊叫出声。她的手臂正在流血。镇定。在规定的任务之外，她也可以导引其他编织，但是怎样才能摆脱这些该死的尖刺？不可能用火，灌木丛看上去像火绒一样干燥，如果用火来烧，会把她自己也点着了。当然，她在努力思考的同时，仍在继续编织，先是魂之力，然后是风之力；魂之力，紧接着又是土之力和风之力；风之力，然后又是魂之力和水之力。

有什么东西在一根枝条上移动，一个长着八条腿的黑色怪物。一段记忆从脑海中浮现出来，她不由得屏住了呼吸。凭着全部的意志力她才得以保持表情平静。亡首蜘蛛是艾伊尔荒漠的生物——为什么她知道这些？——它的命名不仅仅源于背上酷似死人头颅的黑色纹路，一个强壮的成年人被它咬一口就会病倒许多天，两次叮咬就会致命。

她仍在编织着五种力纠缠而成的无用编织——她怎么会想要编织这样一件东西？但是她必须这么做。在编织的同时，她迅速抽出一股力，以少量火之力织成一个复杂的编织轻击那蜘蛛。蜘蛛在火光中快速地化为灰烬，甚至没怎么烧到树枝，而那树枝要不了多少热量就会烧着。然而，当她正准备松一口气时，她又发现一只蜘蛛向她爬过来，她用同样的方法消灭了它。然后又来了一只，然后又是一只。光明啊，到底有多少只蜘蛛啊？她转动双眼——她全身唯一可以自由活动的器官——匆忙搜索四周，到处都是蜘蛛。她发现另一只亡首蜘蛛正在向她爬过来。她看到一只蜘蛛就消灭一只，但是还有些地方她看不到。在她的视线以外还有多少只？要镇定！

她以极快的速度搜索和消灭蜘蛛，同时开始更快地编织那臃肿复杂而无用的编织。灌木丛中一些已经烧得焦黑的部分开始冒烟。她脸绷得紧紧的，像一张光滑的面具。编织的速度越来越快。蜘蛛又死了好几打，烟也变浓了。火焰一旦出现，就会像风一样迅速蔓延。再快点啊！再快点啊！

无用的编织中的最后一股丝线被编入应有的位置，她停止了编织，黑刺灌木随即消失了。它们就这样消失了！刺破的伤口仍然还在，但是此刻她根本顾不上它们。她非常想把衣服扒光，然后用风之力把它里里外外翻个遍。灌木丛里的蜘蛛消失了，但是那些可能已经爬到她衣服上的呢？有的是不是已经爬到她裙子里了？但是她没有这么做，她搜寻着另一个六芒星，发现它刻在一间茅屋的门上。等到进屋以后，她可以好好翻翻衣服。她镇定地踏入门内的黑暗之中。

然后她发觉自己又在疑惑：她在哪里？她是怎么来到这个地方的？她为什么穿着农妇似的羊毛裙？为什么她正在流血，就像在带刺的灌木中打过滚一样？她知道她已经完成了一百个必须完成的编织中的两个，除此以外，什么也记不得，连第一个编织是在哪里完成的都记不得了。她只知道她必须要走的路途经这所房子。她回头望了望身后荒凉的景色。

她只能看见一束微光穿过房间。奇怪，她敢肯定窗户应该是开着的。也许那微光暗示着出路，也许是门边的一条缝隙。她可以制造一个光源，但是现在她还不能接触至上力。黑暗并不会令她恐惧，但是她还是小心翼翼地走着，以免撞到什么东西，虽然并没有障碍出现。她走了大约一刻钟，光点渐渐变大了，最后她发现那是一道门。一刻钟，一刻钟已经足够让她在这样的房子里转上好几圈了。这是个奇怪的地方。她原认为她是在梦中，然而她却知道自己是清醒的。

又过了将近一刻钟，她才走到了门口，门内的景象如同来路一样古怪。巨石筑成的一堵墙围绕着石头铺成的广场，墙有五步高，每侧都有三十步宽。但是墙外什么都没有，一座房子都没有，一棵树都没有。墙上一道门都没有，连她走过的那道门在她回头一瞥的时候也不见了。那是非常漫不经心的一瞥，她的脸上仍戴着镇定的面具，紧绷得像木雕一样。空气是潮湿的，带着春天的气息。

天空明亮而晴朗，几朵白云飘动着。然而这个地方仍然笼罩着不祥的气息。

直径约一拃的六芒星刻在广场的中央，她以近乎小跑的速度向它走去。就在她快要走到它跟前的时候，一个穿着镶钉甲的高大生物从墙头翻过，跳入墙内。那生物像巨森灵一样高，虽然它的体型近似人类，但是视力再差的人也不会把它看成人类。狼的下颚和不断抽动的耳朵混合在人脸的特征中，构成了一张恐怖的面孔。她看过兽魔人的图片，但是从来没有见过一只活生生的兽魔人。暗影生物在那场传奇时代的终结战中作为暗帝的爪牙而被创造了出来，在边境诸国之外被暗影污染的妖境上滋生繁衍。难道她正身处妖境之中？这个想法令她的血液冻结。她身后传来了靴子猛击地面的声音，还有蹄子的声音，不是所有兽魔人都长着类似人类的脚。长着狼嘴的生物从背上抽出一把弯似镰刀的巨剑，向她冲了过来。光明啊，这东西跑得太快了！她听到更多的兽魔人正向她跑来，有长着脚的，也有长着蹄子的。前面还有更多，有鹰喙的，或者野猪獠牙的兽魔人翻过了墙。她向前一步踩到六芒星上，然后立即拥抱了阴极力，开始编织。指定的编织优先，但当第一根混合了风之力、土之力、魂之力的丝线编织到位以后，她立即分出一股力量，编织出一道火之力的编织，然后又是一道。制造火球的方法有很多，她选择了最简单的一种。她挥动双手将它们丢向最近的兽魔人，然后转身又开始编织一道火之力。她暂时顾不得那最重要的编织，不过只要她做得足够快……光明啊，广场里已经有十几只兽魔人了，而且还有更多的已经翻上了墙！她挥舞双手，用最快的速度编织，向最近的兽魔人掷出火球，火球击中了，炸飞了一只长着山羊的口和角的兽魔人脑袋，炸断了另一只羊角兽魔人的腿，并且将后者炸成两截。她不会怜悯这些生物，人类俘虏对兽魔人来说只具有食用价值。

然后她又转过身，在那最重要的编织崩塌之前及时稳住了它，又勉强地丢出火球炸死了离她只有几步远的一只鹰嘴兽魔人，另一只狼嘴兽魔人也被炸成了两截，它的残躯蹒跚地走到六芒星的边缘，随即瘫倒在地。这不管用。兽魔人太多了，而且每时每刻都有更多的兽魔人爬进来，而且就算她再手忙脚乱也不能放弃那最重要的编织。她一定要想出个办法来，她不能失败！不知为何，她根本就没有想过被杀死、被兽魔人吃掉的可能性。她不会失败的，这是她脑海中仅存的信念。

她突然明白该怎么做了。她面带微笑地哼起了她所知道的节奏最快的一首宫廷舞曲。这也许是一条出路，不管怎样也还有一点希望。快节奏的舞步让她既能绕着六芒星转圈，又可以盯住她必须不惜一切代价完成的编织。毕竟，只有这个舞步才能让她像在宫廷舞会上一样，从容而轻逸地挪动脚步，而无一丝紧张急躁之虞。她以力所能及的速度编织五力，她敢肯定自己以前从没达到过这么快的速度。舞蹈多少也有一些帮助，而那复杂的编织也开始成形，就像最优质的玛蒂娜蕾丝。她且舞且织，双手挥出火焰，消灭了一只又一只暗影生物。它们离她如此之近，有时血会溅到她脸上，有时她不得不躲过它们的弯刀，从它们的尸体上跳开。但她忽略了脸上的血，继续舞蹈。

最后一条丝线编入了正确的位置之后，她任凭那复杂的编织消失了。但是广场中还有兽魔人，她迈起一个轻快的舞步，跳到六芒星中央，和一个想象中的舞伴在这个小小的圆圈里继续舞蹈。之前同时操纵三道独立的编织已使她筋疲力尽，但她仍然再次奋力操起三道编织。她一边跳着舞，一边掷出火球，一边从天空中召唤闪电，一次次的爆炸掀开了地面。

最后，除了仍在舞蹈的她之外，广场上再也没有一样活物了。她又跳了三圈，才意识到，事情已经结束了。她停止了哼唱，停下了脚步。现在墙上多出了一道拱门，门内阴影笼罩，一枚六芒星镌刻其上。她全身的血液都冻结了，那拱门正是通往兽魔人来的地方，它通往妖境。只有疯子才会自愿走进妖境。她提起粗糙的裙子，强迫自己走过尸横遍地的广场，走向那道门。那是她必须要走的路。

第10章

试炼结束了

九十九道编织。她发现六芒星浮现在一堆鹅卵石下，四周尽是高耸的沙丘。酷热令她头晕眼花，烤得她皮肤干裂。汗水未能聚成汗珠便蒸发殆尽。她发现它被涂在山脚的积雪上，四周狂风肆虐，电闪雷鸣。它又出现在宏伟的城市中，周围环绕着高耸入云的巨塔，塔上的人冲她嚷嚷着意义不明的话语。它出现在夜色笼罩下的森林中，出现在泥水横流的沼泽地里，出现在植被茂盛的湿地里——那里的野草锋利如刃。它出现在田野间，出现在平原上，出现在小巷中，出现在宫殿里。有几次她在找到它时仍穿戴整齐，但她的衣服常常会突然消失，或者从一开始就不会出现。有时她会突然被绑上绳索，戴上镣铐，被扭得关节疼痛，或是被绑着手腕或脚踝吊在天花板上。她见过毒蛇和三拃长的尖牙水蜥，面对过狂暴的野獾和捕食中的狮子，躲避过饥饿的豹子和冲锋的野牛群。她被黄蜂和胡蜂蜇过，被蚁群咬过，被马蝇以及各种叫不出名字的虫子叮咬过。手持火炬的暴民要把她拖去烧死，白袍众要将她处以绞刑，强盗想要捅死她，悍匪想要扼死她。每一次，她都会忘记先前的遭遇，并疑惑不已：她脸上为什么会有刀痕？肋骨上那道明显的刀伤又从何而来？而背上三道深深的口子必定是爪痕。她全身的创口和瘀伤不计其数，血流不止，令她步履蹒跚。她感到非常的累。哦，她太累了，疲倦已然深入骨髓。单是九十九次编织不足以令她这么疲倦。也许是因为她受的伤吧。九十九道编织。

她提起朴素的羊毛裙，一瘸一拐地向六芒星走去。六芒星刻在红砖上，旁边有一座流水潺潺的大理石喷泉。她身处一所小花园中，花园四周围绕着一圈饰有凹槽的细廊柱。她几乎要站不住了，费尽了全部的意志力才勉强保持面容平静。她从头到脚无一处不痛，而且是无法忍耐的剧痛。但这已是最后的考验，无论她要面对什么，只要通过这次考验，就解脱了。她马上就可以去寻求治疗了。如果她找不到两仪师，读师也能胜任。

最后的编织依然无用，它只能放出一股五彩缤纷的火星。倘若织法有误，便会弄得她全身赤红灼痛，就像被晒伤了一样。她小心翼翼地开始编织。

她的父亲从她正前方的廊柱中走了出来。他身着一件长外套，是一年前的款式，家族代表色的条纹从领口一直延伸到膝盖，斑白的头发束在颈后。以凯瑞安的标准而言，他的个子很高，六尺只差一寸。他的站姿一向挺拔，只在为年幼的她搂在怀中时才会弯下腰。但此时的他已是弯腰驼背。看到他这个样子，沐瑞不禁悲从中来，潸然落泪。

“沐瑞，”他说，忧愁使他优雅的面庞平添了几丝皱纹，“你必须立刻跟我走。孩子，你母亲就要去世了。如果你不马上走的话就来不及了。”

这太沉重了。她想要放声痛哭，想要立即跟他赶去。但她什么都没做。恍惚间，编织骤然完成，华丽的五彩星火飘洒在二人身边。这场面令人倍感苦涩。她刚要开口问母亲在哪里，就看到第二枚六芒星浮现在他父亲身后。它出现在廊柱上方的红砖上，正好是他来的方向。步伐坚定，不可迟疑。

“我爱你，父亲。”她平静地说。光明啊，为什么她居然还能这么镇定？因为她不得不镇定。“请转告母亲，我全心全意地爱着她。”

她从他身侧擦过，踉跄地走向第二枚六芒星。她依稀听见他在喊她，隐约觉得他在追赶她，在拉扯她的袖子。但她脑海里已空无一物，只剩下保持平静面容和平稳步伐的意念。诚然，她的步子一点也不稳，但却既不急促也不迟疑。她走到六芒星下，然后……

跌入一间白石圆厅中，座灯明亮的光芒在白墙的反射之下晃得她头晕目眩。记忆的洪流涌入她的脑海，她双膝一软，差点跪倒在地。如潮的记忆应接不暇，令她无法思考。她跌跌撞撞地走了三步就停了下来。她记起了先前发生的一切，记起了每一股丝线的编织和每一道伤痕的来由。尽管步履蹒跚，但她仍竭力保持一副镇定的神情。

“结束了。”苿瑞安郑重宣布，她猛地互击双手，“此处发生之一切，皆不足为外人道。无论亲历者如她，抑或旁观者如吾等，皆不可言及此事。结束了。”她再一次重重拍手，震得她披肩的蓝色穗子不住颤动。“沐瑞·达欧崔，你今晚将要守夜。明日你便会戴上披肩，请好好思量它所蕴含的责任。结束了。”她第三次互击双手。

初阶生师尊提起裙子，朝门外走去。其他两仪师都快步走到沐瑞身边。沐瑞发觉爱莉达并不在其中。后者像要御寒似的把披肩裹得紧紧的，跟着茉瑞安一起离开了。

“孩子，你想要接受治疗吗？”安娜雅问道。她比沐瑞高出一手，不老容颜几乎完全被平凡的相貌所掩盖。若不是穿着做工精细、袖口有着繁复绣花的蓝色羊毛裙，她看上去会更像是农妇而非两仪师。“真不知道我为什么要问你，你看上去是挺糟糕，但比你更惨的我也见过。”

“我……我通过了？”沐瑞惊异地问道。

“如果脸红也算失态的话，恐怕就没人能赢得披肩了。”安娜雅答道，她微笑着整了整自己的披肩。

光明啊，她们什么都看见了！当然了，她们一定要监视全过程，但她回想起在第四十三道编织开始之时，曾有个英俊的男子一把将她拥入怀中，向她献上激情热吻。她的脸红了。*她们连这个也看到了！*

“安娜雅，你最好在这孩子晕倒之前把她治好。”维林说。她是个矮小的女人，总是一副睡眼惺忪的样子。她裹着优质褐色毛衣和棕色穗子的披肩，看上去更加臃肿了。沐瑞对她甚有好感，但看到维林捧着她的衣物，仍不免心头一颤。

“确该如此。”安娜雅说。她用双手捧住沐瑞的头，开始导引。

沐瑞所受的伤比爱莉达给她的鞭痕和擦伤要严重得多。这次沐瑞感到自己像被冻入了冰层之中，身浸冰水的寒意远不足以与之相比。而当寒意消散之后，所有的刀伤、爪痕和割伤都已愈合。但倦意并未消散，反而变得更深。而且她饿极了。她在地下待了多久？她良好的时间感似乎已经彻底紊乱了。

她摸了摸腰包，发现小本子还在里面。但在两仪师的注视之下她不敢再有什么动作。而且她想立即把衣服穿上。但还有个问题她一定要问。她的试炼并非全然由特法器随机安排，反复引诱她失态的设计足以证明这一点。“最后一关可真够残酷的。”她没有立即套上裙子，停了下来以观察听者的反应。

“无论何等残酷，此处之事决不可言及。”安娜雅坚决地说，“无论在何时，无论与何人。”

但尤安——一个苗条的黄宗——朝门口瞟了一眼，她灰色的眼睛里流露出不满。这么说来，茉瑞安没插手试炼。而爱莉达比任何人都更想看到她的失败。否则这位来自艾拉非的两仪师不会这么不以为然。原来如此。

其他三位两仪师也离开了，不过安娜雅和维林一直陪她走到一楼，回去的路和来时的路并非一条。她们走了以后，沐瑞去了抄写名单的书房，却发现已经有两个文书在那里工作了。这两个女人看上去都很严厉，她们从没听说过叫史汪的见习生，而且对她的打扰十分不满。怎么会这样？哦，光明啊，怎么会这样？

她匆匆赶回见习生区，一路上有三次被两仪师拦下训斥——在明天到来之前，她仍仅是一名见习生——但她还是不顾一切地飞奔而去。史汪的房间和她的房间都空无一人。这两天，登记姓名的工作往往会提前结束。时间已是午后，于是她便逐一敲访其他房间，最后终于发现，麦瑞勒和雪瑞安呆在前者的房间里。二人正坐在火炉前取暖。屋内有张流苏脏兮兮的小地毯，以及蓝色的洗脸架和水罐。

"茉瑞安刚刚带史汪走了。"麦瑞勒兴奋地说，"带她去接受试炼。"

"你……你通过了？"雪瑞安问。

"是的。"沐瑞答道。看到二人突然变得拘谨的神色，她感到一丝悲哀。她们甚至站了起来，双手放在裙子上，差点要行屈膝礼。她们和沐瑞之间已经有了一道鸿沟。明天之前她仍是见习生，但她们的友谊只能到此为止，在另外二人也戴上披肩后才能重拾旧缘。她们没有让她离开，但也没有请她留下。当沐瑞说她准备回房等史汪回来时，她们明显松了一口气。

回到房间以后，沐瑞立即检查了腰包里的小本子，但没有发现被人动过的痕迹。没有一页曾被人无意弄皱。这并不能证明没人碰过本子。不过另一方面，没人能猜出这份记录的意义，除非此人知道沐瑞和史汪保守的秘密。或者，除非她是塔摩拉的搜寻者。沐瑞暗中庆幸出席试炼的两仪师都不在其中，至少不是她知道的那几位。

一个女佣——或者一个初阶生——已经在壁炉里生好了火，并在她的小桌上留下了一只托盘。沐瑞揭开托盘上盖着的干净白布，里面盛有她此生吃过的最丰盛的一餐饭：成堆的烤牛肉片、浇汁芜青、硬白山羊奶酪配蚕豆以及松子炖甘蓝，还有一条褐色硬皮面包和一大壶茶。这只托盘一定刚刚才送来，里面的食物还冒着热气。白塔总是有办法把每件事都安排得恰如其时。

这一餐过于丰盛了，但沐瑞还是吃完了每一样食物，连一整条面包都吃完了。她感到非常困倦，却无法入眠。如果史汪失败了，而且活了下来——光明啊，至少要保佑她的平安啊——她就只能马上整理行李，和朋友说再见，然后离开白塔。沐瑞决不会想错过她的道别。于是她便捧着一本皮革书蜷曲在床上看。《火焰之心》可能不适合初阶生看，但这本书是她的最爱之一，也是史汪的最爱。她盯着第一页看了好几分钟，才意识到自己一个字也没看进去。她起身在房里四处走走，然后一边打着哈欠一边又拿起书，但还是一句话都读不进去。*史汪会回来的。她不会被赶出白塔的。*但是，试炼变幻莫测，有那么多种失败的可能。不！史汪会通过的，她一定会通过的。如果沐瑞赢得了披肩，史汪却没有，未免也太不公平了。她相信，无论从哪一方面来看，她的密友都将成为比她更优秀的两仪师。

整个下午，她听到其他见习生陆续归来的声音，有的有说有笑，有的则不住抱怨，全都在大声吵闹。但喧闹声往往很快就归于平静，沐瑞通过了试炼的消息很快就传开了。她们都知道她还待在她自己的房间里。到明天她才会被擢升为两仪师，但她们已经开始像对两仪师一样地对待她了。她们全都蹑手蹑脚地怕打扰到她。晚餐时间过去了。沐瑞觉得在刚刚那顿大餐之后，自己还能再吃一点的。不过她还是没有去食堂。一来她不愿忍受众人注目，更不愿看到她们向她卑躬屈膝。二来史汪随时有可能在她离开房间的这段时间内回来。

沐瑞又躺回床上，一边打哈欠一边再次尝试阅读。这时史汪走了进来，脸上的表情难以捉摸。

"你有没有……"沐瑞开口想问，但她问不出口。

"简直就和从船上落水……"史汪答道，"然后掉进一群银梭鱼里一样。当我想起这个的时候，差点把魂都吓没了……"她拍了拍腰包，那里面也装着她的小本子，"不过后面的事情都挺顺利的。"她的脸突然变得通红，但她笑着掩饰过去了。"我们将会一同晋升，沐瑞。"

沐瑞一跃而起，大笑起来。她们高兴地手拉手跳起了舞。沐瑞非常想问史汪在试炼中看到了什么。她的脸红成那样——史汪居然会脸红！——肯定大有文章。但是……无论亲历抑或旁观，决不可对他人言及。她们什么时候也开始互相保密了？仅仅在此刻，披肩便开始令她们之间产生了隔阂。

"你一定饿坏了。"沐瑞说，她停下舞步。她太累了，都站不稳了。史汪也一样。"肯定已经有人把一盘食物送到你房间里了。"她指指自己桌上的那个。虽然今天有送饭到房间的特别待遇，但看样子她还是得自己把脏盘子送下去。不过拖了这么长时间，不用她自己洗就已经算很幸运了。

"我饿得能吞下一只船桨。不过我房里有比食物更好的东西。"史汪突然微笑起来，"今天早上我从一个马夫那里弄到了六只耗子。"

"我们几乎已经算是两仪师了。"沐瑞反对道，"我们不能放耗子到别人床上。这样不仅不合适，而且也不公平。这里每个人几乎都在外面跑了一整天，她们一定和你一样累。”

“几乎算两仪师和两仪师还是有差别的，沐瑞。想想看，这是我们最后的机会了。等我们戴上披肩再做这样的恶作剧就真的不合适了。”史汪的微笑消失了，她的表情变得扭曲了。“而且据我所知，爱莉达根本没被送出白塔。这几只耗子只是一个小小的报复，回报她那几天的虐待。沐瑞，我们欠她一个报应，报应！”

沐瑞屏住了呼吸。如果不是爱莉达，她可能永远不会尝试编织得更快，并且很可能因此而失败。但她也怀疑爱莉达对她的特别款待不仅仅包括她父亲的出现。直指她弱点的考验出现太多次了，只有特别了解她的人才会如此设计。*那女人确实想让她失败。*

“你还是先吃了饭吧。”她答道。

第 11 章

破晓前

就着一盏油灯和小壁炉里将息的炉火，沐瑞一边强忍着哈欠，一边仔细穿好衣服。她真的很困，整夜冥想，整夜无眠，双眼酸胀，两腿像灌了铅一样。不过本来她也睡不着，单一想到今天早上将要举行的仪式就足以令她失眠了。唉，为什么她没能说服史汪放弃那个疯狂的恶作剧？昨晚她一直在后悔，但后悔又能怎样。她永远都无法说服史汪。

无论如何，史汪此刻并不在她身边。思索着两仪师的责任和重担，她的思绪无可避免地转到了将要展开的搜寻上。夜色渐渐退去，她的担忧也逐渐加重，如同硕大无朋的龙山一般压在她心头。有人陪伴可能会让她感觉好些。但仪式明文规定，她们必须独自守在房内，等待两仪师前来召唤。事已至此，犯个小错不会招来惩罚，只是会丢些脸面，并且永远被人当作轻浮的傻瓜——恐怕她们已经因此而闻名了——不过最好还是少惹点麻烦吧。

穿好衣服以后，她把自己那点少得可怜的家什摆在床上。除了一套换洗的内衣和袜子，衣物都收到衣柜里了。这些衣服在洗干净以后会被收起来，等着发给另一个刚刚赢得戒指的学徒。目前的这些学徒中没有一个能穿得下这些衣服，除非大修大补。不过无所谓，白塔一向很有耐心。她的小本子藏在腰包里，这是她所能想到的最安全的地方。她刚把一个玫瑰木制的小盒子放到床上，盒里存着她随身带到白塔的少量首饰，就听到有人重重地敲了三下门。她一跃而起，心脏怦怦直跳。她突然变得和试炼之前一样紧张，好不容易才忍住没有立即跑去应门。她先是在洗脸台前照了照镜子，又梳了梳本来就已经非常整齐的头发，把梳子也放到床上，最后才去开了门。

夜色之中，七位两仪师站在她门前，每一位都来自不同的宗派，都披着饰有蔓藤图案的披肩，穿着丝衣或优质毛裙，岁月无痕的面孔毫无表情。一切都符合仪式的要求。爱莉达代表红宗出席，沐瑞不卑不亢地迎上了她严厉的目光，保持面容平静。嗯，至少她尽力了。再过一个小时或者更短，沐瑞就能和她平起平坐了——至少在某些方面是平等的。爱莉达再也不能令她害怕了。

无需言语，她便跨出门框，最后一次合上身后这道门。她们也一言不发，在她身边围成一圈，领她沿着昏暗的长廊，来到史汪门前。保持沉默是必须的。绿宗的杰妮是个苗条的古铜色皮肤的多曼人，她敲了三下门，肩头的绿色穗子随着动作微微颤动。史汪在她敲完之后立即就打开了门，她一定是在敲第三声之前就已经等在门前了。两仪师们站到一边，让她也走进圈内。当看到爱莉达时，她略微皱了皱眉，不过感谢光明，至少她没有更明显的表示。沐瑞咬紧牙关压下一个哈欠。她会顺利完成仪式，不会破坏任何一条规矩。

她们穿过空无一人的走廊，拖鞋轻擦着地砖，四周只有摇曳的灯火。沐瑞惊讶地意识到她们竟然没有遇到一位仆役。这些人大多只会在两仪师起床之前或是就寝之后才会出来干活。她们默默地走入白塔的地基之下，穿过或明或暗的长廊。通往试炼房间的门大敞着。但她们在门口止住了脚步。当两人转身面向门口时，她们身边两仪师们散开了，转而在她们身后站成一排。

“是谁?”门中传出塔摩拉的声音。

“沐瑞·达欧崔，”沐瑞大声应道，她虽面容平静，心脏却狂跳不止。然而这是喜悦的紧张。史汪也在同一时间报上姓名，语调里有一丝轻微的不屑。她一定认为爱莉达还是会想方设法夺走她们将要到手的披肩。

她们的导师们从未提到过回答要按次序来——也许根本就没有料到她们竟会齐声开口——但沐瑞还是听到身后有人屏住了呼吸，而塔摩拉略微顿了顿才再度开口，不过也可能是她的错觉。

“你们为何而来?”

“为求立下三誓，领受披肩。”她们齐声答道。无论是否违反规矩，她们已决意今日定要共同进退。

“你们凭何而受此重担?”

“凭我已通过试炼，谨从白塔的意志。”

“那么进来吧，若你有勇气从此献身于白塔。”

她们手拉着手走进那间房。面容平静，步伐稳健，既不急促，也无迟疑。白塔意志的化身正在等待着她们。

塔摩拉身着浅蓝色锦缎，戴着象征玉座的七色围巾，站在椭圆环状特法器旁边。法器的色彩缓缓地由银转金，由蓝变绿。着装一袭深蓝的艾拉站在她身旁，两手捧着一只黑天鹅绒衬垫。白塔评议会的守护者们站在环形墙壁下，个个都披着披肩。她们依宗派排列，每一宗派三名。又各有两位两仪师站在同宗的守护者身前，她们不仅自己戴着披肩，各自手中还捧着另一副。所有人都面无表情地注视着史汪和沐瑞走过大厅。

特法器成了她们共同进退的路上的第一个阻碍。椭圆环过于狭窄，无法供两人并肩通过。除非她们不顾仪态地硬挤过去。这回史汪第一次随了沐瑞的愿，她瞪了沐瑞一眼——即使面色平静不改，她蓝眼睛中的神色仍异常严厉——收拢裙服，穿过了圆环。沐瑞紧随其后，她们肩并肩地跪在玉座面前。

玉座从艾拉捧着的天鹅绒衬垫中取出一支象牙白色的光滑细杖——誓言之杖。它长有一尺，只比沐瑞的手腕略宽。它是一件特法器，能将她们与三誓和白塔永远缚为一体。

塔摩拉愣了一会，好像不太确定该先让谁立誓，但她只愣了一小会。沐瑞迅速伸出双手，掌心向上，塔摩拉把誓言之杖放在她手中。原来史汪早就计划好了，要回报沐瑞放弃了优先穿过圆环的权利。不用说，在沐瑞伸出双手之前她都没有一点要谦让的表示。沐瑞会早她两分钟成为两仪师，这可真是不公平。

沐瑞早该知道，史汪这么容易让步其中一定有诈。但她没时间想这些了。塔摩拉周身散发出阴极力的微光，她操起一小股魂之能流轻触誓言之杖。

沐瑞握住手杖。它摸起来像玻璃，但比玻璃更光滑。“光明为证，凭我转生与救赎的希望，我起誓我所言将无一字不真。”誓言没入她体内，突然间她感到四周的空气正在挤压着她的皮肤。红为白，她想着，上即下。看来她仍可以构思谎言，但无法开口说假话。“光明为证，凭我转生与救赎的希望，我起誓将永不制造供人自相残杀的兵器。”气压骤然变大，她感到自己好似套了一件隐形束衣，从头到脚都绷紧了。她懊恼地发现自己额前开始冒汗，但仍尽力保持面容平静。“光明为证，凭我转生与救赎的希望，我起誓永远不会将至上力使作武器，除非对抗暗影生物，或在最危急的关头保全我自己、我的护法或另一位两仪师的性命。”空气再度绷紧，她重重地吸着气，咬紧牙关以防止自己喘起来。那束缚不可见又有弹性，却紧得吓人。这种皮肉被压紧的感觉要过一年才能完全消失。光明啊！她思量着爱莉达在念最后一条誓言提到护法时究竟有何感想。誓言不会因你欲加入某一宗派的意图而改变。想到这件事，她感觉好了一点，一点点。

“快完成了，”玉座庄重地说道，“白塔的教导已刻入你的骨髓。”但她没有完成仪式，而是拿起誓言之杖，将它放到史汪手中。沐瑞忍住了没有微笑，为此她简直想给塔摩拉一个吻。

史汪既没有流汗也没有喘息，她诵读誓言的嗓音清晰有力，束缚生效时甚至没有眨一下眼。史汪从不会对肉体的痛苦屈服，她从未在爱莉达的注视下痛哭，也没在茉瑞安的书房里落泪。她的勇气胜过一头狮子。

“快完成了，白塔的教导已刻入你的骨髓。”塔摩拉说，她把誓言之杖放回到艾拉捧着的衬垫上。“起来吧，两仪师，选择你们的宗派，一切都将在光明的见证下完成。”

她们起身向塔摩拉行礼，弯腰亲吻她的巨蟒戒指。虽然史汪在起誓时的表现远比沐瑞镇定，此时她却一样的动作僵硬。

她们一齐缓步走向蓝宗姐妹，尽力让步态显得优雅。她们没有牵着手，现在还不行。和其他见习使一样，她们经常讨论应该加入哪个宗派，争论它们的成就和过失，就好像她们对宗派有多了解似的。不过实际上，这些争论仅仅印证了她们已然做出的选择。蓝宗致力于消除不公，这与绿宗和灰宗施行正义的目标常常不尽相同。“理想的践行者。”维琳如此形容蓝宗，语气仿佛特别加了重音。沐瑞无法想象她还能有其他选择。史汪正在微笑，她本不该微笑的，但沐瑞发觉自己也没能忍住微笑。

明白了她们的选择之后，其他宗派的两仪师向玉座行了礼，然后就离开了。黄宗在先，然后是绿宗，由宗派守护者们领头慢步走出大厅，仪态如皇室般优雅。然后褐宗和白宗也离开了。沐瑞不知道这是按照什么顺序。红宗是最后一个走的，塔摩拉也随着她们走出了大厅。接下来的一切都是蓝宗的分内之事。艾拉留下来旁观。

仅剩的三位守护者一起上前。古铜肤色的莉安将蓝色穗子的披肩放在沐瑞肩头。她腰细如柳，身材却比大多数男人更高挑。黝黑苗条而迷人的洛芙拉也为史汪披上了披肩。两人的面孔都有岁月的痕迹，但此刻却严肃如面具。守护者们则好似庄严的化身。

银发及腰、身材短粗的伊迪丝依次轻吻了史汪和沐瑞的两颊，每次都轻声说道：“欢迎回家，姐妹。我们已经等你很久了。”面容肃穆的安丽穿着绿纹蓝装，她戴的戒指和项链之多堪比吉塔拉。她也以同样的方式亲吻了她们。接下来是勒莱茵，当她轻声致意时，严肃的神情被微笑所取代。她微笑时的样子很美。

“欢迎回家，姐妹。”莉安说到，她再次弯腰亲吻沐瑞。“我们已经等你很久了。”

艾拉同样亲吻了她们并致以问候。令二人惊讶的是，之后她又补充道：“你们每人都要给我做一个馅饼，要亲手烤制的。这是我宗的一项传统，专为第六个致以欢迎之吻的姐妹所备。”

沐瑞和史汪交换了一个惊讶的目光。仪式就这么结束了？一个馅饼？她毫不怀疑自己的馅饼一定会让艾拉吃不消。她这辈子还从没下过厨。

伊迪丝咂了咂嘴，理理披肩。“别这样，艾拉。”她坚决地说道，“就算这两位常常不守规矩，你也不能不顾自己的仪态。现在……”她一抬手，甩起了长长的蓝色丝绸流苏，“莉安・沙里夫，我要求你护送沐瑞・达欧崔，让白塔知道一位蓝宗姐妹已经找到了她的归宿。洛芙拉・辛黛，我要求你护送史汪・桑辰，让白塔知道一位蓝宗姐妹已经找到了她的归宿。”

伊迪丝领着艾拉以及其他守护者离开了大厅，但仪式似乎还没有最终完成。

“我们不该任由珍贵的传统被淡忘。”洛芙拉说道，她看了看沐瑞和史汪，“你们愿意按照古老传统要求的那样，在光明庇佑下裸身前往蓝宗区吗？”史汪听罢立刻抓紧了披肩，仿佛永远不想脱下它。洛芙拉见状立即补充道：“你们要戴着披肩的，当然。这将表示除了光明和披肩之外，你们不再需要别的保护。”

沐瑞意识到她自己也抓着披肩，于是放开了手，用手指轻捋着它。立下三誓之后她就已经是两仪师了，然而直到戴上披肩的那一刻她才真的有了身为两仪师的感觉。但如果她必须在公开场合只戴着它的话……哦，光明啊，她的脸一定已经红透了！她还从没见过脸红的两仪师呢。

“唉，算了吧，洛芙拉。”莉安说，她冲沐瑞和史汪微微一笑。她曾以见习使的身份与她们共事，从这个微笑来看，她们已经可以重拾旧日的友谊了。“一千年前，前来晋升的女人们来时去时都不着寸缕——曾经每个人都要如此——但现在，在送你们到宗派区之前清空走廊就是这项传统仅存的部分了。”莉安爽快地解释道，她总是那么开朗。“我怀疑除了个别褐宗，还有多少人知道这传统。洛芙拉对于古旧传统的痴迷简直是走火入魔。别否认啊，洛芙拉。你还记得那些苹果花么？连绿宗自己都记不得它们是为了纪念哪一场战斗了。”

奇怪的是，虽然洛芙拉取得披肩的日子比莉安早了一年，此时她也只是叹了口气。“传统不该被忘却。”她说，但语气里没有一点坚持的意思。

莉安摇了摇头，“来吧，我猜你们两人肯定已经在惦记早餐了，但现在还有些事项没有完成，要先走上一圈。我们不用把所有走廊都绕一遍，”她补充道，一边瞥了瞥洛芙拉，“我们也不用在每个宗派的区域停留，叫她们出来认识蓝宗的新成员。”她又摇了摇头，领着她们走出门口，引导一点风之力合上大门。“我这辈子从来没有这么尴尬过。该脸红的人是你啊，洛芙拉。维琳说你声音那么甜美，真该改行去唱歌。一个红宗出来叫我们到别处叫春。还有绿宗，有的绿宗有一种很……很残酷的幽默感。”不管洛芙拉当时有没有脸红，她的双颊确实有点微微泛红。

沐瑞不知道那些绿宗的幽默感究竟如何残酷，但至少洛芙拉的窘迫让她不再担心自己的仪态了。两仪师们对彼此的态度当然会和她们对待其他人的态度有所不同。现在她已经戴上披肩了。虽然旁边就有个高她一头半的莉安。她仍然觉得自己仿佛高了几寸。不过在爬楼梯时，虽然莉安已经减慢步伐，沐瑞还是要小跑才能跟得上她。从地下到地面的走廊里空无一人。白塔的走廊很少会显得拥挤，而此时它更加空旷。白塔空无一人的前景不难想象。如果现在这种状况持续下去的话，那恐怕真的会成为现实。

“走完这一圈，仪式就完成了吗?”沐瑞问道。“我是说蓝宗的部分。我可以问问题吗?”她本该先请示才对，但她实在忍不住想说点什么，好忘掉方才那个可怕的念头。

“还没有完。”莉安答道，“不过你们想问什么直接问就是了。虽然有的问题在你们见到首选者——我们宗派的领袖之前是不会有答案的。”

“你们决不可泄露这个头衔。”洛芙拉迅速补充道。

沐瑞点了点头，她早就知道要保密了。见习生都曾被教导过：每个宗派都有自己的秘密，洛芙拉肯定也清楚这点。曾有不止一位两仪师告诉沐瑞，当她被提升为两仪师后还有更多的东西需要学习。她决定在学得足够多之前要谨慎行事。

“我有一个问题。”史汪皱着眉说，“还有很多关于馅饼的传统。我会做饭，但烤东西什么的一般都由我大姐做。”

“哦，是的。”洛芙拉高兴地答道。在她们走向一层的路上，她给她们灌输了一大堆古老的习俗。比如离开塔瓦隆要穿蓝袜子之类的荒唐事，还有一些比较合理的，比如戒断俗念。偶尔会有一两位结婚的两仪师，但沐瑞觉得这种婚姻只能以悲剧收场。当她们开始爬螺旋阶梯时，洛芙拉仍在喋喋不休。直到她们到达蓝宗区朴素而光滑的大门前，洛芙拉才止住了嘴。

“其余的习俗我等一会再讲，”洛芙拉说，她让披肩滑落到臂膀上，“这些传统一定要铭记在心，其中有些和白塔律法一样严格。传统本应受到同样重视，不过至少有一部分没有遭到忽视。”

“算了吧，洛芙拉。”莉安说道，她和黑肤两仪师一同拉动黄铜把手，打开了大门。

她们没有引导，或许这也是一项传统。在接下来的几天里，她都会疼得上不了马鞍，不过正好她也打算在出城之前花点时间记下那些传统，至少要熟悉那些仍在实行的。她不会让“每月头一天必须全蓝着装”这么荒唐的规矩耽误了她的搜寻。光明啊，那一条肯定早就不再实行了吧。不过最好还是先确定一下。

她和史汪走进了走廊，然后惊讶地停住了脚步。蓝宗是除白宗之外最小的宗派，然而此刻所有身在塔瓦隆的蓝宗姐妹都在正廊里排成一列等着她们，除了艾拉之外全部戴着披肩。

第12章

回　家

安娜雅第一个走上前。她亲吻了她们的脸颊，说："欢迎回家，姐妹。我们已经等你很久了。艾拉说她抢走了我的馅饼。"她补充道，一边扯动披肩佯作怒状，但一声轻笑让她露了馅，"她这样滥用职权真可耻。"

"如果我动作能再快点的话，或许那些馅饼就归我啦。"凯伦向她们致以正式问候之后说。她是个漂亮的女人，身材并不过高。微笑让她冰冷的蓝眼睛显得柔和了几分。"你们的厨艺可别太好哟。艾拉和你们两位一样喜欢恶作剧，看到她自食其果一定会让大家开心。"沐瑞难抑胸中的激动，她一边笑一边拥抱住了史汪。她真的回家了。她们已经找到了归宿。

蓝宗的房间不像绿宗或黄宗那样艳丽，但也没有褐宗和白宗那么朴素。主廊墙上色彩明亮的冬用挂毯描绘着春日的庭院和野花丛、溪水潺潺和鸟雀嬉戏的画面。墙边的座灯都镀了金，但式样极朴素。全蓝的地砖是唯一称得上华丽的装饰，它们由清晨的浅蓝过渡到日暮的深紫，排列成波浪状图案。沐瑞和史汪踩着这道波浪，依次接受了另外39名两仪师的问候，最后走到伊迪丝和另外两名守护者面前。

"你们的房间已经准备好了。"圆脸两仪师告诉她们，"还有合适的衣服和早餐。但请快些更衣用餐。有些事情你们必须知道，否则便无法放心地踏出这个大门。甚至在门内都无法安心走动，虽然多数人对新来者都会宽容些。卡布安娜，你可以带她们回房吗？”

一位有着灰眸和齐腰金发的两仪师展开蓝纹裙，略行一礼。沐瑞不认识她，有的两仪师从未给她们上过课。她直率的目光有着绿宗的刚烈气质，但应答的语气却异常顺从：“如您所愿，伊迪丝。”然后她转向史汪和沐瑞，态度同样恭顺，“请二位跟我来，好吗？”可真怪异，她的品性既刚烈又……嗯，可以说近乎驯服吧。

“伊迪丝是首选者吗？”当她走远了之后，沐瑞小心地问道。这问题最好别让人听到。其他的两仪师们也收起各自的披肩，三三两两地离开了。

“哦，是的。”安娜雅插嘴道，她和凯伦也加入了她们。本来正要开口回答的卡布安娜闭上了嘴，对被抢白没有任何抱怨。“首选者兼任守护者是比较少见的。”安娜雅继续说道，“但和某些宗派不同，蓝宗会让能者尽其才。”

凯伦收拢她的披肩，将它搭在一条手臂上，说：“伊迪丝可能是一百年来最有才干的蓝宗，但如果她属于褐宗或者白宗的话，她们才懒得管她做什么。”

“哦，是的。”卡布安娜叹道，“有些褐宗姐妹可真不像话。至少她们的守护者很不称职。褐宗对什么事情都心不在焉。无论如何，若你们二位有什么特别的天赋，我宗一定能让它们派上用场。”

对沐瑞来说，这话可不中听，她和史汪交换了一个戒备的眼神。不过她们两人都没什么特殊天赋。话说回来，伊迪丝将会给她们何种警告呢？在宗派内居然也不安全。她很想问问这三位陪她们回房的同僚，但她也知道只有伊迪丝才能给出答案。而且只能私下讲，否则她早就告诉她们了。光明啊，她们的新家也和凯瑞安宫廷一样暗潮涌动。此时保持谨慎是上上之选，要多听多看，不要多嘴。

她们的新房间离主廊不远，相互紧挨着。其内各有一间宽敞的卧室，一间大起居室，一间更衣室和一间书房。雕有纹饰的大理石壁炉里炉火正旺，驱散了屋内的寒意。光滑的墙壁上没有任何装饰，但蓝砖地板上铺着产自各个国家的花毯，有些还有流苏。家具的式样也各不相同。有张镶珍珠的桌子，款式类似一百年前凯瑞安流行的风格，又有一把饰有蔓藤图案的椅子，完全看不出产自哪里，而台灯和镜子更是风格各异。但所有家具和用品都完好无损，无论木制品还是金属品都被擦得光亮。她们留在见习生房间里的物品都已经搬过来了。沐瑞自用的刷子和梳子正躺在脸盆边上，她的黑木桌板放在书房写字台上，首饰盒则就在床头柜上。这房间还未住过就有了她的痕迹。

“我们以为你们可能想要住得近些。”安娜雅说，她们在沐瑞的起居室停了下来。凯伦和卡布安娜站在她旁边，脚下踩着螺旋图案的地毯。她俩也同沐瑞和史汪一样，一直在留意安娜雅的眼色。她们彼此之间的言谈如多年的老友一般亲密，但显然都把安娜雅当作上级对待。这是个很微妙的细节，但逃不过沐瑞在凯瑞安宫廷所培养的观察力。这也许并不能说明什么，有人的地方就有三六九等。但沐瑞还是把这件事记在了心里。

“你们可以随意选择其他空房间。”凯伦补充道，“我们有很多空房间，虽然有些房间可能和地下室的犄角旮旯一样满是灰尘。”她马上就要离开塔瓦隆了，随意谈了些她要去提尔办的事。也许她也是塔摩拉的搜寻者之一？谁知道呢。两仪师们总是到处奔波。

“如果你们想换房间，我可以安排清扫。”卡布安娜一边说，一边提起裙子，一副随时待命的样子。她听上去几乎有些紧张！为什么她会有这样奇怪的表现？虽然她在三人中的地位最低，但她对沐瑞和史汪同样毕恭毕敬。

“不必了，谢谢。”沐瑞摸着椅垫的蕾丝边，她想说这房间太完美了——虽然地毯和家具是蓝宗送的，但三位姐妹把其他的一切都备妥了。“这已经相当不错了。”房间里的每个坐垫都有蕾丝褶边，床罩和枕套也一样。有些甚至有两层褶边！要是能把它们去掉就更好了。史汪似乎对蕾丝边床罩相当满意，她似乎很享受睡在一堆蕾丝里的感觉。这念头让沐瑞一阵恶寒。

她问三人想喝茶还是香料热酒，但马上意识到房里没有任何饮料。不过安娜雅回答：“二位一定想要快些更衣用餐吧？”另外两人也点头赞同。于是三人收拢裙服，一同离开了。

“早饭不急，”当三人合上房门之后，史汪立即说道，“先去找伊迪丝。你能猜到她想跟我们说什么吗？我觉得这事比较像你所谓的权谋游戏。”

“先去找伊迪丝，再吃早饭。”沐瑞表示同意，虽然热粥和煮杏子的香味让她直流口水，这些食物就放在茶几上一盏盖着布的托盘里。“但是史汪，这件事我没有任何头绪，完全没有任何头绪。”*但里面确实有权谋游戏的味道。*

更衣室里挂着四件蓝色羊毛裙，式样朴素但做工细致。其中两件有分叉，适于骑马时穿，因此沐瑞换上了另外一件，把见习生的条纹裙服扔到柳条洗衣筐里。她取出白色腰包里的小本子，把它放到在大衣柜里找到的一个朴素的蓝包里。即使是在这间房内——或者说，尤其是在这间房内——也找不到比贴身口袋更合适的藏匿之处。正如她所料，新衣服非常合身。据说白塔比裁缝和理发师更清楚自己学生的尺码。当然，现在她还没有专属的裁缝和理发师，但她打算去找两个。至少要找个裁缝。她已经习惯不束发了。但在离开塔瓦隆之前她还要再做几件衣服，而且要用上比羊毛更高级的料子。绸缎很贵，但穿着非常舒适。

她从雕花盒子里取出一件最喜爱的首饰，一件珂赛拉。当她初入白塔时，曾因为不能佩戴它而伤心。现在六年过去了，她的双手仍可以熟练地将它的金链子束在发间，让小巧的蓝宝石贴在额前正中。她对着墙上一面螺纹木框的镜子观察自己，露出了微笑。她还没有岁月无痕的容颜，但俨然已是一位贵妇了。凯瑞安宫廷里的勾心斗角，连十五六岁的少女都难免被卷入，但贵妇人沐瑞·达欧崔女士早就能应付自如。现在她将要在白塔的游戏里拔得头筹。她戴好蓝色穗子的披肩，出门去找史汪。她在大厅里找到了史汪，对方迎面向她走来，也戴着披肩。

娜塔西娅是她们在路上碰到的第一位两仪师，她有着高颧骨和吊梢黑眼，是个苗条的沙戴亚人，也是一位宽厚的老师。她们向她询问伊迪丝的房间，她回答时不满地撇着嘴。无论她喜不喜欢伊迪丝，都不该公然表示厌恶。而伊迪丝见到她们时，脸上的表情亦无不同。起居室内宽敞的壁炉里，炉火很旺，她示意她们在火炉边的两把高背椅上坐下。然后她就站在炉前暖手，仿佛不愿开口。她没有请她们喝茶或酒，也没有致以欢迎。史汪不耐烦地在椅子上蹭来蹭去，但沐瑞努力让自己保持平静。这并不容易，但她做到了。坐下时，伴随三誓之后皮肤加剧绷紧的感觉。多听多看，不要多嘴。

伊迪丝的起居室比她们大，墙角线刻有波浪图案，墙上还有两条挂毯，分别绘有鲜花和羽色鲜艳的鸟雀。但座灯式样朴素。家具大都是乌木制成，镶有象牙和绿松石。一张精致的小桌看上去像是完全由象牙或兽骨雕成。无论伊迪丝在这里住了多久，她都没有留下多少个人痕迹，除了摆在炉架上的一只海族黄色釉瓷大瓶、一口大银碗和一对水晶小雕像，雕像描绘了一对向彼此伸出手的男女。单从屋内的陈设无法看出什么，只能说明这位白发姐妹生活简朴但品味不俗。多听多看，不要多嘴。

史汪坐在椅垫上不安地扭动，当她正要站起来时，伊迪丝终于转过身来面对她们。双手叉在胸前，她深吸了一口气，说："六年来你们反复被告知，公开谈论别人的导引能力是第二严重的冒犯。"她的嘴唇又抿紧了，"实话说，这件事实在是难以启齿，但我还是不得不讲。六年来，你们都不敢估量自己或者别人的导引能力。但现在，你们必须学会评估你们遇见的每一位两仪师的实力。用不了多久这就会成为本能，你们将能够不假思索地做出判断，但在那之前必须小心。如果另一位两仪师的导引能力比你强，无论她属于何种宗派，你都要尊重她的意见。她越是比你强，你就越要表现得顺从。不尊重比你强的人是第三严重的冒犯，其严重程度不下前者。常有新的姐妹因为忽视了这一点而受到处罚。而受到冒犯的两仪师享有量刑权，因此通常都是重罚。一两个月的劳动或是褫权算是轻的了，罚以精神磨炼加肉体苦修也是有先例的。”

沐瑞缓缓地点了点头。确实如此。这便可以解释爱莉达为何要迁就梅琳，洛芙拉为何要屈从莉安。还有卡布安娜，此人的导引能力可绝对称不上强。强迫自己去想这些事真的不容易，遵守白塔的教诲是它每位成员的本能。光明啊，白塔将某项禁忌根植在你的心底，又将其立为论资排辈的依据，真是一团乱麻。不过还好，她和史汪的实力和潜力都不相上下，她们一向共同进步。若史汪不得不迁就她，她会非常尴尬的。

“我们需要服从强者的命令吗？”史汪问道，她终于忍不住站了起来。伊迪丝重重地叹了口气。

“我觉得我说得够明白了，史汪。对方越是比你强，你就越要顺从。我真不想再谈这个了，请别再逼我重复。当然，比你弱的人也会顺从你。但是请记住，一旦白塔或蓝宗指派别人领导你，这条规矩就不再适用了。譬如说，若你加入了使节团，即使特使的实力只够勉强通过见习生的测试，你也要像服从我一样听从她的吩咐。现在你们都明白我的意思了吧？好的，我必须要去刷个牙了。”然后她就把她们赶出了房间，仿佛她真要立即冲去找盐和苏打。

“刚才我都快给吓傻了。”当她们出来以后，史汪说道，“不过这条规矩还真不坏。我本以为我们得从底层干起，现在看来我们已经快到顶了，再干个五年就差不多啦。”无论是否考虑过，人人都明白自己何时能够发掘全部潜能。所花的时间人人各不相同，但实力总会随着时间稳定地提升。

“我也吓坏了。”沐瑞叹了口气，“但事情并不像你说的那么简单。顺从和俯首听命的界限为何？虽然她没明说，但这就是她的意思。我们必须仔细观察其他人的举止，在弄清这一点之前，一定要谨慎行事。下个月我准备离开塔瓦隆开始搜寻，而不是在河对岸某个农场里干苦工。”

史汪哼了一声：“是啊，小心谨慎。我们这六年不就是这么过来的？但谁又能说得准呢？我能把早饭拿到你的房间吃吗？”

然而在她们回到房间之前，一位方脸高个两仪师拦住了她们。她身穿天蓝色丝裙，铁灰色的齐腰长发扎成多股辫子，辫端系着蓝珠子。沐瑞本以为白塔里的每一位蓝宗都出席了欢迎仪式，但她不记得以前见过这位两仪师。她估量了这人的能力，发现她的实力几乎要超过她们全部潜力的极限了。单是低头顺服已不足以表示敬意。她该行屈膝礼么？最后她将双手叠放在腰前，礼貌地等待着。

“我是塞塔莉娅·德拉密。”此人有很重的塔拉朋口音，她反复打量她们，“她们说沐瑞长得像个漂亮的小瓷娃娃，那你就是了。”

沐瑞僵住了。漂亮的……小……瓷……娃娃？她只能尽力保持面容平静，克制住双手不去扯披肩。想到那农场有助于增强忍耐力。

但塞塔莉娅没再理她，“那么你就是史汪了，对吧？我听说你很擅长解谜，你来解解这个试试？”她一边说，一边把一小沓纸塞到史汪手里。

史汪皱着眉读了起来，沐瑞也从她肩头看过去。史汪翻页翻得太快了，她根本没看清内容。但似乎只是些纸牌花色名，排列顺序看不出任何规律。先是圣杯之王、接风之领主，然后是烈焰大君和权杖女士，最后又是钱币五和圣杯四。这是谜题？简直全无道理。

“我不太确定。”史汪终于答道，她把那沓纸还给对方。看来这确实不是什么谜题，否则史汪一定能找出解法。

“哦？”塞塔莉娅听上去非常失望，但马上她又若有所思地歪过头，头发里的珠子叮当作响。“你没说你不知道，说明你还是看出了一些东西。你不能确定的是什么？”

“我从书上读到过这个游戏。”史汪慢条斯理地说，“一个有钱妇女爱玩的纸牌游戏，名叫牌列。玩家要将纸牌按特定顺序排成组，而且牌组的大小关系也有顺序。我认为这纸上记录了一局游戏里某位赢家打出每一张牌的顺序。”

塞塔莉娅扬起一边眉毛，“你只从书上读到过这个游戏？”

“渔夫的女儿买不起纸牌。”史汪冷淡地答道，塞塔莉娅的眼中闪过一丝不悦。一时间沐瑞以为她就要处罚史汪了。

但塔拉朋两仪师只是说道：“我敢说沐瑞一定玩过牌列，但她八成只能看到一堆杂乱无章的牌名记录。大多数人都看不出来，但是你仅凭着书上读来的经验，就猜到了正确答案。跟我来吧，我还要再用别的题测测你。”

“可是我还没吃早饭呢。”史汪反对。

“你可以过会儿再吃，来吧。”显然，点头哈腰对塞塔莉娅来说是不够的。

沐瑞看着史汪不情愿地跟着塞塔莉娅向上面走去，她瞪着那女人的后背。此人的举止近乎粗鲁。两仪师显然也有阶级之分，虽然还比不上凯瑞安宫廷的等级森严。不过她们只要再忍一小段时间就行了。不出一周，她们就可以离开了。她不打算在导引能力达到顶峰之前回白塔。当然，如果她找到了那个男孩，还是要回来报告塔摩拉。成为找到他的那个人可是莫大的荣誉啊。

她慢慢地坐到桌旁的一把厚垫椅上，早餐的粥还没有冷到无法入口。但刚喝了一口，安娜娅就进来了。她的导引能力几乎和塞塔莉娅一样强，因此沐瑞立即放下银勺，起身迎接。

“我真想让你坐下继续用餐。”慈母般和蔼的两仪师说道，“但塔摩拉派了个初阶生来叫你。我跟那孩子说我要亲自来找你，因为我可以给你治一治三誓带来的紧绷感。”

沐瑞的脸红了。显然她们都知道了。光明啊！“谢谢。”她说，既为治疗，也为对方的宽容而感激。虽然紧绷感并没有消退，但她感觉好多了。如果她不必为安娜娅起身的话，也就不必对她俯首听命了。不过对方也可能出于礼貌才这么说。她暗中叹了口气。她还得继续观察才能确定。

离开蓝宗区时，她紧紧地裹着披肩。现在她还没准备好不戴它出门，毕竟它也可以御寒呀。她想不出塔摩拉为什么要找她。她只想到了一种可能：现在她和史汪都是正式的两仪师了，塔摩拉准备让她们加入搜寻者的行列。毕竟她们都已经知道了。没有比这更合理的解释了，她激动地加快了脚步。

“但是我不想要这份工作。”史汪反对道，她的肚子又咕咕叫了。她在塞塔莉娅的房间里待了几个小时，感觉都快被榨干了。这屋里有那么多的书，好几大箱的纸，看起来像是褐宗的房间。而且她居然连一个坐垫都没有，椅子硬得像石头一样！

“别犯傻。”灰发两仪师轻蔑地说道。她跷着二郎腿，把刚给史汪看完的纸页随意扔到一张堆满了纸的写字台上。“作为初学者你还真不赖。我要你有用，这事就这么定了。明天敲响第二声晨钟时你就要来我房间报到。现在去吃饭吧。你已经是个两仪师了，别让人看到你像个泄了气的皮球似的。”

再反对也没用了。这个混账女人明确说连着反对她两次就算严重的冒犯。该死的混账！她没有面露怒意，早在来到塔瓦隆之前她就懂得如何压制怒气了。在渔港里，惧怒形于色都会惹祸上身。有时甚至可能被人从背后捅刀子。

“如您所愿，塞塔莉娅。”她嘟哝道，结果对方又冲她一抬眉毛。她出门时尽力保持住了端庄的仪态。出了门她就不管了，谁要是不高兴，就让暗帝抓走她好了！

光明烧了她吧，她怎么能让那女人随意摆布？沐瑞强调要谨慎，但她就是不喜欢听到混账塞塔莉娅那轻蔑的腔调。让生手掌舵，要么会搁浅，要么会翻船。她的莽撞导致她在很长的一段时间内都无法离开白塔了。至少要过几年，等到她的实力强到足以压过塞塔莉娅，她才能让那女人知道她乐意做什么就做什么。至少那女人没把魔爪伸向沐瑞。她那么聪明，塞塔莉娅一定会想收她当助手。

虽然肚子很饿，但史汪还是没有先去吃饭，而是去找沐瑞，要告诉沐瑞她只能独自踏上搜寻之旅了。看到沐瑞的身影总能令她微笑起来。至少在一点上塞塔莉娅是大错特错,沐瑞绝不是个漂亮的小瓷娃娃。她的外表娇美脆弱,但内心却十分坚韧。当史汪初次见到沐瑞时,她断定用不了几天,这个凯瑞安女孩就会像撞上石头的纺锤螺一样彻底崩溃。但事实证明,沐瑞的坚韧比她有过之而无不及。无论她摔倒多少次,都能自己爬起来继续前进。沐瑞的词典里没有"放弃"这个词。因此,当史汪发现她蜷在起居室的椅子上垂头丧气的样子时,不由得吃了一惊。她的披肩搭在椅背上。托盘里有只绿釉茶壶,散发着热茶的香气。但白瓷杯却没有动过。

"你怎么了?"史汪问道,"你该不会已经挨罚了吧？不会吧?"

"比那更糟。"沐瑞情绪低落地答道。她的声音总能让史汪联想起银铃作响,但沐瑞讨厌别人这么说。"塔摩拉要我负责赏金的分发。"

"血和该死的灰啊!"史汪品味着这句脏话,她终于能够随心所欲地说话,而不用担心受鞭笞了。她曾听过两仪师口吐能令脚夫脸红的脏话。但她还是隐约回想起了肥皂的味道。"她起了疑心吗？她是不是在提防你插手?"也许这也是塞塔莉娅非要留住她的原因。不对,是她自己非要跟那混账女人的测试较劲的,都是她自己的错。

"我觉得不是,史汪。我曾学过如何管理庄园,虽然在来白塔之前,我只亲自管理了两个月。她说那些经验已经足够了。"她嘴角一歪,"她说我游手好闲,我猜她把一件麻烦事交给蓝宗是为了显示不偏不倚吧。你怎么样了？塞塔莉娅要你解什么谜?"

"一堆旧报告。"史汪嘟哝道,慢慢地在一张靠垫椅上坐下。她感觉全身的皮肤缩水了好几倍！她随手给自己倒了杯茶,她们两人之间从不客套。"她要我从里面发掘出四五十年前,塔拉朋、沙戴亚、阿特拉发生了什么事。"话一出口她就后悔了,真想扇自己一耳光,但已经晚了。

沐瑞坐直了身子,突然起了兴趣,"塞塔莉娅掌管蓝宗的耳目。"这不是一个问句。她就知道沐瑞马上就能看穿真相。

"可别传出去,如果让那该死的女人知道我泄密的话,她会把我扔锅里给煮了。虽然她无论如何都要收拾我,但我不想给她找理由。"按照今天这个趋势,她迟早会受罚,"现在听我说,发放赏金顶多能占用你一两个月的时间,然后你就自由了。走之前告诉我你准备去哪里,如果我打听到什么的话,会想办法给你捎个信的。"蓝宗的耳目数量众多,传递信息和收集情报一样高效。

"我不知道我还能不能再等两个月。"沐瑞低着头小声说道,她这样子很反常,"我……我对你隐瞒了一件事,史汪。"但她们之间从没有秘密的！"我很担心评议会可能想扶持我登上太阳王座。”

史汪眨了眨眼，沐瑞当上女王？“你会成为一位优秀的女王。不要跟我扯那些下场凄惨的两仪师女王，那都是很多年以前的事了。现在哪个君主没有两仪师顾问？除了白袍众，没人对此有非议。”

“顾问和女王可有天壤之别，史汪。”沐瑞坐直了身子，仔细地整了整裙子，开始用她那种讨人嫌的慢条斯理的腔调解释起来，“显然，评议会认为我可以顺利登基，而不会引发暴乱，但我不想冒这个险。这两年以来，凯瑞安已经遭受了太多苦难。就算一切都如她们所料，没人能不靠绑架、暗杀和各种卑劣手段而坐稳凯瑞安的王座。我的曾祖母凯尔温在位五十余年，白塔宣称她是位伟大的君主，因为她治理下的凯瑞安享有和平与繁荣。但她的名讳至今仍被人用来吓唬不乖的小孩。但即使有白塔撑腰，一旦我登上王座，也会不得不像她那样行事。”突然她双肩一沉，几乎要哭出来了。“史汪，我该怎么办？我感觉自己就像困在兽夹里的野狐，甚至都不能咬断腿求生。”

史汪把茶杯放回托盘里，她半跪在沐瑞身旁，双手搂住对方的肩膀，“我们会找到出路的。”她说，语气远比她内心所想得要有信心，“会有办法的。”能说出这句话而不破誓，让她略感惊讶。她根本想不出任何办法。

“就听你的，史汪。”沐瑞听起来也不像是真的信了。“至少有一件事我已经知道如何补救了。你准备接受治疗吗？”

史汪真想吻沐瑞，她真的吻了。

岚面前的这座山峰下仍有大片未融的积雪。在午后的阳光下，大批人马踩踏的踪迹清晰可见。这些脚印穿过丘陵，消失在云雾缭绕、愈望愈高的群山之下。岚从望远镜中观察不到任何活物。艾伊尔人一定已经进山了。猫舞者不耐烦地踏着蹄子。

“这就是世界之脊吗？”拉金高声问道，“真壮观，但我觉得它们还应该再高些！”

“那是弑亲者匕首，”一个见多识广的艾拉非人答道，“和世界之脊比起来它们只能算小山丘。”

“我们为什么还在这儿等着？”卡乃金质问道，他压低声音以免招来责骂，又刚好能让岚听到。卡乃金特别喜欢试探别人的底线。

布卡马替岚解了围。“只有傻瓜才会想在山里和艾伊尔人打。”他大声答道，然后扭身凑到岚身边，低声耳语道：“光明庇佑，但愿培卓·南奥不要突然心血来潮。”他的眉头锁得更紧了。南奥是圣光之子的总司令，也是现今的联盟总指挥。

“他不会。”岚简略地答道。世上没有多少人比南奥更了解战争。也许今天他就会宣布战争已经结束。岚不知道这结局算不算胜利。他把望远镜放回鞍袋里，意识到自己正在向北方望去。如同钢铁被磁石吸引一般，他又感到了故土的召唤。这感觉几乎令他心痛，他已经离开家这么久了。有些战争永远赢不了，但他仍要奋战到底。

布卡马观察着他的表情，摇了摇头。“只有傻瓜才会打完一场仗后立刻投身另一场。”他毫不在乎被人听到自己温柔的语气。岚看到一些多曼人投来惊讶的目光，显然是在怀疑他们谈话的内容。边境国人就不会有疑问，他们都知道岚的身份。

“给我一两个月时间休养就足够了，布卡马。”那正好就是要花在回家的路程上的时间。运气好的话，一个月也能到。

“一年，岚，就一年。哎，好吧，八个月。”布卡马听上去像被割了块肉似的。也许他真的累了？布卡马总是像钢铁般坚韧，但他早就不再年轻了。

“四个月。”岚让步了。他已经等了两年，再等四个月也可以忍受。如果到那时，布卡马还没有休养好的话……该来的总是会来，他必须学会接受。

于是战争真的结束了。南奥没有犯傻，再说半数军队已经抱着胜利已然到手的信心开走了，有些人在艾伊尔人开始撤退时就认定战争已经结束了。很多人都说，这是一次伟大的胜利，至少那些没打过仗的人会这么说。自以为无所不知的历史学家已经开始记录这场战争。岚的态度是随他们去，他的心思已经飘到两百里格之外的北方了。

岚、布卡马与同袍们道别，然后向南方的富饶之地奔去。他们远远地避开了塔瓦隆。那虽是个伟大壮观的城市，但两仪师太多，实在让人不安。布卡马兴致勃勃地谈到他们将要在安多和提尔见到的景色。这两个国家他们都去过，但那时还在和艾伊尔人作战。他们还没见过传奇的提尔之石和任何一座伟大的城市。除非被问到，岚从不答话。故土的召唤愈发强烈。他只想回到妖境，而且不想见到任何两仪师。

第 13 章

城中杂务

她们本可以叫人送饭到房间里，但沐瑞给史汪做完治疗后，她们还是下楼去享用第一顿正餐。这是她们首次以两仪师的身份光临主餐厅，两人都不想错过这个机会。只有受邀请的见习生才能在那里用餐，而且这种机会非常少。初阶生在那里更是只有躬身服侍的份。主餐厅是个宽敞的大厅，雪白的墙壁上挂着五颜六色的冬用挂毯，贴着金箔的顶角线闪闪发光。方餐桌的桌腿呈优雅的弧线形，每桌旁边仅有四个位子，邻桌之间彼此保持相当距离，以照顾用餐者的隐私。不过也有几张桌子拼在一起，供多人一同用餐。整个厅里只有她们戴着披肩，因此引来了不少目光，有人甚至被逗得微笑起来。沐瑞感到脸颊微微发烫，但她不会为了一两次善意的取笑就收起披肩，就算别人大声嘲笑，她也要每天都戴着它。这是她倾尽所有才争取到的权利。史汪大步流星地踏过光亮的七彩地砖，步态犹若女王般高傲。她若无其事地整着缠在臂上的披肩，就像故意要引人注目似的。史汪从不害羞。

餐厅里没有长凳，却有与餐桌风格相似的低背座椅。在见习生的食堂，厨房做什么她们就吃什么，这里却有年轻的女侍应生，身穿胸前绣有塔瓦隆之火的制服。她先屈膝行礼，然后以悦耳的嗓音熟练地报出厨房可供应的餐点。见习生只能用笨重的陶器吃饭，而且还要自行取食、自己洗碗。在这里，侍应生会将银纹托盘送上她们的餐桌，食物则盛在白色的塔拉朋薄瓷盘里，碟子的边缘绘有一圈塔瓦隆之火的图案。塔拉朋的瓷器比不上海族的工艺，但仍然相当昂贵。

史汪抱怨她的鱼口味太重，但她还是吃得干干净净，吃完还扭头张望，像在考虑再点一份。沐瑞要了牛肉蔬菜浓汤，她一点食欲都没有，只吃了一小片黑面包，茶也只喝了一杯。她必须逃走，但又无路可逃。丢下玉座刚刚布置的任务逃走是无法想象的。也许评议会最终决定放弃原计划。自苏塔玛问过她愿不愿意登基以后，再没有人试探过她。也许她们真的放弃了。希望不大，但是她仅有的救命稻草。

她们回到蓝宗区之后，再次被伊迪丝召到她房里。这次没有任何繁文缛节，她直接交给她们每人一份一千金币的权利证明。“今后每年这个时候你们都会收到同样数目的一笔钱。”她说，“如果那时你们不在白塔，钱将存入你们指定的钱庄。”先前嫌恶的表情已不见踪影，现在她脸上挂着愉悦的微笑，为蓝宗增添了两名新成员而高兴。“要精打细算。有需要的话，你们可以拿到更多的钱，但若索要过于频繁，评议会就会质询。请相信，被评议会质询不会有好结果，绝对不会。”

权利书上的数目惊得史汪睁圆了眼。这数额已经相当惊人了，而且居然还有可能拿到更多！大部分商人一年都挣不到一千金币，很多小贵族的收入甚至差得更远。但白塔决不会让两仪师露出穷酸相。权力源自旁人的敬畏，这是沐瑞在凯瑞安宫廷里学到的。而人人都敬畏金钱。

沐瑞有自己的专属钱庄，但尽管有她的推荐，史汪仍坚持要把钱存到白塔里。她父亲一辈子都挣不了这么多钱，她绝不能容忍这笔巨款承受任何风险。无论沐瑞怎么说她都听不进去。安全是她唯一的考量，而在这一方面，就算是曾借贷给亚图·鹰翼的老牌钱庄也比不过世界崩毁之后第一个建立的钱庄。

沐瑞得意扬扬地将披肩戴在肩头，来到白塔前的广场上。广场上人头攒动，挤满了手推车、杂耍艺人、乐手还有卖肉派和烤坚果的小贩。所有这些人都和白塔离得远远的。除非要办事或请愿，没有人会走近白塔周边一百步以内。沐瑞叫了一只轿子，两个轿夫高大健壮，身穿深褐色外套，长发整齐地束在脑后，领头的那个喊着：“给两仪师让道！给两仪师让道！”

而人群却不为所动，或许没人把他的话当真。就算拉起厚重的帘子，也没人能看见她披肩的穗子，除非她不顾仪态地把手撑在窗框上。人们慢吞吞地让开路，比给马车让路时还要慢，车夫还有鞭子可以用来赶人呢。不过没过多久，他们就穿入一条大道，来到一座宫殿式的大屋前。大道中央种了一排乔木，现在还都光秃秃的。轿夫抽开门闩好让她下轿。这房子有着南方的建筑风格，中央是高耸的白色圆顶，四角竖着细细的尖塔。正面宽大的大理石台阶之上有一条宽阔的白色柱廊。然而屋主在装饰的投入上仍有所克制。墙上的石刻和柱上的蔓藤雕饰虽然华美，但并不繁复铺张。外表穷酸的钱庄固然无法招徕顾客，而过分铺张浪费也会令顾客疑虑重重。

门童的黑色制服上有两道红色条纹，他向她鞠了一躬，领她踏入高大的正门，将她交付给一名衣着朴素的男仆。男仆年轻俊俏，但个子过高了点。他领她走进杜马夫人的办公室。这位夫人头发已灰，身材苗条娇小，比沐瑞还要矮一个头。她父亲是伊莱·杜马哥哥的老主顾，而且她在凯瑞安的账户仍在由后者打理。因此这位夫人是她的当然选择。

杜马夫人注意到了沐瑞的披肩，微笑取代了她惯常的严肃表情，她展开红纹黑裙，不卑不亢地行了屈膝礼。不过，即使在沐瑞还是个见习生时，她也会行同样的礼。毕竟她很清楚沐瑞在抵达塔瓦隆的当天就在她的钱庄里存入了一大笔钱，而且这么多年来，沐瑞数额庞大的土地收入也全都交给她打理。不过，她的微笑是真诚的。

“恭喜您，沐瑞两仪师。”她热情地说道，请沐瑞坐到一张高背雕花衬垫椅上。“您想喝香料酒还是茶？来一点蜂蜜蛋糕或者罂粟籽怎样？”

“酒，谢谢。”沐瑞微笑着答道，“只要酒就好。”沐瑞两仪师，头一回有人如此称呼她。她喜欢这个称呼。

杜马夫人吩咐男仆去办事，然后径自搬了把椅子在沐瑞面前坐下。你不能指望钱庄老板站着接待你。“我想您是来本店是为了存入您的津贴。”她当然能猜到，“但若您是来询问事态进一步的发展，我已经把全部情况都写到寄给您的信里了，恐怕我了解到的也只有那么多。”

一时间沐瑞的笑容僵住了。她努力挤出一个微笑，平静答道：“请再为我讲一遍，也许我能发掘出更多细节。”

杜马夫人微微颔首，“如您所愿。九天前一个凯瑞安人来找我，他身穿白塔守军上尉的制服，自称瑞斯·格辛尼斯。就口音而言，他似乎是个受过良好教育的人，甚至可能是个贵族。而且他个子很高，比我高出三个头。他肩膀宽阔，有军人气质，胡子刮得干净。五官也端正，但脸上有一道一寸长的伤疤，就在这个地方。”她用手指从左眼眼角划向耳根。

沐瑞对此人的名字和外貌都没有丝毫印象，但就算她想起了什么也不会说出来。她示意钱庄老板继续说。

“他声称给我带来了一封玉座亲自签封的谕令，要求查看您的账户。不巧的是，我很熟悉塔摩拉·奥斯普恩雅的签名，而且白塔很清楚我绝不会向任何人泄露客户的隐私。我叫来好几个仆人制服了他，把他锁在一个空保险库里，然后派人去找真正的白塔守卫。很遗憾我没有利用这个机会从他嘴里挖出他主子的姓名，但您知道白塔不喜欢外人参与这种事情。”

男仆用托盘端来一只雕花银壶和两只银杯，直到他告退后老板才再度开口，“在守卫赶到之前他就跑了。”她将散发着香料气息的深色酒液倒入杯中，“他买通了我的一个手下。”说到这里，她嫌恶地抿紧了嘴唇。接着又向沐瑞微鞠一躬，递上一杯酒。“我叫人给那小子抽了一顿皮鞭——我敢说他现在还疼得坐不住。然后我罚他到运冰胡椒的河船上作小工。等船到达提尔以后，他就会被丢到岸上，除非他能说服船长留下他。为了确保这点，我已经从船长那里取走了他这一趟的工资。不过他长得挺俊的，船长也许会留下他。她在给我钱的时候可能就已经决定了。”

沐瑞端着杯子，冷静地望着对面的女人。她抬起一侧眉毛以示疑问。她此刻的冷静同她在试炼上的表现一样让她深感自豪。

“冒充守卫违反了白塔的律法，沐瑞两仪师。”杜马夫人温和地回答了她无声的疑问，“我必须把那人交给白塔制裁。但我是不希望家丑外传的。我告诉您是因为这件事牵涉到您，您能够理解吗？”

沐瑞点了点头，当然是这样。没有一家钱庄能承受雇员收受贿赂的丑闻。她怀疑那男孩是某个要人的亲属，所以处罚才这么轻。不然他就得自己游到提尔了。放贷者都是些冷酷无情的人。

杜马夫人没有询问沐瑞的看法，那不是她应该关心的事。她甚至没有表现出一丝好奇。尊重隐私是沐瑞把大部分钱存在这里的原因之一。不能出塔的初阶生也许不必这么在意隐私，但在升为见习生后，出于对隐私的敏感，她仍继续把钱财委托给杜马夫人打理。律法规定白塔钱庄由七个宗派共同经营。现在作为两仪师，她不希望让别的蓝宗知道她的私事，更不愿让其他宗派也掺和进来。方才听到的事更让她确信这一决定是正确的。

白塔之所以要扣住杜马夫人的信，可能的原因只有一个：使沐瑞误认为她们已经放弃了将她推上王座的计划。实际上，她们已经开始行动了，甚至可能走得更远，因为她们会像偷窃贵夫人钱包的扒手一样小心翼翼。但她们的行动一定已经引起了某些人的注意，否则便无法解释为什么一个凯瑞安人会想要刺探她的资金流向。哦，光明啊，她们会在她弄清状况之前就把她推上王座，她必须要找到一条出路。

当然，她没有让心中焦虑显露在脸上，而只是啜着酒，让甜腻的暖流滑过喉间，摆出一副悠然自得的模样。“你帮了我一个大忙，杜马夫人。我为你的损失感到遗憾。请从我的账户里取走一笔适当的酬劳作为补偿。”杜马夫人得体地低着头再三推却，接受前还装出一副不情愿的样子，沐瑞没有在意。光明啊，她必须要找到一条出路！

她开始构思计划，并非逃跑，而是要有所准备。她在权利书上签了字。临走之前，她给杜马夫人下了几道指示，后者对此没有表现出丝毫惊异。也许因为她也是个熟悉家族游戏的凯瑞安人，也许钱庄老板都懂得自制，也许她和别的两仪师打过交道——若是如此，除非那位姐妹告诉沐瑞，她才能知道。伊莱·杜马的口风比死人更紧。

沐瑞回了白塔。她问了很多人，最后终于选定了一位裁缝师。超过五名蓝宗称赞塔莫瑞·阿克希玛是塔瓦隆最好的裁缝。推荐其他人的姐妹也承认她的手艺同样高明。下午，她和史汪一同乘坐轿子去了阿克希玛夫人的裁缝店。史汪对于乘轿子的花销颇有怨言，虽然不过是一个银币而已。她花了很大工夫才说服史汪和她同去。*史汪居然认为四件裙子就够穿了。*她可不能再这么吝啬下去了。

阿克希玛夫人的店里有一排排靠着墙的架子，上面摆着成堆的丝绸和优质毛料，颜色应有尽有。这家店的邻居也都是些大商铺，它们共同占据了一所流线型建筑的底层，看上去和她本人很配。作为多曼人，她肤色够白，而她的装扮之艳，连吉塔拉都要甘拜下风。她看到她们带穗子的披肩，便起身来迎接。她优雅地穿过一排排较矮的架子——上面堆着蕾丝和缎带，以及套着半成品衣物的衣架。她六个助手一同屈膝行礼，她们都是漂亮的年轻女子，穿的是自己家乡风格的装束，件件不同而且剪裁得当。但裁缝师本人没有行礼，她很清楚自己的地位。她身着浅绿色裙装，式样简洁而精致，可谓是她手艺的完美展示。不过这件衣服套在她身上紧绷绷的，丝绸底下圆润丰满的身材一览无余。

听完她们的要求后，塔莫瑞懒洋洋地微笑起来，她确实应该高兴。一次订下整柜衣服的主顾可不常见。至少，沐瑞订得够多。在她的反复怂恿之下，史汪勉强同意订下六件裙装，加上她已有的四件，一周内每天都能换穿不同的衣服，但她只要羊毛的。沐瑞订了二十件丝质的，其中十件有分叉的下摆以便骑马时穿。少要几件也够穿，但评议会可能会派人来查。一次订下二十件会让她们以为她打算久留城内。

然后她们直接去了后屋，在塔莫瑞的监督下，四名助手帮她们脱下外衣，丈量她们的尺寸，指示她们摆出各种姿势，好让裁缝构思衣服的设计。若在其他场合下,沐瑞可能会羞得晕死过去。但在裁缝师面前这些都是很自然的。接下来她们挑选布料,塔莫瑞知道披肩穗子颜色的含义,因此供她们挑选的布料大多是蓝色的。

“记住,我要的是得体的服装。”史汪说,“高领,而且不要太紧。”说罢她似有所指地看了看塔莫瑞穿着的一身。沐瑞差点叹出声来。光明保佑,史汪这样下去可不行啊!

“我想这颜色对我来说太浅了点。”沐瑞喃喃说道,一个高个黄发女孩正拿着一块天蓝色丝绸在她身上比画着。那女孩穿着开口极低的方领裙服。“最好是凯瑞安的风格,但不要家族配色和绣花图案。”她建议道。她绝不会在白塔穿达欧崔的代表色。

“凯瑞安的款式,当然。”塔莫瑞说,她若有所思地用大拇指刮着丰满的嘴唇,“和你非常相配。但这个颜色与你的白皙肤色也非常搭配。最好把十件做成浅色的,另外十件带绣花。你需要的是优雅大方,而不是朴素平淡。”

“也许各五件就够了?”凯瑞安款式和她很相配?她在暗示沐瑞的身材穿不了多曼的裙子吗?她当然不会穿那样的衣服,塔莫瑞的裙子确实不得体。但那是另一码事。

裁缝师摇了摇头,“至少得有三分之一要浅颜色的。”她坚持道,“再加十件绣花的。”她微微皱眉,又开始用大拇指刮下嘴唇。

“好吧。”裁缝师似乎还没拿定主意,沐瑞赶紧在她反悔之前同意了。请一个好裁缝做衣服,你就得事事都和她商量。有几件绣花衣服她也能接受。

“阿克希玛夫人,你还有更便宜的吗?”史汪问道,她正冲着面前的优质蓝色毛料皱眉。光明啊,她竟然在讨价还价!难怪给她服务的那两个女孩看上去非常难堪。

“塔莫瑞,可否容我们稍微失陪一会?”沐瑞说,裁缝点头同意后,她急匆匆地把手里的丝绸还给面前的安多女孩,把史汪拉到一边。

“听我说,史汪,这次你一定要听我的。”她快速耳语道,“我们不能耽误塔莫瑞太长时间。而且不要问价格,当我们定好了之后她才会给出报价。这里做的衣服都不会便宜,但塔莫瑞做的衣服就如同披肩,缺了它们你就不再像是个两仪师了。而且一定要叫她塔莫瑞,不要叫阿克希玛夫人。你必须举止得体,不然他会以为你在嘲弄她。请把她当成一位地位比你稍高一点的姐妹,稍微迁就她一点也无妨。这样她就会毫无保留地告诉你穿什么合适。”

史汪瞪着她背后的裁缝皱起了眉。光明啊,她竟然任由怒气外露!“下回是不是该轮到混账鞋匠指示我买哪种拖鞋,然后开出值五十张新网子的价码?”

“不会。”沐瑞不耐烦地说道。塔莫瑞只是抬了抬眉毛，但她脸上的表情已经阴云密布了。她的意思再清楚不过了。她们不能让裁缝师等太久，不然一定会付出代价的。而且史汪居然管不住脾气！她用最快的语速低声补充道：“鞋匠会按我们的要求做鞋，我们可以和他讨价还价，但要保证鞋的品质就不能杀价太狠。买手套、袜子、内衣和其他任何东西都一样。但你该庆幸我们不需要理发师。最好的裁缝师都很霸道，比调香师还要厉害。”史汪笑出了声，仿佛她的话很有趣似的。但如果她找过理发师就会明白沐瑞的意思。坐下之后你就完全不知道头发理成什么样了，直到理完以后理发师才会拿镜子给你看。至少，在凯瑞安是如此。

她们把颜色定下来以后，又要商量绣花的式样、哪几件要绣花等。然后还得等待第一件衣服草剪完成，用别针别在她们身上试好尺寸。塔莫瑞亲自动手，她手腕上就系着一个针垫。沐瑞马上就了解到怠慢这女人的代价。她别在沐瑞身上的蓝料子甚至比天蓝色还要浅，几乎只能算掺了一点蓝的白色。而她别在史汪身上的深蓝色毛料几乎和她自己穿的一样紧绷绷。这还不算太糟。裁缝师本可以“不小心”失手扎到她们，并且要求试剪每一套衣服。但沐瑞确信她的第一批裙服都将是最浅的蓝色。

当试过的衣料被收起来之后，塔莫瑞给出了报价。史汪听到后惊得眼珠都要飞出眼眶了，不过还好她没作声。她会明白的。在塔瓦隆这样的城市，对于塔莫瑞这种级别的裁缝来说，一件毛裙一个金币和一件丝衣十个金币都是合理的要价。不过沐瑞还是喃喃说道，她肯为加急赶制而给出额外的报酬。否则她们可能要等上几个月才能拿到成品。

在临走之前，沐瑞告诉塔莫瑞她还要再加五件骑装，完全按照凯瑞安款式制作——也就是要黑色的，虽然她没有明说——并且胸口要有六道红绿白相间的条纹，远少于按她地位应有的数目。听了这话，裁缝师该明白她仅是某个贵族家庭地位较低的成员，但她的表情没有任何变化。裁缝师对待两仪师如同对待大家族的族长，甚至如同对待君主。

“如果你没意见的话，我希望它们最后再做。”沐瑞告诉她，“并且做成之后不要送到白塔，会有人来取的。”

“两仪师，我保证它们肯定是最后一批。”

哦，成了。她的第一套裙服会是浅色的，但她计划的第二部分已经达成。现在，她已经尽可能地做好准备了。

第14章

变　局

曾有两仪师告诫史汪和沐瑞：拿到披肩后她们仍有很多东西要学，此话果真不假。当她们仍是见习生时，就曾学习过白塔庞杂的传统和它们的罚则，特别是那些年代久远、已经与律法无异的传统。而这段时间洛芙拉等人每天都要花很长时间向她们灌输蓝宗冗长的传统。史汪早就把她们初入蓝宗区前洛芙拉讲过的传统都记住了，沐瑞必须多花些功夫才能赶上她。要是为在塔里穿红装这样的小事而挨罚就太丢脸了。佩戴红色首饰是允许的，火焰石、红宝石和石榴石都可以，但不可以穿红衣服，这是条非常古老的传统，古老到没人记得它何时确立。它是蓝宗和红宗长期相互敌视的体现。蓝宗和红宗事事针锋相对，常让评议会无所适从。

想到宗派之间竟相互敌视，不免让沐瑞有些愕然，然而蓝宗和红宗可不是唯一一对不和的宗派。数百年来，蓝宗一直和绿宗携手共进，但和其他宗派的关系就没那么融洽了。目前，蓝宗和白宗的关系略有点紧张，其中缘由只有白宗晓得，而和黄宗的关系则更坏一些，几百年前在阿特拉，两宗派的两仪师们曾相互指责对方干涉己方事务。传统上，两仪师不可干涉同僚的私事。只有这一条传统可让她们不必看强者的脸色行事。有的宗派更会见机行事。比如褐宗会和白宗一同反对蓝宗，同时又支持蓝宗对抗黄宗。至少，目前如此。两个宗派可以长期合作，也可能瞬间翻脸。弄清其他宗派之间的敌对关系也是有必要的，否则一时大意失言便会陷入麻烦。光明啊，这些乱七八糟的关系简直比权谋游戏复杂百倍！

史汪每晚都会让沐瑞背诵这些传统，从初阶生时起她们就在课业上互相帮助。沐瑞也会考察史汪，虽然没什么必要。史汪从没背错过。

她们再度拾起至上力的课程，勒莱茵、娜塔西娅和安娜雅轮流教导她们。她们学到了约缚护法和其他见习生学不到的编织，还有一些蓝宗的专属编织。沐瑞觉得这能说明很多问题。如果蓝宗会保留一些编织作为本宗机密的话，其他宗派一定也会这么做。既然宗派可以有秘密，个人也能留个后手。至少她自己就有一个秘密，一道她个人专属的编织，早在她来到塔瓦隆之前就学会了。她一直小心地保守着这个秘密，不让两仪师们知道。当时她们发现她的天分已经觉醒了，但她告诉她们，她只会点蜡烛和在黑暗中制造光球。在太阳宫中，人人都会把保密当作本能。史汪有这种秘密吗？她可不会向自己的密友问出这样的问题。

她们早就可以熟稔地运用阴极力，因此学得很快。但每天要学的东西还是太多了，至少沐瑞有点力不从心。她们发现忽视冷暖的技巧靠集中精神便可以达成，至少娜塔西娅如此宣称。

“思绪定要平静如水。”她慢条斯理地讲解道，就像在课堂里上课一样。她房间里到处都摆着小雕像、木雕和彩绘模型。这类课程只会在授课者的房间里讲授。“气运丹田，吐气稳而不急。一呼、一吸、一顿，皆要遵循节律。无需多日，你们便可习以为常。气息如此，定力至此，便可神游物外，不知冷暖。你们将能裸身行于风雪中而不颤抖，赤身行于烈日下而不流汗。”她呷了口茶，笑了笑，眨了眨吊梢黑眼。“然而霜冻晒伤仍可扰乱心神，思绪可以远离世尘，身体却无法脱离凡间。”

或许确实不难，然而练了一周以后，沐瑞仍无法集中心神。无论在餐桌旁还是长廊里，一有冷风袭来，她总免不了要惊呼一声。自从她开始练习冥想，寒风似乎冷了三倍有余。在公共场所，这样的举止总会引来其他两仪师的注意。她非常担心会落下爱做白日梦的名声，而且她还总是脸红。她无法忍受自己成为笑柄。不用说也知道，史汪很快就学会了这个技巧，沐瑞再也没看到她颤抖过。

光宴节标志着一年的终结。接连两天，塔瓦隆的每扇窗口都彻夜长明。在白塔里，佣人们会打开那些已弃置数百年的房间，点上一盏两天两夜都不会熄灭的灯。这是个喜悦的节日,夜幕降临后,市民们会提着灯火上街游行。亲人们齐聚一堂,即使是最贫苦的家庭也会欢宴直至黎明。但沐瑞却伤感不已,那么多房间已被弃置了数百年之久。白塔正在衰落,她不知道该如何应对这一恶兆。话说回来,资历两百年有余的女人们都束手无策,她又能想出什么奇招呢?

许多两仪师都收到了式样精美的请柬,被邀请出席节日舞会。许多人都接受了,两仪师也和寻常女人一样爱跳舞。沐瑞也收到了许多请柬,分别来自十几个凯瑞安贵族家庭,以及许多富可敌国的大商人。只有白塔的计划才能吸引这么多有权有势的凯瑞安人到塔瓦隆。她将这些雪白的硬纸片都塞到了壁炉里,一封也没有答复。在权谋的游戏中,这是一招后果难料的险棋。但她不准备玩权谋游戏,而是准备逃跑。

意外的是,她们订的第一批裙服在节日期间第一天上午就送到了。也许塔莫瑞很想拿到额外报酬,不过更可能的是她考虑到了她们过节要穿新装。她还带了两个助手过来,以免衣服需要修改。衣服非常合身,塔莫瑞的手艺无可挑剔。不过沐瑞先前的担忧还是得到了印证。她的六件蓝裙里颜色最深的一件也只比天蓝色深一点点,而且只有两件裙服没带绣花。这两天她只能继续穿蓝宗送她那几件毛裙。至少她订的骑装将会是黑色的。即使是塔莫瑞也不会做出一件浅色骑装。史汪订的衣服里只有一件骑装。它们虽然是羊毛的,但完全不逊色于宫廷服饰,充分展示了塔莫瑞的完美手艺,只是乳房和臀部的曲线实在是过于明显了。史汪假装没有注意,也许她真的没注意到。她从不在乎穿着打扮。

史汪的近况也不太妙。她每天从塞塔利亚那里回来时,神色一天比一天僵硬。她变得越来越暴躁易怒,却又拒绝透露自己的问题所在。若沐瑞一再追问,史汪甚至会厉声叫她住嘴。这实在令人担忧,过去六年里,史汪冲她发怒的次数扳着手指头都能数出来。然而在塔莫瑞来送裙子的那天,史汪却在晚饭前到她房间里喝茶。她没有碰茶杯,而是气冲冲地往一把雕花木椅里一坐,双手叉在胸前。她板着脸,蓝色的双眼中却怒火中烧。

“妈的,那只母食人鱼想要弄死我。”她咆哮道,仅仅半周,两仪师们在纠正她言辞上花费的全部努力就都化作浮云。“这堆鱼杂碎!她想让我像怀孕的红尾鱼一样蹦起来!我怎么可能蹦跶得那么快,就算……”誓言让她一下噎住了,眼珠都鼓了出来。她的脸都变白了,一边咳嗽一边捶胸。沐瑞立即倒了杯茶,但史汪一时半会是喝不下了。她想得太快结果让不实之词都到了嘴边。

“好吧,至少我还是见习生的时候做不到。”感觉好一点后,她嘟哝道,“我一到她那里,她就开始了,‘把这个找出来史汪’、‘弄弄这个史汪’、‘还没弄完吗史汪？’妈的，塞塔莉娅打个响指我就得蹦起来！”

“这也是没办法的事情。”沐瑞谨慎地说。这远不是最糟的状况，但史汪肯定不会承认，她可不想吵架。“而且早晚会结束的。将来没有几个两仪师能比过我们。”

“说得轻巧。”史汪嘟哝道，“那混账女人又不会冲你打响指。”

这话没错，但她的任务可一点也不轻。新的课程占用了她很多时间，她本希望分发赏金时顺路造访一些仍留在这边的营地。但实际上，她要做的是每天上午花两三个小时待在白塔八层的一间无窗的小屋里，那房间小到仅能容下一张朴素的写字台和两张靠背椅。房间的四角放有四盏未经装饰的黄铜座灯，明亮的灯火提供了必要的光源。若没有这些灯，这间房即使在正午时分也会一片昏暗。这里原本应当属于一位高级文书，但无论这位文书是谁，他都没有留下任何个人的印记。写字台上只有墨水瓶、笔盘、盛沙碗和一小碗用来清洗笔尖的酒精。四周的白色石壁光秃秃的。

外屋则大得多，屋里有一排排又高又窄的写字台和高脚凳。但她刚一到，文书们就在她桌前排起了长队，队列几乎绕着外屋转了一圈。他们给她递上已经收到赏金的产妇的名单，以及关于如何送钱给已经离去的女人的安排。报告上的数字让人心凉，多数部队已经拔营，余下的营地就像阳光下的白霜一样消融了。没有一个文书敢在她对面的椅子上坐下，他们只是恭敬地站在一旁，等着她读完每一页报告并且在下端签字，然后一言不发地向她行礼，给后面的人让道。她很快就开始怀疑自己会无聊致死。

她试图要求文书们加快分发赏金的进度——白塔神通广大，一周就把钱都发完肯定不是什么难事，白塔雇了好几百名文书呢——但他们只会按自己的速度行事。当她要求加速之后，他们却好像故意拖慢了进度。她曾考虑哀求塔摩拉解除她的任务，但何苦去做这等无用功？而且不用说，这会让她更难逃脱塔瓦隆，只能干等着评议会的谋划开花结果。她感到既无聊又沮丧。不过她仍有个后备计划，或多或少会有点用吧。听天由命的念头开始在她心里滋长。如果最坏的情况发生了，她一定会逃跑，无论那将会招致何种惩罚。惩罚是将来的问题，而且她迟早能撑过去。但一旦被推上王座，她可就插翅难飞了。

光宴节后的第二天，艾丽德被召去接受试炼，不过沐瑞事后才听说这件事。这位貌美的见习生没能从特法器里走出来。没有任何宣示，白塔从不会宣扬败绩，试炼者在试炼中死亡可是白塔的重大失败。艾丽德就这样消失了，她的个人物品被收走了。不过还是有人为她默哀了一天。沐瑞在头发上系了白丝带，在双臂上绑了长长的、边角有穗子的白丝巾，一直能垂到手腕。艾丽德不是她的朋友,但哀悼仍是应尽之责。

并非所有实力强的两仪师都会来欺压她们。爱莉达一直躲着她们,至少她们一直没碰到她,直到听说她已经动身前往安多了。不过她的离去仍让她俩松了口气。她们就算能发挥出全部潜力,也只能和爱莉达平起平坐。她能够像收拾初阶生和见习生一样将她们治得惨兮兮,甚至可能更糟。做苦差对初阶生和见习生来说不算什么,但对两仪师来说那已近乎一次惩罚,也许就是一种惩罚。

勒莱茵的实力和爱莉达一样强,而且还是评议会成员。她请她们喝过几次茶,说是为了帮初来乍到的她们缓解压力。史汪跟她很合得来,但沐瑞却被她聚精会神的凝视弄得有点紧张。仿佛她暗中知晓你的一切,在她眼皮底下藏不住秘密。另一方面,史汪并不像沐瑞一样对安娜雅抱有好感。安娜雅不仅为沐瑞提供了治疗,而且为人既热情又坦诚,你总能被她的乐观情绪所感染。和她谈心能让人倍感愉悦,沐瑞觉得她和莉安一样能成为一位好友,虽然不会像史汪那样亲密。

她们俩和莉安重拾旧日的友谊,阿黛·坎福德也再一次和她们交上了朋友。她是个丰满的蓝眼女子,留着黑色短发,虽是安多人,却并不高傲。当然,她的导引能力也并不强。评估实力已经成了她们的本能。她们也重新结识了已经加入了其他宗派的旧友,有些和她们重拾旧情,有些却成了点头之交,还有一些在被提升之后已和她们疏远,现在形同陌路。这也足够了,无论有心还是无意,朋友仍可以分担许多困难。

无论是否有朋友相伴,这段日子都非常难熬。梅琳终于动身离去,接着克瑞妮也走了,然后艾莎、鲁迪丝和维若拉也离开了。搜寻者们终于出发了,这让沐瑞松了口气。但她马上又因置身事外而沮丧。史汪开始喜欢上了她的新工作,现在她仅会抱怨一些工作细节问题。她会在约定时间之前就赶到塞塔莉娅的房间,直到餐厅供应了两轮或三轮晚餐之后才会离开。沐瑞可没有那么大的干劲。她晚上仍睡不安稳,雪中弃婴、无脸男子和太阳王座的噩梦仍在困扰她。前两者已经没那么频繁了,后者却无一丝缓和。她把房间里大部分带蕾丝和褶边的东西都换掉了——她去找了衬垫织工,织工只花了两三天时间就搞定了。但安娜雅对此明显不太满意,虽然她没说什么,因此沐瑞不得不留下几样。到头来她的睡床还是一片褶边的海洋,能让史汪爱不释手。不过她大部分时间都不用待在卧室里。床嘛,就随它去吧。经历过无数次失败,她终于成功地烤出了一个不焦不煳的馅饼,但艾拉才尝了一口脸就绿了。史汪烤了一只鱼肉馅饼,艾拉觉得味道很好。不过还不到一个小时她就直奔厕所,并且需要治疗。没人指责她们故意胡闹,她们也确实不是故意的。但安娜雅和凯伦觉得这实在是个绝妙的报应。

艾丽德失踪一周后，雪瑞安通过了试炼，那天刚好是查萨林节。理论上说，史汪算是蓝宗资历最浅的成员，但塞塔莉娅不准她离开工作一分钟。所以第二天，是沐瑞将披肩放在了火红头发的沙戴亚女子肩头，并陪同她返回蓝宗区出席欢迎仪式。史汪最后还是想方设法逃了出来，给了雪瑞安第六个吻。雪瑞安很懂烹饪，而且喜欢烘焙。

在凯瑞安，查萨林节也被称作"回忆之日"，但是沐瑞却无心回忆自己的罪行和过失。她和史汪又找回一位朋友，一位她们本以为一年之内无法再见到的朋友。史汪甚至提议让雪瑞安也加入搜寻，沐瑞花了好几个小时才说服她放弃这个念头。她并不担心雪瑞安会向塔摩拉告密，但雪瑞安是见习生中最有名的大嘴巴。雪瑞安可能不会说出她承诺保守的秘密，但却会故意泄露一些蛛丝马迹，她无法抗拒向人炫耀内情的快感，史汪应该也很了解她这点。如果让别人知道你守着一个秘密，迟早会有人能把它发掘出来，这是很简单的道理。有时史汪真是一点戒心都没有。有时？她一向如此。

两仪师们开始议论起白塔新生的朝气，最近居然有这么多新人赢取了披肩，而且很快大概又要有一两个人将被擢升。依照传统，没有人提到艾丽德，但沐瑞无法不想到她。两周之内，四个见习生接受了试炼，三个通过了，一个死去了。同时唯一一名接受了见习生试炼的初阶生却失败了，被送走了。初阶生名册上没有登记上一个新名字，而超过二十名天资不足的初阶生因为没有希望赢得披肩而被遣走了。

按照这个趋势，在今后的数百年里那些尘封的房间仍将无人使用。到最后，白塔将空无一人。史汪试图安慰她，但一想到白塔将变成一座尘封的墓碑，她又怎能高兴得起来？

三天后，沐瑞开始后悔没有遵从回忆之日的风俗。她并不迷信，但常言道，在回忆之日心怀怨念会给你关心的人带来厄运。当时餐厅正在供应第二轮早餐，她正慢慢地喝着粥。马上又要叫那群文书折磨，她心里烦透了。瑞玛·高菲突然冲进餐厅，她身着黄纹绿装，苗条而优雅，和沐瑞差不多高。她实力比沐瑞弱，但发间的红宝石首饰让她有了一种皇家派头，神情带着黄宗式的高傲。令沐瑞惊讶的是，她织起风之力与火之力的能流，放大自己的声音让其传遍整个餐厅。

"昨天晚上，塔摩拉·奥斯普恩雅，封印守护者、塔瓦隆之焰、艾梅林玉座，在安睡中去世了。愿光明照耀她的灵魂。"她的语气十分平静，如同在宣布天要下雨一般。她以冷静的目光扫视全厅，确认所有人都理解了之后便离开了。

正在用餐的人们立即开始议论起来，但沐瑞却僵住了。和普通人一样，两仪师有时也会在享尽天年之前去世，而且她们并不会随着年龄的增长而逐渐衰老，因此表面完全健康的姐妹也可能突然去世。但玉座的离世仍令她震惊不已。*愿光明照耀塔摩拉的灵魂*，她默默地祈祷，*愿光明照耀她的灵魂*。光明定会照耀她的灵魂。搜寻那男婴的计划将会生变吗？当然不会。塔摩拉选定的搜寻者清楚自己的任务，她们会将此事告知新任玉座。如果沐瑞能抢在评议会将她们的计划告知玉座之前请求玉座，没准后者还会解除她的任务。

这个念头立即让她对自己感到恶心，她推开了粥，一时间食欲全无。她全心全意敬爱着的女人刚刚去世，她却在考虑其中的好处！权谋游戏确实已经刻入她的灵魂，连同达欧崔家族全部的劣根性。

她几乎要主动去找茉瑞安请求受罚，但初阶生师尊的惩罚可能会拖延她离开塔瓦隆的时间。想到这里她的愧疚更深了。于是她给自己定下了惩罚。她只有一件裙子的颜色白到接近丧服，看上去就像洗时被染蓝的白裙。她穿着它出席了塔摩拉的葬礼。塔莫瑞在这件裙服的正面、背面和袖子上都绣上了精致的蓝色网纹。它看上去清新大方，但一穿上你就会发现它几乎和裁缝师自己的衣服一样暴露。何止啊，根本就是一样的伤风败俗。当她在镜子里看到自己的扮相时，差点气哭了。

她在走廊里碰见了史汪，后者一看见她就睁圆了眼，“你当真要穿成这样？”她头发上系着白色长缎带，两臂上各绑着一条更长的。路过的两仪师全都是类似装扮。两仪师从不会全身素装，除了白宗。但白宗也没把它当丧服穿。

“这是为了赎罪。”沐瑞答道，她让披肩滑落到肘部。史汪没再说什么。有的问题可以问，有的却是碰不得的。这是古老的传统，亦是朋友间的信任。

所有两仪师都聚集到白塔院墙内的一块僻静的林间空地上，人人都戴着披肩。塔摩拉的遗体安放在担架上，披着朴素的蓝色寿衣。早晨的空气异常清冷，但沐瑞没有打寒战。灰白的天空下，四周的橡树仍是光秃秃的，它们粗壮虬结的枝条正适合作为葬礼的布景。沐瑞的着装引得众人频频皱眉，但招来其他人不满也是自我惩罚的一部分。精神磨炼往往是最难熬的。奇特的是，白宗全都戴着光滑的黑色缎带。这番景象没有引起其他两仪师的不满，那么一定是白宗的某种传统。别人可能早就见怪不怪了。任何人都可以当众吟诵祷文或是缅怀逝者，多数人都致了词。但红宗里则只有守护者上前致意，且只有寥寥数语。不过那可能也是一项传统。

沐瑞驱使自己走上前去，站在担架前。她垂下披肩，露出自己的后背。她知道所有人都在盯着自己，真让人难以承受，“愿光明照耀塔摩拉的灵魂，赐予她应得的荣光。愿她在创世者的手中得到庇佑，直到转生之日来临。愿光明赐予她灿烂似锦的来世。此世无一人能如塔摩拉一般让我敬仰，现今我对她敬佩依然，永生永世。”她眼中盈满了泪水，这眼泪并非为刺痛般尖锐的耻辱感而流。她从未深入了解塔摩拉，初阶生和见习生永远无法深入了解任何一位两仪师，更不要说玉座了。但是，光明啊，她真的怀念塔摩拉啊。

依照塔摩拉生前的愿望，她的遗体经火之力而火化，骨灰由蓝宗姐妹洒落到白塔院墙内的每一个角落。死后，她得以重归蓝宗。沐瑞不是唯一落泪的人。两仪师平日的镇定也无法压抑一切情感。

沐瑞一整天都穿着那件象征耻辱的裙服，当晚她把它烧掉了。只要还能看到它，她就无法忘却这天的悲痛。

在选出新的玉座之前，评议会将负责治理白塔。但律法严禁她们拖延过久。在塔摩拉葬礼当天晚上，灰宗的塞瑞·伐由当选为新的玉座。新上任的玉座在取得围巾和手杖之后往往会施行大赦，但塞瑞没有这么做。三天之后，白塔里所有男性文书全都被解雇了，据说因为他们有人骚扰了初阶生或见习生，或者是“神情不端”，后一条怎么解释都可以。年老到已经抱上了重孙子的文书都没能幸免，对女人毫无兴趣的文书也一样开除。然而没人敢有一句怨言，怨言总会传到塞瑞的耳中。

有三位两仪师被罚放逐一年，沐瑞曾两次被迫跟大家一起前往叛者之庭，观看两仪师光身被绑在三脚架上，被鞭打到号叫不已。审判庭内设有结界，幽光闪烁的灰色圆顶罩在石砖地板上方。尖叫声在结界内不断回响，令沐瑞无法思考、无法呼吸。这几天里她头一次丧失了镇定，被寒气逼得瑟瑟发抖。让她颤抖的不只是寒气。她担心这哀号将会成为长久的梦魇，无时无刻地困扰她。塞瑞从容地观看了全程，平静地倾听了每一声号叫。

新任玉座会另选自己的撰史者，这很正常。如果她愿意的话，还会把初阶生师尊也换掉。塞瑞上任后两个职位都换人了。艾米拉成了新任总管，她是个矮胖的女人，当她奋力抽打某人时，发间的念珠也会甩起来。奇怪的是，她属于红宗，而新任撰史者杜哈拉也是红宗。律法和传统并不要求新任玉座从她先前的宗派里挑选撰史者和初阶生师尊，但这是惯例。不过话说回来，流言盛传当初塞瑞选了灰宗而非红宗可是让白塔震惊不已。沐瑞认为塔摩拉的搜寻者们肯定不会把搜寻男婴的计划告诉这个塞瑞。

第二次观看鞭笞的次日，沐瑞来到玉座书房的前厅。杜哈拉端正地坐在写字台后面，颈上搭着一条一手宽的红色长巾。她的黑裙上有许多鲜红色条纹，说是红裙亦无不可。她是个多曼人，苗条而美丽，比沐瑞高出一手半。但她丰满的嘴唇上写满了恶毒，目光里尽是刻薄之意。沐瑞不能不想到，若这女人不是戴着撰史者的围巾，自己只要愿意的话打个响指就能惊得她跳起来。她正要开口，玉座书房的门砰的一声开了，塞瑞拿着一张纸走了出来。

“杜哈拉，我要你——嗯？你来这里干什么？”她转而冲沐瑞喝道。沐瑞立即像初阶生一样行了大屈膝礼，在起身前亲吻了玉座右手上的巨蛇戒。这个戒指是塞瑞身上唯一的首饰。她的七色长巾只有杜哈拉那条的一半宽，穿的深灰色丝裙也很朴素。她体态臃肿，一张大饼脸甚是滑稽。但严酷的神情似乎已经融入了她的五官。沐瑞几乎能够平视她的双眼，那是一双冷酷的眼睛。

沐瑞觉得嘴里发干，四周的空气突然冷似隆冬。她强忍住颤抖，但安神的心法全然无效。她从传言中了解到塞瑞的为人。此刻其中的一条突然如尖刀般刺中了她的心窝。塞瑞认为，她对律法的阐释即等同律法。她的释法容不下一丝仁慈，而她本人则更不可能发慈悲。

“吾母，我请求您解除我发放赏金的职责。”她语调平稳，感谢光明。“文书们已尽全力了，但他们每天都要排队等两仪师检查工作，这会浪费很多时间。”

塞瑞像吞了个酸橙似的抿紧了嘴。“若不是顾及白塔的声誉，我肯定会叫停这个愚蠢的赏金，根本就是在挥霍公款。好吧，文书可以把文件交给另一个两仪师签字。也许可以找个褐宗。她们就爱管这种事。”沐瑞一时间心花怒放，但玉座又补充道，“当然，你必须留在塔瓦隆。你知道，我们马上就需要你了。”

“如您所愿，吾母。”沐瑞答道，她的心沉到了谷底。她再次行了大礼，亲吻了玉座的戒指。在塞瑞这样的人面前还是恭敬点好。

她回到自己房间，史汪正在里面等着她。她的密友期待地倾身向前，脸上写满了疑问。

“她准许我不用再负责赏金了，但又命令我留在塔瓦隆。‘你知道，我们马上就需要你了。’”她自以为学得很像塞瑞，虽然声音里带了点不必要的苦涩。

“鱼杂碎!”史汪嘟哝道，退了回去。“现在你打算怎么办?”

“我准备出门转转。你知道我准备去哪里。”

史汪屏住了呼吸。“光明保佑你。”过了一会，她说道。

没理由耽误时间了，沐瑞换上了骑装。有史汪帮忙，她很快就换好了。裙服的颜色是恰到好处的深蓝，几道银色蔓叶图案从袖子延伸到领口。她所有的深色衣服都有绣花，但她已经不那么在意了。她把披肩折好放回大衣柜，取出一条黑狐毛皮镶边斗篷，把发刷和梳子塞到斗篷上的一个暗袋里，把针线包放到另一个里面。她戴上骑用手套，和史汪拥抱道别，然后冲出房间。再待下去她可能会忍不住流泪，她不能冒这个险。

她穿过长廊，一路上引来许多关注，但两仪师们似乎不打算多管闲事。只有凯伦和雪瑞安跟她说天太冷不适合外出。伊迪丝略抬了抬手拦住了她，像勒莱茵那样端详她。

“废弃的农场和村落恐怕算不上宜人的景致。”这位白发守护者喃喃道。

“塞瑞命令我留在塔瓦隆。”沐瑞答道，脸上正是一副完美的两仪师式的表情。“我想若我过了桥待上一两个小时就会被当作抗命了。”

伊迪丝抿紧了嘴，但很快又恢复了平静，也许只是沐瑞的想象。显然沐瑞的话让她知道塞瑞泄露了评议会的计划，这让她很不满意。“玉座会对任何稍有不从的人大发雷霆，沐瑞。”

沐瑞几乎要笑了。光明啊，伊迪丝正好给了她把话直接说出口的机会。够直接的了，一个标准的两仪师式的回答。“那么我肯定不会过桥，我可不想受鞭笞。”

她到西马房给飞矢上了鞍，但没带鞍袋。在城里骑马可不需要鞍袋。无论她跟伊迪丝说了什么，伊迪丝都可能会派人来查看。要是换她自己也会这么做。幸运的话，在天黑之前不会有人起疑心。

她先去了杜马夫人那里，钱庄老板已经为她准备了好几张不同账户下的权利书，加上四大包共两百枚金币和一些银币。这些钱够沐瑞用一阵的了。权利书可以等到现金花完后再用，以备不时之需。一旦用掉一张，她就必须加速赶路。白塔的眼线肯定会留意她的踪迹，而无论钱庄老板有多谨慎，也不可能瞒得住白塔。杜马夫人照例没有问任何问题，但见到沐瑞无人陪同，便派她手下四个男仆护送她。沐瑞接受了她的好意。她并不担心蟊贼，塔瓦隆治安很好，这种人也容易对付。但如果真有人心起恶念，最好还是让保镖吓走他们。动用至上力会引来旁人的关注。即使在塔瓦隆，富家女子外出还是会带保镖。

她骑着飞矢离开钱庄，四个男仆陪在她四周。名义上他们都是仆人。不过他们虽然都穿着朴素的灰色外套，但都是些健壮男子，一副精于舞刀弄剑的模样。显然就是这几个“男仆”，或者他们的同事，制服了所谓的格辛尼斯先生。

到了塔莫瑞的店，沐瑞派两个男仆去买旅行箱，雇了两个脚夫。然后她换上了另一套骑装，以乔装为凯瑞安小贵族。五件衣服里有三件绣花，不过每件只有一两处，没什么好抱怨的。而且现在也没时间挑选它们了。塔莫瑞和杜马夫人一样没有多嘴。裁缝师的顾客会尊重她的意见，但说到底前者只不过是个裁缝而已。而且裁缝师也懂得明哲保身之道，否则生意也做不长。在离去之前，沐瑞把巨蛇戒收到腰包里。没了它，手上感觉怪怪的，指间空空荡荡，让她忍不住想要再戴上它。但塔瓦隆城里人人都知道它的含义。从现在起，她必须隐瞒身份。

带领着小小的随行队伍，她向北面骑去，时不时停下来买点无法在白塔里暗中备好的必需品，装到脚夫挑在扁担上的箱子里。最后他们到达了北港，那里弧线形的城墙延伸到水面上，形成一个约有一里长的半弧，缺口便是海港出口。一座座木栈桥环列在半弧之内，旁边停靠着各式各样的河船。码头主管是个粗胖的灰发女人，满脸厌倦的表情。沐瑞和主管谈了几句，后者便要她去找双桅船蓝翼号。蓝翼号不是这里最大的船，但它一小时之内就要起航。

没过多久，飞矢就被绑在长木杆上吊上了船，脚夫已经拿了酬劳走了。沐瑞还给每名男仆各发一枚银币以表谢意。她的行李箱也放到了甲板后的小舱室里。不过一路上她基本上都要待在这房里。因此她留在甲板上抚摸着飞矢的鼻子，看着河船扬帆起航，看着长潮推动蓝翼号，驶离这大水碗一般的港口。

正因为她没有回舱室，才得以看到码头主管一边指着蓝翼号一边和另一个人交谈，后者紧紧地裹着黑色斗篷，正在观察这艘船。沐瑞立即拥抱了阴极力，她眼里的一切突然变得更清晰明亮了，效果可能比不上一支好的望远镜，但她仍可以看清那人在兜帽下的脸，后者正目不转睛地盯着船看。杜马夫人的描述很准确。他的容貌并不清秀，但若忽略左眼眼角的疤还能算得上英俊。作为凯瑞安人，他个子相当高，接近两步。但他是怎么找到她的？又为什么要找她？两个问题都无法让她安心，尤其是后一个。要想阻挠白塔的计划，要想支持另一个家族掌控王权，最简单的办法就是刺杀白塔支持的人选。她牢牢记下了那人的面孔，然后释放了真源。现在她更要加倍小心。那人知道她搭乘的船的名字，而且很可能也知道这船在到达边境国之前所停靠的每个码头。边境国本是她所中意的目的地，离凯瑞安很远，又容易乘船前往。

“蓝翼号速度快吗，卡尼船长？”她问道。

船长是个晒得黝黑的魁梧男子，留着两撇小胡子。他停止发号施令，挤出一个逢迎的微笑。一个肯为自己和坐骑支付金币的贵族搭了他的船，让他非常高兴。“绝对是这条河上最快的船，夫人。”他答道，然后又开始向船员吼叫起来。他已经拿到了一半的钱，仅为了确保能拿到剩下的钱才对沐瑞保持表面上的敬意。

任何船长都会夸耀他的船，但当风鼓起三角帆时，蓝翼号真像是插上了翅膀，飞一般地冲出了港口。

从这一刻起，沐瑞就已经违反了玉座的命令。哦，对塞瑞来说，离开白塔就等于意图抗命，虽然意图和行动是有分别的。那女人将要下达的惩罚一定会囊括劳动、褫权以及肉体苦修加上精神磨炼。更要紧的是，沐瑞已经确认将会有人试图刺杀她。塞瑞一个人就能吓得她站不住，更不要说格辛尼斯先生了。但看着塔瓦隆和白塔缓缓沉入海平面，她心中只剩下重获自由的激动。她们不可能再将她推上太阳王座了。当评议会找到她时，早就会有人捷足先登。而且她就要去找那个男婴了，她面前的冒险将不会逊色于任何一位两仪师。

第15章

进入坎卢姆

时值新春，坎多的空气依旧清冷。岚回到了他愿为之献出生命的土地上。南方早已是春光明媚，而在这里，树木才刚发出新芽。阳光之下，一些积雪已经消融，些许野花点缀在褐色的枯草之间。但不同于南方，黯淡的阳光不能带来多少温暖。乌云滚滚，风暴欲临，凛冽的寒风轻易地穿透了他的外套。也许在南方的日子让他在不知不觉间变得脆弱了，真是不幸。他就快要回到家乡了，快了。

宽阔的道路经过千百年踩踏，已经和山丘上的石头一样硬，纤尘不起。出城的牛车川流不息，载着从坎卢姆的早市上归来的农民。商队的大货车则朝着高耸的灰石城墙进发，戴着头盔、穿着胸甲的护卫骑着马跟在周围。这群商人中有的胸前垂着坎多商会的项链，有的发间系着艾拉非式的铃铛。有些男子别着红宝石耳环，有些女子戴着珍珠项链，但大多数商人的穿戴都和他们的举止一样低调。喜欢炫富的商人很可能因此而在交易中吃亏。

与之相反的是，农民们在进城前会换上最好的衣服。他们大踏步走着，男人穿的肥马裤、女人宽松的裤子，还有他们那随风飞扬的斗篷上都绣着鲜艳的图饰。有些人头上系着彩带，有些围着毛皮细围巾，打扮得像要出席立春舞会或晚宴似的。然而他们以戒备的目光打量着陌生人，一边掂量着手中的矛或斧子，一边加快了脚步。坎多的局势并不安定，所有边境国都不太平。匪患好似烧不尽的野火，妖境里暗潮涌动。甚至有谣言说出现了一个会导引的男人，不过话说回来，这也是老生常谈了。

岚牵着猫舞者向坎卢姆方向去，没有在意旁人对他们的戒备，也没有留意布卡马回敬他们的怒视和唠叨。布卡马虽然总是叫着要休假，但在南方待久了，他反而更加暴躁易怒。现在他又在抱怨马伤了蹄子，害得他不得不走路。

他们的外表确实引人注目：两位高个子男人，牵着各自的坐骑和一匹驮马，带着一对破柳条筐，朴素的外衣又脏又破，但马鞍和武器却保养得很好。他们一老一少，披肩的长发被一条皮绳编成、勒着前额的带子束住。海多力总会招引旁人的注意，尤其是在边境国。这里的人多少都知道一点它的含义。

“蠢货。”布卡马嘟哝道，“他们以为我们是强盗？他们真相信我们打算光天化日之下在大道上打劫？”他瞪着人群，用手按着挂在腰间的剑，让许多商队护卫向他投来警惕的目光。一个赶牛的矮胖农民刻意避开了他们。

岚没有回话。人们对仍戴着海多力的马吉尔人抱有成见。虽说他们并未被视同强盗，但和布卡马提起这点能让后者抱怨好几天。刚才他还在念叨着晚上要吃顿好饭，现在又开始嘀咕着一张舒服的睡床。布卡马从不期待太多，而且从不信任外人。

岚没去操心饭食和住宿，而是在估算他们走过的路程。他不停地向北方望去，同时时刻留意周围的人，尤其是总盯着他看的人。他留心听着马蹄声，挽具的叮当声，马鞍的咯吱声，还有马车收起车篷的声音。各种声音充斥他的耳朵。他留意周遭的一切，而妖境尚在北方，中间隔着延绵百里的山丘。然而他仍能感觉它的存在和那扭曲的污染。

这感觉只是他的想象，但绝非妄想。身在南方时，他就能感觉它的召唤。在凯瑞安、安多甚至提尔，接近五百里格的距离都不能将之隔绝。他离开边境国已经两年了，抛下了他自己的战争，转而投身另一场战争。每过一天，他的乡愁就强烈一分。他真不该听布卡马的话，留在南方任由自己变得软弱。和艾伊尔人作战尚能让他时刻保持紧张。妖境能轻易夺走大多数人的性命。那是一片被暗帝的气息所污染的腐朽土地，被暗影和死亡所占据。在那里，任何东西都有可能是致命的。一次虫咬，或是被毒荆棘刺伤，或是摸到有毒的叶子，都会使人丧命。若是闯入兽魔人和魔达奥的老窝，就更不用说了。抛两次硬币就能决定今后的去路。有四个国家和妖境接壤，但从艾瑞斯洋一直到世界之脊，整个妖境都是他的战场。快要到达妖境了，马上就要到家了。他已经离开太久了。

一条干涸的护城河环绕着坎卢姆的城墙，它有五十步宽，十步深。护城河上架着五座宽阔的石桥，每座桥的两端各有一座塔，它们和城墙上的瞭望塔一样高。兽魔人和魔达奥常从妖境南下侵袭坎多，比坎卢姆更往南的土地都遭受过它们的劫掠。红鹿旗飘扬在每一座塔上。马卡塞夫家族的族长瓦兰大人是个颇为自傲的人。即使在查辛，爱瑟奈尔女王也不会为自己挂上这么多面旗帜。

桥外侧瞭望塔的守卫戴着标志瓦兰大人的鹿角盔，胸前绘着红鹿。他们每放一辆马车过桥之前都要先仔细查看车篷里面，偶尔还会示意某人放下兜帽。他们无需做更多解释，边境诸国的律法均禁止在城镇和村落里遮住面孔，而且没人想被误当作混入城内的无眼者。守卫以严厉的目光目送岚和布卡马过桥。他们没有遮起脸，这样旁人也能看到他们戴着海多力。不过守卫没有认出他们。在边境国，两年是很长的一段时间。不知有多少人会在两年之内死去。岚发现布卡马一声都没吭，这可不是个好现象。“放松点，布卡马。”

“我不会惹事。”布卡马不耐烦地说道，但他放下了按着剑柄的手。

站在敞开的铁箍大门上方的守卫和桥上的守卫只穿了胸甲，但他们一样十分警惕。两个束着头发的马吉尔人更是重点关注对象。布卡马脸上的表情越来越难看。

“亚岚·人龙！光明助吾等，有人说你在光耀之墙被艾伊尔人杀了！”叫喊声来自一个年轻的守卫，他比其他人都要高，几乎和岚比肩。他只比岚年轻一两岁，但他们之间却仿佛有着十余年的代沟。也许他们根本算不上同一辈人。这名守卫深鞠一躬，左手按在膝盖上。“台沙马吉尔！”马吉尔的真正传人，“我时刻准备着，陛下。”

“我不是国王。”岚轻声答道。马吉尔已然逝去，存留下来的只有一场尚未结束的战争。至少，他自己的战争还没有结束。

布卡马可不会轻声细语。“小子，你准备了个啥？”他一掌拍在守卫胸前的红鹿上，让那人踉跄着后退了一步。“你把头发剪了，把束带扔了！”布卡马啐了一口。“你向一个坎多领主宣誓效忠！你凭什么说自己是马吉尔人？”

年轻人的脸红了，结结巴巴地想要解释。其他守卫开始向这边靠拢，他们看到岚扔下了缰绳，又站住了。仅此而已，不过现在他们知道岚的名字了。他们盯着岚的栗色牡马，警惕地站在他身后。坐骑和骑手一样让他们紧张。战马是一件强大的武器，不过他们并不知道猫舞者还没有训练好。

旁人纷纷避开他们，已经过了桥的人跑到远一些的地方继续围观，还没过桥的人都退了回去。两边的人群中都有人大声嚷嚷，想要弄清是什么阻碍了交通。布卡马装作什么也没看见，只是狠狠瞪着面红耳赤的守卫。他没有扔下驮马和他自己那匹杂色黄阉马的缰绳。看来这事仍有希望能够和平收场。

一位军官从城门内的守卫室里走了出来，他挟着头盔，戴着铁背手套的手按在剑柄上。阿林·瑟若库头发灰白，脸上有一道白色伤疤。他是个豪爽直率的人，曾驻守妖境边界四十年。看到岚时，他惊讶地睁圆了双眼。显然他也听说了岚死亡的传言。

“光明照耀您，人龙大人。本城永远欢迎受祝福的先人爱琳娜和亚阿基尔之子。”瑟瑞库瞟了瞟布卡马，明显不欢迎布卡马。他站在城门中央，五名骑手可以轻松从他身侧并肩通过。但他似乎要凭一人之力守住这门，他确实有这种气势。守卫们都没动，但他们的手都按在剑柄上，除了仍在和布卡马对视的那个年轻人。“马卡塞夫大人命令我们严保城内安定。”瑟瑞库略带歉意地继续说道，但这并非道歉。“城内局势紧张。那些男人导引的传言已经够糟的了。上个月几起谋杀案，就发生在光天化日之下的大街上，还有几起奇怪的事故。人们私下里都说城内有暗影生物活动。”

岚微微点头以表同意。在离妖境这么近的地方，人们会把所有无法解释的怪事都归咎于暗影生物作怪，无论是离奇谋杀还是作物歉收。不过他没有捡起猫舞者的缰绳。“我们准备在城里休息几天，然后向北去。”休息，并且恢复警觉。

一时间瑟若库看上去有些吃惊。难道他本以为岚会保证不生事，或者为布卡马的举动道歉吗？二者都会让布卡马受辱。如果他的战争在这里就结束了，那可真是遗憾。岚不想在和坎多人的争斗中死去。

他的老朋友抛下了浑身发抖的年轻守卫，双拳顶在腰间，“都是我的错。”布卡马以不带感情的语气大声宣称，“我不该有这种举动。以我母亲的名义，我会遵守马卡塞夫大人的法令。以我母亲的名义，我不会在坎卢姆的城墙里拔剑。”

瑟若库惊讶得张口结舌，岚好不容易才隐藏住他自己的惊讶。

瑟若库犹豫了一下，然后站到一边。他鞠了一躬，手依次按过剑柄和左胸。“本城永远欢迎亚岚·人龙大将，”他郑重地说，“也欢迎布卡马·马瑞尼林，萨马纳的英雄。愿二位终能归于和平。”

“和平即是母亲的最后一次拥抱。”岚同样郑重地回应道，手按过剑柄和左胸。

“愿我们终能回归她的怀抱。”瑟若库念出最后一句。没人会主动追寻死亡，但在边境国，坟墓是唯一的和平之所。

布卡马板着脸，牵着日矛和驮马径直走了，他没有停下来等岚跟上。这不是个好现象。

坎卢姆是一座砖石筑成的城市，石砖铺就的街道在高丘间蜿蜒盘旋。艾伊尔侵略者始终没能打到边境国内，但战争造成的贸易萧条总会波及更远。现在冬天去了，战争也结束了，城墙里再度挤满了来自世界各地的人们。

虽然妖境几乎算是近在咫尺，但这座城市仍通过开采附近山丘上的宝石矿而致富。而且奇怪的是，这里还有世界上最好的钟表匠。市集广场筑在山丘之上，即使隔着老远，小贩和商铺老板的叫卖声仍能盖过人群的嘈杂声。每个路口都有衣着鲜艳的乐手或杂耍艺人表演。几辆漆木马车在人群中穿出一条路，货车、大篷车和手推车也会让道。鞍具和笼头镶有金银的骏马在人群中穿过，骑手的衣着同样华丽，外套镶有狐皮、貂皮或鼬皮毛边。到处挤满了人。岚甚至看到了几名两仪师，她们岁月无痕的脸上毫无表情。好多人都认出了她们的身份，纷纷给她们让开道，人群中仿佛掀起了一道波浪。无论是出于尊敬还是警惕，敬畏还是恐惧，人们总有足够的理由为两仪师让路，哪怕是国王。以前在边境国整年都见不到一位两仪师，但前任玉座死后似乎到处都能见到她们。也许她们是被男人导引的传言吸引来的。如果传言属实，她们一定会拿下此人。

他移开了目光以避免引起她们的注意，并加快了脚步。海多力对一位正在挑选护法的两仪师颇具吸引力。名义上，她们在约缚一个人之前需要征得同意，但他认识的好几个人都接受了约缚，每一个都让他惊讶不已。有谁会愿意放弃自由，向两仪师屈膝呢？除非她们在请求之余还使了别的什么手段。

令他震惊的是，很多女人都戴了面纱。面纱很薄，隔着它也能看到她们的眼睛。但岚从未料到律法竟会迁就区区时尚。也许下次他们会灭掉油灯，任由街道被夜幕笼罩。更惊人的是，布卡马看着这些女人从他身边经过，竟然一言不发。接着一个叫那扎·库瑞宁的尖鼻子骑手从他面前经过，他连眼都没眨一下。先前那个年轻的守卫是在马吉尔被妖境吞噬之后才出生的，但这位库瑞宁的年龄是岚的两倍。他也剪了头发，还留着两撇胡子，而海多力在他前额上留下的勒痕尚未完全被岁月抹去。像库瑞宁这样的人有不少，布卡马原本看到这种人就要骂两句。岚担忧地看着他的老友。

他们不紧不慢地走向城市的中心，爬上最高的山丘，公鹿堡就在那里。马卡塞夫大人的宫殿像一座要塞，占据了整座山头。地位更低一些的绅士女士们则住在山坡上石阶旁。他们中途经过的每一道关卡都热情地欢迎亚岚·人龙，热情到让他有些担忧：舞会和狩猎，几十里内的贵族都受到邀请，甚至国境另一边的艾拉非贵族也会前来参加。人们热切地想听他讲“冒险”经历。年轻人想跟他一同闯入妖境，老年人拿年轻时的经历和他比较。女人们想和传说中连妖境也杀不死的男人相爱。坎多和艾拉非有时也和南方国家一样糟糕，这些女人中有的早就到了谈婚论嫁的年龄了。

还有库瑞宁这样的人，他们努力想忘掉逝去的祖国。还有那些不再涂上额前的吉塞恩，不再誓言只要一息尚存就要送自己的儿子们去和暗影作战的女人们。他无法忘记他们称呼他亚岚大将时满脸假笑的面孔。当他尚嗷嗷待哺时，他的国家就已经遭到了背叛。以布卡马当前的脾气，他可能会杀人。甚至可能会有更激烈的举动，因为他在城门发了誓。他会遵守誓言，但他单凭拳脚功夫就足以取人性命。

“瓦兰·马卡塞夫一定会留我们好几天，好款待我们。”岚说道，他转身背向城堡，向一条狭窄的街道走去。“他还有匪患之类的事要操心，要是我不到他那里致意，他可能会更高兴。”确实如此。这位马卡塞夫族长，岚以前只见过一次，但他记得对方是个表情严肃的人，为职责奉献了全部。马卡塞夫大人会一边安排舞会和狩猎，一边暗中后悔不已。

布卡马没有抱怨一句，没有提到宫殿的睡床，也没有念叨厨师精心准备的晚宴。这令人十分担忧。他自己已经恢复了警觉，现在他需要设法让布卡马也进入状态，不然他们迟早会送死。

第 16 章

深　穴

北边城墙附近的低洼地没有一处华屋，只有商店、客栈、旅馆、马厩和存放马车的空场。一排排仓房之间，人群熙熙攘攘，四轮马车不会下到深穴来，而且，这里的街道普遍狭窄不堪，连手推车都挤不进来。但这些小巷子仍和大道一样拥挤嘈杂。这里的街头艺人施展不开手脚，便提高嗓门加以弥补。小贩和顾客也都扯着嗓子猛喊，声音能传出几条街。人群中肯定混有小偷，有些可能在早市上就捞够了油水，有些可能正准备在下午大干一场。城里这么多商人，要是没小偷那可真是怪了。岚又一次感觉到有人偷偷摸他的外套，便把钱包塞到衬衣里。他随便找个钱庄老板都能借到不少钱，可能比他成人后所继承到的庄园的收入还多。但要是丢了钱包，他就不得不借宿公鹿堡了。

他们找过三家旅馆——都是石瓦屋顶的灰石砖房，门口摆着鲜艳的招牌——结果发现里面已经住满了小商人和商队护卫，连间阁楼都没有了。布卡马嘟哝着，干脆在草堆里睡算了，但他没提到城堡里的羽垫睡床。当他们把马交给第四家旅馆的马夫时，岚决定就算花一整天时间也要找个住的地方。

旅店里，一名俊俏的灰发高个子女子在照看大堂，一个苗条的女孩一边弹琴一边唱歌，但她的歌声几乎完全被大堂里的喧闹声淹没。大堂内烟雾缭绕，厨房里飘来烤羊腿的香味。老板娘看到岚和布卡马后，黑色的双眼中立即燃起了怒火，她扯了扯蓝纹围裙，大步朝他们走来。还没等岚开口，她就揪住了布卡马的耳朵，一把扯过他的脑袋亲了起来。坎多女人从不知害羞，但在大庭广众之下如此热吻还是太惹眼了。酒客们马上开始朝这边指指点点，暗中窃笑。

“拉塞儿，见到你我也很高兴。”当她终于放手后，布卡马微笑着轻声说道。“我都不知道你在这儿开了旅店，你看——”他垂下目光，礼貌地避免和她对视，他真不该这么做。拉塞儿狠狠一拳捶在他下巴上，让他的头猛地向后仰去。

“六年了，一点信儿都没有。”她尖声叫道，“六年啊！”她又揪住他的耳朵，给了他一个更长的吻，看起来更像在强吻他。布卡马试图挣脱，耳朵马上就被她狠拧了一把，只好弯下腰乖乖让她亲。她都已经吻了他，不会再捅他刀子了吧。应该不会吧。

“我想阿若尼夫人会给布卡马找个房间。”岚背后传来一个熟悉的声音，“也会给你找个房间的，是吧。”

岚转过身，他紧紧地抱住了那人，除了布卡马外，只有此人的身高能和他比肩。瑞恩·维纳玛是他除布卡马外认识最久的朋友。老板娘还揪着布卡马不放，瑞恩领着岚坐到角落里的一张圆桌旁。他比岚大五岁，也是马吉尔人。但他却把头发编成两条辫子，系上许多银铃。他的靴帮和黄外套的袖子上饰有更多铃铛。布卡马并不真的厌恶瑞恩，但照他今天的脾气，只有那扎·库瑞宁才能让他更生气。

两人坐到长凳上，一位围着条纹围裙的女侍给他们上了香料热酒，这应该是瑞恩在看到岚之后点的。女侍有着一双黑眼睛和丰满的嘴唇，她一边把杯子放到岚面前，一边毫不掩饰地打量着他，接着便凑到他耳边轻声念出自己的名字——莉拉，并邀他晚上到她那里去。岚晚上只想睡个好觉，因此他垂下目光，低声说，这番美意他真的无福消受。没等他说完，莉拉就大笑起来，在他耳朵上狠狠咬了一口。

“到明天早上，”她嘶哑地大声宣称，“我的美意会教你直不起膝盖。”他们周围的酒客狂笑起来。

“看来你还是很有女人缘啊。”瑞恩的笑声很尖锐，也许他看上这女的了，“光明才知道，她们看上的肯定不是你这张脸，你可是一年比一年丑啊。也许我该学学你那扭捏作态，叫她们牵着我的鼻子走。”

岚不知该说什么，只好拿起杯子灌了口酒。他本来就没必要跟瑞恩解释，反正也解释不通。岚十岁那年，瑞恩就跟他父亲去了艾拉非。他腰间别一把剑，而不是背上两把，但他仍是个彻头彻尾的艾拉非人。他甚至会主动找女人搭讪。岚是在夏纳由布卡马和他的朋友们抚养长大的，一直住在一个坚守马吉尔风俗的小社区里。如果今晚莉拉果真和他上了床，她会发现他在床上绝不会这般扭捏。但房事该由女人作主。

好多酒客都在注意他们，时不时隔着酒杯瞟一眼。一个丰满的古铜肤色女子——她穿的衣服比一般的多曼人要厚得多——没去费心掩饰自己的目光，正在兴奋地跟一个留着卷曲胡子、耳上戴着大珍珠的家伙说着什么。也许她以为莉拉晚上会遭遇不测。也许她以为戴着海多力的人都是些杀人不眨眼的家伙。

"没想到会在坎卢姆见到你。"岚说，他放下酒杯，"在做商队护卫吗?"布卡马和老板娘不知到哪去了。

瑞恩耸耸肩。"刚从索比拉赶过来，雇主据说是艾拉非最走运的商人。哎，运气好也救不了他。我们昨天就到了，结果昨晚他被两个强盗割了喉咙，和这儿就隔着两条街。这一趟我只拿到一半钱。"他忧郁地笑了笑，猛灌了一口酒。也许他在怀念那商人，也许是在思念失去的那一半工钱。"光明烧了我，我也没想到会在这儿见到你呀。"

"你不该听信谣言，瑞恩，南方都没给我留下一条值得一提的伤疤。"岚决定再见到布卡马时定要取笑他几句，问问他刚才是不是已经把房费抵了。他应该发发火，别再生闷气了。

"艾伊尔人。"瑞恩哼了一声，"我可不相信你会被他们干掉。"当然，他从没见过艾伊尔人。"我本以为你和艾黛·阿芮在一起。我听说她在查辛。"

岚猛地转过头盯着瑞恩。"为什么我该和阿芮夫人在一起?"他问道，声音很轻，但着重强调了她的正式头衔。

"放松点。"瑞恩说，"我不是那个意思……"还好，他没再提这个，"光明烧了我，难道你没听说吗？她竖起了金鹤旗，当然，是以你的名义。今年年初，她从法莫兰赶到马兰登，现在要回去了。"瑞恩摇了摇头，辫子上的铃铛轻声作响。"坎卢姆城里至少有两三百人愿意追随她。我是说，追随你。有些人绝对会让你意外。老库瑞宁听了她的演讲当场痛哭。他们准备从妖境手中夺回马吉尔。"

瑞恩又说了什么晚上要把酒店都逛个遍，岚没注意听。他快步穿过被铁炉、砖灶和壁炉烘得闷热的厨房，冲入凉爽的马厩。马厩里面混合着马匹、干草和柴火的气味，棚子顶上有一只灰云雀唱歌。一到春天，灰云雀总会比知更鸟更早出现。当年在法莫兰，艾黛初次在他耳边轻语时，灰云雀也在歌唱。

他们的马匹已经在马厩里拴好，笼头、马鞍、驮鞍和鞍褥都挂在栅栏门上。但柳条筐不见了。显然阿若尼夫人已经告诉马夫岚和布卡马订了房间。

这间光线昏暗的棚子里只有一个其貌不扬的瘦削女人，正在打扫马厩。她一声不吭地看着岚检查猫舞者和其他马匹，看着他在撒着稻草的走道上来回踱步。他努力思考，但艾黛的名字一直萦绕在他的脑海中。他记起了她柔顺的黑色长发直垂腰际，他记起了她那美丽的面孔和大大的黑眼睛，那双眼睛能让任何男人为之倾倒。过了一会儿，马夫冲他嘟哝了几句话，用手点了点嘴唇和前额，然后推着半满的推车快步向外面走去，一边还扭头看着他。她匆匆把门插上，迅速离开了，留他一人待在昏暗的棚子里。唯一的光源只剩下草棚顶上的一扇天窗，尘埃在暗淡的金色光线中起舞。

岚皱紧了眉头。她就这么害怕一个戴了海多力的男人吗？他在这里来回踱步吓到她了吗？他突然意识到自己的手正来回抚摸剑柄。他没有在踱步，而是在走名为豹穿草丛、用以在重围中克敌的步法。他需要镇定下来。

他在一个稻草堆上盘腿坐下，唤起"唯一"，静心沉思，让自己与身下的草堆、身后的剑和马房融为一体。他能够"感觉"到马匹在啃马槽里的草料，"感觉"到角落里蚊蝇飞舞。一切都与他融为一体，尤其是剑。不过他只需要那片没有感情的空无。

他从腰包里取出一个沉重的金质玺戒，戒面上的图案是一只飞翔的鹤。他把玩着这枚戒指。它属于马吉尔的国王，属于那些领导国家对抗暗影九百余年的人们。它曾无数次因磨损而被重铸，每一次重铸时旧戒都会融入新戒。它里面仍有一部分属于莱达夏的君主，他们在马吉尔人之前统治那片土地。而在莱达夏之前，还有阿兰迈尔。这块金属是三千年间人类对抗暗影的象征。他刚到人世就继承了它，但从未戴上它。单是看着它，就能让他感觉到肩上的重担。这是他的每日都要完成的仪式。若不依靠空无，今天他可能都无法完成。"唯一"能让思绪自由流淌，拒一切情感于千里之外。

他尚为婴孩时便继承了四样遗产：手中的戒指，颈上的吊坠，腰间的宝剑，加上以他的名字立下的誓言。吊坠是最珍贵的一件，里面有他父母的肖像，他们的面容自他记事以来便从未得见。誓言是最沉重的，"对抗暗影直到海枯石烂，保卫马吉尔直到最后一滴血流尽，为无法守住的一切复仇。"立誓之后，他便受涂油膏，领受大将的名号，并被立为马吉尔的下一任国王。接着他就被带离那片注定要遭受厄运的土地。

誓言保卫的国家已然消逝，仍待践行的只剩下复仇。他自蹒跚学步起就朝着这个目标奔去。母亲的馈赠戴于颈，父亲的宝剑握于手，国王的玺戒铭于心，他从第十六个命名日起就开始为马吉尔复仇。但他从未带领别人进入妖境，布卡马和其他一些人追随他。但他不会带领别人攻入妖境。这场战争是他自己的责任,死人无法复活,死去的土地也不可能复生。不过现在艾黛·阿芮正准备尝试。

她的名字在他脑海的虚空中回响。千种情感排山倒海般涌来,但他将之一一送入火焰,直到内心再度归复平静,心跳跟上栏中马匹踩蹄子的节奏,呼吸与蚊蝇振翅的速率相扣。她是他的卡内拉,他的初恋。千年的传统在向他呼喊,而他却仍不为所动。

艾黛曾在他耳边轻声道出爱意,手里捋着齐腰的长发。那年他十五岁,她的年纪则比他大了两倍有余。当时女人们仍会称赞他容貌英俊,好欣赏他羞红了脸的样子。半年内,她总是和他挽着手到处走,拉他上她的床。直到他从布卡马和他的同袍们那里领过海多力的那天。十岁时他就得到了父亲的宝剑,按边境国习俗,这标志着他已经成年,虽然离真正成年还有好多年。然而对马吉尔人来说,这条皮绳编成的头带的意义更加重大。自从戴上它的那一刻起,他的人生便由自己作主。从那天起,妖境的低吟便化为狂啸,盖过了他耳中的一切声响。他开始跟着在胸中沉睡了许久的誓言起舞。

自艾黛目送他离开法莫兰起,已经过去了将近十年。当他再度回到那座城市时,她也已经离开了。然而在他的记忆中,她的面孔依然清晰,自那次分别起,和任何一个女人上床都无法盖过那段记忆。他不是个男孩了,早就不再相信她会爱上他是因为她情愿和他共享一段美好的初恋。但马吉尔男人中有句老话:卡内拉会将你的一部分灵魂永远系在发间。这是一条如律法般厚重的传统。

马厩的门砰一声开了,布卡马走了进来。他没穿外套,衬衫邋遢地塞在马裤里。没带剑的他就像光着身子一样。他似乎有点犹豫,先小心地把两扇门都推开,然后才走了过来。"你打算怎么办?"他终于开口说道,"拉塞儿跟我说了……金鹤的事情。"

岚把戒指收好,然后释放了虚空。艾黛的面孔立即浮现在他眼前,无论他往哪里看都摆脱不掉。"瑞恩说连那扎·库瑞宁都愿意追随她。"他轻描淡写地说:"难得一见啊。"试图击败暗影的军队将会尽数牺牲,早有先烈舍生取义。然而,马吉尔正在被淡忘,一个国家不可能单由土地承载。"守城门的那个男孩会开始蓄发,并且要他父亲给他一条海多力。"人们正在遗忘一切,或者试图忘掉一切。当最后一个束发的男人死去后,最后一个涂画前额的女人死去后,马吉尔会不会真的被彻底遗忘?"哎,也许瑞恩都会把辫子剪了。"当他再次开口时,语气里的戏谑完全消失不见。"但这一切真的值得吗?有些人可能真这么想。"布卡马哼了一声,但他也有点犹豫。他大概也是"有些人"之一吧。

布卡马大步走到拴着日矛的畜栏前，开始抚摸挂在栅栏门上的马鞍，仿佛突然忘记了他来这里要干什么。“凡事皆有代价。”他低着头说道，“但是，有些事情的代价远不止一种，艾黛夫人……”他瞥了岚一眼，然后转身面对他，“她总是想主张一切权利，要求人人对她尽责尽忠。传统把你和她绑在了一起，无论你做什么，她都会加以利用，就像驾驭马匹一样。除非你能设法避免这种事发生。”

岚把自己的大拇指塞到剑带里。当年是布卡马背着岚带他逃离了马吉尔，那次逃亡中，仅有五个护卫存活，现在就剩下他一个了。布卡马有权利在岚面前畅所欲言，即使他谈的是岚的卡内拉。“你觉得我会不知羞耻地逃避责任吗？”他的口吻比他想的要严厉得多。他深吸了口气，转用更平缓的语气继续说，“走吧，大堂比这儿好闻多了。瑞恩提议晚上上街逛逛酒馆。不过要是阿若尼夫人非要留你就算了。哦，对了，我们的房费是多少？房间应该不错吧？可别太贵了啊。”

布卡马跟着他朝外面走去，他的脸红了。“没有多贵，”他迅速说道，“你在阁楼上有个小房间，我……呃……住拉塞儿的房间。我也想去喝酒，不过拉塞儿……我想她不会同意让我……我……你个小兔崽子！”他吼了起来，“有个小妞莉拉到处跟人说你晚上不用睡阁楼，还说你都没机会睡着，所以别以为你能——”他顿住了，他们走出昏暗的马厩，外面强光刺眼。灰云雀仍在歌唱春天。

六个人大步穿过空空荡荡的院子。六个佩剑的平民，和街上的路人别无二致。然而岚在他们拔剑向他冲来之前就察觉到异常。他遭遇过多次刺杀，对这种场面再熟悉不过。但他旁边的布卡马为誓言所缚，虽然有剑却不能以剑战斗。空手对利剑胜算不大，尤其在这种形势下。他们也不能一起退回马厩，在他们把门插上之前这些人就能追上他们。时间的流逝似乎变慢了，如同冷掉的蜂蜜一般。

“退到里面去，把门插上！”岚一边伸手拔剑一边厉声喊道，“这是命令，士兵！”

以前他从未用这种口吻向布卡马下令，后者犹豫了一小会，然后深鞠一躬。“我的性命属于您，大将。”他粗声说道，“遵命。”

岚上前迎击刺客，他听到了门闩落下时发出的一声闷响。现在远不是安心的时候。他唤起“唯一”，与出鞘的剑融为一体，与刺客融为一体，后者的靴子重重地踏过坚实的地面，利刃已出鞘在手。

一个像苍鹭一样瘦削的家伙冲在最前面，岚舞起剑招。时间变得缓慢。灰云雀仍在歌唱，瘦子尖叫起来。岚以“斩落云霞”砍断了对方的右手，然后又退到一侧，让其他刺客无法一拥而上。他挥起一个又一个剑招。“晚霞伴雨”切开了一个胖子的脸，让他丢了左眼。一个红发小瘦子以“雪上黑石”砍过岚的肋骨。只有故事的主角才能毫发无伤地击退六名敌手。“绽放玫瑰”斩下一个光头的左臂，红发瘦子在岚的眼角留下一道伤口。只有故事的主角才能同时击败六名敌手。他从一开始就清楚这一点。责任重于山峦，死亡轻似鸿毛。他尚是婴孩时，布卡马就背过他，布卡马是他的责任。不过他现在还没死，没死就要继续战斗。他飞起一脚踢中红发瘦子的脑袋，继续在死亡之下舞蹈，在刀刃上起舞，一边挥剑一边流血受伤。时间缓慢地流淌，一个剑招接着一个剑招，结局却已然注定。思绪仿佛非常遥远。死亡轻似鸿毛。“风中野花”切开了只剩独眼的胖子的喉咙——先前脸上挨的一刀没能把他放倒。一个胡子分叉、宽肩膀的家伙惊讶地抽了口气，岚以“蟒蛇之吻”刺穿了他的心窝。

接着他突然意识到全场只剩他一人站立，六个刺客横七竖八地倒在马厩前的院子里。红发瘦子的脚又抽搐了一下，然后再也不动了。岚是这场战斗中唯一存活的人。他甩掉剑上的血，用宽肩膀的漂亮外套把刀刃擦净，然后郑重地收剑入鞘，仿佛他身在校场，在布卡马的指导下练剑。

突然旅馆里的人都涌了出来，厨子、马夫、女侍和酒客都在高声喊叫，都想知道方才的刀剑声是怎么回事。他们看到满地的死人，都震惊了。瑞恩是第一个清醒过来的，他手里握着剑，面无表情地走到岚身边。“六个。”他看着尸体喃喃说道，“该死的，你真是比暗黑魔神还要走运啊。”

黑眼睛的莉拉几乎和布卡马同时赶到，两人分别动手轻轻揭开刀伤处的衣服，检查他的伤口。她每看到一处伤口就要打个冷战，但她说起伤口要缝几针和要不要找两仪师治伤之类的问题时语气和布卡马一样冷静。她还轻蔑地推开了布卡马拿针的手，一定要自己动手。阿若尼夫人也溜了过来，提着裙子以避免被染血的泥土弄脏。她瞪着马厩前一地的死尸，高声抱怨道，如果守卫尽忠职守，强盗匪帮绝不敢在光天化日之下四处游荡。先前一直盯着岚的那个多曼女人大声表示赞同，结果马上便后悔不迭——老板娘见状便尖声叫她去找守卫，还推了她一把让她赶快行动。阿若尼夫人一定是太震惊了才会这么对待客人。客人想必也同样震惊，多曼女人竟一句也没有抱怨就跑出去了。老板娘开始招呼人们拖走尸体。

瑞恩看看布卡马，又看看马厩，好像非常迷惑——他可能确实不知道城门口发生的事——但他只是说道：“我想这些人不是强盗。”他指了指那个宽肩膀的家伙。“那个人听过艾黛·阿芮的演讲，而且看上去深受感动，还有一个也一样。应该没错。”他摇了摇头，银铃叮当作响，“奇怪的是，她第一次公开号召重竖金鹤旗，正好是在你死在光耀之墙的消息传开之后。你的名字能吸引追随者，但你一死，她就是艾黛了。”

面对岚和布卡马的目光，他摊开两手，“我没有指控她。”他迅速补充，“我永远不会指责艾黛夫人犯下这般罪行。我敢说她和其他女人一样心慈面软。”阿若尼夫人重重地哼了一声，莉拉低声喃喃说道艾拉非帅哥不懂女人。

岚摇了摇头，他没有否认这种可能。的确，若有必要，艾黛可能会下令刺杀他。她可以散播绝杀令，以防他战死的传言不实。但就算她那么做了，他也不能公开指控她，更不要说在陌生人面前。

布卡马正在察看岚手臂上的一处刀伤，他停住了手。“我们下一步往哪里去？”他轻声问道。

“查辛。”岚想了一会才答道。可以走的路永远不止一条，但有时所有的出路都一样糟糕。“你得把日矛丢在这里了，我准备明天天一亮就出发。”

“六个啊！”瑞恩叫道，他重重地将剑入鞘。“我也准备跟你走。在确认塞琳·诺曼不会把她丈夫的死怪到我头上之前，我是不能回索比拉了，而且能看到金鹤旗再度飘扬也是件荣幸的事。”

岚点了点头。他要么竖起大旗，抛弃他坚守了这么多年的信条，要么尽全力阻止艾黛。无论他选哪条路，都必须面对艾黛。妖境也要比这更容易些。

第 17 章

抵　达

过了一个月，沐瑞便发现追寻真龙预言的旅程一点也不惊险刺激，反而相当乏味。她离开塔瓦隆已有三个月，一路上受尽挫败。三誓带来的皮肤紧绷感仍未消退，旅途劳顿又令她腰酸背痛。插紧的百叶窗被风吹得咔咔作响，她坐在硬木椅上扭来扭去，呷了口没有放蜂蜜的茶，以掩饰心中的烦躁。在坎多，居丧的人家里一切都要从简。就算看到雕花家具和放在冰冷壁炉上的铁皮座钟结了霜，她也不会过于惊讶。

“这真是没有道理啊，夫人。”朱芮・那吉玛叹了口气，紧紧地抱住他的女儿们，好像再也不愿放手一样。这已经是第十次了。母亲的拥抱似乎能让蔻拉和艾丝尔安心。她们俩就靠在朱芮的座椅两侧。两人约有十三四岁，留着黑色长发，一对大大的蓝眼睛很像她们的母亲，她们眼里盈满了悲伤。她们的母亲穿着宽大的朴素灰裙，满面愁云，“约瑟夫在马房里一向当心火烛，”她继续说道，“从来不敢点明火，孩子们一定是带了小杰瑞德去看爸爸干活，然后……”又是一声长叹，“他们都被困在里面了。马房起火怎么会烧得那么猛？完全没有道理啊。”

“事出必有因，那吉玛夫人，”沐瑞安慰道，她把杯子放到肘边的小桌上。她同情这女人的不幸，但那女人已经开始自说自话了。“即便我们不曾得见。但知道这点总能让人稍稍安心。时光之轮照它自己的意志旋转，但因缘乃是光明的意志。”

话一出口，她差点对自己皱起了眉头。她年轻的外表配不上这般语重心长的忠告。她真想有一副岁月无痕的面庞，但她最不想见到的就是在寻访中被人识破身份。还没有两仪师来找过朱芮，但她们迟早会找到她的。

“您说得对，阿莉丝夫人。”朱芮礼貌地喃喃应道，但她撇开了目光，毫不掩饰她的真实想法。这外乡人真是个蠢姑娘，还是个贵族呢。

贴在沐瑞额前的小蓝宝石和塔莫瑞做的裙子明白无误地表明了她的身份。在贵族面前，人们会愿意回答更多问题，也更容易接受奇怪的举止。按说她该为她的国王哀悼，不过就算在凯瑞安也没有多少人会为雷芒哀悼。她最后一次听到来自家乡的消息是在一个月以前，据说四个家族宣称有权继承王位，挑起了几场严重的冲突，几乎要开战了。光明啊，还有多少人要丧命于此？如果当初她顺从了白塔的计划，一定也会有人为此而死。凯瑞安在王权交接之时总会有明争暗斗，要么公开内战，要么绑架和暗杀。不过至少她离开的时间已经够长了，足以让她置身事外了。但是她将会为违抗塞瑞而付出代价。

沐瑞大概无意中让怒意显露在脸上，那吉玛夫人以为她看出了自己方才的不屑。没人想惹怒贵族，包括外国贵族。因此她又紧张地补充道：“约瑟夫运气一直很好的，阿莉丝夫人，人人都知道。他们说哪天约瑟夫·那吉玛掉到坑里，也能在里面捡到宝石。他响应卡瑞尔女士的号召去打艾伊尔人的时候，我特别担心，结果他都没受一点伤。营地里流行瘟疫的时候，我们俩和孩子们一点事也没有。他什么都没做就得到了女士的奖赏。就好像光明一直在庇佑我们一家。杰瑞德出生时非常健康，然后战争就在同一天结束了。我们回到坎卢姆后，女士把这个马车行赏赐给约瑟夫，然后……然后……”她强忍着眼泪。蔻拉哭了起来，她母亲搂紧了她，轻声安慰着。

沐瑞站起身。还是老一套，再问不出什么了。朱芮也站了起来。她个子不高，只比沐瑞高一掌。两个女孩则和她一样高。沐瑞尽力保持耐心，喃喃地说了几句哀悼的话。女孩们给她递上毛皮镶边斗篷和手套。她塞给朱芮一个钱包，一个很小的钱包。刚开始的时候，她不假思索地大散钱财，虽然那些女人迟早会收到赏金。但她要是一直这样慷慨下去的话，就不得不想办法取钱了。

朱芮坚持不收她的钱包，让沐瑞有些恼怒。不，她没那么厚脸皮，而且卡瑞尔女士已经给过奖赏了。家里有钟，能招福气。更令沐瑞恼怒的是，她自己也想赶紧离开。朱芮的丈夫和三个孩子在一个早晨就统统丧生火海，但杰瑞德的出生地点偏了将近二十里地。她不愿对婴儿的死讯无动于衷,但她确实松了一口气。这个死去的孩子不是她要找的那一个。

屋外的天空阴沉沉的,沐瑞裹紧了斗篷。在坎卢姆,披着斗篷上街会引人侧目,至少路人都会留意一个如此打扮的外地人,除非他们能看出她是两仪师。虽然她不至于打冷战,但也能感觉到些许寒意。她不明白当地人如何能把这种天气叫做“新春”,开什么玩笑。她准备把朱芮·那吉玛的名字划掉。她腰包里的小本子上记录了所有的名字,有些名字已经被划掉了。五个男孩的出生的时间或者地点不对,还有三个是女孩。她原先以为自己能第一个找到那个男孩,现在已经不抱希望了。小本子上有数百个名字,第一个找到他的人肯定是塔摩拉派出的搜寻者之一。不过她仍要继续搜寻下去。要过很多年后她才能安全地回到塔瓦隆,很多很多年。

虽然头顶上寒风呼啸,蜿蜒的街道依旧熙熙攘攘,车来车往,还有拉着小车或端着托盘的小贩。马车夫大吼大嚷,挥舞着鞭子驱赶人群好挤出一条道。比起男人,女人更不在乎鞭子,依旧直直地往前走,沐瑞只能小心翼翼地往前挤,时刻留神过往的大车和四轮马车。她不是唯一一个没有马骑的外地人。一个大胡子塔拉朋人推开她往前挤,嘴里嘟哝着道歉的话。一个橄榄肤色的阿特拉女子冲她皱眉。还有一个留着山羊胡,面带微笑的伊利安人,他很英俊而且个子并不高。另一个披着条纹斗篷黝黑的提尔人则比他还要帅气,他舔着嘴唇,上上下下地打量着沐瑞,一副淫虫上脑的模样。他甚至开始往她那边挤,想要和她搭讪。于是她松开斗篷的一角,让风吹起斗篷,露出胸前的彩色条纹。提尔人立刻就打退堂鼓了。他也许能靠一张帅脸勾引女商人,但女贵族就是另一码事了。

有一些人就不用慢慢往前挤。沐瑞两次看到两仪师信步穿过人群。旁人一认出她们青春永驻的面孔便忙不迭地让开道,并让身边的人也让开,因此她们总是如入无人之境。沐瑞不认识这两位两仪师,但她还是低着头退到街道的另一边,和她们保持足够的距离以防自己的导引能力被感应到。或许她也该戴上面纱。一个胖女人挤过人群,脸上蒙着面纱。塞瑞·维宇戴上这种东西都能让人当面也认不出来。想到这里她不禁打了个寒战,太荒谬了。

她在一家叫做天门的旅馆租了个小房间。这座绿砖房顶、规模庞大的四层建筑是坎卢姆城内最大最好的旅馆。周围的商铺、珠宝铺、金银店和裁缝店只为住在远处公鹿堡里的绅士女士们服务。若在订房之前知道有谁住在这里的话,她肯定是不会走进这所旅馆的。别的旅馆都住满了,但就算睡稻草堆里都比住这儿好。她深吸了一口气,快步走进了旅馆。有四座壁炉的大堂比外面暖和许多，厨房里飘来阵阵香气，但她依然浑身僵硬。

大堂面积不小。鲜红色的房梁下，每张桌子都被占满了。顾客们多是衣着朴素的商人，一边喝酒一边轻声谈生意。还有几个有钱的工匠，他们鲜艳的衣服绣着繁复的图案。她没去留意这些人。天门里至少五名两仪师——感谢光明，她们都不认识她——这会儿都坐在大堂里。在其他顾客不得不共享一间屋的情况下，旅店老板海文师傅也一定要给两仪师留出房间。

这几位两仪师都独自待着，彼此没有来往。人们都已经认出了她们的身份，知道不能打扰她们。其他桌子旁边都坐满了人，但跟两仪师坐在一起的，只有她们的护法，这些人无论外表有多普通，个个都目光锐利，气势汹汹。一个独自坐着的两仪师属于红宗，沐瑞是偶然听到这一点的。费兰娜·贝万是唯一一个戴着披肩的两仪师，她是个苗条的褐宗，一头黄发，穿着朴素的黑色毛裙。她是沐瑞住进来后第一个盘问沐瑞的。显然，沐瑞只要一靠近，她们就能感觉到她的导引能力。

她把手套塞到腰带里，折起的斗篷搭在臂上，然后朝大堂里面的石阶走去，步伐既不急促也无迟疑，双眼平视前方。两仪师盯着她的目光如同指尖轻触，算不上咄咄逼人。她们没有和她说什么。她们以为她是个野人，那种自行学会导引的女人。她很幸运，费兰娜的误解碰巧让她能够隐瞒身份，而在场另一名真正的野人让她的伪装显得更加可信。除了两仪师们，没人知道阿舍夫人真正的潜力。许多两仪师都不喜欢野人，把野人看作白塔的损失。不过她们一般不会特地找野人的麻烦。阿舍夫人是个商人，身着深灰色羊毛服，除此以外只戴了一个环形红釉胸针。每次被两仪师瞥见，她都会立刻垂下头。但她们对她毫无兴趣，因为她的头发都已经变灰了。沐瑞刚走到楼梯前，就听到身后有人发话了：“唔，真是意想不到呀。”

沐瑞立即转身，以小贵族应尽的礼数向两位两仪师匆匆行礼，并努力保持面容平静。除了塞瑞本人之外，这两个穿着素色丝绸的女子恐怕是她最害怕遇到的人了。

古铜肤色的拉瑞尔·塔西留着长发，灰白的鬓角让她显得沉静优雅。沐瑞在初阶生和见习生期间曾上过她的好几门课，她常常会问到你最不想回答的问题。更糟的是，另一位是茉瑞安。她们两人结伴出行可真少见，沐瑞以为她们俩的关系并不是很好。

拉瑞尔的导引能力和茉瑞安一样强，沐瑞应当顺从她。但在白塔之外，她们没有权利干涉她的任何事务。然而她们一旦说走了嘴，沐瑞·达欧崔乔装潜逃的故事马上就会在这屋里的两仪师之间传开，并且迟早会传到不该听到的人的耳朵里，如同桃子有毒一样确定无疑。这是世道常情。然后白塔很快就会召她回塔瓦隆。违抗玉座的命令已是很严重的过错了，若她胆敢再次抗命，白塔很可能会派出两仪师押她回塔。她张开嘴想要说些什么蒙混过去，但却被费兰娜抢了白。

“你们不用在她身上费功夫了。”费兰娜说，她从旁边的一张凳子上扭过身子。她正独自一人坐在一张桌旁，认真地在一个小皮面本子上写着什么，鼻尖上沾有墨汁。“她非说她不想去白塔，就像驴子一样倔，像石头一样守口如瓶。我们不应该不知道凯瑞安的贵族中间出了个野人，就算只是个小贵族，但这孩子什么都不愿透露。”拉瑞尔和茉瑞安盯着沐瑞，前者微微一抬细眉毛，后者忍住了没有微笑起来。

“您说的没错，两仪师。”沐瑞小心翼翼地答道，所幸有人给了她台阶下，“我不想去做初阶生，我不会去的。”

费兰娜若有所思地盯着她，但她仍在和另外两人讲话。“她说她有二十二岁，但年龄限制，偶尔也可以迁就一下。有个女的自称十八岁，然后就加入了初阶生。只要她别说得太夸张就成。反正这女孩很容易就能通过——”

“律法一旦制定出来就要被遵守。”拉瑞尔严厉地说。茉瑞安以调侃的语气补充道：“我不认为这位女子会谎报年龄，费兰娜。她自己不想做初阶生。还是随她去吧。”沐瑞暗暗松了口气。

费兰娜的导引能力比两人要弱很多，被打断了也不能有怨言。但她还是站了起来，想要继续争辩。还没等她站直，她就瞥见了沐瑞身后的楼梯那里的人，顿时惊得双目圆睁，立即坐下了。她又开始在本子上写写画画，假装对周围的一切都漠不关心。茉瑞安和拉瑞尔理好各自的披肩，露出灰色和蓝色的流苏。她们看上去急着想要离开，但双脚却像被定在了地板上一样。

“原来这就是那个不想做初阶生的女孩。”刚从楼上下来的女人说道。这个声音沐瑞只在两年前听过一次，但她永远不会忘记。有不少女人的导引能力比她强，但她们中间没有一个能够和此人相提并论。她不情愿地回过头去。

对方铁灰色的头发编成发髻，戴着各式金发饰——星形的、鸟雀形的、新月形的还有鱼形的，一双深褐色的眼睛正打量着她。凯苏安也戴着披肩，穗子是绿色的。“依我看，姑娘，”她语气冷淡地说，“做上十年初阶生对你大有好处。”

人人都认为凯苏安·梅莱丁在退休之后的某年里去世了，很多两仪师都这样指望。但是她却在艾伊尔战争爆发之后再度出山。凯苏安是一个传奇人物。这样一个活生生的传奇站在你面前看着你，你肯定会不自在。大部分关于她的故事都夸张至极，有些则更像是不可能发生的事，包括那些有凭有据的。据说，多年以前有位塔拉朋的国王被发现可以导引，后来在自己的宫廷里被她绑架了。尽管有一支军队在身后追赶，她还是把国王带到了塔瓦隆接受驯御。阿拉多曼的国王和沙戴亚的女王也曾被她暗中绑走，当他们终于被凯苏安释放之时，一场看似无可避免的战争已然烟消云散了。据说她只要时机合适就会曲解白塔的律法，她向来无视传统，我行我素，而且常常把其他人也拖下水。

“感谢两仪师的关心，”沐瑞刚一开口，就在对方的凝视之下住了嘴。那眼神并不严厉，却不容妥协。据说在凯苏安身边，连玉座都得谨言慎行。有传言说她确实曾攻击过某位玉座。这当然是不可能的，她会因此而被处决的。沐瑞咽了口唾沫，想继续说下去，结果却发现自己张不开嘴。

凯苏安一边走下楼梯，一边对茉瑞安和拉瑞尔说：“带这姑娘过来。”然后她就大步穿过大堂，没有回头看一眼。商人和手工艺人们都在看她，有些直接盯着她，有些偷偷用眼角瞟她，护法们也在看她，但两仪师都只是盯着自己的桌子。

茉瑞安的脸绷紧了，拉瑞尔大声叹了口气，但她们还是推着沐瑞跟在凯苏安后面，凯苏安脑后的金发饰晃来晃去。沐瑞没有办法，只能跟着她走。至少凯苏安不可能是塔摩拉选定的那几个人之一，她在战争开始后不久来过一次白塔，之后就再也没有回过塔瓦隆。

这位绿宗两仪师领着她们走进旅馆的一间包厢，炉火在屋内的黑石壁炉里跃动，红色墙板上挂着银质壁灯。一只大水壶放在壁炉旁边以保温，一只雕花小桌上有一个漆木托盘，上面放着几只银杯。茉瑞安和拉瑞尔各自拉过一把色彩鲜艳的靠垫椅，但当沐瑞把她的斗篷放到椅子上想要坐下时，凯苏安却指了指两位两仪师面前的地板，“你站那儿，孩子。”她说。

沐瑞压下满腔怒火，忍住了没有攥住自己的裙边。即使像凯苏安这样强的两仪师也没有权力在这里向她发号施令。但是在对方冷酷的瞪视下，她还是照吩咐站在那里。愤怒令她不住地颤抖，她竭力控制自己，不要说出让自己后悔的话，但她还是没有忍住。这个女人身上有和史汪类似的特质，但要强大许多。史汪是天生的领导者，凯苏安则生来就会发号施令。

她慢慢绕着三人踱步，转了一圈又一圈。茉瑞安和拉瑞尔疑惑地对视，都皱起了眉，拉瑞尔张口欲言，但她看了看凯苏安，又闭上了嘴。她们的面部表情非常平静，任何旁观者都会认为她们完全清楚面前的局势。凯苏安时不时瞅瞅她们，但她的注意力集中在沐瑞身上。

“大多数新任两仪师，”这位传奇般的绿宗突然开口，“连在睡觉和洗澡的时候都不愿取下披肩。但现在你既没有戴披肩也没有戴戒指，在这样一个危险仅次于妖境的地方。为什么?”

沐瑞眨了眨眼,一个直白的问题。此人确实不把传统放在眼里。她轻快地答道:“新任两仪师也需要找一位护法。”这女人为什么会盯上她啊?“我还没有约缚护法,而我听说边境国人能成为很好的护法。”这位绿宗回敬她的尖锐目光让她希望刚才别那么轻浮。

凯苏安在拉瑞尔身后停下了脚步,把一只手搭在后者肩上,“关于这孩子,你都知道些什么?”

拉瑞尔教过的每个女孩都认为她是两仪师的模范,都畏惧她那冷静的判断力。她们全都怕她,又都想成为她。“沐瑞很好学,而且学得很快。”她若有所思地说道,“她和史汪是白塔里出过的进步最快的学生。但是另一方面,怎么说呢,她太固执己见了,而且脾气也不小,直到最后才被我们治得服服帖帖的,另一个也是一样。她和桑辰一向喜欢恶作剧。但她们俩都是一次就通过了见习生的试炼。当然,她需要历练,但她确实有前途。”

凯苏安走到茉瑞安身后,问了同样的问题,然后补充道:“拉瑞尔说她喜欢……恶作剧,是个难对付的孩子?”

茉瑞安微笑着摇了摇头,“不算特别难对付,只是过于活泼了点。沐瑞那些小把戏不是特别讨厌,但总是层出不穷。无论是初阶生还是见习生的时候,她到我书房的次数都比其他女孩多出三倍不止,她的枕边密友史汪也是一样。她们常常会同时惹上麻烦,而这两人每次都会一起被送到我的书房。她们最后一次找我是在刚刚通过试炼后的晚上。”她的笑容消失了,皱起了眉头,这正是那天晚上她的表情。她没有生气,只是对这两位女子竟会弄出这种恶作剧感到难以置信,甚至觉得有点好笑。“她们没有把夜晚的时间用在冥思上,而是试图把一窝老鼠放到一位两仪师——爱莉达·阿多汉的床上——结果被抓到了。恐怕从没有一个将要升为两仪师的女人会像她们这样,因为刚刚找过初阶生师尊而疼得坐不住。”

沐瑞摆出一副平静的面容,两手也没有紧握成拳,但她无法掩饰通红的脸颊。茉瑞安的表情里既有不满,又像是被逗乐了,就好像沐瑞还是个见习生似的。她需要历练么?好吧,也许只需要一点,不过确实需要历练。而且她与史汪的关系也被抖出来了!

“关于我的事情,该让你知道的你已经听过了。”她以生硬的语气告诉凯苏安。她和史汪的亲密关系是她们自己的事,别人管不着。她们受过的处罚也不该让别人知道,更不用说其中的细节了。“如果你满意了的话,我得去收拾东西了,我准备去查辛。”

接着她又生生压下了一声叹息，她一旦发起火来就管不住自己的嘴。如果茉瑞安和拉瑞尔也参与了真龙的搜寻，她们手头上的名单至少部分和她的小本子里的一样，包括住在附近的朱芮·那吉玛，查辛的茵妮丝·德迈夫人和住在“查辛和坎卢姆之间的大道旁的一个村子”里的阿雯·萨海拉。若她说了接下来还要去艾拉非和夏纳，就更无法避免她们的怀疑了。

凯苏安阴沉地微笑起来，“我说可以走的时候，你才能走，孩子。没人跟你说话，就别插嘴。那边的壶里应该有香料酒，给我们倒一点。”

沐瑞气得浑身发抖，孩子！她早就不是初阶生了，这女人也没资格管她去哪里，更没有权利让她住嘴。但她没有抗议。她怒气冲冲地走到壁炉旁边，提起长颈银壶。

“你好像对这位年轻女子很感兴趣，凯苏安。”茉瑞安说道，她稍稍转过身，看着沐瑞倒酒。“关于她，你有什么要讲给我们听的？”

拉瑞尔的微笑里有一点嘲弄的意味，但也没有太放肆，这可是在凯苏安面前。“是不是有人预言她将会当上玉座？我看不到这种可能，不过我也不会作预言。”

“也许我还能再活三十年。”凯苏安说道，伸手接过沐瑞递来的杯子，“或许只有三年，谁知道呢？”

沐瑞睁圆了双眼，她手一滑，把酒洒掉了。茉瑞安倒抽了一口气，拉瑞尔看起来像是脑门上被人打了一拳。

“下次上酒的时候要小心点。”凯苏安说，她对三人的反应无动于衷。“孩子？”沐瑞退到壁炉旁边看着她们，凯苏安继续说了下去，“梅琳比我还要老不少。等我们去世以后，克瑞妮就是最强的了。”拉瑞尔畏缩了，难道凯苏安打算一次就把所有传统都违反一遍吗？“我的话让你们不舒服吗？”这关心的腔调假得不能再假了，她也没有等她们回答，“就算不提年龄，人们都知道我们比他们活得长。哼！克瑞妮后面的五个人都比她差一大截，这五个人还包括这个孩子和那个女孩桑辰，如果她们的潜力能全部发挥出来的话。还有一个和我一样老，已经退休好多年了。”

“你究竟想说什么？”茉瑞安问道，语气略带厌恶。拉瑞尔双手捂着胸口，面色发灰。沐瑞递上的酒她看都没看一眼就挥手让她端走。沐瑞端着杯子，但她自己也咽不下一口。

凯苏安不悦地看着她们，她的目光令人害怕。“一千年以来，白塔还没有出过一个比我更强的人。将近六百年之内也没有一个能比得上梅琳和克瑞妮。一千年前，至少会有五十多个两仪师比这孩子强。再过一百年，她那个级别就会成了最强的了。没错，也许以后还会有几个比她更强的，但肯定到不了五十个，甚至可能一个都没有。白塔正在衰落。”

沐瑞竖起了耳朵，难道凯苏安有应对这个问题的办法？但这和她有什么关系？

“我不明白。”拉瑞尔尖声说道。她看上去稍稍振作了一点，对自己刚才的软弱表现有些恼怒。“我们都清楚这个问题。但这和沐瑞有什么关系。难道你认为她能吸引更多的女孩来白塔，更多更……有天分的女孩？”她费力地说出最后半句话，一脸厌恶的表情，接着又哼了一声，对这个想法表示不屑。

“要是她在能照顾自己之前就丢掉性命，那可太遗憾了。她会因为自己的愚蠢而丧命，白塔不该承受这种损失。看看她，一个出身凯瑞安贵族的漂亮小娃娃。”凯苏安用一根手指顶起沐瑞的下巴。“孩子啊，在你找到心仪的护法之前，就会被一个觊觎你钱包的强盗一箭穿心。盗匪可能会被一个没睡醒的两仪师吓得屁滚尿流，但他们会把你敲晕，你会身无分文地在某个不知名的小巷子里醒来，可能还不光是破了财这么简单。我说啊，你在挑男人的时候总不会像找护法一样随意吧？”

沐瑞猛地后退了一步，被气得说不出话。先是她和史汪的事，然后又是这个。有些事情可以公开讲，有些是不行的！

凯苏安对她的愤慨毫不在意，她轻松地呷着酒，转身对另外两个人说道：“在她能找到一个能保护她的护法之前，最好确保她不会因为过于积极而惹上麻烦。我知道你们两人也要去查辛，那么就让她跟着你们好了。别让她从你们眼皮底下溜掉。”

沐瑞终于能反驳了，但她的抗议就和她的愤慨一样没有用。茉瑞安和拉瑞尔叫了起来，她们也反对这种安排。就算是新任两仪师也不需要“照顾”，而且她们自己还有事务要处理。她们没有说明要办什么事，是不是一起去办——两个两仪师很少同时关注一件事——只是强调她们不希望有人跟着。凯苏安从不会留意她不喜欢听到的话，在她看来，事情总会照着她的意思办。她不断追问两人何时打算带上沐瑞。很快两人就停止了抗议，坐立不安地答道，她们前天才遇到对方，而且不一定会继续一起赶路。两人都准备在坎卢姆城里待上两三天，但是沐瑞今天就准备走了。

“这孩子要等你们一起走。”凯苏安迅速说道，“好的，就这么定了。我敢说二位一定急着想要到城里办事，我不打算耽误你们的时间。”

拉瑞尔理了理披肩，被突兀的逐客令弄得有些恼怒，然后她大步走出房间，嘟哝着如果沐瑞在去查辛的路上碍事或者耽误时间，一定会为此而后悔。茉瑞安的反应更平静些，她说她将会像照顾亲生女一样管好沐瑞，但她脸上的微笑完全无法掩饰心中的不悦。

当她们都走了以后，沐瑞满怀疑虑地瞪着凯苏安。她从没有见过这种场面，简直就像一场雪崩。现在她只能保持低调，寻找机会逃过凯苏安和另外两人的监视，离开这座城市。这是最明智的决策。“我可还没有同意呢。”她冷冷地说道，语气非常冷淡，“如果我真的有急事要去查辛呢？如果我不想在这里等上两三天呢?”也许她真的要学会管住自己的嘴。

凯苏安正若有所思地看着茉瑞安和拉瑞尔离去的门，她转头以尖锐的目光盯住沐瑞。“你戴上披肩才不过四个多月，能有什么不得了的急事？哼！你根本什么也没学到，那条披肩只能说明你能够开始学些真东西了。而且你必须学会警觉，我很清楚像对你这样一个年轻女子来说，一直保持警惕太困难了。阴极力招之即来，世界尽在眼前，你就是这么想的。”沐瑞试图插话，但那就像试图在雪崩中站稳脚跟一样徒劳无益。“你这辈子要冒许多风险，如果你活得够长的话。你现在冒的风险已经比你意识到的还要大了。仔细听我的话，然后照做。晚上我会检查你的房间，要是你不在里面，我会把你逮到，把你抽得痛哭流涕，就像你玩老鼠被抓之后一样。你可以用披肩抹干眼泪。你以为戴上它就能为所欲为，做梦吧。”

沐瑞盯着凯苏安关上房门，发现自己还攥着那杯酒，于是便一口灌下。这女人……太可怕了。传统不允许两仪师殴打同僚，但凯苏安的威胁里没有留下一点余地。她直接说出来了。按照三誓，她确实打算那么做。真是难以置信。她提到了梅琳・阿甘娜和克瑞妮・纳伽什，是巧合吗？这两人都是塔摩拉派出的搜寻者。凯苏安也是其中之一吗？无论如何，她已经让沐瑞在接下来的一周之内完全无法开展搜寻了，如果她准备跟茉瑞安和拉瑞尔一起走的话。而且她真的只会耽误一周吗？如果凯苏安也是搜寻者……如果她知道她和史汪的关系……如果……傻站在这儿玩弄空杯子解决不了任何问题。她一把抓过她的斗篷。

第18章

窄　巷

当沐瑞回到大堂时，许多人都扭过头来看她，有些人的眼里有同情的神色。显然他们都在想象同时被三位两仪师盯上的后果，并且都想到最坏的方面去了。两仪师们的脸上没有任何同情，大部分根本不理她。费兰娜满意地微笑着，她大概以为阿莉丝夫人的名字就要登入初阶生名册了。她笑得这么开心，至少说明她还不知道真相。看来塞瑞暂时还不能得知她的行踪。她没有看到凯苏安和另外两人。

沐瑞穿过大堂，觉得头晕目眩。她心中有太多没有解答的疑惑。她真希望史汪也在，史汪能够解开这些谜题，而且不会被人吓倒。有史汪在场，她就能够安心了。

一个年轻女子从临街的门口探头张望，又迅速缩了回去，沐瑞绊了一跤。当你特别渴望某件事物的时候，它就会浮现在你的眼前。那女人再次探头进来，她斗篷的兜帽滑了下来，落到她的背囊上，那真的是史汪。她身穿塔莫瑞做的朴素蓝色骑装，看上去结实而俊俏。这次她也看到沐瑞了，但没有跑来找她，而是点头示意她出来，然后就消失了。

沐瑞的心提到了嗓子眼，她匆匆披上斗篷走出了旅馆。史汪在街上的人群中左右穿行，每走两步就回一次头。一个赶车人差点撞到史汪，她猛地一扯缰绳，在史汪头顶上狠狠挥了一下鞭子。但史汪似乎没有注意喷着鼻息的马，也没有注意到赶车人的鞭子和愤怒的叫嚷。沐瑞快步跟上她，心中的疑虑更重了。至少要再过上三四年，史汪才能强大到可以向塞塔莉娅辞去助手的工作。否则就算太阳从西边出来，那女人也不会放走史汪。这样的话，史汪会出现在坎卢姆的原因只剩下……沐瑞呻吟了一声，一个端着托盘卖胸针的大耳朵家伙担忧地看着她，她回敬那人的瞪视吓得他往后退了一步。

也许史汪不小心露出了马脚，也许她的名单被人发现了，也许……算了，起因根本不重要。塞瑞现在一定已经全知道了。派史汪带沐瑞回塔正像是她的作风，在漫长的旅途中，她们彼此的忧惧会相互助长。也许这只是胡思乱想，但她想不出别的解释。

她的密友钻入一条狭窄肮脏的小巷，墙上挂着的油灯都还没点亮。她的深蓝色裙服又皱又脏、满是灰尘，显得风尘仆仆。史汪无所畏惧，但她锐利的蓝眼睛里满是恐惧。沐瑞正想问问一直令她担忧的塞瑞，但史汪抢先开口了。

“光明啊，真该死，我还以为找不到你了。沐瑞，告诉我你找到他了，告诉我那吉玛的男孩就是他，我们可以把他带回白塔，让一百位两仪师来看管他，那就万无一失了。”

一百位两仪师？“不，史汪，那男孩不是。”这不像是塞瑞会传的话。“出什么事了？为什么你不送信给我，而是亲自过来了？”

史汪哭了。史汪，这个有狮子般勇气的女人。她浑身发抖，泪水流过她的脸颊。她紧紧搂住沐瑞，抱得沐瑞的肋骨生疼。“我不敢用信鸽送信，”她呜咽着说，“也不敢派耳目捎口信。我害怕啊。她们全死了。艾莎和克瑞妮，维若拉和鲁迪丝，还有梅琳。她们说艾莎和她的护法在莫兰迪被强盗杀害了。克瑞妮乘船时在澳关雅河上遭遇风暴，落水溺死了。而梅琳……梅琳……”她呜咽得说不出话了。

沐瑞也搂紧了史汪，轻声安慰着她。她愣愣地看着史汪身后。“有可能确实是意外。”她缓缓地说道，“强盗啊，风暴啊，两仪师遭遇这些也会像常人一样死去。”

但是她自己也不相信。她们全都死了？她父亲常说，一次是意外，两次是巧合，三次就是你的敌人作怪。他说他在某本书上读到过这句话。但敌人是谁？她有了一个念头，但马上强迫自己忘掉它。有些事情真的让人不敢去想。

史汪挣脱沐瑞的怀抱。“你没有明白，梅琳啊！”她揉了揉眼睛，眉头紧锁，“鱼杂碎！我都语无伦次了。振作起来，你这个该死的蠢蛋！”她自言自语地吼了一句。她拉着沐瑞找了个倒放着的无盖木桶，让沐瑞坐在上面，然后扯下自己的背囊。如果这就是她的全部行李，那她恐怕不会有地方装换洗衣服了。“你不会想要站着听到我下面要说的话的。真该死，我自己也不想站着讲啊。”

她从巷子里面拖来个破旧的板条箱，在上面坐下，心烦意乱地理着裙子，望着外面大街上的行人，嘟哝着有人在往里看。她的迟疑让沐瑞心中的焦虑又加剧了几分。史汪也越来越焦躁。当她再次开口时，讲两句就要咽一口唾沫，就像强忍着呕吐一样。

“梅琳大概在一个月以前回了白塔。我不知道为什么。她没有说她都去过什么地方，也没有说她还要去哪里。但她准备过几天就走。在她回来的那天早上，我……我听到了克瑞妮的死讯，而且我已经知道其他人也死了。所以我准备找她谈谈。别这么看我！我知道要警惕！”

警惕？史汪？沐瑞差点笑了出来。但她知道笑声未等出口便会化作泪水。太疯狂了，这全都是她的妄想。她又一次强迫自己忘掉那个想法。肯定还有别的解释，*一定还有别的解释*。

“无论如何，我偷偷摸进了她的房间，藏在床底下。佣人在进屋换床单的时候没有发现我。”史汪苦涩地低声说道，“我在床底下睡着了。后来我被太阳照醒了，她的床铺没有睡过的迹象。于是我又溜了出去。在早上偷溜出去挺困难的，不过我确定没人看到我。然后我下楼去吃第二轮供应的早餐。当我正在喝粥的时候，加丝玛·埃米走了进来。她……她宣称梅琳被发现死在了床上，她说她是在睡梦中死去的。”她急匆匆说完最后一句，然后垂头丧气地看着沐瑞。

沐瑞非常庆幸她坐下了。她的膝盖根本已经直不起来了。*太疯狂了*。这可是谋杀啊。“红宗？”最后她终于问道。如果红宗认为别的两仪师在袒护男性导引者，可能真的会动手杀人。这是有可能的。但她无法大声说出这个想法，因为她自己也不信。史汪哼了一声。“梅琳的遗体上没有一点伤痕。当然，黄宗已经检查过了。如果她是中毒或窒息而死的话，她们肯定能查出来。但她们什么没有找到，便宣称这是自然死亡。但我知道这肯定不是自然死亡，不可能。她们没有找到任何伤痕，这说明梅琳是被至上力杀死的，沐瑞。就算是红宗，能够做得了这种事吗？”她拉过背囊放在腿上，紧紧地搂着它，就像要躲在它后面一样。但她的语气十分激动，她脸上的疑惧已经转为愤怒。

“想想看，沐瑞。表面上塔摩拉也是在睡梦中去世的，但我们知道梅琳不是，就算她的遗体是在卧室里被发现的。先是塔摩拉死了，然后她派出的搜寻者也一个接一个地死了。可能的解释只有一个，那就是有人注意到她在暗中召集两仪师，并且特别想知道原因，所以竟敢把玉座本人扣下审问。她们一定有个秘密，为了隐瞒这个秘密她们什么都敢干。她们杀了玉座是为了保守这个秘密，为了掩盖她们的罪行。然后她们就开始暗杀其他参与搜寻的人。这说明她们不希望我们找到那个男孩，她们希望他死。她们不希望转生真龙出现在末日之战的战场上。要是不承认这一点，就像是个故意忘掉坏事然后整天乐呵呵的傻子。”

沐瑞下意识地望了望巷口。偶尔有路人会望巷子里瞟一眼，但没人会看第二眼。看到她们的人都没有停住脚步。有些事情只有在不点透的时候才容易说出口。“玉座”被人审问；是“她”而不是塔摩拉被杀害了，不是那是个能勾起音容笑貌的名字。“有人”杀害了她，“她们”不希望真龙被找到。用至上力进行审问没有违反三誓。但用阴极力谋杀必然破誓了，那些人的名号沐瑞和史汪一样不愿说出口。

沐瑞竭力摆出一副镇定的表情，强迫自己稳住语气，咬着牙说出了那两个字。“黑宗。”史汪畏缩了一下，然后点了点头，眼中浮现出怒火。

当听人说起那个侍奉暗帝的秘密宗派就隐藏在各宗之内的时候，几乎每位两仪师都会生气。多数两仪师根本不愿听人提起它。三千年来，白塔一直是光明的象征。但有些两仪师并不会直言黑宗不存在，有些更相信它是存在的。但几乎没人敢向别人承认它的存在，甚至彼此之间也缄口不言。沐瑞也不愿相信它的存在。

史汪焦躁地扯着背囊的带子，但她以坚决的语气继续说了下去。“我不认为她们已经知道我们了。塔摩拉从未真的打算让我们加入进来。她只是让我们保持安静，把我们撇到一边，然后就把我们忘了。否则我也会‘意外身亡’。在我离开白塔之前，我把我的怀疑写到一张便条上，塞到了塞瑞门下。我没有提那男孩的事，我只写了……黑宗的事。不过我甚至不知道还能不能信任她。她可是玉座啊！但如果黑宗确实存在，任何人都有嫌疑，任何人都不例外！我用左手写了条子，而且我手抖得很厉害，就算用右手也没人能认出我的字。光明烧了我的五脏六腑！就算我们知道谁可以信任，我们也没有一条拿得出手的证据啊。”

“至少我相信你。”光明啊，黑宗！“如果她们已经全知道了的话，塔摩拉派出的人怕是全都遇害了，只剩下我们了。要找到那个男孩，我们必须赶快行动。”她看不到一点希望，谁能知道黑宗究竟有多少人？二十？五十？或者更多？这想法真令人恐惧。但沐瑞还是尽量摆出一副乐观的态度。尽管说了那么多丧气话，史汪只是点了点头。她还是不会放弃，更不会怀疑沐瑞的信心。这真令人欣慰，沐瑞的两腿可还在发软呢。“也许她们已经知道我们了，也许还不知道。也许她们打算把两个新晋两仪师留到最后对付。无论如何,我们不能相信任何人。"她的脸色突然变得煞白,头也晕了起来。"哦,光明啊! 史汪,我刚才在旅馆里遇到一点意外。"

她努力回忆这场碰面的每个细节,试图复述自茉瑞安开口后三人说过的每一个字。史汪若有所思地听着,细细考虑着。"凯苏安可能是黑宗。"当沐瑞讲完后,她同意地说道。她在说出这个词时没有任何犹豫。"也许她想暂时拖住你,等待暗中除掉你的机会。或者,她也可能是塔摩拉派出的人。虽然我们认为她两年都没回塔瓦隆,但事实未必如此。"有时两仪师会秘密出入白塔,但沐瑞觉得有凯苏安出现的地方都会闹得鸡犬不宁。"问题是,两种可能性都不能排除。"她身体前倾靠在背囊上,碰了碰沐瑞的膝盖。"你能偷偷把马从马厩里牵出来吗? 我有一匹快马,但我不知道它能不能载下两个人。她们要过上好几个小时才能发现我们已经跑了。"

沐瑞不由自主地笑了。她相当怀疑那匹快马能是什么货色。任何一个马贩子都能把老朽的挽马当作战马卖给史汪,史汪挑马的眼光和她的骑术一样糟糕。史汪在骑到北方的路上一定吃了不少苦头,而且肯定吓得不轻。"没人知道你在这里,史汪。"她说,"但愿她们不会发现。你带着名单吗? 很好。如果我等到明天早上出发,还是能比她们早走一整天。你现在就往查辛走,我给你一些钱。"从外表看,史汪肯定在草丛里露宿过。在逃离之前,她不敢从白塔的银行里提取过多的现金。"你先去找茵妮丝夫人,我会在她那里和你碰面。顺路拜访一下阿雯·萨海拉。"当然,要说服史汪可不容易,她就像宽广的爱瑞尼河一样我行我素。

"我的钱够花了。"她嘟哝着,但沐瑞坚持要把钱包里的钱分一半给她。沐瑞还提起了她们初到白塔一个月时所立下的誓约:两人所拥有的一切都要与对方共享。史汪嘟哝道:"我们还发誓要约缚年轻的王子,和他们结婚。小女孩总会有各种天真的念头。你要照看好自己,要是你抛下我一个人,我非掐死你不可。"

她们相拥道别。沐瑞发现自己无法平静下来。不久之前,她还在担心塞瑞什么时候会捉她回去判以鞭笞。现在看来,这点小事真是微不足道。黑宗啊! 她真想呕吐。要是她有史汪的勇气该多好。她看着史汪背起背囊摸出小巷。沐瑞真希望她选了绿宗,那样至少能有三四个护法可以保护她。

她回到了大街上,总忍不住怀疑她身边的每个人,无论是男人还是女人。如果黑宗——一想到这个词她就心头一颤——如果这件事有她们插手,那么暗黑之友一定也会参与进来。众所周知,有一些听信了谎言的人相信暗帝将赐予他们不朽的生命，并愿意为此犯下谋杀和任何罪行。既然任何两仪师都可能是黑宗，那么任何人也都可能是暗黑之友。她希望史汪也能想到这一点。

当她快要回到天门时，一位两仪师的身影出现在旅馆门口。她只看到了一部分，一条盖着穗子披肩的手臂一晃而过。一个留了两条发辫、系着铃铛的高个子男子刚刚走出旅馆，他回头和那身影说了几句话，但那只手坚决地一挥，于是他快步走开了，一脸恼怒地和沐瑞擦肩而过。如果沐瑞不是正想着黑宗和暗黑之友，可能根本不会留意。光明才知道，两仪师也会和男人说话，有的还会做些别的事情。但她还是联想到了暗黑之友和黑宗。如果她能看到披肩穗子的颜色就好了。她闷闷不乐地走进旅馆。

茉瑞安和拉瑞尔一同坐在靠门的座上，两人仍然戴着披肩。除了在正式场合下，多数两仪师平时不戴披肩。除非特意为了展示它。两人目送着凯苏安走进一间包房，身后跟着两个瘦削的灰发男子，他们看上去像去年的橡树一样坚实。凯苏安也戴着披肩，她衣服后背上的蔓藤之间还有塔瓦隆之火的图案。她们全都有嫌疑。凯苏安可能在招募护法，绿宗似乎总是在找护法。也可能是茉瑞安或拉瑞尔，两人都没有护法，除非她们在沐瑞离开塔瓦隆之后建立了约缚。那个男子可能因为听到他不够优秀所以才那么恼怒。可能的解释太多了，因此她不再去想这件事。即使不算上这些捕风捉影，她面临的危险也已经够严重的了。

没等她走进大堂，海文师傅突然迎了上来。他是个腰宽赛过身高的大光头，穿着绿条纹围裙。他又给她一添了件烦心事。“哎，阿莉丝夫人，我正想找你呢。现在又有三位两仪师入住本店，恐怕我不得不再次调整床位了。在这种情况下，我想您应该不会介意和其他人共享一张床吧。帕兰夫人是个挺讨人喜欢的人。”

在什么情况下？正常情况下，无论商人们的床位有多拥挤，他都绝不敢向一位贵族提出拼床的要求。看来他所说的特殊情况是指她马上就要去白塔了。实际上，他并不是在征询她的意见。他已经让那女人搬进房间了！当沐瑞提出反对的时候……

“如果您不满意这种安排，我建议您去和某位两仪师商量。”他坚决地答道。他竟敢用这种语气和她说话！“现在，如果您没意见的话，我还有事要做。我们这里正忙得不可开交呐。”然后他没有多说一个字就跑掉了，甚至都没有鞠躬！

她差点吼了出来。她简直忍不住要导引至上力，赏他一个大耳光。

海瑟·帕兰是个莫兰迪地毯商，操着抑扬顿挫的卢加德口音。沐瑞听够了这种口音，在她回到本属于她一人的房间之后，那女人就讲个不停。她的衣服已经被搬出了衣柜，挂到了墙上的衣钩上。她的梳子和发刷也被帕兰夫人从脸盆边拿开，换上了她自己的。这个穿着优质棕色毛裙的灰发肥女人肯定不会这样对待“阿莉丝夫人”，但是现在人人都说沐瑞是个野人，明天早上就要赶去白塔做初阶生。她给沐瑞讲了好多白塔初阶生的课程，全都是错的。她的大部分设想能让绝大多数初阶生在一周甚至一天之内送命，其他的则荒诞不经。学会飞行？这女人脑子有毛病！她跟着沐瑞一起下楼吃饭，还叫上了好几个认识的商人，每个女人都兴高采烈地分享着关于白塔的传言。全是胡扯，而且细节还挺丰富。如果沐瑞真的是个有潜力的初阶生，可能会被她们吓得不敢接近白塔！她早早退席，想换得一点清静，但在她刚脱下裙子后，帕兰夫人就回房了，直到熄灯之前一直唠叨个不停。

她睡得一点也不舒服。床很狭窄，对方的胳膊肘硌着她。而且尽管盖着厚厚的被子，床里还有个小砖炉，这女人的两脚还是冷得像冰一样。虽然她能够忽略寒气，但冰凉的脚毕竟不同。酝酿了一天的风暴终于来临，狂风吹得窗户咔咔作响，闪电咆哮了好几个小时。沐瑞觉得她无论如何也睡不着。她脑子里全是暗黑之友和黑宗。她想象着塔摩拉在睡梦中被拽起来，被拖到一处秘密地点，被一些女人用至上力折磨。那些女人的脸有时是茉瑞安的，有时是拉瑞尔的，有时是凯苏安的，她见过的每个两仪师都出现了。有时，塔摩拉的脸会变成她自己的脸。

在夜色即将褪去之前，房门吱的一声缓缓开了，沐瑞立即拥抱了真源。她汲取了如此之多的阴极力，以至于狂喜感都快被痛楚盖过。再过一年，她就能够操持比现在还要多的至上力，五年后更会大有长进。但现在，只要再多取一点，她就会废掉自己的导引能力，甚至可能会死掉。两种结果都非常恐怖，但她却仍想汲取更多，而且并非单纯由于渴求至上力。

凯苏安探头进来，沐瑞早就忘了她的恫吓和威胁。显然，绿宗两仪师看到了她周身的光芒，也能感觉到她汲取的量。“笨蛋。”她撂下这句话就离开了。

沐瑞慢慢地从一数到一百，然后把双脚伸出被子。帕兰夫人翻身到一边，打起鼾来，鼾声如雷。现在正是好时机。但沐瑞还是尽量避免弄出声音。她导引火之力点燃一盏油灯，迅速穿上衣服。这次她换上了一件深蓝色丝质骑装，领口和袖子上有茂丹蕾丝式的金色图案。虽然不情愿，她还是决定把鞍囊和里面所有的东西都留在这里。虽然天色很早，不过别人看到她空手出门应该不会以为她要跑路，但要是看到她背着鞍囊肯定会起疑心。她把所有能带走的东西都塞到斗篷内兜里，包括发刷、梳子、针线包、换洗袜子和一套干净内衣。内兜只能装下这么多，这就够了。她余下的钱和权利证明都在腰包里。当她合上身后的房门时，还能听见帕兰夫人的鼾声。

第 19 章

一汪池水

清晨的旅店大堂空无一人，厨房的门后传来说话声和锅碗瓢盆碰撞的叮当声，看来里面正在准备早餐。她快步穿过一扇侧门来到马厩。她可以确定没被人看到。目前为止，一切顺利。天刚刚有些蒙蒙亮，空气像晚上一样清冷，不过雨已经停了。她知道一道可以挡雨的编织，但那太引人注目。她提起裙子和斗篷以防沾到石砖地上的积水，并且加快了脚步。越早出发就越不容易招来注意。

但还是有人看到她了。她推开一扇吱嘎作响的门，溜进马厩，值夜班的马童立刻从凳子上跳起来，他没穿外套，显然刚才正靠在梁柱上打瞌睡。他是个鹰钩鼻、皮包骨的家伙，一双吊梢眼很像沙戴亚人。他用手理理头发，徒劳地想要把它拉直一些，然后模样滑稽地鞠了一躬。

“我能为夫人做些什么?”他用沙哑的嗓音说道。

“给马上鞍，卡津。”她答道，把一枚银角子放到他伸出的手里。她很幸运，她刚住进来时值班的也是这个人。马厩记录册就放在门边一块倾斜的搁板上，海文师傅已在里面记录了飞矢的描述，但她怀疑卡津不识字。这枚银角子让他又鞠了一躬，小跑到飞矢的栏边。通常他最多拿到一两枚铜板。

她不想留下驮马，但即便是傻瓜——她听到卡津嘟哝："这傻瓜怎么会想要在这个点儿骑马出门？"——也不会牵着驮马在城里闲逛。卡津至少会立即回旅馆向老板汇报，以防她没有结房费就跑掉。她已经把明天的房费都付过了，但凯苏安很可能会给仆人们许以奖金，让他们监视她的行动。如果沐瑞是她的话也会这么做。如果她轻装出逃，其他人在发现她晚上没有回来之前不会起疑心。

她爬到飞矢的马鞍上，冷淡地向马夫笑了笑，谁让他多嘴呢。她策马走入满地积水的空荡荡的街道。天色尚早，但还挺适合骑马。看来今天应该是个大晴天。暴雨过后，乌云已经消散，满天星斗一览无余，而且风也停了。

街头巷尾、房前屋后都挂着的油灯仍然亮着，四处几乎看不到黑影。在街头出没的身影只有守夜的卫兵，他们带着头盔，拿着戟和十字弓。再就只有点灯人了，他们和卫兵一样全副武装，巡逻检查熄灭的灯火。真令人惊奇，这些人居然可以在离妖境如此之近的地方定居。在这里，任何阴影里都可能藏着魔达奥。守夜人和点灯人惊异地看着她骑马经过。在边境国，没有人敢在天亮之前出门。

因此，当她发现自己不是第一个到达西门的人时，着实吃了一惊。她勒住飞矢，和那三个人高马大的男子保持距离，他们各骑着一匹马，还牵着一匹驮马。他们没有披盔戴甲，但腰间各别了一把剑，还各背了一张沉重的马弓，箭囊拴在鞍前。他们都在看着紧闭的城门，时不时和守门卫兵聊两句。他们似乎急着等待城门开放，几乎没有往她那边看。在门口的灯火下，她能清楚地看到他们的容貌。一个是灰白头发的老人，一个是面容严肃的年轻人，他们都穿着及膝的深色大衣，额头前系着一条皮革带子。他是马吉尔人？她记得那种带子似乎是马吉尔人的标志。第三人是个辫子上系铃铛的艾拉非人，穿一件拴着更多铃铛的暗黄色外套。他正是她昨天在旅馆门口看到的那个人。

当明亮的朝阳出现在地平线上时，城门大敞开来，一些商户的车队开始排队出城。那三名男子最先出城了，但沐瑞没有立即出发，而是跟在一个有六匹马和十几辆帆布大车的车队后面。带着头盔，披着胸甲的护卫骑马走在车队前面。她跟着车队过了桥，走上丘陵之间的大道。但她仍在留意那三人，反正到目前为止他们还走在一条道上。

他们骑得很快，而且骑术高明，几乎不用挥舞缰绳。不过她正希望快点赶路。她和凯苏安离得越远越好。她刻意和他们拉开距离，没必要引起他们的注意，只确保他们仍在视线内。商人的车队和护卫很快就落在后面，快到中午，她望见了第一个村子。在大道附近树木遍生的山坡上，一片瓦顶二层石屋簇拥着一间小旅馆。虽然她进入边境国已有数月之久，但看到村民都佩着剑，每家的门前至少都立着一把戟，挂着十字弓和箭囊，还是让她不太习惯。这些武器和在屋前滚铁环、丢沙包的孩童形成了强烈的反差。

三名男子径直骑过村子，都没有扭头看一眼。沐瑞在村里停了一会儿，买了半条硬皮白面包和一小块黄色硬奶酪，并问村民阿雯·萨海拉是否住在这里。结果发现她不住在这里。于是她策马狂奔，直到那三人又出现在路的尽头，他们仍在全速赶路。也许他们除了知道与那个艾拉非人谈过的两仪师的名字之外一无所知，但与凯苏安以及另外两人有关的任何信息都会有用的。

她设想了好几种接近他们的办法，又一一否决。三个男人在偏僻的林间路上遇到一个年轻女子，多半会把她当作天上掉下来的馅饼，如果他们正是她所担心的那类人，就更不用说了。有必要的话，她可以轻易制服他们，但她希望避免这种情况。无论他们是暗黑之友，或者仅仅是强盗，她都不得不一路把他们押送到官府去。那样不仅会耽误许多时间，而且她将不得不公开自己两仪师的身份。一名弱女子逮捕了三个强盗可是难得一见的新闻，肯定会像干枯树林中的野火一样迅速传播。对于那些正在找她的人，用至上力在脑袋上点个火炬恐怕也不会比这更显眼。

沿途的林木先是变稀疏了，出现了几个零星的农场，然后再度密集起来。这里有高大的冷杉、松木和羽叶树，橡树粗壮的枝条上只结有细小的红色叶芽。一只红冠鹰从她头顶上滑翔而过，然后直冲着夕阳飞去，离地面不过六十尺。前面的路上只有三个男人和马匹的身影，她身后也没有任何活物。守法的良民这会儿都在餐桌旁用晚餐，虽然举目望去看不到一处灯火。她身后的影子越拉越长，她决定暂时先不管这三个人，先找个能过夜的地方。走运的话，前面不远的地方或许有一些农场，如果几个银币不够租到一张床，干草堆也凑合。如果她运气不佳，就只好枕着硬邦邦的马鞍睡一晚了。能弄到一顿热餐就好了，刚买的面包和乳酪看上去相当的不新鲜。

在前面，三名男子突然停在了路中间，在商量着什么。她也勒住了马。就算他们没有发现她，单身行路的女子也应有所防备，不该靠近他们。过了一会儿，他们中的一个牵着驮马转身向森林深处走去。另外两人翻身上马，以更快的速度前进，就好像突然想起什么急事似的。

沐瑞皱起了眉头。艾拉非人和另一个人离开了，留下来的同伴是那个年轻的马吉尔人，她想。人们有时会议论和两仪师相遇的经历，但真正见过两仪师并且知晓其身份的人不是非常多。而且一个人总应该比三个人好对付，如果她足够小心的话。

她赶到骑手和驮马消失的地点，下马开始搜寻痕迹。多数贵妇人都会把追踪之类的事情交给手下猎人，但沐瑞小时候喜欢爬树，喜欢弄得满身泥土，那时她对追寻踪迹也有兴趣。看起来这个人从没在野外生活过，他一路上踩断的枝条和踢乱的落叶让一个孩子也能轻易地追踪他。她朝森林深处走了大约一百步，在树间的一个大水坑旁边发现了他。

他已经把马鞍解下，栗色牡马也拴好了。那马看上去膘肥体壮，和他破旧的大衣很不相称。没准他确实是匪徒。他把鞍袋放在地上。离得这么近，他看上去更高大了。他的肩很宽，腰够窄，脸却不俊。那张严肃而棱角分明的脸算不上英俊，倒是很有匪气。他解下剑带，面朝池塘盘腿坐下，剑带和剑放在身后，两手按在膝盖上。他似乎在望着池塘对面岸边的芦苇。波光粼粼的湖面映出落日余晖。他一动也不动。

沐瑞想了想。显然他是来这里扎营的。那两人肯定要回来，但不会很快，否则他不会坐着不动。问一两个问题用不了太多时间。“你们之中哪个人最近见过两仪师?”应该足够了。而如果他被她吓到了的话——比如突然发现她站在他身后——也许在回过神之前就脱口说出答案。非到万不得已，不能动用至上力。她迟早会用到它的，但最好先隐瞒她的导引能力，然后再吓他一回。

她把飞矢拴到一棵羽叶树的一条低垂的枝条上，收拢斗篷和裙子，蹑手蹑脚地朝那人走去。他身后有个小土丘，她踩了上去。给自己增加点高度会有好处的。他的个头可相当高。如果她一手握着腰刀，一手拿着他的剑，效果一定更好。她导引至上力，把剑连同剑鞘一起从他身后抽走。她要尽一切可能让他震惊……

他的动作比她想象的快得多，像他这么大个头的人不该这么敏捷。她紧紧握住剑鞘，而他则一跃而起，迅速转身，一手抓住剑鞘，另一只手揪住她的衣领。她还没来得及导引，就已经飞了出去。一切都发生在一瞬间，池塘扑面而来，她喊了些自己也没听清的话，然后就砸进水里，溅起一个大水花，沉入池塘里，胸腔的气全喷了出来。池水冰寒彻骨，震惊令她失去了对阴极力的掌控。

她挣扎着在齐腰深的冰水中站起来，不住地咳嗽。湿头发盖住了她的脸，泡水的斗篷耷拉在肩头。她愤怒地转过身面对攻击者，拥抱了阴极力，准备把他打倒，揍他个屁滚尿流！

他面对她刚才站着的地方，摇了摇头，疑惑地皱起了眉。那个土丘离他坐的地方有一大步的距离。他把她当成鱼了吗！最后他终于肯屈尊注意她，他把入鞘的剑放下，走到池塘边上，弯下腰，伸出一只手。

“抢一个男人的剑可不是明智的举动。”他一边说一边打量着她裙服上的彩色条纹，又补充道，“夫人。”他几乎没有一点歉意。那对蓝得惊人的双眼并没有和她对视，该不会是在忍着笑……

沐瑞低声嘟哝了一句，她笨拙地涉水走到池塘边，用双手抓住他伸出的手，然后用尽全力向下拉。她很难忽视滑过肋间的冰冷水珠。既然她被弄得一身湿，他也该尝尝滋味，而且她都不必动用至上……

他直起腰，收起手臂，把她从水中拽了起来。她吊在他的手上，目瞪口呆地盯着他。他把她放下，又后退了一步。

“我会生一堆火，再把毯子挂起来，你可以烤烤身体。”他低声说道，还是不敢看她的眼睛。*他在隐瞒什么？*也许他只是害羞而已。她从未听说过暗黑之友也会害羞，虽然她觉得可能有那么一两个。

他说到做到，当另外两人出现时，他已经从鞍囊里取出毯子，挂在橡树的树枝上。她正躲在毯子里面，站在一小堆火旁取暖。当然，她不需要火也能把自己弄干。她躲到毯子后面之后，就运用水之能流吸干了头发和衣服里的每一滴水。不过他肯定不知道这一点，而且她还得用梳子和发刷把头发梳直。火堆带来的暖意也很受用。无论如何，她在毯子里待了很长时间，好让那人以为她是用火烤干身体的。自然，她仍然把持着阴极力。目前为止，她还不能下任何结论。

“岚，她跟踪你了吗？”一个男声说道，他下马时铃铛叮当作响。是那个艾拉非人。

“干吗把这些毯子挂起来？”一个闷闷不乐的声音生硬地问道，

沐瑞直愣愣地看着前面，没有留意攻击她的那个男人的回答。他们早就知道了？人们有时会留意匪徒，但这三个人见到一个单身女子，竟会认为她在跟踪他们？真是没道理。而且为什么要把她引到树林里，而不是直接找她算账？三个大男人怎么会害怕一个弱女子？除非他们知道她是两仪师。那样的话，他们就会非常谨慎。但她很确定抛她下水的那家伙不知道她是怎么偷到他的剑的。

“是个凯瑞安人，岚？我猜你大概是从她的裸体看出来的吧，我可没这眼福。”这番评论让她回过神来。在至上力加强的听觉下，她还听到了钢铁擦过皮革的声音。有个人拔出了剑。她织起数道可以将这帮人挡住的编织，一边在毯子上割出一小道缝隙，向外窥视。

令她惊异的是，那个把她扔下水的男子——岚？——背对着她站在毯子前面。刚才是他拔出了剑。那个艾拉非人面对他站着，看上去十分震惊。

“你记得千湖的模样，瑞恩。”岚冷冷地说道，“女人需要躲避你的窥探吗？”

有那么一会儿，她觉得瑞恩也准备拔剑，虽然岚已经握剑在手。但那个饱经风霜的老人——布卡马，她听到他们这样叫他，他虽头发花白，却和另外两人一样高——让他俩平静下来。他把他们拉开一点距离，提起了某个叫“柒”的比赛。它的规则听上去相当奇怪，而且在昏暗的暮色下也会很危险。岚和瑞恩面对面盘腿坐下，剑收在鞘中，然后没有任何警示便突然拔剑，剑尖直指对方的喉咙，只差一条发丝的距离便能割到皮肉。老人指了指瑞恩，于是他们收剑入鞘，然后又比了一次。沐瑞看着瑞恩赢了一场又一场。看来他的自负并非没有道理。

她躲在毯子后面，努力回想以前学到的关于马吉尔人的知识。她对他们的了解基本只限于历史事件。瑞恩记得千湖的模样，那么他一定也是马吉尔人。她想起了有关落难女子的什么事。现在她已经和他们在一起了，那不妨跟他们一起走，尽量多挖掘一些线索。

当她从毯子后面走出来时，已经想好了全部说辞。“我要求行使独自出行的女子的权利。”她郑重地说道，“我要去查辛，请求你们为我提供保护。”她在三人的手中各放下一枚大银币。她不太确定这个荒唐的习俗管不管用，不过银币总会被人看重，“等到了查辛我会再给你们每人两枚。”

他们的反应却在她的意料之外。瑞恩盯着银币，在手指间把玩着它。岚面无表情地看了看他的银币，然后嘟哝了一声，把它塞到衣袋里。她突然意识到，她刚刚把最后几枚印有塔瓦隆标志的银币给了他们。不过到处都能找到塔瓦隆钱币，它在各国都与当地钱币一起流通。

布卡马鞠了一躬，左手按在膝盖上。“很荣幸为您效劳，夫人。”他说，“去查辛，赌上性命也要保护您。”他的眼睛和他们一样，都是蓝色的。他也不愿和她对视。她希望他可别是个暗黑之友。

她发现几乎没法问任何事情。根本什么都问不出来。他们先是忙着扎营和照料马匹，然后又生了一大堆火。看来虽是新春，他们也不打算不生火就过一晚。他们把面包和肉干当晚餐，沐瑞尽量克制自己不要狼吞虎咽。布卡马和岚在吃东西的时候几乎没有说话。瑞恩讲了很多，他确实也很迷人，笑起来的时候脸上有酒窝，蓝色的双眼神采飞扬。但他却没给她提起天门旅馆的两仪师的机会。当她问起他为何要去查辛时，他的神色变得忧郁起来。

“人皆有一死。”他柔声说道，然后起身去铺自己的毯子。好奇怪的回答，像两仪师的风格。

当月亮升到树梢时，岚盘腿在瑞恩身边坐下，开始站第一班岗。在布卡马把火熄灭，爬到岚身边在毯子里躺下时，她在三人身上各设下了一个魂之力的结界。即使在入睡之后她也能操控魂之能流，一旦夜里有人起身，结界就会在不引起他们注意的同时把她唤醒。这导致他们每次换岗时她都会醒来，他们换岗很频繁，虽然似乎没什么异状。她躺下的地方离他们很远。当她第三次把头枕到马鞍上时，布卡马说了些什么话，她没听清。但她清楚地听到了岚的回答。

“我就算相信一个两仪师也不会相信她，布卡马。去睡觉吧。”

她本已平息的怒火又再度燃起。他把她丢到冰水里，还不道歉，他……她导引至上力，以风之力和水之力的编织混上一点土之力，一条大水柱从池塘里升起，在月光下越升越高，然后朝岸边弯了过来。淹死这个满嘴放炮的蠢货！

布卡马和瑞恩被水溅到，咒骂着站起身。但她继续导引着水流，数了十下，然后释放了编织。失去了支撑的水流冲过营地。她等着看他被冲倒在地上、全身湿透、冻得发冷的样子，这下他该学会尊敬了吧。他确实湿透了，几条小鱼在脚边扑腾，但他却站得稳稳的，剑已出鞘在手。

“暗影生物？”瑞恩听上去难以置信，岚立即答道：“有可能！虽然我从没遇过这种情况。保护那个女人，瑞恩！布卡马，你先往西走，然后再往南看看，我先往东再往北！”

“不是暗影生物！”沐瑞厉声喝道，他们都停下了脚步，盯着她看。她真希望能在月光下好好欣赏他们的表情，不过乌云投下的阴影也有所助益，给她增添了几分神秘色彩。她尽力摆出一副标准的两仪师式的冷静腔调：“不尊重两仪师可是大大的不明智，岚师傅。”

“两仪师？”瑞恩低语道。虽然光线暗淡，但她能清楚地看到他敬畏的表情，又或者是恐惧的表情。

他们都没再说什么，除了布卡马在把床铺从泥水里搬开时嘟哝了几句。瑞恩等了很久，然后静静地把毯子搬开。每次她看他一眼，他便微鞠一躬。岚没有动手弄干衣服。他先是准备换个地方继续守夜，后来又回到原来的地方，在泥水中坐下。她以为这可能是一种谦卑的表示，但他又一次朝她望过来时，几乎快要对上她的双眼了。如果这也算谦卑，那国王们都能算是天底下最卑微的人了。

她重新在三人身上设下结界。显然，披露身份后她就更需要警惕了。她躺了好久也没睡着，想了好多事情。其一，三人都没问她为什么要跟踪他们。*那个男人居然能站稳！*当睡意袭来时，她却想到了瑞恩。现在他很怕她，真是遗憾。如果他真的是个暗黑之友就更遗憾了。他很迷人，长相也很英俊。她并不介意他想看她裸体的欲望，只是反感他和别人说起而已。

第20章

在马纳拉用早餐

“你们可以叫我阿莉丝夫人。”古怪的小个子女人告诉他们。早晨，她睡眼惺忪地从毯子里爬出来，伸手挡住一个哈欠。看来她不太习惯睡地上。岚敢肯定他每次换岗时她都醒着。人在睡眠中的呼吸方式和清醒时是不同的。穿丝衣的女人都没过过苦日子。

他不相信那是她的真名，甚至怀疑她那枚巨蛇戒可能是假的，尤其是在到见她将它塞回腰包之后。她还说不能让别人知道她的身份，连其他两仪师都要瞒着。的确，两仪师有时会在不熟悉她们独特外貌的人面前扮作寻常女人。他也确实曾遇到过面容有岁月痕迹的两仪师。但是，她们个个都冷静到不近人情的地步。她们也会生气，但那是一种冰冷的怒火。昨晚的大水过后，他看到了“阿莉丝”在月光照耀下的那张脸，虽然当时他还没明白过来。那幸灾乐祸的表情就像玩恶作剧的小孩子，在看到恶作剧没有达到效果后又变成了孩子气的失望。两仪师个个深不可测，她们绝不会这么孩子气。

最初他们看到她穿过商人的车队和护卫跟在后面时，布卡马谈到一个女子独身一人跟踪三个男人的可能原因。六个剑客不能在光天化日之下杀掉目标，但一个弱女子也许能在黑暗中完成任务。当然，布卡马没有提到艾黛。实际情况肯定不是这样，否则岚早就死了。但艾黛可能会派一个女人监视他们，或许认为如此他便会放松戒备。只有傻瓜才会认为女人没有男人危险，不过有时，女人似乎认为男人一遇到异性就会变成傻瓜。

在晚上，布卡马一反先前的顾虑，对岚拒绝向阿莉丝效忠表示不满。但他自己发的誓足以把三人和这位“夫人”绑在一起了，直到他们抵达查辛。而且她还给他们塞钱。那女人根本不知道这是种冒犯。今天早上，他在给黑阉马上鞍时不停地抱怨，说这马比日矛差远了。他这次也太挑剔了。这可是一匹良马，体态优美，速度也快，只是还没受过战马的训练。“无论她是不是两仪师，正派人应该尽够礼数。”绑鞍带的时候，他说，“得有个正派人的样子。”

“布卡马，算了吧。”岚轻声答道。不出意料，布卡马还是继续唠叨。

“你对她不够尊敬，岚，你该感到害羞。讲荣誉的男人保护所有需要保护的人，尤其要优先保护妇孺。为了你的荣誉，你要发誓保护她。”

岚叹了口气。看来布卡马要一路唠叨到查辛了。他本该明白，如果那女人真的是两仪师，岚不愿再和她有任何牵涉。布卡马已经发过誓，如果他自己再发誓就更见鬼了。如果她真的是两仪师，她可能正准备收护法。如果她确实是的话。

那女人正坐在地上，靠在马鞍上梳头。她刚梳理完，瑞恩就向她深鞠一躬，辫子上的铃铛叮当作响。“一个美妙的早上，夫人。”他低声说道，“然而日出的美全然无法与您深邃的双眸媲美。”他嘴角抽动了一下，睁大了双眼，在看她有没有被冒犯到。“呃……我能为您的马上鞍吗，夫人？”他就像客厅里的佣人一样局促不安。

“当然可以，谢谢您。”她微笑着答道，她的笑容非常热情。“您太客气了，瑞恩。”

她跟着他一起去给她的栗色母马上鞍。其实更像在和他调情。瑞恩备马的时候她站得很近，用那双他为之倾倒的眼睛注视着他。她说了句话，岚听到瑞恩低声称赞她“雪肤花容”，她听到后开心地笑了起来。

岚摇了摇头。瑞恩迷上了她，他能理解。那女人的容貌确实很美，虽然她的举止非常孩子气，但蓝色丝衣下纤细的腰身早已不再属于少女了。不过瑞恩倒是说对了，岚一眼就看出了她是凯瑞安人，绝绝对对的凯瑞安人。所有的凯瑞安人都想将他拉入他们的谋划中，他被坑过不止一次。令他印象最深的经历是在凯瑞安城南度过的十天，在此期间，他遭遇了六次谋杀，两次差点不得不和别人成婚。两仪师——若她所言非虚——再加上凯瑞安人，可真是个最糟糕的组合。

奇怪的是，虽然他们没用早餐就直接上路，她也并未提出任何怨言。但不到一小时后，当他们经过一个名为马纳拉的较大的村子时，她命令他们在此停留一会儿。那确实是个命令。

“一顿热餐能保证旅途顺利。”她斩钉截铁地说。她挺直上身坐在马鞍上，威胁般地瞪着他们。这副样子确实很像两仪师，不过话说回来，女人大多都是这样。“我希望在到达查辛前不要横生枝节，我不会纵容你们在我面前装硬汉，装到饿昏过去。”只有瑞恩迎上了她的目光，他不安地笑了笑。他还没决定究竟该怕她还是爱她。

“我们确实也准备在这里用餐，夫人。”布卡马说，他礼貌地垂下目光。他忍住没说，如果不是因为她的话，他们昨晚就可以在这里吃饭，还可以在旅店里睡觉。如果她当时跟着布卡马和瑞恩到了马纳拉，他们便不能确认先前的怀疑。但跟着岚进入森林便意味着她确实在关注他们的行踪。

马纳拉由一大片杂乱的红绿瓦顶的砖石房子组成，规模接近一个镇子，二十余条街道围绕着一对低矮的丘陵。路边的三间旅馆前有一大片绿地，就在两座丘陵之间的低洼地内。两支往东去的大商队正无精打采地忙着给马套上车，骑着马的商人在一旁监视。一支约有三十余辆马车的商队已经开始缓慢地向西进发，开路的护卫没有监视前方，反而回过头往后看。马纳拉正在庆祝立春节。

他们还没有举办技巧、力量和速度的比赛，但新婚夫妇都在草地中央的春日柱下跳着庄重的舞步。鲜艳的亚麻长缎带缠绕着 12 尺高的柱子，新人们不停地绕着它转，他们的脚步不断地交替，上身却挺得很直。老年人和未婚的成年人则跳着更活泼的舞，有各式各样的提琴、笛子和小鼓为他们伴奏。人人都穿着节日盛装，女人穿着浅色上衣和宽腿裤子，男人穿着绣工精细的鲜艳外套。人群挤满了这块宽阔的空地，但马纳拉并非只有这么多人。时不时有人跑到丘陵上，同时也有取完东西的人跑下来，他们带来一碟碟食物放到另一侧的几排长桌上。好一番欢乐的景象。孩童们放声欢笑，他们的脸颊上沾着平时吃不到的蜂蜜，到处追跑打闹。一些大孩子时不时往草地角落的立春篝火里投些木柴。岚不知道究竟有多少人真的相信点燃这些低矮的篝火边能烧除节庆之前积攒的所有晦气，但他相信运气。在妖境里，运气和技巧一样能决定一个人的生死。

和草地上的欢庆迥然相反，路旁是另一番景象，六根桩子上插着六个兽魔人硕大的头颅，它们有着狼鼻、羊角、鹰喙和酷似人类的眼睛。看起来头颅被砍下不超过两三天，虽然气候冷到可以阻止腐烂和蚊蝇孳生。跳舞的男人都佩了剑，女人腰间都别着长匕首，这不是没有原因的。不过他没有闻到木头烧焦的气味，看来这只是一次小规模的劫掠，而且失败了。

“阿莉丝夫人”在桩子旁勒住马，盯着头颅看。她没有惊讶，也没有恐惧或恶心。她的面容是完全的镇定。有那么一刹那，他觉得她可能真的是两仪师。

“我可不愿只拿着剑来对抗这些怪物。”她低语道，“那该需要多大的勇气啊，真无法想象。”

“你见过兽魔人？”岚惊奇地问道。瑞恩和布卡马交换了惊讶的目光。

“是的。”她微微皱了皱眉，似乎刚才的话是不假思索脱口而出的。

“我可以问问是在什么地方吗？”岚问道。南方人很少能见到兽魔人，他们有些人把兽魔人当作吓唬小孩的故事。

阿莉丝冷冷地看着他，她的目光非常冰冷。“在你做梦也想不到的地方也会有暗影生物出没，岚师傅。瑞恩，给我们挑一所旅馆。”她微笑着补充道。这女人真把自己当成领头的了。瑞恩忙不迭地照她吩咐去做了，看来他也是这么想的。

农人之剑是一座红砖顶的二层石屋，底层的窗户更像箭孔，一把农夫会绑在犁上的那种双手剑倒悬在厚重的木门上方。在离妖境这么近的地方，旅店和其他一些房子在兽魔人劫掠时会成为防守据点。老板娘是个矮胖的灰发女人，她穿着带红黄花的宽松上衣和红蓝色的肥大裤子。刚才她看到他们把马拴在了旅馆前的马桩前便从草地那边赶了过来。多米奇夫人对她旅店里出现了两个马吉尔人似乎感到不安，但当阿莉丝点了早餐后，她又高兴起来了。

“如您所愿，夫人。”圆脸的老板娘喃喃道，她朝阿莉丝行了个大屈膝礼。这位凯瑞安女子没有讲出自己的名字，但她的衣着和举止表明了她是贵族。“您和您的随从需要订房间吗？”

“不必了，谢谢您。”阿莉丝答道，“我准备一会儿就走，”

虽被人当作随从，瑞恩却没有发火，和阿莉丝一样默许了这个称呼。但布卡马的脸色变得更难看了。当然，在这种场合下他不会说什么，考虑到他所发的誓，也许以后也不会抱怨。岚决定一有机会就和阿莉丝私下谈谈。一个人能够默默承受的冒犯是有限度的。

他们三人要了黑面包和浓茶，还有三碗掺有白火腿的粥。阿莉丝没有请他们和她坐一桌，于是他们另找了一张桌子坐下。大堂里有很多空位，除了多米奇夫人，屋里只有他们四人。老板娘亲自给他们上菜，她说她不想把正在欢度节日的人叫回来。这话没错，当结完账之后，她自己也回去了。

借着四下无人的机会，岚和另外两人谈了谈这个缠上了他们的小个子女人。他们压低了声音以防被人听到,但他们的意见很不一致。瑞恩完全相信阿莉丝就是两仪师,他建议不要问她任何问题。向两仪师提问题可能会惹上麻烦,而且得到的答案也不见得能让人满意。布卡马坚持认为他们需要弄清楚她想从他们这里得到什么,尤其是如果她的身份属实的话。两眼抹黑地卷入两仪师的计划是很危险的,他们可能会结下未知的仇人,或者毫不知情地被她出卖。岚忍住了没有指出正是布卡马带他们走入这个陷阱。他也不相信她是两仪师。他认为她是个艾黛派来监视他的野人,不过当然他没有提到她的名字。艾黛在所有边境国都有耳目。虽然她碰巧在坎卢姆安排了个野人等他似乎有点不可思议,但还有那六个刺客,岚想不出还有谁会派人刺杀他。

“我还是要说……”布卡马正要继续,却顿住了。他生生吞下一句咒骂。“她跑哪去了?”

阿莉丝刚刚用过的餐桌上放着一只空碗,但她本人却毫无踪影。岚扬起一边眉毛,不由得心生钦佩。他完全没有听到她离开。

瑞恩猛地起身,跑到一处箭孔旁向外望去。“她的马还在,也许是去方便了吧。”岚从心底对这种粗鲁言行非常不满。有些事情是不能当众讲出来的。瑞恩捋了捋他的一根辫子,然后猛地一扯,让铃铛叮当作响。

“我看我们该把她的钱留这儿,在她回来之前就离开此地。”

“要走你自己走。”岚说道,他也站了起来。“布卡马向她发了誓,我会和他一起遵守誓言。”

“最好你自己也向她发誓。”布卡马嘟哝道。

瑞恩皱起了眉,又猛地扯了扯辫子。“如果你们不走,那我也留下。”

也许那女人只是去看看庆祝活动。岚让布卡马留在这里等她,然后和瑞恩一起出去找她。然而她不在跳舞的人和围观的人群中间。她的丝衣在一片绣花麻服和毛衣中间应当十分显眼。有些女人邀他们一起跳舞,瑞恩会冲着漂亮的女人微笑——就算前面有十几头兽魔人向他冲来,他还是会忍不住扭头向美女微笑!岚让他去南丘上的房子那边找找,他自己则爬上了农人之剑旅馆后面的小丘。他不想让阿莉丝背着她和什么人见面,搞不好她又在策划什么。虽然这女人还没有试图刺杀他,但也不代表艾黛不想取他的命。

他在半山腰上的一条几乎空无一人的街上找到了她,一个瘦削的年轻女子正在向她行礼。那女子宽松的外衣和裤子上绣着的金红图案几乎和阿莉丝的骑装的绣工一样繁复。坎多人和南方人一样痴迷于绣花。他悄悄地走上前去,站在阿莉丝背后,刚好能听到她们谈话。

“有几户萨海拉家的人住在那边隔着三条街的地方,夫人。”瘦削女子伸手指了指远处。“我听说南丘那边也有几户，但我不知道其中有没有一个叫阿雯的。”

“您帮了我一个大忙，马瑞施娜夫人，”阿莉丝亲切地答道，“谢谢您。”对方又行了个礼，然后在她的目送下往丘顶走去。

当马瑞施娜夫人走远了以后，阿莉丝又开口了，语气与方才截然相反。“我能向您介绍一下，在白塔偷听者会受到何种处罚吗，岚师傅？”

他几乎眨了眨眼。她能够悄悄离开大堂而不被他发现，还能在他尽力保持安静的时候听到他的动静。令人印象深刻。也许她确实是两仪师。她大概是想收瑞恩作护法吧。

“我看算了。”他对着她的背影说道，“我们在查辛有急事要办，或许我们可以帮你找这个阿雯·萨海拉，好节省点时间。”

她突然转过身盯住他，拼命想要站得更直些。他觉得她可能想要踮起脚尖。不，看来她不是两仪师，虽然她此刻的表情冰冷而专横。他曾见过比她更矮的两仪师，在对她浑然不觉的一屋子人中间，却不会像她这样紧张。

“你最好忘掉那个名字。”她冷冷地说，“插手两仪师的事务是不明智的。现在你可以走了。但等我办好事，你应该已经准备好了可以上路。如果你们这些马吉尔人真能像传说的一样恪守誓言的话。”她抛下这句冒犯的话，便径直向着那个瘦削女子指过的方向走去。光明啊，好一个毒舌的女人！

他回到农人之剑后，就把刚才的经历讲给布卡马听。老人的心情却变好了一点。至少他的脸色不那么难看了。对他来说，这就已经和一般人的微笑差不多了。“也许她只想让我们担当护卫，直到她找到那个女人。”

“这还是不能解释她为什么要跟踪我们一整天。”岚说道，他坐回自己的座位上，早餐的碗还放在面前。他最好还是把粥喝完吧。“可别说她是因为害怕才不敢接近我们。我看这女人和我们一样能把旁人都吓跑。”布卡马没有答话。

第21章

至上力的小花招

岚知道前往查辛的旅途定然不会好受，果然如此。他们拼命赶路，超过了商人的车队，再没在村子里停留。他们几乎每夜都露宿野外，因为没人能付得起四个人加上四匹马的宿费。他们只能睡谷仓或草棚，如果能在天黑之前找得到谷仓或草棚的话。道路两侧的丘陵往往没有村落也没有农场，只有茂密的树林，有高耸的橡树和羽叶树，松树和冷杉，以及较为低矮的山毛榉和黑胶树。在边境国，偏僻的农场是无法存活的，那种农场迟早会变成坟场。

阿莉丝仍在寻找那个叫萨海拉的女人，每经过一个村庄，她就会前去询问萨海拉的下落。不过每当岚和他的同伴们一靠近，她都会立即缄口不语。这女人十分警觉，而且神色冷淡，至少对他总是冷冰冰的。瑞恩会向她挤眉弄眼，为她忙前跑后，低三下四地奉承她。他对她的态度仍是既迷恋又畏惧。而她则毫不客气地接受了他的恭维，为他的笑话而开怀大笑。

但她并非只关注瑞恩一人。她每隔一段时间便要依次逼问他们三个，似乎拿定主意要翻遍他们的老底。这女人就像黑蝇一样讨厌，无论你赶走她多少次，过不了多久她又会过来烦你。就连瑞恩都会回避她的问题。一个男人的过去只属于他自己和他身边的人，不能当闲话讲给某些八卦的女人听。布卡马也被她逼问过，但他还是不停地向岚唠叨。从早到晚，他都把起誓的事挂在嘴边。岚开始觉得唯一能够让他闭嘴的办法就是发誓永远不向那女人起誓。

厚厚的黑云接连两次从妖境席卷而来，降下寒冷彻骨的瓢泼大雨，雨滴中夹杂着能砸破脑壳的大冰雹。在春季，最猛烈的暴风雨总是来自妖境。当黑云刚刚笼罩天日时，岚便开始在林中寻找枝繁叶茂的大树以遮风避雨，他们还可以在头顶上搭起毯子。但阿莉丝察觉到他的目的后，便冷冷地说道："没有必要停下，岚师傅。我会给你们挡雨的。"他半信半疑，仍继续寻找可以遮雨的地方，直到暴风雨来临。天色骤然暗如黑夜，蓝白色的闪电划过天空，震耳欲聋的雷声在头顶轰鸣，然而硕大的雨点却从他们上方滑落，仿佛有一个隐形的拱顶一路罩着他们。冰雹悄无声息地弹开，似乎没有砸到任何东西，安静异常。当风暴第二次袭来时，她以同样的方式给他们避雨。每次他们向她致谢时，她似乎都感到惊奇。她平静的神色几乎未变，装得非常像真正的两仪师，但她的目光里却闪现出一丝情绪波动。真是个奇怪的女人。

他们遇到过几次传闻中的强盗，十来个一群的衣着粗陋的汉子。这些人见到已搭箭上弦的三人，自知不敌，往往在被三人追上之前便逃窜回树林中。为确认他们确实逃掉了，岚或布卡马中的一人会追踪盗匪，其余两人则留下保护阿莉丝。在明知有埋伏时还往陷阱里跳是很愚蠢的。

在第四天的中午，他们途经被林木遍生的丘陵之间的一段路，路的两头都看不见人影。天气十分晴朗，高空中只飘过几片稀疏的云彩。除了他们的马蹄声外，只能听见松鼠在树枝上吱吱地叫。突然间，在三十步开外的树林里冲出了一伙骑手，大约有二十个人，衣着破破烂烂，他们列成一排挡住了道路。他们身后也传来了马蹄声，看来后面也有强盗。

岚松开缰绳，任其落到鞍桥上。他抽出两支箭夹在指间，并拉起已经上了弦的箭。他觉得可能没机会射出第二支箭，但预备三支赢面总会更大些。他面前的三个人在脏兮兮的外套外面只套着凹痕遍布、锈迹斑斑的胸甲，有一个人戴着有面甲的头盔，头盔上有着点点锈迹。他们都没带弓箭，但那无关紧要。

"后面三十步远的地方还有二十三个。"布卡马喊道，"没有弓箭手。听你下令。"

确实无关紧要。这群匪伙人多势众，足以袭击大多数商队。但他没有放箭，在这些人还没有下手之前，还有一丝机会尚存。生与死常常会在一瞬间逆转。

"咱先别这么着急。"戴头盔的家伙喊道。他摘下头盔，露出一头油腻腻的灰发和一张脏兮兮的马脸。他脸上有一道新鲜的刀疤。他咧嘴一笑，露出两颗缺失的牙齿。“你们大概能干掉两三个人，然后就会叫咱砍翻，没必要让事情闹成这样。把你们的钱和这位漂亮夫人的首饰给咱，你们就可以走人。穿丝戴皮的漂亮女士肯定有一大堆珠宝，是吧？”他朝岚身后的阿莉丝抛了个媚眼，也许他认为这是友好的表示。

这个提议没有一点吸引力。虽然这伙人没有一个愿意拿命冒险，但若他们三人放下武器，一定会被他们割了喉咙。他们可能会留着阿莉丝，直到发现她的危险之处。如果她手头真的有些至上力的花招的话，他希望她能……

“你竟敢挡两仪师的道？”她的吼声如同一声惊雷，几匹强盗的马被惊得喷起鼻息，人立起来。猫舞者懂得抛下缰绳的命令的意义，稳稳地站住不动，只等着岚在马腹上一踢。“投降，否则我绝不饶恕。”红色的火球在强盗们的头顶上炸开，发出一声巨响。好几匹马惊得跳起来，两个倒霉的强盗被抛下了马背。

“我跟你说过她是两仪师，科伊。”一个穿着不合身的胸甲胖光头嗫嚅道，“我早就说过啊，科伊？一个带了三个护法的绿宗，我说过啊。”

瘦子抬手扇了他一个耳光，他仍然紧盯着岚。或者更可能是在盯着岚身后的阿莉丝。

“投降没的谈了。咱还是有五十个人对付你们四个。咱不想上绞架，咱要看看你们在被咱干掉之前能杀掉几个人。”

“非常好。”岚说，“不过如果我数到十以后你们还没从我面前消失，那我们就真要动手了。”话一说完，他便开始大声地数了起来。

还没等他数到二，强盗们便仓皇地向树林里撤退。等他数到四，那两个摔下马的家伙不再试图拉住他们受惊的马，飞快地逃跑了。没必要再跟踪他们了。马蹄踩在灌木上的噼啪声很快就消失在远处。这可以说是他们能指望的最好的结果。虽然阿莉丝并不这么想。

“你没有权力放他们逃跑。”她愤愤不平地说道，眼中迸射出怒火，以锐利的目光来回扫视着他们。她策马绕着他们转了一圈，把三人轮流瞪了一遍。“如果他们攻击我们，我就能用至上力对付他们。他们抢劫了多少人？杀害了多少人？他们侵犯了多少女人？伤害了多少孤儿？我们应该好好收拾他们，再把没死掉的送到最近的官府去。”

岚、布卡马和瑞恩轮流给她解释为什么他们四个人肯定没希望打赢。强盗为了逃离绞架肯定会拼上老命，而且对方确实人多势众。但她似乎确实相信她可以独力打败近身的五十个人。真是个奇怪的女人。

旅途中并不是总能遇到风暴和强盗。瑞恩的愚蠢举止和布卡马的不断抱怨也令人心烦意乱。但阿莉丝的无知和固执才是毁掉这次旅途的罪魁。

第一晚，他浑身湿透地坐了一个晚上，好让她知道他能够接受她的所作所为。她本该明白，如果他们必须一同赶路，最好能公平地了结这件事。然而她不明白。第二晚，她一夜未眠，于是害得他也一夜没有合眼。只要他一低头，便会被看不见的鞭子猛抽一记。第三晚，他的衣服和靴子里都进了厚厚的一层沙子。他尽力把沙子清掉，但没有水可以洗。第二天只好带着满身沙子骑了一天。而在遭遇强盗后的那一晚……他不知道她怎么能把蚂蚁送进他的内衣里，也不明白她是怎样让它们一齐叮他的。不过这肯定是她的功劳。当他猛地睁开眼时，她就站在他面前。她看到他没有叫出声时似乎吃了一惊。

显然，她希望他有所表示、有所回应，但他不明白她想要什么样的回应。如果她觉得这还不足以报复他抛她下水，那她还真够狠心的。然而，女人有权力处罚伤害或冒犯她的人，而且就算她做得太出格，这里也没有其他女人，没人能叫她停止。在他们抵达查辛之前，他只能一路忍下去。晚上，她在营地附近找到了一丛能让人起疱的植物，他几乎要冲她发脾气了。事后他感到十分羞愧。

自然，他没有向布卡马和瑞恩提起这件事，不过他觉得他们肯定知道。他开始盼望着查辛明天就出现在地平线上。也许这个女人是艾黛派来监视他的，但她似乎已经决定干掉他了，准备慢慢地将他折磨致死。

按照史汪的说法，男人个个都是老顽固，但沐瑞还是不明白这个亚岚・人龙为何如此顽固。她只要能看到一丝对扔她下水而后悔的表示就够了。当然啦，还要道一次歉，低姿态地道歉，以及对两仪师应有的尊重。但他一点悔过的意思都没有，简直傲慢到了骨子里！他毫不掩饰对于她身份的怀疑，就差没大声说出来了。她也有点被他的毅力所打动，有一点而已。她要把他制得服服帖帖。这并不是要完全驯服他的傲气——没骨气的人于己于人都一无是处——而是要让他彻底认清自己的过错。

她给了他好几天时间反思，而且当晚就开始制订教训他的计划。蚂蚁的效果相当令人失望。这是蓝宗的秘密编织之一，既能驱虫又能招引蚊虫叮咬，不过它的原始用途并非整人。但疱叶的效果令她十分满意，多少让他有点急了。这说明他还是肉长的，她本来都开始怀疑这一点了。

奇怪的是，虽然另外二人肯定知道她给岚的教训，她从未听到他们对岚表示同情。岚没有向她抱怨过，这就已经够奇怪的了，但他总该和朋友说过吧，朋友不正是倾诉烦恼的对象吗。这三个人在其他话题上也总是保持沉默。就连凯瑞安人有时也会和别人聊聊自己，而且她听说边境国人厌恶家族游戏。她和他们聊了很多她小时候在凯瑞安和在白塔中的经历，但他们还是不肯透露自己的情况。当她讲到滑稽的部分时，只有瑞恩会笑出声——只要意识到这是该他笑的时候，他就会笑——而岚和布卡马却显得很尴尬。她认为这也算是一种感情的流露，他们控制表情的功夫比两仪师还厉害。他们曾承认以前遇到过两仪师，但当她小心地问起具体的时间和地点时……

“两仪师到处都有，让人没法记清楚。”某天晚上赶路时岚答道，他们身后拖着长长的影子。“我们最好在前面的农场里歇歇脚，看看能不能找个草棚睡一晚上。在天完全黑下来之前我们不可能再遇到第二户人家。”

他的回答基本都是这样的。两仪师们也可以向这三人学学如何回避问题，如何把话说得模棱两可。

最糟的是，她还是不知道他们之中有没有暗黑之友。当然，她没有证据怀疑在坎卢姆的两仪师中有黑宗。如果她们都不是黑宗，那么瑞恩在天门旅馆的会面背后也许并没有什么阴谋，但谨慎令她无法放下疑虑。她每晚仍会在他们身上设下结界。在弄清底细之前，她不会相信史汪之外的任何人，尤其是其他两仪师或者可能和她们有牵涉的人。

在一个距查辛两日骑程的村子里，她终于找到了她要找的人。她在这个名叫拉文达的地方遇到的第一个人就是阿雯·萨海拉。虽然规模比马纳拉小，但拉文达仍是个繁荣的村子，村中的市场设在一大片硬地面的空场上，邻村的村民都到这里卖农产品和手工艺品，从小贩那里买东西。早晨，当沐瑞和她沉默的旅伴到达村里时，市场里有两架小贩的大篷车，高高的车篷上涂着锅碗瓢盆的图案，周围挤满了人。两个小贩一边高声叫卖，一边紧盯着对方。拉文达还有一座正在修建的旅馆，第二层已经盖起来了。这座房子是萨海拉夫人用白塔的赏金修建的，因此她打算把它命名为“白塔”。

“你觉得两仪师们会反对吗？”当沐瑞建议她换个名字时，她问道，并对着已经刻好上完色的招牌皱起了眉，招牌已经挂起来了。按照比例，招牌上的白塔至少得有一千尺高！阿雯是个丰满的灰发女子，腰间磨损的皮带上别着一把一尺来长的镶银匕首，她鲜红色衬衣的袖口上有黄色绣花。显然，拿了赏金后她天天都打扮得像过节一样。最后她还是摇了摇头。“我不认为她们会反对，夫人。在我们营里登记姓名的两仪师非常和蔼。”若某个碰巧路过的两仪师不打算隐瞒身份，她就会得到教训了。

沐瑞希望她能知道记下阿雯·萨海拉的那个见习生的名字，最好能给那孩子一点教训。阿雯的儿子米戈——她的第十个孩子！他是在离龙山三十里远的地方出生的，并且在吉塔拉作出预言的一周之前就出生了。当面写下的记录还会出错，这种疏忽简直令人无法接受！她的小本子里又有多少孩子是在那关键的十天之外出生的？

离开拉文达后，那三人明显对她这次办事的速度非常满意。她本来还在为那个不知名的见习生生闷气，现在又被他们惹火了。当然，他们没有当面讲出来，但她听瑞恩说起过——“至少这次她很快就弄完了”——他不在意让人听到这话。布卡马则闷闷不乐地嘟哝着表示同意，然后他们就退到她后面。岚骑在最前面，显然是在躲着她。说真的，她其实可以理解，但他僵硬直挺的宽阔背影看上去就像是对她的嘲弄。她开始盘算晚上怎么收拾他。也许该让另外两人也吃点苦头。

一时间她能想到的全是已经用过的招数，然后一只嗡嗡叫的黄蜂从她耳边飞过，她看着它飞入道旁的树林里。当然了，她不打算弄死他。“岚师傅，你对黄蜂的叮咬过敏吗？”

他坐在马鞍里转过身，胯下坐骑也半转过头。他嘟哝了一声，眼睛睁得老大。一时间她不明白发生了什么，然后她看到一支箭从他的右肩穿出。

她想也没想就拥抱了真源，让阴极力充满全身。这就像是回到试炼中一样。她飞速完成编织，首先用一只透明的空气之盾护住岚，以防更多的箭射过来，然后她给自己也设了一个。她也弄不清自己为什么先给他加了防护。在至上力加持下，她以敏锐的视力扫视着箭射来的方向。弓手放出第二支箭时，便被风之能流猛然攫住，弓紧紧地贴着岚的身体，箭支竖了起来。整个过程从头到尾只有一瞬间，速度堪比试炼中的任何一次编织。瑞恩和布卡马才刚来得及射出两支箭，正中要害。

她失望地叹了口气，松开了空气的束缚，弓手跌落在地上。他试图谋杀，但她不打算把他像死刑犯一样吊起来。如果他们把他送到官府，他就会被处决，但她不想参与这个行动，尤其是在行刑之前。她觉得这近乎把阴极力用作武器，或者制造供男人自相残杀的兵器，非常接近。

她把持着阴极力，准备给岚提供治疗。虽然肩上还插着一支箭，但他不等她开口，掉转马头飞快地赶到树林边上，下马走到倒地的弓手身边，布卡马和瑞恩跟在他后面。凭借着至上力，她能够清楚地听到他们的话。

“卡乃金？”岚说道，他听上去十分震惊。

“你认识这家伙？”瑞恩问道。

“为什么？”布卡马吼道，她听到靴子踢中肋骨的声音。

一个微弱的声音喘息道：“金子，还能是什么？你还是……像暗黑魔神一样走运……刚好转身……否则那支箭……就会射中……心脏。他应该……告诉我……她是个两仪师……但他只说……要先干掉她。”

一听到这句话，沐瑞便一踢飞矢的马腹，立即赶了过去，迅速下马，治疗的编织已经备好。“把他的箭拔出来。”她赶过来的时候冲他们喊道，一边拢起裙子以防绊倒。“如果箭没拔出来，治疗也不能救他活命。”

“为什么要救他？”岚问道，他坐在一棵被风暴刮倒的树上，沾满泥土的大片树根比他的头顶还高。“你这么想看人被吊死吗？”

“他已经死了。”瑞恩说，“你能救活他吗？”他似乎对她的回答颇感兴趣。

沐瑞垂下肩。卡乃金圆睁的双眼直愣愣地盯着他头顶上的树枝，已然没有了生气。奇怪的是，虽然衣着凌乱，嘴边都是血沫，但他看起来仍像是个没胡子的年轻人。不过这年纪也足够杀人了，足够在胸前中两支箭然后去死。他一死，她便无法知道他的雇主是不是格辛尼斯，也不能得知格辛尼斯的去向。他的腰带上挂着一个满满的箭囊，身边的地上还插着两支箭。显然，他有信心用四支箭干掉四个人。即便了解岚和布卡马，他仍然有这个信心。他了解他们，因此违背了指令，试图先杀掉岚。他一定认为岚才是最危险的人。

她观察着这个人，然后意识到她还是能从他身上挖出一点信息，即便他已经是个死人了。她切下他挂在箭囊旁边的小包，把里面的东西倒到他身边破土而出的一小丛野草里。一把木梳子、一块吃了一半的发霉乳酪、一把折叠小刀、一团弓弦（她把它解开以防里面藏着东西）、一块又脏又破的手帕（被她用刀尖划破了）。找到格辛尼斯大人写给他的指令的希望还是落空了。她割下他拴在腰袋上的皮革钱包，然后把这破玩意倒过来。一把银币和铜币掉了出来，还有十枚金币。看来在坎多买她性命和在塔瓦隆定做一条裙子是同样的价钱。金币很厚，一侧印有凯瑞安的日出徽记，另一侧印有她伯父的头像。达欧崔家族史一个合适的脚注。

“你习惯从死人身上偷东西吗？”岚冷淡的语调里透出厌恶。这只是个问题，不是指控，但仍然……

她愤怒地直起身，看到瑞恩折断岚背上插着箭的尾羽，布卡马把一条生皮细带绑在箭头上。绑紧了以后，他握紧皮带，猛地一扯，把箭的其余部分也拔了出来。岚眨了眨眼。这个人的背上刚刚拔下了一支箭，而他只是眨了眨眼！这场面让她感到不适，她也不知道为什么，但确实如此。

瑞恩快步赶回路旁，布卡马则帮岚脱下衬衣和外套，他的衣服正面都有一个洞，后面肯定也有。脱去了浸满了血渍的外套和衬衣，血开始从他的胸前和背后流下。没有一个人请她治疗，她也有点不想给他治了。岚很年轻，她没想到他身上有这么多伤痕。一些仍未愈合的伤口上还有整齐的黑色缝线。看来他对惹怒男人和惹恼女人一样在行。瑞恩拿回了绷带和敷伤口的发霉面包。看来他们在岚流血至死前是不打算请她治疗了。

“你准备接受治疗吗?”她冷淡地问道，伸手去按岚的头。他避开了她的触碰，他避开了！

“后天就到查辛了，你还需要用右手。”布卡马嘟哝道，使劲用手搓着嘴唇，回避了其他三人的目光。很奇怪的话，但她清楚她是没法问出它的含义的。

过了一会儿，岚点了点头，弯下了腰。他再没有任何表示。他没有请求，甚至没有接受她的请求，他只是弯下腰。

她把手掌按到他头上，在按这一掌的同时开始导引。治疗的编织带来的抽搐令他挥开双臂，挣脱了她的掌控。她很满意，即便他只是呼吸变得粗重而没有大口喘气。他的旧伤仍然留着，未愈合的伤口则只剩一道粉色的痕迹，缝线都掉了出来，从他的手臂和胸前滑落。剩下的缝线也很容易挑掉。箭伤的伤口被光滑的皮肤所覆盖。他遇上黄蜂时将会是完全健康的。在那之后，她可以再次治好他，如果有必要的话……如果有必要的话。

他们把钱币留在卡乃金的遗体边上。虽然这些人显然需要用钱，但他们不想从死人身上拿走任何东西。布卡马在不远处找到了他的马，就拴在树林中。那是一支白蹄棕色阉马，看上去是匹活泼的快马。岚解开马的缰绳，拴到马鞍上，然后一拍马臀，让它自己跑回拉文达。

“这样在被人发现之前它可以自己找草吃。”当看到她冲着阉马皱起眉头时，他这样解释道。

实际上，她实在后悔没有搜索马鞍上绑着的鞍袋。但岚的善举也令她十分意外。她从没想到他还有这一面。这样看来，还是别用黄蜂折磨他了。但无论如何她得找到一个印象深刻的办法，她只有两天的时间了。因为一旦他们抵达查辛，她就没有时间对付他了。至少在一段时间内会忙不过来。

第22章

遵循传统

如果坎卢姆可以算一座丘陵之城，那么查辛就是一座山城。尽管山头被削平了，但城中最高的三座山，高度仍然接近一里。山中遍布着琉璃瓦顶的房屋和大宅，在正午阳光的照耀下闪闪发亮。艾戴沙宫坐落在最高的山峰上，它红绿相间的瓦顶最为耀眼。腾跃红马旗飘扬在宫中最大的拱顶上。三道高耸的围墙和一条枯水的护城河围起了城市。宽达百步的护城河上架着二十多座桥。每座桥的桥头都耸立着一座桥头堡。

过往的交通十分拥挤，而妖境的威胁相对遥远，因此胸前有红马徽记、披盔戴甲的城门守卫的检查没有坎卢姆那么仔细。但是在来来往往的车马和人流之间穿行，通过日出桥仍不是一件易事。进入第一道城墙之后，岚没有浪费任何时间，他拉住缰绳，让路给满载货物、移动缓慢的商队马车。虽然艾黛还在这里等着他，但这座城市仍然是他最渴望见到的地方。按照律法的字面意思，他们还没真正地进入查辛——更高的第二道城墙尚在一百步开外，最高的第三道城墙则更加遥远——但他想和这个阿莉丝做个了断。光明啊，她是如何在这么早的时节找到跳蚤的？而且还有黑蝇！要再过上一个月，这种虫子才开始出现。他浑身都是搔痒的印子。不过至少她没能得到满足。他十分确信这一点。

“我们承诺护送你到查辛，说到做到。”他对那个女人说道，“只要避开城里比较乱的地方，你就会比被十个保镖簇拥着还安全。你该去办你自己的事情了，我们也有事要办。留着你的钱吧。”当她伸手去取钱包时，他冷淡地补充道。他终于失去控制，发了脾气。然而这是因为她一次又一次的冒犯。

瑞恩立即开始讲起冒犯两仪师的后果，并微笑着向她道歉。他坐在马鞍上向她深深鞠躬，发间的铃铛像警钟一样响个不停。布卡马悻悻地嘟哝着，人的举止怎么能像牲口一样，并为岚辩解。阿莉丝则盯着岚看，脸上全无表情，仿佛她真如她所宣称的一样是一名两仪师。若此言非真，则会招来大麻烦，但如果是真的……那么他就更不想和她有瓜葛了。

岚调转马头，冲上宽阔的街道，路上的行人和骑手纷纷避开。如果在别的时候，这么做可能会挑起决斗，海多力和马吉尔人的名声至多能吓退平民。不过岚骑得飞快，无暇去留意挑衅的叫嚷。他绕开轿子、商人的大轮马车还有挑着扁担的脚夫，全速冲过街道。与先前乡野的静谧相比，铁箍车轮轧过地砖的隆隆声和小贩商户的叫卖声显得甚为聒噪。街头艺人吹出的笛声也甚为刺耳。小贩的推车散发出的烤坚果和肉饼的气味，掺杂着十几间旅馆和上百户人家的厨房里飘出的饭菜味，混合成一种恶心的浓厚气味，与大道上清新的空气形成了鲜明对比。

当他爬到艾戴沙宫所在的半山腰时，布卡马和瑞恩追上了他，他们牵着驮马跟在两侧。如果艾黛在查辛，那么她应该在这里。两人明智地管住了嘴。布卡马至少还知道岚将要面对的是什么。进入妖境可比活着离开容易多了。随便哪个蠢货都能够骑马进入妖境。他选择来这里是不是也挺蠢的?

他们越爬越高，并随之放慢速度。高处的街道上少有路人，这里没有瓦顶房屋，取而代之的是豪宅以及富商和放贷人的住所。这些建筑的墙面上贴满了鲜艳的瓷砖。街头艺人也消失不见，只有急匆匆地跑着去办事的穿着制服的侍者。车门上印有家徽、外表光鲜的四轮马车取代了商人的大篷车和轿子。这些笼头上饰有羽毛的马有四到六匹，它们拉着的车会占用很大一块路面。大部分马车前面都有好几名骑手开路，后面还有两个守卫殿后。这些守卫个个披盔戴甲，全副武装，随时准备对付靠得太近的路人。具体来说，就是要对付他们这三个粗陋的男人。瑞恩的黄色外套看上去不像在坎卢姆时那么漂亮了，而岚能拿出手的外套染有血渍，他只能改穿第二件。那件衣服磨损得厉害，和它相比，布卡马的衣着都能称得上光鲜。血渍又让他想到了另一些事情。他还欠着阿莉丝一份治疗的恩情债，还有她给他带来的折磨。虽然按照荣誉，他只能回报前一项。不，他必须赶快忘掉这个古怪的小个子女人，她可真是阴魂不散。现在他必须集中精力对付艾黛，他此生中最严峻的考验。

艾戴沙宫占满了整个平坦的山头，它是一栋耀眼的巨型建筑，每一面都闪耀着红绿相间的图案，有着众多拱顶和露台，方圆大小五十份地，可以算是一座小型城市。贴着红砖的拱门之下，漆着红马徽记巨大青铜宫门大敞着，直通会客庭。但当岚一行人靠近时，十几个守卫站出来挡住了路。他们的胸甲之外的罩袍上绣着红马图案，手里的戟上挂着红绿相间的饰带。他们的装备也是五颜六色，头盔和裤腿是红的，光亮的高帮靴子是绿的。不过，值守此处的卫兵定然是经历过战争的老兵，他们透过钢盔上的面罩严厉地盯着这三个陌生人。

岚翻身下马，浅鞠一躬，以手依次触碰前额、胸口和剑柄。“我是亚岚·人龙。”他说道。就这一句。

听到这个名字，守卫们的态度有所缓和，但他们没有立即让开道。一个卫兵跑开了，不一会儿，又跟着一个灰白头发，挟着一顶红缨头盔的军官回来了。杰拉德·史曼是一个老资格的军人，曾和岚一同在南方打过仗，他的长脸上露了微笑。

“欢迎您，亚岚·人龙。”他说道，然后深鞠一躬，远比他先前和岚的会面要恭敬得多。“台沙马吉尔!”哦，没错，即使艾黛现在不在，她之前肯定也来过这里。

岚牵着马，跟着杰拉德穿过红色拱门，进入铺着石头的会客厅。他感觉自己该全副武装才是。庭院上方饰有浮雕的石质阳台看上去正好可以供弓手藏身。这当然是个荒唐的想法，这些开放式的阳台就如同石质的蕾丝裙一般，根本不能给弓手提供任何防护。它们并非用于防御，而是用来在正式场合下迎接新到的来宾。还没有敌军攻破过第二道城墙。而且如果兽魔人真的打到了城中如此核心的位置，那么守军就已经输定了。然而，艾黛仍有可能在此地，他总觉得自己正在战场上。

身穿红绿制服、肩上绣着红马的侍者跑来牵走了他们的马匹，更多的仆人过来搬走了驮马背着的柳条筐，并领他们前往符合岚地位的房间。令他担忧的是，宫里的沙塔严亲自带他们回房。她是个腰杆挺直的严肃女人，身穿制服，灰白的头发编成一个粗辫子垂在颈后。挂在她腰间的镀银钥匙环表明罗密拉女士掌管宫中所有的佣人。但沙塔严本人可不仅仅是个佣人，通常只有一国之君才能得到沙塔严的亲自迎接。他已经被他人的期许所湮没了，这样的期许是可以淹死人的。

他先去看了布卡马和瑞恩的房间，并向罗密拉夫人表示谢意。他并未怀疑他们会受到怠慢，但一个人首先应当关心他的属下。瑞恩一脸悻悻的表情，但他应该没有期待过比石砌营房中的一个小房间更好的住所，布卡马也一样。他很清楚这里会有什么样的安排。至少瑞恩还能独居一间，还是床下有火炕的掌旗官房间。普通士兵十人睡一间房，而且如果岚没记错的话，在冬天他们要把一半时间都花在争论谁该睡在火炉旁边的铺位上。

布卡马高兴地安顿了下来，他满脸的怒容几乎消失了。一边抽着烟斗，一边和他的一些老战友们聊天。瑞恩似乎很快就恢复了兴致，当岚跟着沙塔严离开时，他正在向士兵们询问侍女中间有没有美女，还有，在哪里可以把衣服洗干净弄平整。除了女人，他最关注的就是自己的仪表，尤其是在女人面前，无论对方是老还是幼。也许他之前的不快是因为想到自己在沙塔严和侍女们面前一副风尘仆仆的衣装吧。

虽然有沙塔严亲自来迎接，但岚并没有被安排到来访君主的房间里，这让他大松了一口气。他的三间套房非常宽敞，蓝色的墙壁上挂着丝织挂毯，高高的天花板边沿有着山脉形状的宽顶角线，屋内结实的家具上有简单的镏金装饰。卧室外有一个小小的阳台俯瞰花园，屋里的羽垫睡床宽到足以容纳四五个人。这都和他的身份地位相符，他在感谢罗密拉女士时稍微可能夸张了点，她眯起了淡褐色的眼睛，微笑了起来。

“将来的事情谁也不知道，大人。”她说道，“但我们都知道您的地位。”她在离开之前还微行一礼。她会行礼可是非同寻常。不管嘴上怎么说，对于将来的事情她有着自己的看法。

他刚入住房间，就来了两个方脸的女佣，名字分别是安雅和艾丝妮。她们开始把他少得可怜的行李往衣柜里搬。岚还有一个名叫布伦的瘦削年轻人为他跑腿，他紧盯着岚的头盔和胸甲看，虽然按说在这里他早就该对这些东西习以为常了。

“女王陛下目前在宫里吗?”岚礼貌地询问道。

“不在，大人。”安雅答道，她冲着他沾有血渍的外套皱起了眉，又叹了口气，然后把它放到一边。她的头发已经灰白，岚觉得她可能是艾丝妮的母亲。她并非因为见到血而叹气，她应该对血渍习以为常了，而是因为这件外套难以清洗。运气好的话，外套送还给他时可能已经洗净并修补好了。当然，这也是她们应该做到的。“爱瑟奈尔女王正在巡访王国的内地。”

“那么布瑞斯亲王呢?”他能猜到答案——爱瑟奈尔和王夫布瑞斯只有在战争期间才会同时离开首都——但这是应尽的礼数。

布伦一听说王夫可能不在宫里，便惊得张大了嘴，但一个小听差想必不会知道所有的宫廷惯例。但安雅肯定熟悉这些惯例，否则她便不会被派来服侍岚。“哦，没错，大人。”她说。她举起一件黑乎乎的衬衫，摇了摇头，然后把它放到一边。但没和外套放在一起。看来这衬衫要被丢掉了。他的大部分衣物都会令她大摇其头，甚至包括她放进衣柜的那些。这些衣服大都已经穿得很旧了。

“最近有重要的访客吗？”这个问题一直令他心痒难耐，如同跳蚤和黑蝇的叮咬一般。

安雅和艾丝妮对视了一下。“只有一位访客比较重要，大人。”安雅回答道。她叠好一条衬衫，把它放到衣柜里，故意让他等着，“艾黛·阿芮夫人。”两个女子相视而笑，看上去更相像了。显然一开始她们就知道他想问什么，但她们也不该像这样傻笑。

当布伦给岚的靴子做保养的时候，岚没有等人给他送来浴缸，直接用脸盆里的水把全身擦了个遍，然后自己涂上了艾丝妮给他送来的药膏。他让两个女人给他穿上了衣服。虽然她们只是仆人，但也没必要冒犯她们。他换上一件看上去比较新的白色丝质衬衫，一条崭新的黑色丝质紧身裤，加上一件袖口绣有刺丛与金色血蔷薇的黑色优质丝外套。血蔷薇代表失却与回忆，非常合适。他的靴子被擦得闪闪发亮，没想到布伦的手艺还挺不错。他已经准备齐全了。兵刃在手，他便无所畏惧，但艾黛的武器并非钢铁。对于马上要面对的这场战斗，他可没有多少经验。

岚给了安雅和艾丝妮每人一枚银币，给了布伦一块银角子，他派那男孩去马厩看看马夫有没有按他的吩咐照顾猫舞者，派两位女佣到走廊里守着门口。然后他就坐下来等着。他必须在公共场合会见艾黛，周围的人越多越好。如果在私下里会面，卡内拉一定会占尽优势。

他意识到自己在想阿莉丝到哪里去了，以及，她究竟想从他们那里得到什么，便试图把她赶出脑海。即使不在他身边，这女人依旧阴魂不散。雕花小桌上的一只大银壶里有茶，肯定还加了浆果和薄荷。桌上还有一壶酒，但他没有碰它。他并不口渴，而且他需要一副清醒的头脑来对付艾黛。等待的时候，他唤起“唯一”，驱散情感，与空无相伴。最好不要带着情绪上战场。

令人意想不到的是，没过多久安雅又进来了，她小心地关上身后的门。“大人，艾黛夫人邀请您去她的房间。”她的语调异常平淡，而且像两仪师一样面无表情。

“跟她的信使说我还没有完全修养好。”岚说。安雅向他行了礼，她似乎对这个答案不太满意。

按照待客之道，他可以一直休息到完全恢复，但炉台上的钟还没走过半小时，安雅就又进来了，她手里拿着一封信，蓝色封蜡上印有一只蹲伏的雌狮，看上去正欲一跃而起。这是艾黛的个人纹章，和她本人很相配。他不情愿地拆开信，信的内容非常简洁：来找我，亲爱的，现在就来找我。

末尾没有签名，但就算封蜡上没有盖章，他也知道这是谁写的。对他来说，艾黛华丽的笔迹就和他自己朴素的字迹一样熟悉。这封信完全是她的风格，她在发号施令。艾黛天生就是一位君主，她自己也清楚这点。

他把信丢到炉火里。这次安雅没有流露出不满。光明啊，这女人可是派来服侍他的，要是让艾黛知道了，她就又多了一位同盟。她很可能已经知道了。她总是有办法探听到一切可资利用的信息。

艾黛没再派人来找他，但当钟声连续敲响三次的时候，罗密拉夫人来了。

“大人，”她郑重其事地说，“您是否已经休息好，可以和王夫会面了？”终于来了。

由她亲自带路是一种殊荣，不过在这座宫殿里，外人不管去哪里都需要有人带路。他曾三次来过这里，但偶尔还是会迷路。他的剑留在房门旁边的搁板上。在这里它可没什么用，而且若是让人以为他需要防身，还会冒犯到布瑞斯亲王。他确实需要防身，但不能靠钢铁。

他本以为先会有一次私下会面，但罗密拉夫人却带他来到一个正式的大厅，高悬大厅中央的穹顶涂成了天蓝色，由饰有凹槽的白色细柱制成。大厅里挤满了人，当他们注意到他的到来时，便立即安静下来。穿着软底鞋和制服的侍者在人群中穿行，向这些穿着绣有家徽丝衣的坎多领主和夫人们供应香料酒。这里还有其他人，岚看到有一些穿着长袍的男人带着海多力，他知道这些人已经有十多年没带过它了。还有头发齐肩或者留短发的女人，她们额前涂着吉塞恩——一个小点。这些决心要发掘马吉尔记忆的男男女女向他鞠躬，行大屈膝礼。他们看着沙塔严带他去和布瑞斯会面，就像猎鹰盯着一只野鼠，只待一声令下便会起飞。也许他就不该来这个地方。不过为时已晚，他只能继续前进，无论等在前面的是什么。

布瑞斯亲王是一个矮胖结实、不修边幅的中年男子，看上去更适合盔甲而非他现在穿着的镶金绿色丝衣，不过其实他对二者都不陌生。布瑞斯是爱瑟奈尔的负剑人，军队的统帅，也是她的王夫，而且他并不是通过和女王的婚姻才得到这个位置的。布瑞斯是有名的将才。他按住岚的肩膀，不让他鞠躬。

“两次在妖境救过我命的人可不该这么客气，岚。”他大笑道。

“你也救过我两次。”岚答道，“我们彼此都有恩情。”

“说得没错，说得没错。不过你这一来，狄瑞克也沾了你的运气。他今天早上从阳台上摔下来，离地面足足有五十尺，结果一根骨头都没有摔断。”他说的是他的次子，一个八岁的漂亮男孩，他有黑色的眼睛，衣着和他父亲差不多。男孩走上前，他脑袋的一侧有一大块瘀青，僵硬的步伐表明他身上还有伤。他郑重其事地鞠了一躬，除了大笑咧嘴以外仪态无可挑剔。“他本来应该去上课，”布瑞斯承认，“但他非常想见你，要是不让他来，他会把字母都忘光，或者在练剑时把自己割伤。”男孩皱起眉，争辩说他绝对不会伤到自己。

岚以同等郑重的礼节向男孩回了礼，但男孩已经把仪态全都抛到脑后了。

“他们都说你在南方、夏纳边境和艾伊尔人作战，大人。”他说，“是真的吗？他们真的有十尺高？他们在杀戮之前真的会蒙上脸吗？他们会吃同胞的尸体吗？白塔真的和山一样高吗？”

“给他留点回答的时间，狄瑞克。”布瑞斯说道，他的斥责被他自己的大笑打断了。男孩羞红了脸，不过还是为他父亲挤出了一个甜甜的微笑。布瑞斯伸手拨了拨男孩的头发。

“想想你自己八岁的时候是什么样子，布瑞斯。”岚说，“让这孩子高兴高兴吧。”他自己八岁的时候已经开始领悟“唯一”，学习他将会在妖境里面对的险恶，以及如何赤手空拳地杀敌。在狄瑞克开始直面死亡之前，还是让他享有一个快乐的童年吧。

一得到许可，狄瑞克便又抛出一大串问题，不过这次他会停下来等着岚回答。若有机会的话，这男孩会把他对艾伊尔人所知的一切都刨根问尽，还有塔瓦隆和法麦丁这样的南方大城市的奇景。看样子，他不会相信查辛的规模和这两座城市差不多。最后他的父亲制止了他。

“过一会岚大人会让你问个够的。”布瑞斯告诉男孩，“但是现在他必须要见另一个人，找图瓦夫人念书去吧。”

当布瑞斯带领他穿过铺着红白色地砖的大厅时，岚觉得厅内所有的人都期待地屏住了呼吸。

艾黛就和他记忆中的一模一样。哦，她是老了十年，鬓角有一点白色发丝，眼角也添了几道皱纹，但那对黑色的大眼睛仍然令他着迷。她的吉塞恩仍然是代表丧偶的白色，直垂到腰的秀发依然如黑色波浪一般。她穿着一身按多曼风格剪裁的红色丝裙，贴身而且轻薄。她很美，但就算是她在这里也做不了什么。他平静地鞠了一躬。

有那么一会儿，她只是冷冷地盯着他看，一副若有所思的神色。“要是你先来找我的话事情会……好办得多。”她低语道，似乎不在乎会不会被布瑞斯听到。然后发生的事情令他震惊不已，她优雅地跪了下来，握住了他的双手。“光明为证，”她以洪亮的嗓音宣称，“我，艾黛·提·杰玛伦·阿芮，向亚岚·人龙，七塔之主，众湖之王，真正的马吉尔之剑，宣誓效忠，愿他能消灭暗影！”连布瑞斯都愣住了。当她亲吻岚的手指时，观众们一时鸦雀无声，然后欢呼声便响彻整座大厅。人们吼着“金鹤”！甚至还有“坎多和马吉尔并肩奋战”！

岚回过神来，抽出了自己的手，扶她站起来。“夫人。”他以轻柔但坚决的语气说道，“马吉尔已经没有国王了。大领主们没有铸造权杖。”

她按住他的嘴唇，她的手很温暖。“仅剩的五位大领主有三位都在这间屋子里，岚。我们是不是应该问问他们准备如何铸造权杖？该办到的事情一定能办到的。”

然后，她退回人群中。人们簇拥在岚身边，想要祝贺他。如果他允许的话，他们都会在这里向他宣誓效忠。

布瑞斯救了他，他拉着岚来到一条长长的石子路上，这条路通往二百尺以下几个房间，没人跟过来。只有一扇门通往这边，他们头顶上也没有窗户，宫里的声音也不会打扰他们。

“如果我知道她的打算，”布瑞斯说道，他们背着手在崎岖的路上走着，“我肯定不会欢迎她到这里。如果你愿意的话，我可以通知她，对她的款待已经结束了。你别拿那种眼神看我。马吉尔的习俗我知道的够多，我不会冒犯到她的。她可是把你给制住了，我知道你自己是绝不会走这条路的。”布瑞斯知道的比他以为的要少。无论言辞如何婉转，驱逐宾客绝对是最严重的冒犯。

“即使山脉被岁月磨平，”岚引述道。现在他不知道还能不能避免带领别人进入妖境。他也不确定自己是不是还想继续坚持这个信条。马吉尔仍然存活于这些男人和女人们的心里，马吉尔应当被铭记。但代价几何？

“你打算怎么办？”很简单的一个问题，但却很难回答。

“我不知道。”岚答道。艾黛只是小胜一局，但他仍为她轻而易举的领先而震惊。这个把他的灵魂系在发间的女人，真是个可怕的对手。

接下来，他们轻声谈了谈打猎和盗匪，还讨论了过去一年中妖境里的躁动，布瑞斯后悔把他的军队从对抗艾伊尔人的战争中撤了出来，但他没有别的选择。一个关于能够导引的男人的流言四处流传——在每个版本里他都在不同的地方；布瑞斯认为这不过是风言风语，岚表示同意——他们还谈起了到处都能见到的两仪师们，没人知道原因。

爱瑟瑞尔曾写信告诉布瑞斯，在一个她寻访过的村庄里，两名两仪师抓住了一个谎称自己是两仪师的女人。这个女人可以导引，但这一点用也没有。两个真正的两仪师让她游街，把她鞭打得哇哇乱叫，逼她向每个村民承认她的罪过。然后其中一名两仪师将她带到白塔好让她接受真正的惩罚，没人知道具体惩罚是什么。岚发觉自己希望阿莉丝没有在自己的身份上说谎，虽然他不知道这关心从何而来。

他也希望在接下来的半天里能够避开艾黛。但当他被带回房间时——这次由仆人带领着——她却在里面，怡然自得地坐在起居室里的一只镏金椅子里等着。他的仆人们都不见了。看来安雅确实是艾黛的人。

“恐怕你没有那么漂亮了，亲爱的。”当岚进屋时，艾黛说道，“我想等你年纪更大一些，可能还会变丑。不过我一直更喜欢你的眼睛，而不是脸。”她的笑容充满了诱惑，“还有你的手。”

他站住了，手里还攥着门把手。“夫人，还不到两个小时之前你宣誓——”她打断了他。

“我会服从吾王的命令。但俗话说得好，在卡内拉面前，国王也不再至高无上。”她得意地笑了起来，很享受对他的支配力。“我把你的‘多瑞’带来了，把它拿给我。”

他不情愿地顺着她的目光看过去，发现门后一张小桌上有一个漆过的扁平木盒。他感觉盒盖在手里异常沉重。盒子里有一卷由毛发编织成的长绳。他能记起他们初夜之后清晨的每一个细节，当时她把他带到法莫兰王宫的仕女区，让女士和侍女们看着她剪下他的披肩长发。她甚至给旁观的女人们讲了发辫的含义，她们都感到很有趣。当他坐在艾黛脚边给她编织多瑞的时候，她们一直在开着玩笑。艾黛会遵循传统，但她有她自己的行事风格。发辫摸上去非常柔软，看来她每天都会搓洗它。

他缓步穿过房间，在她面前跪下，双手捧起多瑞。“这是我所欠你的一切象征，艾黛，直到永远。”就算他的语气全然不似当初那个清晨般热切，她应该也能理解吧。

她没有接过发辫，而是打量着他，就像一只盯着小鹿的母狮。“我知道你还不至于忘记我们的传统，”她终于说到，“过来。”

她站了起来，抓起他的手腕，把他拉到通往阳台的门边。十步高的阳台下方有一处花园。两个仆人正在用水桶给几株植物浇水，一个年轻女子正在一条石板路上散步，她的蓝色裙服如同早春之际，树下盛开的花朵一般鲜艳。

“我的女儿，伊赛儿。”说这句话的时候，骄傲和母爱让艾黛的语气变得温暖起来，“你还记得她么？她现在十七岁了，还没有找到她的卡内拉。”年轻男子等着卡内拉来找他们，年轻女子则是做出选择的一方。“不过我想她也快到结婚的年龄了。”

他模糊地记起了一个喜欢指使佣人做这做那的小孩，她是她母亲的心肝宝贝，但当时他眼里只有艾黛。光明啊，现在他的心里仍然只有她，被她身上的香水味所心醉神迷，那是她的气味。“我敢肯定她一定和她母亲一样美丽。”他礼貌地答道。他捏着手里的多瑞。只要他还攥着它，她就会占有全面的优势，但只有她能从他手里把它拿走。“艾黛，我们得谈谈。”她没有理会。

“你也该结婚了，亲爱的。既然你的女性亲属都已经故去，该由我来给你安排婚事。”她亲切地冲着楼下的女孩微笑，那是满怀母爱的微笑。

她的暗示让他倒抽了一口凉气。一时间他都不敢相信。

“伊赛儿？”他厉声问道，“你的女儿？”就算她一向我行我素，这也太过分了。“我不会被逼着干出如此不知羞耻的事情。艾黛，你不能逼我，这个也不能。”他冲她摇着多瑞，但她只是微笑地看着它。

“当然没人会逼你的，亲爱的。你是一个成年男人，不是男孩，但你会遵循传统的。”她陷入了沉思，用一根手指划过在他手里晃动着的发辫。“或许我们确实得谈一谈。”

然而她却把他拉到床边，至少在这里他能够挽回一些余地，无论她有没有从他手中接过多瑞，他都是一个男人，不是猎物，无论她有多么像一只母狮。但当她要他扔下发辫帮她宽衣解带的时候，他一点也没有惊讶。艾黛永远不会放弃任何优势。直到他成婚的那天，她才会把发辫交给他的未婚妻。他不知道该如何摆脱和伊赛儿的婚事。

第23章

暮之星

当岚和他的同伴迅速离开时，沐瑞不禁微微一笑。他这么急着离开她，说明她的教训还是给他留下了一些印象。彻底制服他还是留到以后去做吧。他觉得她需要避开查辛城里比较混乱的地方，是吗？他目睹过她收拾那些强盗之后，怎么还不明白呢。

她把他抛到脑后，径直前往那些混乱的区域。当她和史汪当上了见习生，被允许进入塔瓦隆城之后，史汪最喜欢去的地方就是贫民区的酒馆。那里的食物和酒很便宜，而且两仪师很少会到那种地方去，两仪师可不怎么欣赏泡酒馆的见习生。此外，相比沐瑞的喜好，史汪说她待在这种酒馆会更自在一些。最后，史汪现在这么拮据，她肯定会选择她能找到的最便宜的旅馆。

沐瑞骑马穿过拥挤的街巷，最后终于在第一道城墙里找到了这样的地方。那里没有轿子，也没有街头艺人。偶尔碰到的推小车的小贩没什么顾客，而且看上去一时半会也不会有什么生意。沿街的石筑房屋的瓦顶很鲜艳，屋檐之下的部分却很破旧。有些窗框和门上的彩绘已经龟裂，有些则什么也没有，破掉的窗户脏兮兮的。衣衫褴褛的小孩笑着追跑打闹，不过孩子在最惨的环境下也会玩闹。店主拿着棍棒站在店门口摆着货物的桌旁，紧盯着每一个过往的行人，仿佛他们都有盗窃的嫌疑。也许其中有些人真的是小偷，他们穿着打补丁的破旧毛衣，要么低着头匆匆跑过，要么横眉怒目，大摇大摆地走过。一无所有的贫穷女子很容易禁不住诱惑而去盗窃。沐瑞镶毛边的斗篷和丝质骑装引来了很多鬼鬼祟祟的目光，飞矢也十分引人注目。街上没有第二个骑马的人。

她在遇到的第一间旅馆前下了马，那是个脏兮兮的名叫“坏脾气老鹅”的地方。一条瘦骨嶙峋的黄狗冲她吼叫，颈毛直立。她用一束风之力抽了它一下子，狗汪汪叫着跑掉了。还有一个高个子年轻女子，她身上穿的百衲衣打满了各种颜色的补丁。她假装在抠着鞋里的石子，眼睛却在瞟着飞矢。她的目光非常贪婪。这里没有马厩，也没有可以拴马的桩子，沐瑞扔下缰绳，让飞矢不要动，然后用风之力拴住母马的前掌，并设下一个结界，如果任何人试图把马牵走，她立即会知道。单是拴好它可不保险。

坏脾气老鹅昏暗的大堂比外面的街道还要脏乱。地板被混合着锯末的污泥覆盖，空气中充满了陈烟和酸啤酒的味道，还有厨房里正在烤着的某种食物的气味。酒客们挤在堆满了酒杯的小桌子旁边，他们面容粗陋，衣着也粗陋。她一进门，他们都惊讶地抬起头看着她。老板是一个皮糙肉厚的瘦子，穿着脏兮兮的灰外套，一张马脸上似乎总是泛着淫笑，就和大道上的强盗一样凶神恶煞。

“你们这里有没有一个提尔女住客？”她问道，“一个蓝眼睛的提尔女子？”

“这里不是您这种人该来的地方，夫人。”他嘟哝道，用一只瘦削的手抹了抹胡子拉碴的脸，把脸上的灰泥抹到别的地方了。“来，我带您到更适合您的地方去。”

他朝门口走去，但沐瑞轻轻抓住了他的一只袖子。他的外套上有凝固食物的污渍。靠得这么近，他闻起来就像好几周没洗澡一样。“回答我的问题。”

“我没见过那个蓝眼睛的提尔人。来吧夫人，我知道一个好旅馆，豪华旅馆，就隔着两条街。”

她在飞矢身上设下的结界被触动了，她的皮肤一阵刺痛。“谢谢，不必了。”她答道，然后匆匆跑出旅馆。

那个穿着破烂红裙的女人正在试图牵走飞矢，她拼命地拉着缰绳，母马只是踏着小碎步，让她越来越着急。

“如果我是你的话就会放弃这个念头。”沐瑞大声说道，“偷马贼会被鞭笞，如果马能找回来的话，否则刑罚会更严厉。”见习生全部被要求熟习各国的主要律法。

女人呆住了，她惊讶地张大了嘴。显然她以为沐瑞还要过一段时间才会出来。不过她很快就清醒过来。她支起身子，把手按在长刃腰刀上。“我猜你自认为可以拿下我，”她轻蔑地打量着沐瑞。

沐瑞很乐于将这女人绳之以法，让她吃几道鞭子，但那样一来她就会暴露身份。很多路人都停下来看着他们，有男有女也有小孩。他们都没有插手，只是等着看结果。“如果有必要我会的。”沐瑞镇定地说，语气冰冷。

女人皱起眉头，舔了舔嘴唇，来回摸着腰刀刀柄。突然她扔下飞矢的缰绳，“那就留着它吧，说实话，它根本不值一偷。”她转身大摇大摆地走了，一边对旁人怒目而视。

沐瑞不由得怒从心起，她导引风之力，给那女人的臀部狠狠一击。那是非常重的一击，女人惨叫一声，蹦起来足有一尺高。她一把抓住刀柄，暴怒地转过身，想找到打她的人。但离她两步之内一个人也没有，旁人都惊异地看着她。她一边用手摸着身上一边跑掉了。

沐瑞满意地微微颔首。也许以后这个偷马未遂的家伙会明白偷别人的马是不应该的。但她的好心情没能持续多久。

在街上第二个旅馆——瞎眼猪猡里，一个眯缝眼的圆脸女人咯咯地笑着说，她这里没有提尔住客。她穿着的长围裙已经看不出原先的白色，她的每一句话都伴随着一声尖笑。“你最好别待这儿，小妞儿。”她也这么说，“你要是不快点开溜，搞不好会让咱的营生煮了吃了哦。”她头往回一仰，和她的主顾一起狂笑起来。

银角子——街上的最后一家旅馆——的老板娘是一位漂亮的中年妇女，个头没有特别高，脸上挂着愉快的微笑，一条油亮的黑色粗辫子自她的头顶垂下。最令人惊异的是，涅黛·萨拉托夫的棕色毛裙干净整洁而且剪裁得当，她旅店的大堂也扫得很干净。她的主顾都是些糙汉子和凶女人，但厨房里飘来的味道似乎还可以接受。

“哎，是的夫人。”她说，“我这里确实有这样一位提尔女住客。她刚出门了。您何不坐下来等她，并且品尝一杯香料酒呢？”她递上她过来时就一直拿着的木杯，杯中散发出新鲜香料的气息。

“谢谢。”沐瑞说，回老板娘以同样热情的微笑。这么快就能找到史汪真是太好了。她正要接木杯，却停住了手。萨拉托夫夫人的脸色稍稍有变，变化很微妙，现在她似乎确实有一点点焦虑。她过来的时候就拿着这个杯子。前两个旅馆里看不到红酒，住在这里的人负担不起。香料可以掩盖许多味道。

沐瑞拥抱了真源，她在老板娘身上施了蓝宗的某个秘密编织，后者由焦虑转为不安。“你确定那个年轻女子和我的描述完全一致吗？”她问道，并略微加重了编织的力度。萨拉托夫夫人的额头上开始冒汗。“你完全确定吗？”语气又加重了一些，老板娘的眼中闪现出一丝恐惧。

“让我想想，她的眼睛并没有那么蓝，而且……而且她今天早上就走了，我想。”

“多少粗心大意的顾客被你灌了这种酒？”沐瑞冷冷地问道，“其中有多少女人？你留她们活命了吗？或者就把她们扔在一边等死？”

“我……我不知道您在说什么。请您见谅，我……”

“喝。”沐瑞命令道，她再度收紧编织，老板娘快要发狂了。她开始颤抖起来，无法回避沐瑞的瞪视。“把它喝光。”

老板娘仍然无法移开目光，她用颤抖的双手举起杯子端到嘴边，吞下酒液时她的喉咙也开始痉挛。她突然睁大了双眼，她意识到自己在做什么了。她哭喊一声扔掉杯子，酒都洒了出来。沐瑞释放了编织，但萨拉托夫夫人的恐惧并没有消退。她环顾大堂，脸因恐惧而扭曲。她把裙子提到膝上，开始朝厨房跑去，或者也可能是冲着后面的楼梯。然而还没跑出三步，她就开始东倒西歪，接着就瘫倒在地板上，仿佛她的骨头全融化了，套着长筒袜的大腿全部暴露在外。还是丝袜呢，这女人一定从这个肮脏勾当里赚了不少钱。她抬起手似乎想要往前爬，但一点力气也没有了。一些酒客们好奇地看着沐瑞，显然他们是在纳闷为什么躺在地板上的不是她，但大多数人都在看着萨拉托夫夫人徒劳地试图向前爬。一个脸上有一道长疤的精瘦男人嘴角微微一翘；一个像铁匠一样健壮的家伙舔了舔嘴唇。女人们三三两两地匆匆跑了出去，她们大都绕着沐瑞走。有些男人也跑了。她头也不回地跟着人群离开了。有的正义并非靠律法或武力得来。

于是她这一天就耗在这种事情上了，寻找那些散布城中的贫民窟，那些居民衣服破破烂烂，打着补丁，而且没有鞋穿的地方。在查辛，家境还算殷实的手工艺人的住所店铺与赤贫的贫民可能只隔着五条街。好君主往往会试图为急需救助的民众做些事情。沐瑞听说，爱瑟奈尔是很慷慨的，但每当有一个人被救离苦海，又有一个人陷入绝境。这可能不太公平，然而这就是社会的现实。这种无能为力的处境也是她不想坐上太阳王座的原因之一。

她找过满是醉鬼的酒馆，他们都在叫嚣或者狂笑，还找过满是忧郁的酒客的酒馆，他们只想借酒浇愁。但是没人看到过蓝眼睛的年轻提尔女子。她又曾三次被递上可疑的酒，但她没有再像收拾萨塔洛夫夫人那样惩治对方。这并非是因为她不想这么做，而是因为担心故事传开。一个故事可能会被人当成流言，四个就不一样了。任何听说了这件事的蓝宗都会怀疑城里有另一个蓝宗。

把蓝宗姐妹想象成黑宗让她不安，但任何两仪师都有嫌疑，她必需尽可能地多隐藏一段时间。

她曾有两次被几个男人袭击，他们夺下飞矢的缰绳，试图将她拉下马。如果他们人更多，她可能将不得不暴露身份。但制造恐惧的编织足以驱使他们像发疯一样地四散逃命。路人会惊异地看着他们，显然都在奇怪这些正在抢马的壮汉为何会突然跑掉，但是除非人群中有野人，没人能猜到真正的原因。至少有七次，有人试图在她进入旅店后偷走飞矢。马贼中还包括一群孩子，她大喊一声就把他们吓跑了。还有一次是六个年轻人，自以为可以无视她的存在。结果被她用风之力抽得尖叫着四散逃窜。这些遭遇并不能说明查辛的治安比其他城市糟糕。在她到过的那些街区，丝衣、镶毛披风和良驹会让人以为她是一匹待宰羔羊。如果她真的把飞矢丢了，当地官员也会说那是她自己的错。她只能把打碎的牙往肚里咽。清冷的白天快要过去，冰冷的夜晚将要降临。

她牵着飞矢，拖着长长的影子，疑虑重重地瞥着小巷中的黑漆漆的影子，心想今天只能放弃搜寻了。这时史汪突然从她背后冒了出来。

"我就知道你到了之后就会跑到这里来找我。"史汪说，她拉起沐瑞的手臂，拽着她快步前进。她还穿着上次分别时的那条蓝色毛织骑装。沐瑞怀疑她给史汪的钱可能一分也没有花掉。"我在这些地方到处找你，先进去吧，不然我们都要冻僵了。"她也瞥了瞥小巷里的黑影，心不在焉地摸着腰上别的小刀，就好像不知道至上力能对付坏人一样。"这不是你该来的地方，沐瑞，这里的人会在你意识到自己下了油锅之前就他妈把你给煮了。你是笑了还是噎着了？"

"都有。"沐瑞勉强地回答道。她今天已经听过多少次如果"不小心就会给烧了煮了"之类的比喻了？她必须停下来抱一抱她的密友。"哦，史汪，能看到你真是太好了。你住在哪里？我猜一定是有鱼吃的地方。至少那儿的床上没有虱子和跳蚤吧？"

"也许你不习惯住那种地方。"史汪答道，"但一个结实防雨的屋顶就足够好了。而且那里没有两仪师，可以尽情料理虱子跳蚤。不过我们必须要赶紧才能在天黑之前赶到那里。"

沐瑞叹了口气，加快了脚步。天黑之后可不宜前往史汪喜欢住的那种地方。

但实际上，史汪住在暮之星——城中最好的旅馆里。那是一栋规模庞大的三层石砌建筑，主要面向中层商人，尤其是不想被大堂的噪声和粗鲁酒客打扰的女子。正门前有两位壮汉靠在漆成蓝色的门柱上，监视着大门，把闹事的人拒之门外。实际上，他们是大堂里仅有的男性。大部分酒桌前坐的都是女性，多数穿着剪裁得体却又朴素的毛服，戴着胸针或耳环，有两人的胸前挂着坎多商会的项链，不过也有三人穿着鲜艳的多曼裙子，戴着粗重的金项链。她们在热烈地讨论着什么，不过声音压得很低。一位灰头发的女士用小锤子敲着扬琴，奏出清爽而欢快的旋律。厨房里飘出烤羊腿的香气，而不是烤鱼的味道。

老板娘艾勒妮·托文娜是个不苟言笑的纤瘦女人，她穿着灰色连衣裙，肩上绣着蓝色小花。她已经没有空房了，但不反对沐瑞和史汪挤进一个房间。“只要你们肯补足两人住的房费。”她补充道，伸出一只手。丝衣和毛匹不足以赢得托文娜夫人的尊敬。

“可以尽情料理虱子跳蚤？”沐瑞说道。她们来到史汪在顶层的小房间，沐瑞把斗篷挂在衣钩上。这房间还挺暖和，不太宽的睡床下有一只火炉。床铺得很整洁，史汪从不会这么整洁。“我很奇怪你竟会住这里。”“额外”的房费是一个银角子，这说明史汪先前已经付了两个。

“你得先捉些跳蚤过来，为什么要奇怪呢？”史汪坐在床上，跷起二郎腿。她可一点不像是在虚张声势，相比坎卢姆那时，她似乎振作了许多。既定的目标总能让史汪鼓起干劲。

沐瑞没有回答。她们得睡一张床，而史汪很清楚挠痒痒能让她招架不住，连连求饶。“你都打听到了什么？”

“很多事情，没有一件有用的。有那么一会儿，沐瑞，我跟你说，来到这儿的路上，那匹蠢马差点把我害死了。创世者造人是要让他们走路或者坐船，不是坐在马背上颠上颠下。我觉得那个萨海拉不是我们要找的人，不然你一定会像春天的梭鱼一样欢蹦乱跳。我刚一到就找到了茵妮丝·德迈，但我见不着她。她刚刚守寡，但她确实有一个儿子，名叫拉西恩，她因为看到了龙山上的日出所以给他取了这个名字。街上人人都说这样给孩子取名挺傻的。”

沐瑞差点打了个冷战。看见了龙山上的日出并不意味着孩子就在同时出生。房间里没有椅子或者板凳，而且也放不下，因此她在床的另一头坐下，双手抱膝。“史汪，既然你找到了茵妮丝和她的儿子，又为什么见不着她呢？”

“因为她在他妈的艾戴沙宫里面，这就是原因。”若凭着两仪师的身份，史汪很容易就能进入宫中，但若非如此她就只能乔装成仆人。“我们明天早上再处理这件事。”沐瑞叹了口气。这事有风险，但她们必须和茵妮丝夫人面谈。沐瑞所有寻访过的女人中还没有一个在生产时看到了龙山的日出。“你有没有发现……黑宗的迹象？”她必须习惯这个词。

史汪瞪着自己的膝盖，摩挲着分叉的裙摆。“这是个奇怪的城市，沐瑞。”她终于答道。“当街放羊，女人决斗——不管她们承不承认。流言蜚语比一群喝饱啤酒的男人编出来的还要多,有些流言耐人寻味。”她俯身向前,一只手按住沐瑞的膝盖,“人人都在谈论,几天前有个年轻的铁匠摔断了脊柱。没人认为他能成大器。但上个月他可是大大地展现了一番口才。他说服了铁匠公会散些善款给那些因逃避强盗而涌入城中的难民,那些没有公会和家族可以依靠的穷人。”

“史汪,光明啊,你究竟想说……”

“听着,沐瑞。他自己募集了许多银币,他是在往公会送六袋还是八袋银币的时候被杀害的。一个人带那么多钱挺愚蠢的,但关键是,他妈的一分钱也没被抢走,沐瑞。而且他身上一点伤痕也没有,就是脊柱断了。”

她们对视了很长时间,然后沐瑞摇了摇头。“我看不出这和梅琳或者塔摩拉会有什么联系。一个铁匠?史汪,黑宗并非无处不在,我们不能这么疑神疑鬼。”

“要是我们这么想,搞不好会送命。”史汪答道,“好吧。也许我们会变成落网的银梭鱼,而非石鲈鱼。但是银梭鱼一样会被送到鱼市上卖掉。你打算怎么接近茵妮丝夫人?”

沐瑞把计划告诉了她。史汪不喜欢这个计划,沐瑞花了一整晚上的时间才说服了她。实际上,沐瑞却希望能反被史汪说服。但是茵妮丝夫人看到了龙山的日出。

第24章

人微言轻的益处

第二天早上，她们起床穿衣，史汪又开始和沐瑞争辩起来。她不喜欢在争辩中落下风，尤其是在自认为正确无误的时候。“我不想把所有风险都让你来担。”她嘟哝道，套上一件蓝色毛裙，看来她买了一件换洗衣服。她现在很烦，就差没指出现在沐瑞才是只剩一件衣服的人了。

“我没有一人承担所有风险。”沐瑞说，她强压下一声哀叹。她们已经在这个话题上争论了一个晚上了。“你的风险不比我少。能帮我扣下扣子吗？”

史汪按着沐瑞的肩，硬生生地推她转身，狠狠地扯过她背后的两排小珍珠母扣子。“别犯傻了。”她嘟哝道，用大力扣上扣子。“如果都按你说的去做，没人会注意到我，而你就像扬帆挂旗、满员出航的巨舰。我觉得肯定有更好的办法，咱们得坐下来谈清楚，直到你能明白事理为止。”

沐瑞不得不叹了口气。一只牙痛的狗熊也比史汪更好相处，就算那个岚也比她平易近人！她替史汪系好扣子，讲起了裙服的剪裁如何凸显了她臀部和胸部的曲线，试图岔开话题。结果，史汪一下就兴奋起来了。她真该好好控制一下情绪。

“它确实能吸引男人的注意。”史汪答道，她居然在咯咯笑！她甚至拧了一下沐瑞的屁股！沐瑞觉得她这一天都要在哀叹中度过了。

她们把斗篷搭在手上，走下楼去。大堂里挤满了女商人，她们一边吃早饭一边聊天。那两个坎多人，一个戴着三条项链，一个戴着两条，正在急匆匆地吃着饭。她们满面春光，就好像预感到了今天是个好日子。有一些商人似乎昨晚就把生意谈成了。一个穿着深灰色服装的纤瘦女子瞟着她那正在自鸣得意的丰满的同伴。她满面愠色，就好像刚被后者榨干了钱财一样。三个多曼女人翻着盘子里的食物，用叉子搅来搅去。她们眼神发直，面色苍白，按着因喝多了酒而犯起头疼的脑袋。

"先来一顿丰盛的早餐，然后我们再谈谈。"史汪说，她直起身子四下寻找空位。"这儿的早饭很可口。"

"买几个卷饼可以带在路上吃。"沐瑞坚决地说，并且快步走向托文娜夫人，后者正在给一个穿着蓝边白围裙的女侍下命令。赢得和史汪的争辩的唯一办法就是把她晾在一边。只要你犹豫一会，就会发现自己变成那个被晾在一边的人了。

"早上好，托文娜夫人。"沐瑞说道，老板娘转过身。"我们想雇佣你的两个保镖，在今天上午护送我们一段时间。"今天早上看门的两个人不是昨天晚上那两位，但一样人高马大。

老板娘微微扬起一边眉毛，这让她显得更加不近人情。她这次还是不太客气，虽然沐瑞已经用至上力把裙子清理得像刚洗过一样。"为什么？要是你打算挑起决斗，我可不想有什么牵涉。这些鞭术决斗什么的，都是蠢事。我可不会鼓励你去掺和这种事。你肯定会被抽得血淋淋的。我敢肯定你以前从来没打过架。"

沐瑞咬了下舌头。史汪说老板娘有一大堆规定，从半夜锁大门到禁止男性访客，并且会严格执行，但如果她知道她们是两仪师，语气绝不会这么生硬。"我准备找一个钱庄。"她们之前说好了由她来讲话。就算她们被赶出房间也不至于没地方住，但那会很不方便，因为今天她们还有很多事要忙。"一个名望好的钱庄，你知道附近有这样的地方吗？"

托文娜夫人正巧知道这样一个钱庄，她自己也是顾客，既然如此，她便同意把她的两个所谓"看守"从马厩旁边的房间里叫起来。沐瑞很确定护送的佣金至少是二人日薪的两倍。但她还是马上就付了钱。讨价还价只会耽误时间，而且搞不好还会被加价。艾勒妮·托文娜不像是会吃这一套的人。没过多久，沐瑞和史汪就面对面地坐进了一个大轿子，抬轿子的四个瘦子看上去很难支撑起如此重负。然而他们却能小跑着穿过拥挤的街道，看上去比护送她们的那两个扛个箍铜长棍的大汉要轻松多了。

“这是不可能成功的。”史汪一边啃着一个脆皮大卷一边嘟哝道。“如果你认为我们还需要钱，没问题。不过有时你真是挥金如土，沐瑞。不过光明烧了我吧，你的计划是不可能成功的，我们肯定会被逮个正着。他们也许会去找两仪师，而且搞不好那里已经有一个两仪师了。我说，我们一定要想个别的办法。”

沐瑞一直嚼着刚出炉的卷饼，故意不答话。其实她确实很饿。如果她们碰到了另一位两仪师……世上总会有一些不得不冒的风险。她感到胃里一阵翻腾，便告诉自己那是由于饥饿。但脑中可以想到的完全可能不是真的。她的计划必须成功，没有别的出路。

和塔瓦隆相似，这里的钱庄也像是一座小宫殿。在清晨阳光的照射下闪着光，就和远处山顶上真正的宫殿一样。每一面墙上都贴有金色墙砖，还有两个白色圆顶。鞠躬迎接他们的门童穿着暗红色制服，袖口上绣着银色蜜蜂。男仆们则穿着下摆刚刚齐腰的黑色短上衣和紧身裤。沐瑞的裙服胸前带有凯瑞安贵族的条纹，因此老板代替雇员亲自出来接待她们。她们在一处清静房间里谈话，房间的四壁皆是木墙，内有一盏银色座灯，家具上都有镏金的细条纹。

卡麦尔·瑙林是一个漂亮的中年女子，她身材纤细，灰发扎成四条长辫子，眼神却十分严厉，仿佛在无声地质问。坎多毕竟离凯瑞安还是太远了，离塔瓦隆也太远了。不过，她还是不该用放大镜检查沐瑞权利证明下方的印章。这份文件虽然被水泡过，但也只是有点模糊而已。这不是金额最大的一张，由于距离的缘故还要支付昂贵的费用，但取到的金币数额仍然十分可观，它们被分装在十个皮袋子里堆到了老板娘的写字桌上。

“我希望你最好是雇了守卫。”瑙林夫人礼貌地轻声建议道。大额现金赢得了她的敬意。

“难道查辛的治安竟如此混乱，两个女人在大白天上街也不安全吗？”沐瑞冷淡地反问道。她居然拿来了放大镜！“我想我们已经两清了吧。”

两个高大的男仆为她们把钱袋子搬了出去，放到轿子里面，当看到托文娜夫人带着棍棒的“看守”时，他们也松了一口气。额外的重量似乎对抬轿子的人完全没有影响。

“像骡子一样扛这么多，那个铁匠一定也快走不动路了吧。”史汪嘟哝道，她用脚踢了踢两人中间的钱袋子。“谁能打断这种人的脊柱？鱼屁眼啊！沐瑞，无论有什么动机，一定是黑宗下的手。”抬轿人能够清楚地听到她们说的话，但他们一点也没有放慢脚步。他们不知道黑宗是什么意思。然而一个路过的人却呆住了，她是个富家女子，头发上别着象牙梳。她提起裙子撒腿就跑，两个吓坏了的仆人挤过人群，在后面追她。

沐瑞责备地看了史汪一眼，她们不能假设旁人都听不懂她们说的话。史汪的脸略微有点红了，但她蓝色的眼睛仍然十分顽固。

暮之星有一个小保险库供商人存放现金，因为有些客房里是没有保险柜的。但就算把大部分钱都存进去也不能让托文娜夫人对她们更尊敬一点，沐瑞还多给了她一个金币呢。显然她见过太多商人赔得倾家荡产，因此不怎么重视一时有钱的客人。

“查辛最好的裁缝是赛琳·多瑞明。”当沐瑞问起这个问题时，她这样答道，“但我听说她索价很高，非常高。”沐瑞留下了一个钱袋子，她把它挂到腰带上，结果腰带的一边被扯了下去。那铁匠一定也扛不动！不，史汪不过是在捕风捉影，就是这样。

赛琳是个纤细的女子，为人傲慢，语气冷冰冰。她穿着的亮面蓝色连衣裙领口开得很低，露出了大部分乳沟。这件衣服看上去就像快要从她肩上滑下来似的！不过沐瑞并不担心要被迫买一件这样的衣服。她打算无视裁缝和主顾之间的一切礼节。她忍受了量尺码的过程，因为没办法让裁缝弄快些。但她很快就敲定了料子和颜色，让赛琳皱起了眉。有那么一会儿，她似乎打算拒绝为史汪做衣服了，但沐瑞平静地告诉她，她们打算付双倍价钱。一听到钱，裁缝的眼睛几乎眯成了一条缝，但她还是点了头。沐瑞确信她能够得到她想要的，至少衣服是没问题了。

“我明天就要。”她说，“让你手下的人全线开工。”

这次赛琳没有眯起眼，她的眼睛睁得滚圆，流露出一丝愤怒，语气变得十分冰冷。“不可能，月底也许能做好，或者更晚。如果我能抽出时间的话。许多夫人女士都在我这里定做了裙子。马吉尔的国王正在造访艾戴沙宫。”

“马吉尔的最后一位国王二十五年以前就死了，赛琳。”沐瑞拿起大号钱袋，在度量间的桌台上将它倒过来，三十个金币掉了出来。她订了三件以上，在查辛，丝绸虽不比塔瓦隆便宜，剪裁费用却要低许多，而剪裁费用在衣服的价钱里占的比例最多。

赛琳贪婪地盯着厚厚的金币，当听说等裙子做好以后还能再拿到这么多钱，便激动得双眼放光。

“但是每拖延一天，我便要从这三十枚中扣掉六枚。”赛琳突然改口了，她说裙子肯定在一个月之内就能做好，绝对用不了一个月。

“你应该做两套那个皮包骨的贱人穿的那种裙子。”当她们坐回轿子上时，史汪说道，“好像随时都会滑下来的那种，这样你就能好好享受男人的注目，反正你已经蠢到自己往火坑里跳了。”

沐瑞练起了一种初阶生的功课，想象自己是一朵玫瑰花苞，正欲对着太阳开放。还好，她平静下来了。然而有史汪在身边，保持心平气和可真是不易。她都快要把牙咬碎了。

“没有别的办法，史汪。”已经过了中午，要做的事情还有一大堆。“你觉得塔文娜夫人会不会愿意把她的某个保镖再给我们用一段时间？”马吉尔的国王？光明啊，那女人准是把她当成大傻瓜了！

第二天早上，上午刚过去一半，一辆四匹灰马拉的黄漆马车来到了艾戴沙宫门口，车夫是个壮汉。马车后面还拴着两匹母马，一匹体态优雅的枣红马和一匹瘦长的灰马。沐瑞·达欧崔夫人受到了与她地位相符的全部礼遇。她穿着深蓝色长裙，裙上的彩色条纹从脖颈一直延伸到膝下。迎接她的高级男仆肩上除了红色骏马之外，还绣有银钥图案。就算她的名号无人知晓，达欧崔的名望依然人尽皆知。现在雷芒死了，达欧崔家族的任何一位成员都有可能继承王位，除非被其他家族抢了先。他们当然不知道她对继承王位是什么想法。

她住进了一间得体的套房，有三间宽敞的房间，刻有花纹图案的墙板上盖着丝质挂毯，有大理石栏杆的阳台面向更高的覆盖着白雪的峰顶，可以俯瞰城北风光。她有几个仆人，两个女佣和一个跑腿的男孩。男孩急匆匆地将夫人的铜箍箱子打开，又为她准备好添加了玫瑰香精的浴水。除了仆人没人能注意到苏姬，沐瑞女士的侍女。

“好吧。”史汪嘟哝道，仆人们终于都离开了，起居室里只有她们两人。“看来这地方没人能注意到我。”她的深灰色裙服以优质毛料制成，式样非常朴素，只在领子和袖口上有达欧崔家族的彩色条纹。“而你呢，就像亲自划桨的提尔领主一样引人注目。光明啊，当你问起宫里有没有两仪师的时候，我紧张得差点把舌头吞了。我都开始头晕了，快喘不上气了。”

“那是因为这里海拔太高。”沐瑞告诉她，“你会习惯的。任何访客都可能问起两仪师的事情，你还记得吗，仆人们甚至都没有眨眼。”不过当时她自己也屏住了呼吸，直到听到了否定的回答才松了口气。一个两仪师就能打乱她的全盘计划。“我都和你说了多少次了。王宫不是旅馆，他们不会接受‘你可以叫我阿莉丝夫人’这种回答。这是没有商量余地的。我必须以真正的身份进宫。好好利用你人微言轻的地位，看看能不能打听到茵妮丝夫人的情况。要是能尽快离开此地便再好不过了。”

如果能够避免失礼和议论的话，最好明天就能离开。史汪说得没错。宫里每个人都会注意到一个来自引发了艾伊尔战争的家族的外地贵族。任何来到艾戴沙宫的两仪师马上就会听说她的故事，而任何路过查辛的两仪师都可能会入住宫中。而且，如果那个格辛尼斯还在追踪她，沐瑞·达欧崔入住艾戴沙宫的消息马上就能传到他的耳朵里。按照沐瑞的经验，宫廷可是比大道更适合刺杀的场所。史汪说得没错，她就像是架在高台上的箭靶，又完全不知道弓手藏身何处。明天，越早越好。

史汪溜出门外，很快又带着坏消息回来了。茵妮丝夫人正在哀悼她的亡夫，闭门拒客。“十天前他倒在早餐的粥里死掉了。”她汇报道，一屁股坐进起居室里的一把椅子里，一只手搭在椅背后面。一拿到披肩，她就把礼仪课上学到的东西全忘记了。“他比他夫人要老得多，但看来她还是深爱着他的。她在王宫南翼，有十间住房和一处花园。她丈夫是布瑞斯亲王的密友。”茵妮丝在整整一个月之内都不会见人，除了关系很近的亲属。她的仆人只在绝对必要的时候才会出来办事。

“她会愿意见两仪师的。”沐瑞叹了口气。就算是哀悼中的女子也不会拒绝会见两仪师。

史汪腾地一下跳起来。“你疯了吗？沐瑞·达欧崔夫人的名头已经够引人注目了，自称两仪师沐瑞·达欧崔简直就等于四处招摇！原本的计划是在宫外的人注意到我们之前就离开的！”

这时爱柯刚好进来了，她是沐瑞的两个女佣之一，灰白头发的胖女人。她宣称沙塔严就在门外，准备陪沐瑞去会见布瑞斯亲王。当她看见苏姬正站在沐瑞面前，用一根手指指着她的女主人时，一下愣住了。

“告诉沙塔严，我马上就去找她。”沐瑞平静地答道。等瞪圆了眼睛的女佣行过礼退到门外，她便立即起身，让自己显得更高些，不过和史汪的身高一比还是没什么优势。“你还能想出更好的办法吗？在这里耗上两个星期等她出门一样糟糕。你也不能拉拢她的仆人，她们也和她一样不出门。”

“她们只有在办事的时候才会出门，沐瑞。但是我认为我可以混到里面去。”

沐瑞想说那也要花掉很长时间，但史汪重重地按住了她的肩膀，推她转身，仔细地来回打量着她。“侍女的职责是确保她的女主人穿着得体。”她说，然后把沐瑞推向房门，“走吧。沙塔严还在等你呢。运气好的话，一个名叫卡的年轻士兵也在等着苏姬呢。”

第 25 章

回　答

沙塔严确实正在等她。她是个英气逼人的高个子女人，因被怠慢而显得威严冷漠。她的淡褐色的双眼中透射出的寒光几乎能冰冻酒液。即使是女王，冒犯沙塔严也是不明智的。因此沐瑞在被她领着穿过一座座厅堂时，摆出了一副愉快的神情。她觉得沙塔严的神色似乎缓和了点，但此时她的思绪有些乱。一个年轻的士兵？她还没见过史汪和男人在一起。居然是个士兵！她肯定不单单只是打算找关系接触到茵妮丝的侍女！

雕塑和挂毯装点着走廊的两侧，让自以为了解边境国的她惊奇不已。大理石雕塑展示了捧着花束的女子和嬉戏的孩童，丝织挂毯描绘了鲜花盛开的田野以及贵族的花园，只有少数几张的主题是狩猎，而且没有一张是展示战争场面的。透过挂毯之间的拱形窗口可以看到许多花园，这也是她没想到的。窗外还有悬挂着旌旗的庭院，有些庭院里还有大理石喷泉。她瞥了瞥庭院一角，突然又想起了史汪和那个士兵的事情。

庭院十分朴素，没有喷泉也没有回廊。一群人靠着墙站着，看着两个光着上身的人挥舞木剑。是瑞恩和布卡玛。虽然他们是在练习，但架势却像真正的打斗。她在楼上都能听得到木剑击中皮肉的声音。每次都是瑞恩命中。她应该避开他们，还有岚，如果他也在的话。之前他毫不掩饰对她的怀疑，那么现在他也可能会问出她不敢回答的问题：她究竟是沐瑞还是阿莉丝？或者更致命的：她究竟是两仪师还是乔装的野人？不到一天，街上的人便会议论纷纷，可能会被任何一个两仪师听到。所幸这三个流浪士兵是不可能在她居住的地方出现的。

布瑞斯亲王是个绿眼睛的结实汉子。他在一个贴着红色和金色瓷砖的大房间里亲切地接见了她。他的两个已婚姐妹和她们的丈夫也在场，爱瑟奈尔的妹妹和妹夫也来了。男人们穿着素色丝衣，女人们穿着鲜艳的衣服，束腰扎得很高，胸襟、袖口还有裙摆上都有绣花。穿着制服的仆人给他们送上了糖渍肉干和坚果。沐瑞觉得她头抬得脖子都酸了。这里最矮的女人也比史汪高，而且她们都站得笔直。她们也许会为两仪师折腰，她们的丈夫也一样，但她们认为自己和沐瑞是平起平坐的。

他们从音乐谈到了旅途中的困难。他们聊了最近两仪师露面频繁，以及她们是不是被会导引男人的传言吸引来的。沐瑞发觉她实在无法在这些话题上保持应有的风趣。她对音乐毫无兴趣，更不关心乐手。在凯瑞安，乐手都是雇来的，没人关心他们。人人都知道外出旅行是件麻烦事，每天得赶二三十里路，睡床和可口的餐点都没有着落，还有可能遇上坏天气。显然有些两仪师是被那个传言吸引来的，其他人则是来维系在艾伊尔战争中变得疏远的外交关系，让王室和大家族明白他们仍然对白塔负有责任，包括私下的责任和公开的责任。就算她们还没有拜访过艾戴沙宫，迟早也会来的。因此她没有时间在这里闲谈了。更何况两仪师们还有很多进宫的理由。男人们表现得很友善，但她想女人们一定觉得她十分无聊。

当看到布瑞斯的孩子们被带进屋，沐瑞便大大地松了一口气。让孩子们和她见面意味着这个家族欢迎她的到来，而且更重要的是，也意味着会面快结束了。长子安托作为继承人，跟爱瑟奈尔一起去南方了。一个绿色眼睛、名叫杰瑞妮的可爱的十二岁女孩领着她的妹妹和四个弟弟，按照年龄顺序依次向她问好。实际上两个最小的男孩还裹在襁褓里，由保姆抱着呢。沐瑞急着想要知道史汪那边怎么样了，但她还是尽力保持耐心，称赞了孩子们的得体举止，鼓励他们学好功课。他们一定也和大人一样觉得她十分无趣。虽然没有表现得那么明显。

“您这些擦伤是怎么回事呢，狄瑞克大人？”她问道，狄瑞克非常认真地把经过讲给她听。她一个字都没有听进去，直到……

“我父亲说是岚带来的好运才让我幸免于难，夫人。”狄瑞克说，方才还郑重其事的神色变得眉飞色舞。“岚是马吉尔的国王，世界上运气最好的人，也是最厉害的剑客。当然，比我父亲差一点。”

“马吉尔的国王？”沐瑞眨了眨眼。狄瑞克急切地点了点头，激动地讲起了岚在妖境里的光辉事迹，还有赶到艾戴沙宫来追随他的马吉尔人，直到他的父亲开口让他保持安静。

“只要岚愿意，他就是国王，夫人。”布瑞斯说。这是个奇怪的解释，他语气中的怀疑让它显得更奇怪了。“他总是独自待在房间里。”听上去布瑞斯有些担忧，“但你会见到他的，在你……夫人，你不舒服吗？”

“还好。”她答道。她本来也想再见见岚·人龙，但不是在宫里！她觉得胃里一阵翻江倒海。“如果您不介意的话，我这两天可能也要待在房间里。”

他当然不介意，众人纷纷对缺少她的陪伴而表示惋惜，对她在旅途中的辛苦表示同情。不过她也听到一个女人嘟哝道南方人真是娇气。

女仆爱丽丝等在门口，准备带她回房，她有浅色的头发，穿着红绿相间的衣服。她每次开口之前都会先行个屈膝礼，因此刚开始的时候她不停地行礼。她听说了沐瑞的“眩晕”，因此每走二十步她都会问沐瑞要不要坐下来喘口气，要不要她送湿毛巾到房间，要不要暖脚的热砖，要不要嗅盐，把所有能治“头晕”的东西都问遍了。最后沐瑞生硬地让她住嘴。这个傻乎乎的女孩便一声不吭，面无表情。

沐瑞并不在乎这女孩怎么想。她一心盼着史汪那边的好消息。要是她能抱着那个在龙山上出生的男孩，连同母亲一起整装待发，那就再好不过。不过当下她只想赶快离开这些厅堂，以免撞见岚·人龙。她正担心着岚，却在转过一个拐角的时候撞见了茉瑞安。这位慈母般的两仪师披着蓝色穗子的披肩，由沙塔严本人带路，身后还跟着一长队仆人。一个女仆拿着她的红色马术手套，另一个拿着她的毛皮镶边斗篷，还有一个拿着她的黑天鹅绒帽子。两个男仆抬着装行李的柳条筐，这筐子其实一个人也能抬得动。其他仆人各自捧着一束鲜花。无论她的家族如何显耀，两仪师受到的欢迎总会比区区一个贵夫人更隆重。

茉瑞安看到沐瑞，眯起了眼睛。“居然能在这里见到你。”她慢慢地说道，“看这装束，你大概是放弃伪装了？不对，还是没戴戒指，我明白了。”

茉瑞安的突然出现让沐瑞震惊不已，几乎没有听见她说了什么。“就你一个人吗？”她脱口而出。

一时间茉瑞安的双眼眯成了一条缝。“拉瑞尔决定独自赶路。我想是去南方了吧。具体情况我也不知道。”

“我是指凯苏安，”沐瑞惊讶地眨了眨眼。她越想越觉得凯苏安一定是黑宗。但令她吃惊的是拉瑞尔，后者似乎是决心要以最快速度赶到查辛的。当然，计划是可以改变的。但沐瑞突然意识到一个很明显的问题。黑宗是可以撒谎的。这本来是不可能的——三誓是不能打破的！——但这是唯一的可能。

茉瑞安走了过来，见沐瑞后退了一步，便又上前一步。沐瑞挺直腰杆，但还是没能高过对方的下巴。“你这么急着想见凯苏安么？”茉瑞安低头俯视她，她的语气很愉悦，光滑的脸十分平静，但眼睛却冷似寒冰。“在我们分头上路之前，她说，下回遇见你时一定要狠抽你的屁股，让你好几天都坐不下。她会说到做到的。”

她突然瞥了一眼仆人们，意识到她们周围还有人。她的目光缓和了一些，但依旧冷冷的。“凯苏安是对的，无知而自大的女人是会惹上大麻烦的。我看你最好保持低调，我们以后再谈。”她挥手命令沙塔严继续带路，威严的总管忙不迭地从命。国王和女王也未必能得到沙塔严的尊敬，但两仪师可不一样。

沐瑞盯着茉瑞安，直到后者转过一个拐角向楼下走去。茉瑞安说过那样的话，但她仍有可能是塔摩拉的人。黑宗可以说谎。拉瑞尔决定不来查辛了？或者她也死在某个不知名的地方了，就和塔摩拉等人一样？她突然意识到自己在捋着裙摆。她控制住双手，但无法停止身体微颤。

爱丽丝看着她，张大了嘴。“你也是两仪师！”她叫了起来，沐瑞畏缩了一下，把爱丽丝吓了一跳，以为她皱起了眉。“你一定是在微服私访。”她大气也不敢出，“我不会告诉任何人的，两仪师，我发誓，以光明和我家祖坟的名义！”说得好像茉瑞安身后的那些人都没长耳朵似的。他们可管不住舌头。

“带我去岚·人龙的房间。”沐瑞吩咐她。早上订的计划中午就变了，连最关键的部分都有变。她从腰包里取出巨蛇戒，戴到右手上。有时你必须赌一赌运气。

她们走了很长一段路，还好爱丽丝一声没吭。她敲响了一扇红色的门，告知应门的灰发女子，两仪师沐瑞·达欧崔夫人想要和亚岚·人龙见面。这女孩转述的话里加油添醋了。国王，真是的！令人震惊的是，灰发女子回应道，人龙大人不想见任何两仪师。她自己似乎也很震惊，但还是重重地关上了门。

爱丽丝看着沐瑞，双眼惊得滚圆。“我可以送两仪师女士回房，”她犹豫不决地说，“如果您——”看到沐瑞推门进屋，她又惊呼了一声。

灰发女佣和一个年轻女仆正坐着缝补裙子，她们跳了起来。一个瘦骨嶙峋的年轻人狼狈地从火炉旁站起来，他看看女仆们，不知道该怎么办。两个女佣只是盯着沐瑞，直到她询问似地扬起一边眉毛。灰发女子指了指通往套房里面的两扇门中的一扇。

那扇门里是一间起居室，和沐瑞自己的差不多，但是镏金的椅子都被挪到了墙角，绣花地毯卷了起来。岚光着上身，正在清出来的空地上练剑。他脖子上挂着的一个金吊坠随着他的动作颤动，剑刃舞出道道残影。他大汗淋漓，她给他治过伤的地方……现在他的后背被野兽抓过吗？或者是被女人抓的。这个冷冰冰的男人真的能激发如此的激情，以至于……想到这里她觉得脸颊一阵发热。他愿意怎么玩女人都行，只要能按她说的做就行了。

他优雅地收招，转身看着她，剑尖冲地。他仍然不愿和她对视，他和布卡玛都是这么奇怪。虽然有皮带绑着，汗湿的头发仍然粘在他脸上，但他的呼吸并不粗重。

“你，”他吼道，“看来你现在既是两仪师又是达欧崔了。我没空陪你玩游戏，凯瑞安人，我还在等人呢。”他冰冷的蓝眼睛瞥了瞥她身后的房门。奇怪的是，门的内侧把手上绑着一绺像是头发的东西，打了个复杂的结。“她肯定不高兴在这里看到另一个女人。”

“你的爱人用不着担心我。”沐瑞冷淡地告诉他，“其一，你个头太高。其二，我看上的男人至少得有点魅力，而且要懂礼貌。我是来寻求你的帮助的。在百年战争期间马吉尔曾立誓将应白塔的征召而起兵。我是两仪师，现在要求你响应我的号召！”

“识得山高，却不知其根基。”他低语道，好像在引述马吉尔的谚语。他绕开她径直走到屋子的另一边，抓过剑鞘，重重地收剑入鞘。“我会帮你，但你要先回答一个问题。这么多年来我一直在追问两仪师，但她们全像毒蛇一样把话绕开了。如果你真的是两仪师，那就回答我的问题。”

“我会回答的，如果我知道内情的话。”她不会在身份问题上跟他再费唇舌了，但她还是拥抱了阴极力，将一把镏金座椅移动到地板中央。她自己是提不动这把椅子的，但风之力能轻易地将它举到空中。她在椅子上坐下，跷起腿，手放在膝盖上，故意露出戒指。若两人都站着，较高的人会占优势。但站着的人面对坐着的人，会有种被对方评判的感觉，尤其是在面对两仪师的情况下。

但他似乎没有这种感觉。这是他们相遇以来，他第一次和她直接对视，他的双眼有如蓝色玄冰。“在马吉尔亡国之前，”他的语气很轻，但透着刚硬，“夏纳和艾拉非曾出兵支援。他们无力阻止潮水般的兽魔人和魔达奥，但是他们来了。坎多，甚至沙戴亚都曾派出军队，他们来晚了，但毕竟来了。”玄冰化为蓝色的火。他的语气没有变，但指节因紧握剑鞘而发白。“九百年来，我们响应了白塔的每一次号召，但在马吉尔面临灭亡的时候，白塔在哪里？如果你是两仪师，那就请回答!”

沐瑞犹豫了。这个问题涉及白塔的机密,见习生的历史课会讲到这段历史,但禁止她们透露给白塔学生之外的任何人。但和她当下的困境比起来,一次惩罚又算得上什么呢?“一百名两仪师受命前往马吉尔,”她的语气比预想中的镇定。她一向被告知,方才的话一出口,就该自首并听候处罚了。“然而就算两仪师也不会飞,她们没能及时赶到。”当第一批两仪师赶到时,马吉尔的军队已经被无穷无尽的暗影生物冲垮了,死的死,逃的逃。马吉尔的覆亡既残酷又血腥,而且末日来得过于迅速。“那时我还没有出生,但我对此事也非常懊悔。而且白塔决定将此次努力秘而不宣,我也感到非常遗憾。”与其给人造成失败的印象,不如让外人以为白塔什么都没有做。失败会损伤白塔的名望,神秘则是她们的护身法宝。两仪师的行事自有其理由,未行之事亦有其逻辑,个中缘由只有她们自己知道。“我只能告诉你这么多,而且本不该说这么多的,其他任何两仪师都不会说的。这答案足够了吗?”

一时间他只是看着她,炽烈的目光再度转为冰冷。他又垂下了目光。“几乎可以相信了。”最后他喃喃说道,没有说他信了哪一部分。他苦笑了一声:“我能帮你什么?”

沐瑞皱起了眉。她真想在他身边待上一阵,把他治得服服帖帖的。但现在还不是时候。她希望他可别是个暗黑之友。“宫里还有一个两仪师,茉瑞安·赤岗。我需要掌握她的行踪,她所做的事情还有会见的人。”他眨了眨眼,但没有问常人都会出口的问题。或许他知道他得不到答案,不过他的沉默总归是件好事。

“这几天我一直待在房间里。”他又看了看房门,“恐怕我没法监视那个人。”

她不由得哼了一声。他刚刚还答应帮忙,现在又开始担心他的恋人了。也许他的为人和她想象中的不一样,但她也没有别的选择。

“我没要你去。”她告诉他。她这次拜访很快就会传遍艾戴沙宫,如果别人发现他在监视茉瑞安的话……就算后者是完全无辜的,也会导致灾难性的后果。“那些聚集在此的马吉尔人都是你的追随者吧,你可以派其中一个去监视。要找个眼尖而且口风紧的。这件事必须完全保密。”

“没人追随我,”他厉声说道,然后又瞟了眼房门。他突然显得十分疲惫。他没有坐下,但走到炉火旁,慢吞吞地弯下腰把剑支在壁炉旁,然后背对着她站了起来。“我会叫布卡玛和瑞恩去监视她,但我不能保证他们会照做。我只能做到这么多。”

沐瑞忍住没有懊恼地叫出声。无论他是只能还是只想做到这么多,她都没办法逼他再进一步了。“布卡玛。”她说，“只要他一个人。”以瑞恩的个性，他除了茉瑞安的身材之外恐怕什么也看不到，而且搞不好被她看了一眼就全招了。“而且别告诉他原因。”

他猛地回过头，但过了一会还是点头同意了，而且又没有问常人都会好奇的问题。沐瑞告诉他如何和她取得联系——给她的侍女苏姬留口信，然后祈祷自己做出了正确的决定。

她回到自己的房间，发现这么一会儿消息就已经传开了。在起居室里，史汪正在给一个年轻女子端上一盘糖渍肉干。那女子刚刚成年，穿着浅绿色丝衣，高挑而嘴唇丰满，黑发齐腰，额头中央涂着一个蓝色小点，和沐瑞的珂赛拉差不多在同一位置。史汪的表情很平静，但在和那女子讲话时她的语气很生硬。伊赛儿女士的表现很快就让她明白了原因。

“宫里所有人都说你是两仪师。”她怀疑地打量着沐瑞。她没有起身，更没有行礼，甚至都没有低下头。“如果她们所言不差，那么我需要你的协助。我想去白塔。我母亲想让我结婚。如果母亲不是岚的卡内拉，我倒不反对做他的卡内拉。但假如我要结婚，新郎一定得是我的护法之一。我准备加入绿宗。”她看了看史汪，略微皱眉。“别留在我跟前，丫头，在我叫你之前先站在那边。”史汪退到火炉旁，僵硬地站着，双手叉在胸前。真正的侍女肯定不会这么站着，而且也不会皱眉，但伊赛儿不再理会她了。“请坐吧，沐瑞。”她微笑起来，“我会告诉你，你需要做什么，当然，如果你真的是两仪师的话。”

沐瑞瞪着她。这个人请对方在自己的起居室里就座。她的愚蠢程度简直能赶得上岚的顽固了。她的卡内拉？在古语里这个词是“第一位”的意思，显然在这里还有别的含义。当然，应该不会是最直白的那个意思，就算是马吉尔人也不至于这么古怪吧！她坐了下来，冷冷地说道：“你用不着急着选宗派，至少先等我测过你的潜力，看看有没有必要送你去白塔再说。几分钟就能测出你能不能导引，以及潜在的实力，如果你……”女孩兴奋地打断了她。

“哦，我几年前就做过测试了，那个两仪师说我的导引能力很强。我说我有十五岁，但没能瞒住她。我不明白为什么 12 岁就算自愿也不能去白塔。母亲非常生气，她总是说，有朝一日我会成为马吉尔的王后，但那意味着和岚结婚。就算母亲不是他的卡内拉，我也不想和他结婚。如果你要带我去白塔，她就不能反对了。人人都知道，两仪师可以送任何人进白塔受训，没人可以反对。”她撅起丰满的嘴唇。“你确实是两仪师，对吧？”

沐瑞开始冥想玫瑰花苞。“如果你想去塔瓦隆，那就去。我没时间送你去。你可以在这里找到其他两仪师，她的身份绝对没有疑问。苏姬，你可以送伊赛儿出去吗？她肯定不想耽搁行程，不然就会被她母亲逮到了。”小姑娘自然被气得火冒三丈。不过此时沐瑞只想让她快点走人。虽然她不停地抗议，但史汪还是把她硬推到了走廊里。沐瑞发觉史汪拥抱了真源，然后抗议声马上就变成了一声尖叫。

“那女孩，”史汪搓着手回到房间，“就算她和凯苏安一样强，也待不过一个月。”

“就算塞瑞亲自把她从塔顶上扔下去我也不会操心。”沐瑞厉声说道，“你打听到什么了？”

“嗯，我发现年少的卡知道怎么接吻，除此以外，我带上楼的就只有一桶底舱的污水了。”史汪突然皱起眉头。“你干吗要那样看着我？我不过是亲了他而已，沐瑞。你自从在赶赴白塔的前夜吻过科曼内斯之后，难道就没吻过别的男孩吗？好吧，我可是等得太久太久了，而卡又那么帅气。”

“那没什么不对的。”沐瑞急忙说道。光明啊，她多久没有想起科曼内斯了？他确实很英俊。

令人惊讶的是，比起茉瑞安的出现，得知沐瑞去找过岚反而让史汪更加焦虑。

“你还敢说自己没有冒不必要的险，不如把我扒皮用盐腌了吧，沐瑞。宣称自己是一个已经毁灭的国家的国王的人绝对是傻瓜中的傻瓜，说不定这会儿他就在跟他妈随便哪个愿意听他扯淡的人嚼舌根，把你的底全露了！如果茉瑞安发现你派人监视她……烧了我吧！”

“他确实经常犯傻，但我绝不认为他会‘嚼舌根’。此外，‘一个铜板都舍不得的人不可能赢得赌局’，你常跟我说，这是你父亲的老话。我们别无选择，只能冒这个风险。茉瑞安一到，我们就没有多少时间了。你必须尽最快速度接触到茵妮丝夫人。”

“我会尽力的。”史汪嘟哝道，她大步走出房间，耸了耸肩。但她也在整平裙摆。沐瑞希望她可别干出比接吻更出格的事情。虽然就算她真的做了也是她自己的事，但那种事还是挺傻的。更别说是和一个士兵了！

当史汪回来时，夜幕早已降临，沐瑞正在灯下翻书。她把书放到一边，她盯着同一页已经一个小时了。这次史汪带来了一些新消息，她一边说一边用手搓着毛裙和毛袜。

首先，史汪回来时，在沐瑞的房间附近，遇到了一只“颤巍巍的老鹳”问她是不是苏姬。老太太告诉她茉瑞安整天都陪着布瑞斯亲王，直到夜里才回到自己的房间。对此她毫无头绪。更重要的是，史汪在和卡闲谈时设法把话题转到了拉西恩身上。那男孩出生时，卡并不在茵妮丝夫人麾下，但他知道男孩出生的那一天正是艾伊尔人开始从塔瓦隆撤退的第二天。说到这里，沐瑞和史汪对视了很长时间。那也是吉塔拉·莫若苏预言真龙转生并在震惊中死去的第二天。迎着山顶的朝阳，在积雪突然开始融化的十天前出生。

“无论如何，”史汪继续说，她开始把裙子和长筒袜揉到一起，“我跟卡说你把我解雇了，因为我把酒洒到你裙子上了，他在茵妮丝的佣人房间里给我找了张床位。他觉得他可以在他的女主人那里为我谋个职位。”她觉得好笑，哼了一声。看到沐瑞的眼神，她又大声地哼了一声。“那他妈不是他的床，沐瑞。而且就算是的话，他温柔知礼，还有一对世上最漂亮的褐色眼睛。迟早有一天，你会发现你在幻想男人之余可以更进一步了，我真希望到时候我能在场!”

“别说傻话。”沐瑞告诫她。她们面前的责任十分重大，没有精力为男人分心。至少不能和史汪一样操这种心。茉瑞安整天和布瑞斯在一起？完全没有接近茵妮丝夫人？无论她是塔摩拉的人还是黑宗，都说不通。而如果说她两者都不是，也无法令人置信。这让她很担心。一无所知会招来杀身之祸。更糟的是，可能会让真龙被扼杀在摇篮之中。

第 26 章

何时屈服

岚凭着他在妖境里学到的全部技巧，独自悄悄地穿过艾戴沙宫的长廊。每转过一个拐角之前都要先确定前面没有人。他沉浸在“唯一”之中，一旦有人走进他身后的走廊，他立即就能感觉得到。每当察觉到身后有人，他便会在被人看到之前躲入一扇敞开的门或是一道拱门之后，就像一个幽灵一样。

安雅和艾丝妮现在把艾黛的吩咐放在他的命令之上，她们似乎认为这算是遵循马吉尔的传统。艾黛也许就是这么告诉她们的。他依旧相信布伦对他忠心，但他也相信艾戴沙宫里任何一个仆人都会告诉艾黛他的去向。现在他看清楚这里的形势了。

虽然以前来过这里，但由于没了向导，他离开房间之后迷了两回路，全凭着方向感才弄清了自己的方位。他觉得自己真不该佩剑，兵刃在这场战斗中毫无用处。但若手无寸铁，他便会有任人宰割之感，而在艾黛面前决不可有此种心态。

他隐约听到了脚步声，便紧靠墙挺直身体，躲到一尊雕像后面。雕像展示了一个怀抱鲜花、腾云驾雾的女子。两个女人出现在前方的拐角，她们停止了密谈。那是伊赛儿和那个两仪师茉瑞安。岚就和他藏身其后的雕像一样纹丝不动。不动便不会引来注意。

他不喜欢偷偷摸摸，但是虽然艾黛把害得他两天都出不了房门的多瑞解开了，她又明确宣称马上就会安排他和伊赛儿的婚事。布卡玛说得对，她把多瑞当作驾驭他的缰绳。按照传统，当她把他的发辫交给伊赛儿保管后，他们之间的陈年旧事便没有多少影响力了。但他敢肯定她仍会利用伊赛儿来控制他。她女儿一定会合作的，他不相信她有公开反对她母亲的勇气。面对一个无法击败的敌人，逃跑便是唯一的选择，除非你必须舍性命而成大义。他确实很想逃跑，但布卡玛让他不得不留下。布卡玛，还有一个梦想。

茉瑞安猛地一挥手，伊赛儿急切地点了点头，匆匆顺着原路返回。一时间茉瑞安只是看着她，脸上带着让人捉摸不透的两仪师式的平静。令他惊讶的是，过了一会儿，她也跟着走了，和她踱过绿色地砖的步伐比起来，伊赛儿显得很笨拙。

岚没有费心思去猜茉瑞安要干什么，也没去考虑沐瑞为何想监视她。两仪师的思路男人是猜不透的。沐瑞一定是两仪师了，否则她会号叫着被茉瑞安拖过长廊。他等两人都走远了，便从藏身之处向外瞥了一眼。她们确实走远了。于是他匆匆往前走。今天他没工夫操心两仪师，他要和布卡玛谈谈梦想。

如果他跑了，艾黛对婚事的计划就会化为泡影。如果他躲的时间足够长，她就会给伊赛儿另找一个丈夫。如果他跑了，艾黛光复马吉尔的梦想便也会无从实现，一旦听说岚不在了，她的支持者们就会像正午阳光下的雾水一样消散殆尽。许多人的梦想都会因他的逃跑而化作泡影。然而，一个背过婴儿的男人有梦想的权利。责任重于山峦，即便如此也要尽责。

前面有一条长而宽的石阶，他沿着阶梯往下走。突然他摔倒了。他只觉得双腿一软，便撞上了台阶，蜷曲着从石阶上滚了下去，狠狠地摔在台阶下的石砖上，把肺里的气全喷了出来。他眼前直冒金星，喘息着爬了起来。

仆人们不知从什么地方冒了出来，扶岚站了起来，连连惊呼他的运气真好，这样一摔居然都没有丧命。他们问他要不要找两仪师治疗。他晕乎乎地看了看台阶上方，含混地答了一句，只希望能让他们走开。他觉得他这辈子都没受过这么多的瘀伤，但伤口自会痊愈，而此刻他最不想见的就是两仪师。对大多数人来说，如果从这个阶梯上跌下来，全身骨折已经算命大了。刚才有什么东西绊了他的脚，还撞到了他的背后。虽然很荒谬，但可能只有一个。要是有人近身推他，他一定能察觉得到。某个两仪师试图用至上力干掉他。

“人龙大人！”一个穿着宫廷守卫绿色制服的矮胖子匆匆跑到他面前，因为着急鞠躬差点摔倒，“我们到处找你，大人！”他气喘吁吁地说，“是你的手下，布卡玛！请马上跟我走，大人！他这会儿可能还没断气！”

岚咒骂了一句，吼着要那人赶快带路，但其实他已经迟了。守卫聚校场附近的一条狭窄的过道里，他们挤到一边给岚让道。布卡玛面朝下倒在地上，嘴边都是血沫，外套上有一块暗红色的血渍，背后插着一把木柄匕首。他直愣愣的双眼里尽是惊讶。岚跪在他身边，合上了他的双眼，低声祈祷，愿大地母亲以最后一次拥抱迎接布卡玛回家。

“谁发现的？”他问道，但他没有听到那些七嘴八舌的回答。他只希望在布卡玛转生的那个世界里，能有飘扬金鹤旗、高耸的七塔和在日光下犹如闪耀的珍珠项链般的千湖。他怎会任凭敌人近身？要是有人在他身边拔刀，布卡玛肯定会有所察觉。但有一点毫无疑问，他之所以被害是因为岚让他卷入了两仪师的诡计。

岚起身匆匆跑了，他没有想要逃避，而是要找某个人。他不在乎被人看到了。

前厅传来沉闷的撞门声，侍女们愤怒地高声叫嚷。沐瑞从靠垫扶手椅上起身，她刚才一直坐着等着，没想到却会等来这样的结果。她往起居室外走去，但在她走到门口之前，门就被撞开了。岚甩开拽着他手臂的侍女，把她们关在外面，用背顶着门板，对上了沐瑞惊愕的目光。他棱角分明的脸上青一块紫一块，走路的姿势像是被人揍过。门外安静了下来。无论他打算干什么，侍女们认为她都能对付得了。

真荒谬，她发觉自己把手按到了腰刀刀柄上。运用至上力，她可以像收拾小孩子一样把他按住，不管他有多高大，然而……他没有冲她瞪眼，那双眼睛里确实没有怒火。她想要退后一步。没有怒火，却犹如死亡一般冷峻。他的外套上绣有凶险的荆丛和冷冰冰的金花。

“布卡玛死了，他被刺穿了心脏。”他平静地说道，“不到一小时前，有人试图用至上力谋杀我。一开始我以为是茉瑞安干的，但我之前见到她的时候，她跟在伊赛儿的后面，除非她看到我了，想把我引出来，否则她没有作案时间。只要我不想被人看到，没有几个人能发现我。那么就剩下你了。”

沐瑞畏缩了一下，不单单是因为他语气中的坚决。她早该想到那个傻女孩会直接去找茉瑞安。“两仪师的洞察能力肯定会让你惊讶。”她告诉他，尤其是在阴极力加身的时候。“也许我不该让布卡玛去监视茉瑞安。她很危险。”这女人属于黑宗，她现在能确定了。两仪师会狠狠地惩罚捉到的探子，但是她们不会杀人。但沐瑞能拿她怎么办？她自己相信没有用，在玉座面前站不住脚。而且如果塞琳本人也是黑宗的话……现在担心这些也没用。茉瑞安为何要在伊赛儿身上浪费时间？“如果你真的关心那女孩，我建议你立即去找她，并且把她从茉瑞安身边带走。”

岚嘟哝了一声。“所有两仪师都一样危险。伊赛儿现在很安全，我在来路上看到她了，她正跑去找布瑞斯和狄瑞克。布卡玛为什么会死，两仪师？我怎么就把他出卖给你了？”

沐瑞竖起手掌，示意他安静，当他果真照做后，她反倒有点惊讶。她正在拼命地思索。茉瑞安和伊赛儿。伊赛儿和布瑞斯还有狄瑞克。茉瑞安想杀岚。突然间她发现了其中的关联，一个完美的解释。这解释一点道理也没有，但她毫不怀疑这就是答案。

“狄瑞克说你是世界上运气最好的人，”她倾身向前，死死地盯着岚，“事关他的安危，我希望他是对的。布瑞斯最私密的会面地点在哪里？就是没人能听到他或看到他的地方。”那肯定是一个舒适而隔绝的房间。

“宫殿的西翼有一条走道，”岚慢慢地说道，接着他加快了语速，“如果布瑞斯有危险，我必须去叫守卫。”说着他就转身去拉门把手。

“不行！”她说。她仍然把持着阴极力，如果有必要的话可以用一束风之力把他拉住。“如果布瑞斯亲王只是在和茉瑞安谈话，他不会高兴看到一群守卫冲进房间的。”

“那如果她没在和他谈话呢？”他质问道。

“那就没有时间叫守卫了，再说他们不见得会相信。我们没有任何对她不利的证据，岚。几条怀疑是不能驳倒两仪师的。”他愤怒地摇了摇头，吼了句关于两仪师的什么话，沐瑞故意没有听。她以后会教训他的，但现在没有时间了。“带我去那条走道，岚。两仪师的事就让两仪师来解决吧。一定要快。”不管茉瑞安打算谈些什么，沐瑞都不认为会谈很久。

岚确实跑得飞快，沐瑞不得不把裙子提得高高的才能赶上他的两条长腿。走廊里的佣人和路人盯着她暴露的长筒袜，相互窃窃私语，她不在乎。感谢光明，岚没有把她甩在后面。她飞奔着，一边让阴极力充满全身，让甜蜜和狂喜的感觉满溢到痛苦，一边想着对策，要对付一个导引能力比她强很多的女人，一个比她的曾祖母还要年长一百岁的女人，她该做什么，能做什么？她希望自己不要恐惧，她希望史汪和她在一起。

他们一路狂奔，穿过了金碧辉煌的正厅和摆放着雕像的长廊，最后闯入一处露天空地，喧嚣的宫廷早已被甩在身后。他们在一条砖石铺成、宽二十步的走道上，俯瞰着下方的城市。呼啸的寒风吹起了沐瑞的裙子。

茉瑞安就在这里，她周身散发出阴极力的光芒，布瑞斯和狄瑞克也笼罩在微光中，他们站在栏杆边上，徒劳地试图挣脱风之力的束缚。伊赛儿皱着眉头看着亲王和王子。令人吃惊的是，瑞恩也站在稍远处，双手抱在胸前，他身上也散发着微光。看来他也是暗黑之友。

“……我没法把狄瑞克大人单独带过来，”伊赛儿急躁地说道，“我确定没人发现，但是为什么——”

沐瑞以魂之力织出屏蔽罩，用尽全力试图阻断茉瑞安的导引，希望仍有一丝机会能切断她和真源的连结。屏蔽罩击中目标之后就消散了，茉瑞安太强大了，汲取的至上力太多了。

她相信自己打了蓝宗两仪师一个措手不及，但茉瑞安眼皮都没眨一下。“你解决了探子，瑞恩，干得不错。”她平静地说道，一边织出一团风之力堵住了伊赛儿的嘴，束住了她的手脚。“让我看看这次你能不能干掉年轻的那个。你说过你的剑术更高明。”

一切仿佛发生在一瞬间。瑞恩满脸杀气地冲了过来，发辫上的铃铛叮当作响。岚勉强拔剑迎击。在刀剑交击声响起之前，茉瑞安立即以沐瑞刚刚用过的编织还击，但她比沐瑞要强大得多。沐瑞惊恐地发现在汲取了这么多阴极力的情况下，茉瑞安留下的力量仍足以将她屏蔽。她慌忙以风之力和火之力进攻，被切断能流的回涌让茉瑞安哼了一声。沐瑞赶紧利用这个空隙试图切断束缚着狄瑞克等人的能流，但她的编织还没有命中，就反被茉瑞安切断了。这次对方的屏蔽罩在她反击之前就触碰到了她。她的心沉到了谷底。

“你总是在我面前晃悠，沐瑞，”茉瑞安语气平淡，仿佛她们只是在聊天。她看上去十分从容，像慈母般和蔼。“恐怕我必须问问究竟是怎么回事。”沐瑞勉强切断了一束火之能流，它足以把她的衣服和大半皮肤都烧成焦炭。茉瑞安笑了，就像一位母亲在看着她胡闹的女儿。“别担心，孩子。为了让你开口，我会给你治疗的。你一定会开口的，在这里没人能听到你的惨叫。”

就算在此之前沐瑞对茉瑞安的黑宗身份还抱有一丝怀疑，这一束火之能流也能完全打消这样的念头。轮番袭来的编织让她更加肯定了：它让她的裙间电光闪耀，头发直立；让她拼命喘息，吸不上气；有的编织她认不出来，但显然一击就能让她头破血流。要是她没能及时切断它们的话……

她每挡下一次攻击，便立即试图解开狄瑞克等人的束缚，试图屏蔽茉瑞安，甚至试图把她击晕。她很清楚自己命将不保。如果输了，她就会死，要么当场毙命，要么被茉瑞安审问然后杀掉。但她却从未考虑绕过三誓，为保命而杀死对方。她也需要审问茉瑞安，这关乎世界的命运。不幸的是，她几乎毫无还手之力，连防御都很勉强。她心中的恐惧渐渐增长。在维持着三道束缚的情况下，茉瑞安仍能够和她匹敌，甚至比她还要强。除非岚能够引开她的注意。

一瞥之下，她的希望就破灭了。岚和瑞恩正在拼着剑招，二人的动作优雅而流畅，刀刃舞成旋风。但要说谁更强一些的话，却是瑞恩占了上风。血滴划过岚的一侧脸颊。

沐瑞一横心，决定拼尽全力，她甚至没有分神驱散寒意。她颤抖着向茉瑞安发动进攻，接着转入守势，然后又再次进攻，防守，进攻。如果她能用疲劳战拖垮对方的话……

“这太浪费时间了，不是吗，孩子？”茉瑞安说。狄瑞克升到了空中，向栏杆外飘去。他拼命挣扎，试图挣脱隐形的束缚。布瑞斯扭过头向他的儿子望去，塞着气团的嘴在无声地怒吼。

“不！”沐瑞尖叫道。她绝望地抛出一股风之能流，试图将男孩拽回来。茉瑞安切断了她的能流，同时释放了男孩的束缚。狄瑞克哭喊着坠了下去，一片白光在沐瑞的眼前炸开。

她头晕脑胀地睁开双眼，男孩若隐若现的尖叫声仍在她耳边回荡。她躺在砖石路上，觉得头晕眼花。在缓过来之前，她是没办法汲取阴极力的，就像猫不能唱歌一样。不过那也已经无关紧要了。她发现茉瑞安已经屏蔽了她的导引能力。就算她没有那么强，维持屏蔽也并不费力。她试图站起来，结果又摔倒了。她用胳膊肘把自己撑起来。

仅仅过了一瞬。金铁交鸣声中，岚和瑞恩仍在死亡之下起舞。布瑞斯僵住了，并非由于束缚。他盯着茉瑞安，目光中充满了恨意，仿佛他仅凭狂怒就能挣脱束缚。伊赛儿正在颤抖，她双眼睁得滚圆，抽泣地看着男孩坠落的地方。狄瑞克。沐瑞强迫自己记住男孩的名字，她记起了他乐观的微笑，不仅畏缩了一下。时间又不过一瞬。

“看来，我得等一会儿再收拾你。”茉瑞安转过身。布瑞斯也升了起来。这位硬汉的表情丝毫未变，依旧死死地盯着茉瑞安，目光里充满恨意。

沐瑞拼命屈起腰。她没法导引。她的勇气和力量全消失了，剩下的只有决心。布瑞斯飘过栏杆。沐瑞踉跄着站了起来。决心。布瑞斯的恨意仿佛刻在了脸上，他一声不吭地坠落下去。必须阻止茉瑞安。伊赛儿也升到空中，她拼命地挣扎，尖叫甚至穿透了塞嘴的气团。必须马上阻止她！沐瑞跌跌撞撞地扑了上去，将她的腰刀插入茉瑞安的后背直至没柄，鲜血从她的两手之间喷涌而出。

她们一齐倒在了砖石道上，茉瑞安身上的光芒消失了，她死了。沐瑞身上的屏蔽也消失了。还悬在石栏杆上的伊赛儿尖叫起来，解脱了束缚的双手乱挥着，她摔了下去。沐瑞拼命爬过茉瑞安的尸体，拉住了伊赛儿乱挥的双手，伊赛儿的拖鞋掉了下去。

这猛地一拽把沐瑞的半个身子拖过了栏杆，她握着下面的女孩的双手沾满了黏滑的鲜血，伊赛儿仿佛被定格在了坠落的瞬间。沐瑞最多能勉强拉住女孩。如果她试图把女孩拽上来，她们两人都会摔下去。伊赛儿表情扭曲，嘴大张着。她的手正在滑出沐瑞的手掌。沐瑞强迫自己镇定，试图攫住真源，却失败了。低处的屋顶涌向眼边，她的头更晕了。她再次试图导引，但那就如同用握不紧的双手捧水一般徒劳。*她至少要救下一个人*。她强忍着眩晕，拼命试图导引。接着伊赛儿的手就滑出了她沾满血的手指。沐瑞只能眼睁睁地看着女孩坠落。她的哀号渐渐远去，而双手仍向上伸着，仿佛仍相信能有人把她拉回来。

有人把沐瑞从栏杆边拉了回去。

“非到万不得已，不要看人死去。”岚说，他扶她站起来。他的右手无力地垂着，浸满鲜血的衣袖破了，露出一道极长的刀伤。他额头上的伤口仍在滴血，身上还有许多伤。十步开外，瑞恩面朝天倒在地上，惊讶的双眼直愣愣地瞪向天空。“黑暗的一天，”岚喃喃说道，“简直是我这辈子最黑暗的一天。”

“等一下。”沐瑞说，她的语调仍在颤抖，“我还很晕，还走不远。”她颤巍巍地走到茉瑞安的尸体旁。什么也没有找到。黑宗仍然是个谜。她弯下腰，从这个叛徒的背上拔下腰刀，在她的裙子上擦干净。

“你可真冷酷，两仪师。”岚平静地说道。

“因为我必须如此。”她答道。狄瑞克的呼喊充斥着她的耳膜。伊赛儿的面孔在她眼前消失。和试炼的时候一样，她只能维持外表的平静，但她要紧紧地把握着这副外表。一旦有所松懈，她便会跪倒在地上，痛哭哀号。“看来瑞恩和其他暗黑之友一样不识真相，你的剑术比他更强。”

岚轻轻地摇了摇头。“他更强。但他以为我已经完了，因为我一只手臂重伤。他永远不会明白，直到死亡的那一刻，永远也不能屈服。”

沐瑞点了点头，*永不屈服直到死亡来临*。没错。

过了好一会儿，她的头脑才清醒到可以导引的程度。她还得和紧张的岚一同商量如何在布瑞斯和狄瑞克落在屋顶上的尸体被发现之前，将二人的死讯通知沙塔严。岚不太愿意告诉艾黛夫人她女儿已死，这她可以理解。对此沐瑞也很揪心，虽然理由也许和岚不同。她本可以救下这个女孩的。她和茉瑞安一样对女孩的死负有责任。

可以导引后，她迅速治好了岚的伤。当魂之力、气之力和水之力构成的复杂编织在伤口上收紧时，他倒抽了一口凉气，伤口扭动起来，贴合成光滑的皮肤。他终于表现得像个常人了，但她一点也没觉得欣慰。治疗比战斗更加消耗体力，让他变得很虚弱，不得不靠在栏杆上喘着粗气。他暂时是跑不动路了。

沐瑞小心翼翼地用风之力将茉瑞安的尸体举过栏杆，又稍稍向下挪了一点，让它靠到山岩上。火之能流构成的烈焰笼罩了黑宗的尸体，白炽的火焰闪着耀眼的光，令几小块山岩迸裂开来，却没有冒一点烟。

“你在干——”岚张嘴欲问，然后又改了口，“为什么？”

她让自己感受着空气渐渐升温，变得与炉火周围一样热，“我们没有她属于黑宗的证据，而她是一位两仪师。”那个词让她的表情抽搐了一下，对白塔来说，这件事比马吉尔的失败更加需要保密。但她不能让他知道这一点，现在还不行。然而听到黑宗这个词，他连眼皮也没眨一下，也许他不知道什么是黑宗，但她不敢肯定。这个男人的自控力不输于任何一名两仪师。“对于这里发生的一切，我无法说谎，但我可以保持沉默。你呢，准备保持沉默，还是准备做暗影的共谋犯？”

“你可真是个厉害的女人。”过了好一会儿，他终于答道。他没有再说什么，不过这个答案就足够了。

“因为我必须如此。”她告诉他。狄瑞克的呼喊，伊赛儿的脸。她还得把瑞恩的尸体处理掉，还有砖石上的血迹，衣服上的血迹。她必须如此坚强。

终　章

第二天清晨来临时，艾戴沙宫沉浸在哀痛之中，白帜飘舞在每一处塔尖上，仆人的手臂上都系着长长的白布，连坚强的汉子也在走廊里哭泣。星辰夜落，火从天降。人们总有办法把目睹的景象想象成心目中的样子。一个普通士兵的失踪，甚至一位两仪师的失踪，都被弥漫在宫中的刻骨铭心的哀痛所掩盖。

将茉瑞安的私人物品销毁之后——沐瑞没有在其中找到有关黑宗的任何线索——沐瑞在回房的路上碰到了艾黛·阿芮，便侧身给她让路。艾黛快步穿过走廊，穿着白色长袍，剪短的头发乱糟糟的。传言说她打算避世隐居。沐瑞觉得她已经远离尘世了。这位女子呆滞的双眼憔悴又衰老。沐瑞觉得它们和她女儿的双眼有相似之处，充满了自知将死的绝望。

她回到房间，史汪从起居室的椅子上跳了起来。沐瑞觉得仿佛有一周都没见到她了。“你看起来就好像在网子里摸到条食人鱼一样。”她吼道，“好吧，也没什么可奇怪的。为认识的人哀悼我也会觉得难过。无论如何，等你收拾好我们就可以走了。拉西恩是在一个农场出生的，离龙山将近两里远。至少直到今天早晨茉瑞安还没找过他。我不认为她打算谋害那孩子，无论她是不是黑宗。”

这个孩子也不是要找的。不知怎么的，沐瑞觉得自己早就知道答案。“茉瑞安再也不能谋害任何人了，史汪。快用你的脑筋给我解一个谜。”她在一张椅子上坐下，开始从茉瑞安的死讲起，史汪连连惊呼，不断要求她讲得再细一些，但她还是迅速把经过讲完。她觉得自己仿佛又经历了一遍这场惨剧。当她讲到事情的起因时，不由得松了一口气。“她最想杀的人是狄瑞克；她第一个杀的人是他。她也想杀岚。”

“这太疯狂了。”史汪吼道，“一个八岁小孩和那条铁石心肠的剑鱼能有什么共同点？”

“运气。一次本该致命的坠落没能让他丧命。而人人都说岚是世上最幸运的人，否则他许多年前就会命丧妖境。这就是共同点，虽然我也觉得这很不可思议。也许你说过的那个铁匠也是其中之一。就我所知，还有坎卢姆的约瑟夫·那吉玛。他也是个幸运的人。为我解开这个谜吧。我觉得这就是关键所在，但我不知道该怎么解释。”

史汪在房间里来回踱步，踢着裙子，挠着下巴，嘟哝着“走运的男人”、“突然发迹的铁匠”还有好多沐瑞听不清楚的话。突然她僵住了：“她从来没接近过拉西恩，沐瑞。黑宗知道真龙已经转生，但是，她们不知道他降生的时间！也许塔摩拉设法保住了秘密，又或许她们审得太狠了，在逼出答案之前就把她害死了。肯定是这样的！”她的激动突然变为恐惧。“光明啊！她们准备杀死所有可能有导引潜力的男人或者男孩！哦，烧了我吧，她们要杀掉几千人，沐瑞，几万人。”

真相是如此的可怕。可以导引的男人很少能察觉到他们在做什么，至少在一开始做不到。起初，他们只是觉得自己的运气突然变好了。好运连连而至，就和那个铁匠一样，转眼之间便飞黄腾达。史汪说得没错，黑宗就要大开杀戒了。

“但她们不知道真龙还是个婴儿。”沐瑞说。她必须坚强至此。“婴儿不会显示出任何导引迹象。我们拥有的时间比原想的要充裕。不过也不能太大意。任何两仪师都有可能是黑宗，我觉得凯苏安就是一个。她们知道还有其他搜寻者。如果一个塔摩拉的搜寻者找到了男孩，然后又被她们追踪到，或者，如果他们决定审问其中一位，而不是一有机会就下杀手……”史汪盯着她看。“我们还有任务。”沐瑞告诉她。

“我知道。”史汪慢慢地说，“我只是没有想过……好吧，拉网剖鱼，有活要干。”她可不像以往那样有干劲了。“在中午之前，我们就能启程前往艾拉非。”

“你要回白塔。”沐瑞说。她们一起搜寻并不比单干更有效率。而如果史汪不能和沐瑞一起搜寻的话，还有什么工作能比塞塔莉娅·德拉密的助手更好呢？她将能看到所有来自蓝宗眼线的报告。当沐瑞寻找那个男孩的时候，史汪可以闻知天下事，她知道要找什么，可以发掘出任何关于黑宗或者真龙的蛛丝马迹。当理由摆在眼前的时候，史汪还是明白事理的，虽然这次多花了些时间，而且在答应之后，她仍表现得有些不情愿。

“为不辞而别这件事，塞塔莉娅能把我扔到锅里煮了。”她抱怨道，“烧了我吧！她会把我像块破布似的挂在墙外，不被她用鞭子抽我就算走运了！沐瑞，那些政治能让我在大冬天出一身冷汗！我讨厌这些！”但她已经开始在衣柜里乱翻，收拾回塔瓦隆的路上能带的东西。“我想你已经警告过那个岚了吧。我看他是活该，被收拾一顿对他有好处。我听说一小时前他就骑马走了，往妖境去了，如果他没有在那里丢掉命……你要去哪里？”

“我跟他还没有结束，”沐瑞回头说道。自从遇到他的第一天起，她就做出了一个决定。既然他不是暗黑之友，她就能下定决心了。

她赶到飞矢的马厩，像扔铜板一样扔出一把银币，让马夫飞速备好了马鞍和笼头。她爬上马背，也不管裙子都卷到膝盖上方。她一踢马腹，一路狂奔出了宫，向北城门赶去，令路人慌忙避开，一个赶着空马车的车夫没有及时让开道，她干脆一跃而过，甩下身后一片喧闹的叫嚷和挥舞的拳头。

走上城外北边的路，她便放慢了速度，挨个询问迎面而来的车队有没有看到一个骑着牡马的马吉尔人。当第一次得到肯定的答复时，她顿时觉得松了口气。过了护城河，岚已经走了一个小时……就算追到妖境也要追上他！

“马吉尔人？”这位披着深蓝色斗篷的瘦小商人看上去很吃惊。“嗯，我的护卫们说刚才有个马吉尔人路过。危险的家伙，这些马吉尔人哪。”他从车座上扭过身子，指了指道旁百步开外一处翠绿的山丘。很容易就能看到丘顶上有两匹马，其中一匹是驮马。清风卷起袅袅细烟。

她下马时，岚连头都没抬一下。他跪在一小堆灰烬前，用一根长枝拨着灰。真奇怪，空气里弥漫着烧焦头发的味道。“我本希望自己已经没有利用价值了。”他说。

“还没完。”她说，“你要烧掉你的未来吗？如果你死在妖境，我想很多人都会悲痛不已。”

“我在烧掉我的过去。”他站起身，“烧掉记忆。一个国家的记忆，金鹤永远不会再度飞翔了。”他用脚拨过土埋住灰烬，犹豫了一下，然后弯下腰，用手捧起潮湿的土壤，几乎是郑重其事地将之撒下。“没人会哀悼我的死亡，会为我的死亡而哀痛的人都已经不在了。再说，人皆有一死。”

“只有傻瓜才会主动去寻找死亡。我想要让你做我的护法，岚·人龙。”

他直直地盯着她，然后摇了摇头。“我早该知道会有这档事，我还有一场仗要打，两仪师，我没有兴趣帮你去编织白塔的网。找别人去吧。”

“我要和你打同一场战争，对抗暗影的战争。茉瑞安是黑宗。”她把所有事情都和他讲了，从吉塔拉在玉座和两个见习生面前做出的预言，到她和史汪发掘出的一切，再到塔摩拉搜寻者的死，所有的一切。若对其他人，这些事她绝不会讲。但是护法和两仪师之间几乎没有秘密。若对其他人，她也许会讲得委婉一些，但她不认为暗处的敌人能够吓倒他，即使敌人是两仪师。“你说你烧掉了过去，那就把灰烬留给过去吧。这是同一场战争，岚，这是最重要的一场战役，而且这一次你能够打赢。”

他朝北方凝望许久，凝望着妖境。沐瑞不知道如果他拒绝的话，她该怎么办。她告诉他太多事情了，只有受过约缚的护法才应该知道这么多。

突然他转过身，宝剑出鞘在手，有那么一瞬她以为他要攻击她。但他却跪了下来，双手捧起剑刃。“以吾母之名，你命我拔剑，我便拔剑；你命我收剑，我便收剑。以吾母之名，无论你命我去何方，我永远从命。”他吻过剑刃，抬起头，期待地望着她。虽然跪着，他却比身居高位的国王更加威严。她得教他谦逊，这是为他着想，也是为了那一汪池水。

“还没有完。”她把手按在他额前。

这道魂之力的编织是两仪师所知的最复杂的一道。它在他身边缠绕收紧，然后消失了。突然间她能够感觉到他的存在，这就是两仪师与护法之间的感应。他的情感藏在她脑后的某处，全然是坚韧的决心，就和他的剑一样锋利。她感觉到了隐隐作痛的旧伤，他早就适应并且忽略了。她能够抽取他的精力，无论隔着多远都能找到他。他们之间建立了约缚。

他平稳地站起来，收剑入鞘，仔细端详着她。“没在场的人把那场战斗叫做闪耀之墙战役。”他突然说道，“在场的人都把它叫做赤雪。两字足矣，他们知道那一场战役。在第一天的早上，我带领着五百名士兵，其中有坎多人、沙戴亚人、多曼人。在第三天的晚上，已经有一半的人伤亡。如果我做出了不同的决定，有些死去的人也许能活下来，有些活着的人也许会代他们死去。在战争中，你为死者祈祷之后，就要继续前进，因为前方还有另一场仗要打。为死者祈祷吧，两仪师沐瑞，然后继续前进吧。”

沐瑞怔住了，她差点张大了嘴。她忘了约缚是双向的。他能了解她的感情，而且显然对她感情的理解更加深入。过了一会儿，她点了点头，虽然她不知道要祈祷多久才能够理清思绪。

他接过飞矢的缰绳，问道：“我们先去哪里？”

“先回查辛。”她道，“然后去艾拉非，然后……”容易寻找的婴儿已经所剩无几了。“整个世界，如果有必要的话。我们必须赢得这场战役，否则世界就要消亡了。”

他们骑着马并排走下山丘转向南方。在他们身后，天色转暗，乌云隆隆作响，妖境里又将掀起一场风暴。